知音动漫图书·时代坊
ZHI YIN COMIC BOOK 荟萃名家·品读经典

山東文藝出版社

目录

·卷一· 少年不识春衫薄

美人无间

·卷二·

相思尤胜凤羽轻

·终卷· 三尺雪湮一城笑

少年不识春衫薄

·序章· 瞿峡之乱

大西淳平十七年，十二月。

崇极皇帝意欲削藩的流言甚嚣尘上，帝都内人心惶惶。月初，巨泽藩王世子沈千持以省亲为名，带领阖府上下一百二十六人一夜之间离开辽阳京，其中包括一个月前皇帝赐婚的世子妃——已故帝后极其宠爱的皇侄女晏容公主。

帝震怒，遣兵追之。

甸江上空压着沉重的积雨云，即使是午后，天空还是晦暗阴沉，从北方高原吹来的寒风翻卷起混浊的江水，无情地拍打在往来船只的船舱上。

一场大雨迫在眉睫。

可在这样的时刻，一艘双桅大船依旧将帆拉满，顺风而下，速度比别的船都要快上许多。船上的水手各司其职，沉默而忙碌。

寒风呼啸，甲板某处突然传来一声巨响，水手们四处寻找发声之处，转眼却看到一抹白影飞快掠过。看不清面目，只能依稀分辨出是一个赤着双足的女子，身材高挑美好。黑缎似的长发和雪白的衣襟迎风翻飞，翩然若仙，尤其惹眼的是白衣下摆的那道血痕，盛开如一朵靡丽的花。

在她身后，一整扇结实的木门倒在地上，已经四分五裂。

“好美！”离得最近，看得最清楚的年轻水手忍不住发出惊叹，“咱们船上竟然还有这么美的姑娘……”

可他的话音还未落，不远处便响起一声暴喝：“沈千持你这个王八蛋，快给我滚出来！”

年轻水手们瞬间惊呆了……

慕容七很生气，非常生气，简直气坏了。

她提着裙子，抬脚直踹主舱大门，大叫道：“沈千持你这个王八蛋，快给我滚出来！”

连踹好几下，才有一个中年男子将舱门打开一条缝隙，毫不掩饰满脸的鄙夷，冷笑道：“夫人，世子请您自重。”

“自重？我要是再自重，这会儿早就被扔进甸江里喂鱼了。”

慕容七黑着脸，伸手抹开黏在脸上的发丝，不料抹得满手濡湿，一看竟是一手血。这船上的门板果然厚实，方才急于脱困，用力一撞，竟然撞破了头。

大概是被她血流满面的凶悍模样吓住了，中年人的语气有些放软：“世子正忙着。”

“忙什么？忙着逃命？”慕容七瞪了他一眼，用力推开门。中年人没想到她竟有那么大的力气，被推得倒在地上，只能眼睁睁看着她大步走了进去。

可怜的世子，到底被迫娶了一个什么样的悍妇啊……

“沈千持，你如果还是男人，就别躲躲藏藏的。”慕容七行走如风，直奔主厅，“不就是想杀我吗，我送上门来给你杀怎么样？暗算女人，你也不嫌丢人？”

“夫人误会了。”温润的声音从高大精致的檀香木屏风后传出，“只不过如今追兵四伏，不得已借夫人一用而已。”

“要拿我当人质？”慕容七听明白了，偏过头想了想，“以你目前的境况来说，这倒不失为一个好主意。”

屏风后面的人大概没想到对方居然没有生气，不由得失笑：“夫人同意了？”

“不同意。”慕容七一口回绝，“而且我不觉得趁睡觉把我迷晕，然后扛上船，又让四个高手举刀砍我这样的举动，是为了拿我当人质，莫非世子有过拿死人当人质的先例？”

她一口气说完，屏风后的男子还没来得及说什么，就传来一个女子娇软的低呼：“哎呀……好可怕！”

慕容七眯了眯眼，却见屏风上映出两道人影，挺拔修长的那位应该是和她成亲一个月却连面都没见过的丈夫——巨泽世子沈千持。另一个偎在他怀里的影子则娇小玲珑，显然是个女子。

逃命途中还不忘美人在怀大享艳福，这位巨泽世子还真是……好胆魄。

慕容七撩起裙摆在屏风前坐下，抱着手臂，眯起眼睛，好奇道：“姑娘，我是他夫人，你确定要在我面前这样？就不怕我报复你？”

女子愣了愣，娇声道：“我不怕，世子说你很快就会变成一个没有用的废人。”

慕容七一挑眉：“沈千持，人质和废人之间，好像有很大的区别吧？”

屏风后的巨泽世子还是没有一丝被人揭穿谎言的不安，不慌不忙地叹道：“夫人千万别信玲珑，古人有云，唯女子与小人难养也，此二者说出来的话自然也要打个折扣……不过话说回来，那四个人真的已经被夫人摆平了？”

“正在我的房间里躺着呢。沈千持，我跟你说，那几个太差劲了，下次找打手要挑高明一些的。”

“晏容公主在宫里陪着帝后这么久，我只听说你容貌出众才情过人，竟不知道你还身怀绝技，世子府的探子们都应该扣饷银。”

“……”

其实她也没想到号称“帝都第一美男子”的巨泽世子，会是这么一副……没脸没皮的样子。

等等，谈话好像偏到奇怪的方向去了。

她咳了咳，直奔主题。

“沈千持，我有三件事跟你说。第一，你是个王八蛋，这个我刚刚已经告诉全船的人了。”

沈千持沉默片刻，叹道：“你说是就是吧。”

“第二，想必你娶我不是自愿，我嫁你也另有目的。如今的情况不在我的预料中，所以我要求和离。”

这一次，沈千持却没有直接回答她，而是问道：“那第三件呢？”

“第三，我要离开，马上。”慕容七想了想，又补充道，“虽然你要置我于死地，但看在夫妻一场的分上，我不妨提醒你，前面就是瞿峡了。你若及时回头向皇上认错，或许还能留得一命，若还是执意回巨泽故地，后果可就不好说了。”

她说这些话的时候，神色是绝对认真的。“夫妻一场”自然只是个借口，真正的理由，是船上那一百二十六条活生生的人命。

可是，隔着帘子的巨泽世子却看不到她的眼神。他只是玩味地低笑道：“夫妻一场……真要多谢晏容公主了。”

话音刚落，突然间寒风四起，空旷的屋子里不知何时多出了数十个劲装侍卫，围成一圈，手中的铁弓箭在弦上，锃亮的箭头直指抱臂端坐在地的慕容七。

屏风后的小女子玲珑又惊叫一声：“世子……奴家害怕！”

怕你个头啊，慕容七眼角一抽，道：“沈千持，你真要赶尽杀绝？”

沈千持正搂着玲珑姑娘柔声安慰，此刻轻笑一声，温柔至极：“我也不想的，可是你说要走……晏容公主，本世子是死也不想放开你呢……”

“闭嘴，好恶心哪！”慕容七忍不住起了一身鸡皮疙瘩，双臂慢慢放开撑在地上，“先看看你的人能不能拦得住我再说吧！”

说罢，慕容七突然发力，身轻如燕，飘然而起。

等慕容七解决掉第十个人的时候，屏风后的沈千持和玲珑早已经不知去向。

一袭白衣上洒满了血花，虽然多半不是她的血，但看起来也颇为吓人，左边的衣袖被撕去了半幅，手臂上有一条因躲避不及留下的划痕，至于披散纠结的长发……谁说长发飘飘的女子就一定是美女，也有可能是女鬼！

尽管狼狈，对手却比她更加狼狈，慕容七一边打架一边还不忘在心中感激娘亲大人的栽培，这十八年武功果然不是白学的。

她一把夺下一个侍卫手里的刀，然后就像来的时候一样，一脚踹开了门，冲到了甲板上。

不知道什么时候，大雨已经滂沱，四周一片混沌。

还没有看清地形，一支箭呼啸而过，擦着她的鼻尖插进了一旁的桅杆里，尾羽在眼前颤动不已。

她忍不住退了一步，耳边传来接二连三的剑羽鸣镝，她急忙蹿到了一个大木桶后面躲好，瞬息之间，百十支箭铺天盖地射落在甲板和船舱上，嗖嗖之声夹杂着中箭之人的惨叫声，一时不绝于耳。

这场面，显然不是几个侍卫能做到的。慕容七心中一动，抬眼望去，朦胧的雨幕中，两岸青山高耸连绵直插云霄，竟是已经到了瞿峡的入口。

再环视四周，不知何时，前后左右都已经被几艘精心伪装过的货船包围，船舷上影影绰绰的，看上去都是执弓的人。

她顿时就明白了，忍不住叹道："这皇家禁卫军平时做事慢腾腾的，这一次出手这么快，看来皇上一定许了不少好处。"

说罢，她回头看了一眼满目狼藉的甲板，轻声道："不是我不救你们，实在是你们的运气太差了。"说罢，抱着那个大木桶，毫不犹豫地翻身跳进了江水里。

十二月的天气，甸江水冷如寒冰。

慕容七抱着木桶用力扑腾了几下，牙关直打战，只觉得浑身都要僵掉了，耳边满是箭矢入水的嗖嗖声，她不敢停留，大致看准了方向，躲在木桶背后，顺着水流挣扎着朝前划去。

慕容七不知漂流了多久，眼前出现了一片黑漆漆的断崖，断崖周围礁石嶙峋。她勉强定住身子，再次回头，那艘大船已被远远地抛在了身后，瓢泼大雨中，双桅大船的船身倾斜，有一小半已经入水，船上隐隐传来惊呼之声，却又立刻被风雨惊涛之声掩盖。

两座悬崖之间吹来阵阵寒风，慕容七忍不住打了一个喷嚏，嘀咕道："说好来接应的，人呢？"

话未说完，断崖缝隙中突然飞来一道黑索，不偏不倚地从她上方落下，在她腰间收住。

黑索那端传来的内力强大却温和，慕容七立刻卸去了周身的防备，任凭黑索拖拽，逆着水流一路往后而去。

拉索的人显然对这一带的地形非常了解，即使大雨模糊了视线，依然能控制着慕容七在众多暗礁中穿梭自如，直到贴近断崖石壁，黑索微微一抖，绕过一块屏风形状的礁石，将她拉进了一道天然的山体缝隙中。

这道缝隙远看极窄，谁知背后竟另有洞天。慕容七只觉得眼前一暗，抬头看去，隐约可见石缝背后骤然宽阔的洞窟，洞顶上倒悬着长长的钟乳石，而她正抱着木桶浮在一条暗河里，河的一头和缝隙外的甸江相通，另一头则被一艘窄长的黑色木船挡住，不知道通往何方。

这种木船她认得，模样很是俊俏，行驶起来又轻又快，因此有个雅号叫作"羽舸"。整个大酉，只有在雄霸甸江，连朝廷都要忌惮三分的鸿水帮里才能找到。

慕容七眼前一亮，招手大喊道："阿澈，阿澈，我在这里……"

话没说完，黑索一紧，往前急速拉近，她一时不察，灌了一口冰凉江水，顿时大咳不止，等到好不容易顺平了气息，羽舸的黑色柚木船舷已近在眼前。

一线灯光缓缓亮起，她奋力抬头，瞧见船头一个人影，左手提着铜质的风灯，右手手腕上缠绕着一圈圈绷紧的黑索，食中二指上两枚黑银镶宝石指环在黑索的勾勒下熠熠生辉。他正一脚踏在船头的蛇首浮雕上，高大的身体微微往下弯，神情肃然地把她望着，山隙里

的风吹起他墨色的衣角，一色的黑发和发丝间的银色发绳一同翻飞舞动，发绳尾端的流苏拂过耳上两颗小巧的猫眼石耳扣，幽光浮动。

他就这样弯腰看着水里的她，一言不发，一双眸子反射着风灯下的水光，显得愈发幽深，衬得原本略显凌厉的五官也柔和起来。只是此刻，这双眼睛却是沉黑，没有一点表情，看着叫人有些发怵。

原本咧着嘴笑的慕容七，在这样的目光注视之下，也终于笑不出来了。

她一手抱着木桶，一手挥了挥："阿澈，我好冷啊，快拉我上去。"

不知是因为真的很冷，还是别的什么原因，她的声音有些低哑。

黑衣人身后还站着几个身穿鲨鱼皮水靠的男子，其中一个正要上前去，却被黑衣人伸手制止。那个想要上前的男子站在原地忍不住道："少主，慕容姑娘冻得不轻，有什么事不如先上船再说。"

他一边说，慕容七一边点头，叹道："郭总管，你是好人哪！"

可黑衣人还是无动于衷，语气淡淡道："她自幼修炼迦叶宫的心法，在雪山待上三天三夜都没有问题，区区十二月的甸江水算得了什么？"

郭总管默默地退后了。

慕容七被人揭穿，有些泄气地趴在木桶上咕哝："……没良心的，万一我受了伤没法运功呢？"

黑衣人没有回答，微微眯起漂亮的眼睛，打量她满头乱发和乱发之下还沾着血迹的脸，面无表情地说道："听说你没有父母之命媒妁之言，就和巨泽世子成亲了？"

慕容七闻言有些心虚，支吾道："也……也算有啊，皇上赐婚的嘛，皇上怎么说也是我的伯父，再说了，天下人都是皇上的子民……"

黑衣人打断她："你见过沈千持？"

"没……没有……"

"他很倾慕你？"

"不……不曾……"

"那么，"他又往下倾了倾身子，语气不见起伏，"成亲很好玩吗？"

在他没什么情绪的目光注视下，也不知怎的，即使有神功护体，慕容七还是撑不住打了个冷战，原本理直气壮的话说出口来也气弱了几分："不好玩。但我……我有不得不这么做的原因。"

他盯着她看了片刻，没有再追问，只是转头看向那道山体的缝隙，风雨声中还有隐隐的尖叫声和兵戎之声。

"那么，这场偷袭，你也事先知道？"

"不知道。"慕容七回答得干脆，"我只是猜，以皇上的脾气，忍耐的极限绝不会超过瞿峡，所以才传书给你来这里接我，甸江就跟你家后院一样，你一定能找到我的。"

她说得这样笃定，好像从来没想过会有"他找不到她"这种情况发生。

黑衣人冷淡的眼神有了一丝松动，语气却不见变化："这次猜对了不代表这么做就是对的。依靠直觉的判断总有出错的时候，你这几年被关在宫里，看来还是没学会三思而后行。”

“想得太多，既浪费时间又失了先机，说不定连命都没了，还要怎么行动？”慕容七不置可否，身下湍急的水流让她很不舒服，不禁微恼，“你审问完了没有？快拉我上去，明知我不识水性，泡了这么久，难受死了！”

黑衣人瞥了她一眼，慢慢道：“不让你吃些苦，你就不知道收敛……”

慕容七顿时柳眉倒竖：“季澈，你凭什么教训我！”

“这是月宫主的原话。”

“……”

好吧，娘的话就算了，她平生天不怕地不怕，就怕一个娘。

“可显然，你吃的苦还不够。”季澈话锋一转，她刚咽下的一口气又岔了方向，一边咳一边等着他继续说。

他接着道：“我且问你几句话。”

“你问。”慕容七咬牙切齿地回答。

“以后还会不会随便嫁人了？”

“不会了。”她忍。

“还敢不敢任性妄为？”

“不敢了。”她再忍。

“很好，若你再敢惹这么大的麻烦，记着，下次我绝不帮你！”

忍……忍不住了啊，浑蛋！

“喂，季澈你够了啊！爱救不救，啰唆什么？大不了姑娘我今天一头淹死，十八年后又是一条好汉，那时你年迈力衰，别怪我把你大老婆小老婆全抢过来……”

“闭嘴。”

他硬生生打断她慷慨激昂的回击，手腕一抖，黑索骤然收紧，将她和木桶一同拽出水面，随即一个巧妙的翻转，木桶重新落回了水里，慕容七则浑身湿淋淋地被他拦腰抱住。随着一声简短的“走”，羽舸快速调转了头，朝洞穴深处行驶而去。

慕容七一边抓起他胸前的衣裳擦脸，一边想起还有重要的事情没有交代。

“季澈，我信上说要想办法救那些老弱妇孺的，你有没有吩咐人去办哪？”

“……”

“喂，你听到我说话没有？”

“有这个时间担心别人，不如先担心你自己，月宫主已在岸上等候多时了。”

“啊？娘怎么来了！浑蛋！没义气！你怎么不早点告诉我？”

“你问过我吗？”

…………

大西淳平十七年，年关将近，飞雪漫京城。

崇极帝遣禁卫军两千人于甸江瞿峡成功拦截巨泽世子沈千持，世子府近百护卫迅速落败，混战中，沈千持身中数箭落水而亡，尸首为禁军所截，带回辽阳京，以藩王之礼下葬。世子妃晏容公主随船沉江。阖府一百二十六口，妇孺老弱多为附近渔民所救，护卫军伤亡惨重。

因沈千持无子嗣，巨泽皇族血脉自此而绝。崇极帝将巨泽属地收归中央，改巨泽藩为巨泽郡，直接由朝廷派设郡守。

这一战，史称“瞿峡之乱”。

这是一个暗蕴血色的寒冬，可是很快，过年的喜气便冲淡了杀戮的血腥。来自白朔草原的北风吹起爆竹的残红，徘徊在辽阳京的街巷，坊间百姓的谈资也早已更换了数回。

消息传来的时候，慕容七正被关在家里抄写佛经，闻言长叹一声：“早说要和离嘛，结果还是要做寡妇，我的运气可真够差的……”

·第一章· 纨绔

淳平十九年，春，大西帝都辽阳京。

离新帝登基还有一个月的时间，八方诸侯贵族，各路商人百姓，齐聚于此。

鸿水帮少帮主季澈最近有些头痛，因为他有一位朋友也要来帝都了，这本来也没什么，但坏就坏在这个朋友的爱好有点特别，说得好听些叫风流，难听些则叫放荡。此人一个月前便送了信来，请他代为邀请帝都四大红馆青楼的头牌魁首齐聚华亭楼，只为给他接风洗尘。

季澈的副手郭子宸见他本就笑容不多的脸这两天更加阴云密布，不由得劝道："少主，您也不是第一天认识久少爷了，他是什么样的人您不知道吗？这事其实也不算难办，您亲自出面，不要说几个青楼女子，就算出动整条花街也不是难事。"

季澈淡淡地看了他一眼："我知道不难办。"

"那……"

"请那四位姑娘出门一天要花多少钱，你知道吗？"

"这……"

"你觉得慕容久什么时候能把钱还给我？"

"……"

少主果然烦恼得很有道理……

不过说归说，他毕竟不会拒绝好友的要求，只是折中了一下，青楼女子换成了"雅音坊"中上乘的歌舞乐伎，虽然一样价格不菲，却要雅致清静得多。即便那位朋友早已没有节操可言，他也要装出极力挽救的样子，方对得起当初在长辈面前许下的承诺。

洗尘宴当天，他临时有事去得晚了一些，等推开华亭楼包间的门，里面已经坐满了人，男男女女，佳肴美酒，很是热闹。只是……哪里有点不对？抚琴的分明是百花楼里艳名远播的花魁，吟唱的好像是沁芳园里笑意撩人的头牌。靡靡之音中，还有好几个妖娆女子穿梭其间，琳琅珠翠晃得他眼花缭乱。

是谁干的？那些只演奏雅乐古谱的乐伎呢？

他挑了挑眉，一言不发，转身就要走。

立刻有人拽住他，大笑道：“季少帮主别走，迟到了要先自罚三杯！”

季澈道：“我有点急事要处理，你们慢慢玩，我一会儿就回来。”

他讲话时面不改色，沉稳镇定，旁人料想他是一帮之主，必定事务繁忙，也就不再相劝，正要放他走，屋子里却响起一声嬉笑：“季少帮主说谎的本事越来越好了，大家千万别给他骗了，既来之，则安之嘛，别走啊。”

季澈听到这声音，不禁皱眉，循声望去。

说话的是坐在上首一位俊美的少年公子，一袭素白裂云缎长袍，袍角用银线绣满花纹，低调又不失奢华，简单的羊脂白玉为簪，将黑发半绾，饱满的额下，是一双尾端上挑的凤眼，水意氤氲含情脉脉——半年不见，他这位远道回京的朋友倒是没什么改变，还是一副祸水妖孽的风流模样。

他顺带看了一眼此妖孽身边偎依着的两个身披薄纱的艳丽女子，其实他一直不太明白，为什么会有那么多女人看上比自己还美的男人，她们照镜子的时候不会觉得羞愧吗？况且，判断一个男人是好是坏，容貌这种东西根本就是最没有价值的一项啊。

带着这样的纠结，他撇了撇嘴：“慕容久……”

他的声音突然停住了。

因为此时此刻，一个女子正试图将手探进少年公子的领口，虽然被及时按住，但在那一瞬间，少年公子的表情就像面具上突然裂了一道缝，一丝尴尬从眼底弥漫开来。

季澈远远地、玩味地重新打量那个从小就认识的人——带着邪魅气息的英俊脸庞、棱角分明的唇、光滑的下巴、修长的颈项、靠近锁骨地方的一颗红痣……等一下，红痣？

原来如此……

“慕容久，好久不见了。”他重新开口，微眯起眼睛，声音却沉了下来。

“阿澈？”少年公子显然对他的表情变化十分熟悉，见状神色微变，急忙撇清，“这些姑娘不是我找来的，是公子昭他们觉得雅音坊的乐伎只会弹琴唱词，连首艳曲儿都唱不来，甚是无趣，这才临时换人。”

“嗯。”季澈不置可否地点点头，“你跟我出来一下。”

“不要……”少年公子下意识地拒绝，话说出口才发现周围的人都在用一种古怪的眼神看着他。急中生智，他低头对着身边两个女子一阵耳语，那两人立刻眼睛一亮，不约而同地看向门口的季澈，站起身，腰肢款摆地朝他走来。

“这位公子，来了这里就不要板着脸嘛，奴家让你笑一笑可好？”

季澈冷冷地看着两个女子，他的眼睛虽然生得漂亮，眼神中透出的凉意却让久经风月的她们有些惊慌，但一想到方才那位美公子开出的诱人条件，她们又立刻鼓起勇气围了上来，四只手都朝他身上摸去，咯咯笑道：“公子，你怕不怕痒？笑一笑嘛，你就笑一笑吧……”

只要他笑一下，美公子就答应给一百两银子，这么好的事，傻瓜才会拒绝。

“他给你们多少钱？”季澈略微侧身闪开，突然问了一句。

两个女子顿时愣住了。

“不管他给多少，我给双倍，立刻退到离我三尺远的地方，否则我让门外的男人揍得你们一个月下不了床。”他慢慢说道，语气里没有含着多少威胁的意思，却让听的人背脊发冷。

门外等候的郭子宸默默流泪：“少主，我从来不打女人的，我的名声就这么被你毁了。”

两个女子互相对视了一眼，立刻识时务地退了回去，连一丝犹豫都没有。

趁着这当口，季澈一伸手，拎住正打算趁乱溜走的慕容久的领子，道：“跑什么？”

说罢，拖着就走，扔下一屋子疑惑的目光。

“咦，今天的小久好像有点不对头？”

“就是，放在平时，就算打不过季澈也会占占嘴上便宜的，今天怎么变成哑巴了？”

“难道是吃坏了肚子？”

“我看是夜夜春宵体力不济……”

议论纷纷中，坐在慕容久身边的公子昭突然想起一件极其重要的事，急忙冲到门边大喊道：“季少帮主，这顿饭的饭钱……”

话未说完，一样东西贴着他的脸飞过，钉在身边的门板上。

公子昭费了好大力气才拔了下来，只见是一片极薄的玉石花片。季澈把这玩意儿从那么远的地方扔过来，又那么恰好地嵌在门板上，却一点都没有损坏玉质，如果这花片划开的不是空气而是自己的脖子……

公子昭忍不住摸着自己细瘦的脖子抖了抖，含泪道：“季澈，你扔个东西而已，不用这么风骚吧？”

远处传来季少帮主波澜不惊的声音：“这顿饭我跟慕容久不吃，账单上留了你的名字，华亭楼的贵宾卡你拿着，可以打九折，不用谢，先走一步。”

公子昭目瞪口呆地听完——今天这顿饭不是季澈给慕容久接风，顺便请他们来陪的吗？为什么最后买单的人变成了他？

他呜呜控诉：“奸商！你这个奸商！”

众人心想：反正不是我们付账，就当没看见吧……

慕容久刚被季澈拎到楼下，就使了一个巧劲挣脱开来，手掌一翻，朝他胸口挥去。

季澈仿佛早就料到，脚步轻轻一错就躲了开来，一伸手，拽着他的袖子就把他拉进华亭楼边一条小巷子里。

“若是小久被我制住，光靠拳脚是挣脱不开的。”

慕容久一听这话，顿时收回了正要踢出去的腿，正想低头扮一扮柔弱，季澈却已经冷冷地打断了他：“没用的，已经露馅了。”

“慕容久”闻言，先去摸喉咙，喉结还在；又去按胸口，明明也绑得很严实……季澈却不耐烦地将他一把按在墙上，动手就扯他的衣服。

他吓了一跳：“季澈，你干什么？”

“这里，忘了挡住。”他将他的领口稍稍扯开，食指抵在锁骨那颗红痣上，居高临下地看着他，“你们兄妹到底在搞什么鬼？”

"慕容久"低头看了看泄露天机的红痣，又抬头皱起鼻子纠正："错了，姐弟，是姐弟！"

季澈不置可否地挑了挑眉，道："装得还挺像，但是脸皮厚这一点，还要向小久多多学习。"

"谢谢提醒啊！""慕容久"哼了一声。

季澈面不改色地松了手，替她将领子拉好，又盯着她看了片刻，道："七七，你好像长胖了。"

"再胡说八道就揍你哦！"原本温润如玉的少年声音终于换成了被惹毛了的暴躁女声。

季澈却继续面无表情地问："我饿了，去不去吃烤全羊？"

"一边说我胖，一边说去吃烤全羊，你居心何在啊？"

"你可以看着我吃。"

"……"

见她不说话，他忍不住伸手抚了抚她的头顶："走吧，时间不早了。"手指滑过浓密柔滑的黑发，一缕若有似无的幽香让他一向冷淡的眼神里也带上一丝温暖的笑意，"还有，七七，欢迎回到辽阳京。"

这位假装辽阳京第一纨绔信郡王慕容久的女子，正是和慕容久一胞所生的孪生妹妹慕容七。也就是两年前在"瞿峡之乱"中被判定淹死喂鱼尸骨无存的晏容公主。

在帝都百姓偷偷谈论的宫闱秘辛中，晏容公主的故事似乎格外凄婉——传闻她容貌无双、才华过人、温柔灵巧，深受已故帝后的宠爱，不舍得将她外嫁，在深宫一直养到十六岁，直到帝后故去，崇极帝才开始替这位嫡亲侄女四处物色夫婿，可惜晏容公主红颜薄命，挑来挑去，最后还是嫁给了一个心怀叵测的逆贼，最后在一个风雨交加的日子里，凄惨地死在了甸江里。

民间传说中，甚至有人将她说成是甸江水神的化身，来人间历练，最后了断尘缘，脱去肉身，回归神女之位。

想当初，慕容七曾兴奋地将这个版本的传闻讲给从小一起长大的鸿水帮少帮主季澈和同胞哥哥慕容久听，可惜这两人一个面瘫冷峻，一个伏案大睡，害得"容貌无双、才华过人、温柔灵巧"的晏容公主气急败坏地掀了桌子。

由此可见，传闻多半是不可靠的。

诚然，"慕容七"这种没有内涵的名字绝对不会是晏容公主的大名。晏容公主本名慕容嫣，"嫣然一笑"的"嫣"。至于这么一个极有气质的名字最后如何会被改掉，说起来还有段掌故。慕容七和慕容久为一母同胞，前后脚出生，等奶娘将两个孩子洗干净了穿上衣服抱出来，他们的母亲已经精疲力竭地睡着了，两人的父亲却傻了眼，因为他完全不记得到底是男孩先出来，还是女孩先出来的。

最后，当年名满辽阳京的信王殿下一锤定音："女子柔弱娇贵，自然应该多受照顾，哥哥照顾妹妹天经地义，便男孩为长吧。"

兄妹名分就此定下。

虽然，随着两人越长越大，兄妹之间的关系离当初父亲设定的“哥哥照顾妹妹”这种美好的预期越来越远，但毕竟，慕容七还是要担着“妹妹”这个矮人一等的身份，这让她十分不满。在她看来，慕容久武艺差劲，人品也不怎么样，实在不配做哥哥，为了从气势上压倒他，慕容七思忖了半天，决定从名字下手。

久即九，一二三四五六七八九，按顺序来说算是末尾，她非得起个比他大的名字不可。

其实原本她想叫“慕容八”的，但是当她把这个雄心壮志告诉青梅竹马的季澈时，他却冷冷地瞥了她一眼，说道：“这名字不错，可以和厨娘家的宠物相媲美。”

她愣了愣，这才依稀想起，厨娘家养了一只小土狗，就叫“阿巴”。

于是她权衡再三，决定叫自己为“慕容七”。

初时，为了推广这名字，她的确想了不少办法，但最后成就此事的，还是季澈。

彼时慕容七犯了错，被罚抄名字一百遍，她对抄书一事甚为畏惧，便以替季澈采十朵雪山灵芝作为交换条件，把这差事换给了正在她家小住的季少帮主。可等慕容七的西席先生拿到罚抄的名字时，才发现那上面写了一百遍的不是“慕容嫣”而是“慕容七”。事情败露，始作俑者慕容七自然罪加一等，可季少帮主非但没有受罚，还白白地赚了她十朵灵芝。因此那两天，慕容七看到他都是目光如刀，刀刀见血，季少帮主便好心安慰她：“叫‘慕容七’不错，至少罚抄起来容易。”

也正是因为那一百遍的“慕容七”给人印象委实深刻，连爹娘都松了口，从此大家都不再叫她原本的名字，只唤她作“七七”。

可惜名字虽然改了过来，名分却没有任何改变，这让慕容七无比纠结。

就如此刻。

她皱着长眉：“跟你说过多少次了，我们是姐弟！慕容久都打不过我，凭什么让我叫他哥哥？”

“十三岁以后，他就没有输给过你，而且从来不用武力。”季澈淡淡地瞥了她一眼，在她发飙之前又说道，“怎么，佛经都抄完了？”

说起这个，她又有些郁闷，回忆过去这两年，正是几多辛酸几多泪，说也说不完，不由得拿起面前的桂花酿连喝几口，直到酒壶被季澈按住。

“少喝点。”平板的语气，听不出什么诚意。

慕容七也不坚持，换只手撕了条羊腿据案大嚼：“这两年的日子真不是人过的，我跟你说……”

当年她自作主张嫁给沈千持，其实背后另有原因，但毕竟是以身犯险胆大妄为之举，所以季澈将她从瞿峡救走之后，她就被娘亲押回了大酉西边的万佛之国兰若，一直禁足在兰若的护国迦叶宫里，一待就是两年。

这两年里，她每天不是抄写佛经就是习武念书，无聊得几乎要发霉。

好不容易等到留在京城的慕容久回家过年，她像是背后灵一样整天缠着他，小久终于败下阵来，青着一张脸去求爹娘放人。

当时的情形，可以用两个字形容——“欠揍”。当然，欠揍的那个是慕容久。

小久：“爹，娘，七七已经两年没有出门了，再抄经习武下去，不是变成尼姑就是变成武痴，以后更没人要了。”

爹很伤心：“小久你怎么能这么说你妹妹，没人要有什么关系，我们养她一辈子……”

娘拍了拍爹的肩膀，面无表情：“慕容久，说重点。”

小久：“让我带她去京城吧。”

娘：“慕容久，你难道不知道七七闯的祸让她再也不能光明正大地出现在辽阳京？就凭你的本事，怎么保护你妹妹？”

小久：“她武功好，可以保护自己，还能顺便保护我。”

一边旁听的慕容七忍不住内心冷笑：“慕容久你也不嫌丢人？”

爹很忧郁：“一个两个都往那里跑，你们是要拆了辽阳京给为父做礼物吗？

她终于泪奔：“爹你讲这句话的时候为什么一点也没有担心的感觉，反倒很兴奋……”

小久想了想，又加了一句：“我们和阿澈在一起，放心。”

爹娘终于点头：“那还差不多，你们俩跟着阿澈，不要给他添麻烦。”

…………

季澈背靠着椅子，端着一杯茶，一言不发地听着对面一副少年打扮的少女述说着这两年的生活。

她还是这么有精神，生机勃勃，充满力量，就像开在阳光下的花，光是看着，就能让人觉得明亮起来。

垂睫的一瞬，那双深邃的墨瞳中滑过隐隐笑意。

她回来了，这样，很好。

“你不好奇小久去哪儿了吗？”

说得口干舌燥的慕容七端起茶润喉，顺便问了一句。

季澈看起来有些懒洋洋的：“不用问，一定是为了女人。”

“这次是流云堡的叶二小姐。”慕容七一拍手，笑道，“真不愧是这世上最了解他的人，其实你们俩才是一对儿吧？”

说完，她兀自捶桌大笑。尚未笑完，季澈突然掏出锭银子放桌上，说：“走吧。”

“为什么？你还没吃……”

他不由分说拉着她就走，离开前顺便朝四周看了看，那些正偷偷看过来的或惊艳或探究的目光，在他冰冷的注视下纷纷心虚地转了开来。

两年了，她还是学不会隐藏，完全不知道自己的笑容是多么耀眼，可真正的信郡王慕容久不是这样的，慕容久就像盛开在黑暗中的花，妖艳魅惑却难以靠近。

如此巨大的差异，在有心人眼里，很容易分辨出来。

如今的辽阳京正是新旧交替的时刻，局势难料，慕容久的身份本就十分微妙，他不想多惹事端。

“所以说，除了笑起来要邪魅风流一点之外，我到底还有哪里不像？”

走在人流如织的大街上，慕容七紧紧跟着季澈，很不服气地追问道。

季澈骤然停下脚步，回头看了她一眼。

她赶紧邪魅风流地朝他一笑。

季澈不为所动：“小久的言行，你只要记住三个字。”

“什么？”

“不要脸。”

“……”

正寻思这三个字的深刻含义，前方突然起了一阵喧哗，街道中的百姓都朝两边退去。季澈拉着慕容七，也随着人潮站到了街边。

远远地，只见一辆极为普通的青毡小马车缓缓驶过街道，随行的只有一个车夫和一个书童，没有嚣张家丁开道，更没有美女丫鬟相随，百姓却还是自发地让出一条道来，四周议论纷纷，言语间似乎都对这马车中的人十分尊敬。

“什么人？”慕容七探了探头，问道，“青天大老爷？”

“是新任的文渊阁首辅魏南歌。”季澈若有所思地看着马车，“魏南歌倡导‘学无贵贱’，牵头办了义学，又请国子监的博士免费讲课，给穷人家的孩子平等出仕的机会，因此很得民心。”

慕容七想了想，恍然一敲手心，道：“我记得这个名字！还在宫里的时候，我偷听过宫女们聊天，据说他和慕容铮的正妃……我是说当今太子妃从小一起长大，似乎有些不能说的秘密……”

话没说完就被季澈警告的眼神制止了。

“魏南歌为人低调，自小就是当今太子的伴学，将来太子登基，想必更得重用。”季澈目送马车远去，突然间又想起了什么，回头看她，“小久和魏南歌交情不错，你们今后难免会遇到，你知不知道要怎么应对？此外，京中还有很多官员贵族，他们……”

看到她茫然的眼神，他果断地停止询问，直接下达命令：“从今天起，你必须在两天之内把整个辽阳京里的大小官员、贵族富商、名妓的模样、名字以及性格、爱好全部背熟。”

身后传来慕容七的吸气声：“阿澈，这根本是不可能完成的任务！”

他冷酷无情地回答：“既然来了，就要有所觉悟。”

“魔鬼！”

望着她皱成一团的脸，季少帮主的眼前仿佛出现了另一副一模一样的容貌，正对着他邪魅一笑：“我知道你可以的，阿澈，交给你我很放心。”

他在心里冷笑了一百遍。

——慕容久，你扔给我的麻烦，将来绝对要你双倍奉还。

·第二章· 春宴

慕容七在辽阳京的第三天。

在季澈的恶补之下，她终于把帝都中的人事记了一个大概。恰逢什雅国使臣昙华亲王生辰，大摆夜宴，早就想见识一下什雅歌舞的慕容七顿时有些按捺不住。

即使“信郡王慕容久”已经称病两天，但这么热闹的宴会他还不出现的话，也委实和平时的作风不符。对此季澈并未阻拦，他本想陪她一起去，但不巧临时有事离京，因此到了饭点，慕容七只得跟着公子昭等一班狐朋狗友一同去赴宴。

昙华亲王全名北宫昙华，是什雅国内四大家族北宫家的嫡长孙，这次被什雅女帝派来庆贺新王登基，已经在辽阳京住了半个多月，和一群贵族子弟也都熟稔了，因此生辰宴办得十分热闹。

慕容七进了王府，一路散步赏花，起初十分惬意，但到了后院，情形就有些不妙——已经有七个姑娘来找她搭讪了！更不妙的是，这些姑娘大多是娇滴滴的官家小姐，有直接解下玉佩香袋塞进她怀里的，还有送诗词歌赋的，送点心的，约她见面的……名目繁多，几乎没有重样的。

这两天虽然记住了不少人，可是闺中小姐的资料本就少之又少，且大都是一副弱不禁风含羞带怯的模样，慕容七分不清谁是谁，又不知道小久原先和哪家姑娘有过旧情，一边心惊胆战地应付着，一边在心里把远在千里之外的慕容久骂了一百遍。

好不容易又躲过某个官家千金的告白，慕容七一转身，才发现四周绿树掩映人迹罕至，公子昭他们几个已经不知去向了。

换言之，就是她迷路了！

转了两圈，慕容七终于放弃了自寻出路，找了个小亭子乘凉休息。

之前和季澈一起出门时明明没遇到这么多的麻烦事，看来季少帮主的面瘫表情和浑身散发出的“我非善类”的黑帮气质，的确是居家旅行躲桃花的必备利器。

她一边想象着季澈平素的模样，一边从怀里掏出一面小镜子，对镜皱眉抿唇，趁机学习吓退少女的冷酷表情。

就在这时，耳边突然响起了轻微的脚步声。

慕容七的武力值一向是她最引以为傲的优势，遗传自娘亲大人的习武天分让她学任何武功都手到擒来，刀剑棍棒在她手里就如才子文人口中的诗词歌赋，信手拈来。所以传闻中评价晏容公主“才华过人”这四个字，她一向认为所言非虚、恰当至极。

就如此刻，来人还在百步开外，她便已听出对方是一男一女，年纪尚轻，都不会武功。

她急忙收起镜子，站起身整了整衣襟，打开漆金竹骨扇，风流倜傥地斜倚在亭柱上等着路人甲和路人乙走过来。

可是那两人却突然停了下来，没了动静。

慕容七摇着扇子等了片刻，不得不再次侧耳细听，呼吸声倒是依稀还在，只是听不到脚步声和说话声。她顿时好奇心起，收起扇子一撩袍角，轻烟似的飞上了近旁的大树，几个起落，估摸着地方差不多了，这才轻手轻脚地拨开枝叶，朝下看去。

不远处的樱花树下，两个人影正紧拥在一起，男子体态修长，女子秀发如瀑，晚风吹过，满树花瓣舞动飞旋，如雪纷落，枝叶间淡淡的月光给相拥的剪影镀上了一层朦胧的光晕。

这难道就是传说中的花前月下吗？

她饶有兴味地蹲在树上偷看起来，可樱花树下的男子却慢慢推开了怀里的女子，声音沉静如水：“紫兰，你不该来，我们不能再见面了。”

“啪。”女子二话不说，一个巴掌甩在他的脸上。

这一声清脆响亮，顿时把慕容七震住了，不明白方才还柔情缱绻的两个人，怎么说翻脸就翻脸。

那女子也不多话，拢了拢头发，冷笑一声：“别忘了你答应的事。”

说完，转身就走。

她离开的方向正迎着慕容七，只见她云鬓松拢，眉目如画，是个难得的美人儿，那种冷艳的模样让慕容七觉得依稀眼熟，却又想不起来究竟在哪里见过。

这么一犹豫，女子已经消失在樱花林后，慕容七这才想起自己的正事，正要跟着女子离开这个地方，耳边却传来一声低低的叹息。

虽轻犹重，似浅还深，让她忍不住转头看去。

那个依旧站在樱花树下的男子，有着白净俊秀的容貌，一袭飘逸青衫稍显单薄，却衬得整个人温雅如玉。这个相貌，慕容七一眼就认了出来——季澈让她背下来的帝都名人录上，此人排在第一位，她还亲眼见过他的青毡小轿从百姓的赞扬声中穿过街道。

魏南歌！

文渊阁首辅，魏大人！

这个青衣男子就这样独立月下，一地月光与漫天飞花仿佛都成了背景，就像刚从梦境中走出，尚未脱去周身的幻影清光。

她眨了眨眼睛，瞬间决定不走了。

正犹豫着要不要冒充小久先下去打个招呼混个脸熟，樱花林外便响起了公子昭熟悉的声音：“你确定信郡王是往这个方向走的？”

一个小姑娘娇嗔地答道："哥哥你怎么不相信我？他往这里头拐进来之前，我还塞了一条亲手绣的汗巾给他呢，不会错的。"

公子昭立刻痛心疾首地说道："妹妹，你忘了他吧，哥哥一定会给你找个好婆家的！"

眼看那兄妹二人就要走入林中，慕容七又看了一眼月下的魏南歌，思忖片刻，悄无声息地朝着公子昭兄妹出现的地方潜了过去。

半刻钟之后，慕容七装作与兄妹二人偶遇，准备一同结伴回中庭。没走几步，正努力把嫡亲妹妹从慕容七身边拉开的公子昭突然神色严肃，朝她身后唤了一声："魏大人。"

"宋二公子。"沉静醇和的声音缓缓传来，随即一转，带着询问道，"这位不是信郡王吗？王爷回京了？"

被点了名，慕容七便趁机转身，端起架子扯着嘴角笑道："好巧啊，魏大人。"

正从林子里走出来的魏南歌，笑容清雅，淡如月光，慕容七看得有些出神，愣怔中只听他轻笑道："倒也不算巧，王爷方才也去过樱花林？怎么你我没有遇上？"

"我没去过。"慕容七急忙摇头。

"这样啊……"他浅笑着，伸手过来替她拂落肩头的几片粉色花瓣，"那或许是我看错了。"

看着那几片泄露天机的花瓣颤巍巍地落地，慕容七张了张口，又张了张口，心里天人交战了一番，最后还是面不改色道："魏大人，一定是你看错了。"

睁眼说瞎话原来也不难，说着说着，也就习惯了。

等一行人来到中厅贵宾席上时，宴已过半，厅堂中燃着手臂粗细的蜜蜡，馥郁芬芳的香气弥漫在每个角落，灯下看美人，醉里听琴筝，奢华酣畅，宾主尽欢。

魏南歌和几个熟识的人打过招呼，便匆匆离去。慕容七不由得想到樱花树下和他深情相拥却又扇了他一巴掌的女子，猜想他是不是赶着去继续幽会了，便忍不住多看了他一眼，谁知被他看见了，走到一半又折回来，笑吟吟地说两人数月不见，不如过两日找个时间小聚，将上次的残局下完。

慕容七棋术奇烂无比，唯恐露出马脚，想要拒绝，内心却又隐隐不舍，犹豫间被人拉了过去划拳，等再回头时，魏南歌早就连影子都不见了。

中庭的贵宾席只招待男宾，小姐太太们都在另一个园子里看戏。但这并不代表这里没有女人，来自各个妓馆乐坊的姑娘们打扮得花枝招展，像花蝴蝶一样穿梭来去，等慕容七好不容易在这些欢场女子的敬酒大法中缓过气来，放眼望去，席面上的人已经所剩无几了。

眼见公子昭搂着一个女子歪歪斜斜地朝屏风后头走去，慕容七总觉得哪里不对劲，正想站起身来，胳膊一紧，低头看去，是一个穿着桃红裙衫的漂亮姑娘。

"你……你谁啊？"她一开口才发现连咬字都有些不清楚，看来是什雅国的宫廷密酿喝多了。

"我是红蕉啊，王爷不记得了吗？"姑娘眨了眨水汪汪的眼睛，"上次王爷便夸奴家的手好看，这一次，就让奴家好好服侍您吧。"

说着，伸出手来，在慕容七的背上轻轻一捏。

慕容七像是被蜜蜂蜇了似的跳起来，含糊道："不用服侍，我……我没醉，我自己能走路。"

"公子说什么呢？"红蕉掩唇哧哧笑道，"来这昙华王府的贵客谁不知道这个规矩？后头的厢房都空着呢，王爷何时变得害羞了？跟奴家来嘛，莫负良辰美景……"

慕容七虽平白担着一个寡妇身份，却连洞房都不曾有过，此刻只觉得这姑娘眼神里透着一股子要把人生吞活剥的狠劲儿，想必所谓的规矩定然不是什么好事。

她想推开她，双手却有些使不上力，顿时就醒悟了过来——作为习武之人，竟被区区几杯美酒折腾成这么一副要死不活的模样，这其中必定有什么蹊跷！

周围的乐曲不知何时也变了调子，呜呜咽咽的尽是靡靡之音，听在耳中，连心跳都加快了。

慕容七就是再不知风月，也知道自己今天走错场子了。

等回过神来时，她已经被红蕉拖到了一间精致的厢房门口，那双曾被小久夸赞过的手正肆无忌惮地解她的腰带，软语温言地笑道："王爷盛名满京城，奴家钦慕已久，今夜还请多加怜惜。"

怜惜你个头啊！慕容七一把推开怀里的女子，连衣襟都顾不上拉好，就翻上屋檐落荒而逃。

慕容七闯荡江湖的经验虽然基本靠道听途说，但好在脑袋不笨，此事稍微一联想，就知道那些芬芳的蜜蜡和醇美的酒浆里定有些见不得人的助兴药物，因为不是毒药，且剂量不大，她竟然疏忽了。

看那些公子姑娘们熟门熟路的模样，这个余兴节目大约是约定俗成的，就是苦了她这个冒牌货，如今浑身发热口干舌燥，只想找个水塘一头扎下去。

季澈可没说过，赴宴还有这种风险啊！

这么说，莫非季澈和小久也经常参加这种"余兴节目"？

好恶心哪，怪不得娘亲大人说男人都不是好东西……

胡思乱想之际，她已经翻过了几重屋檐，正要寻找府门所在，耳边却突然响起一声弦音，随即是一首陌生的曲子，起初平和若水，渐渐一声急过一声，仿佛阵阵潮涌，又像是婉转莺啼。她不由自主地浑身发热，脑子里也泛起一阵阵迷糊，直到高音如裂帛炸开，才恍然惊醒。

回想方才仿若魔怔了的情形，她顿时有些背脊生寒，想了想，便跳下屋檐，循着琴声找了过去。

天地良心，她只不过去找人问路而已。真的不是好奇管闲事，更不是艺高人胆大。

真找到了那个院落，听着里头的琴声，慕容七又有些犹豫了。

她和小久有过约定，假扮成彼此的时候绝对不能做给对方形象抹黑的事，可她不太确

定，在这么一个宴会上，风流倜傥的信郡王衣衫不整地四处问路这种事算不算是丢脸。

斟酌一番之后，她还是解散了发髻，脱下靴子，从怀里掏出一张人皮面具覆在脸上，最后用外衫将自己兜头裹住，这才起手敲了敲院门，谁知那门根本没锁，轻轻一推便无声地打开了。

她捏着嗓子道："奴家深夜迷路，请问……"

话未说完，门里飞出一道黑影，慕容七本能地侧身避过，脚尖勾起地上的石子运劲踢出，将黑影打落在地，借着月光一看，是一根枯枝。

她不由得瞠目，这暗器虽简单，劲道却不小，换作普通人早就吐血三升了。问个路而已，至于这么狠吗？

"居然能找到这里，这一次魏南歌派来的人总算有些意思。"

随着陌生的男声从院子里传出来，蛊惑人心的琴声也停了。

慕容七紧了紧外衫，往里走去。只见门后一条碎石小径直通一座石台，石台半临于水上，台上的木亭里正坐着两个人。

方才说话的是个穿着锦衣的贵公子，有些眼熟，手里端着一只白瓷茶杯，正犀利地看着她；另一个则是抚琴之人，一头乌黑的长发尽数以白色缎带系住，垂落在素白的衣上，双手按弦，脸上居然戴着半幅银面具，面具下露出的两片薄唇棱角分明，色泽极淡。

如此晦暗月夜，这两位公子衣着华美地端坐在荒芜小院里，又是抚琴又是喝茶，不能不让人浮想联翩。

锦衣贵公子显然也没想到来人竟会是那样一副尊容——赤着双足，外袍将头脸全部裹住，只露出一双眼睛和额前几缕长发，作为杀手，未免有些另类。

"女人？"贵公子皱起眉，两个字轻轻从喉间滑过。

抚琴的白衣人抬起头朝她看了一眼，又低下头继续研究指下的琴弦。

她定了定神，继续哑着嗓子扮柔弱："奴家随几位姐姐来昙华亲王府上服侍，谁知一不小心迷了路，可否请二位公子帮忙指个方向？"

贵公子愣了愣，继而露出一丝不怎么有诚意的笑容，手指转着茶杯，淡淡道："本王竟不知道，家中还邀请了武功如此高强的花楼姑娘。"

"……"

本王？家中？

慕容七恍然大悟，难怪觉得眼熟，原来是今天生辰宴的主人——什雅的昙华亲王。

她在中庭的时候他曾来敬酒，但也只是一瞥，又没人为她引见，自然就记不大清楚。

事已至此，她也只好硬着头皮继续装傻："奴家真的只是问个路，既然二位公子不知，那奴家就先告退了。"

正准备开溜，北宫昙华冷哼一声："既然来了，哪能这么容易走。"

修长的身躯随之跃起，手中茶杯弹指而出，直击慕容七的背后大穴。

"咦，这莫非是什雅的'分花手'？"

慕容七于武学一道向来十分好学，见北宫昙华使出这一招，忍不住停下脚步，扯下头上的外袍将茶杯迎面挥开，散开的长发在月下甩出一道乌黑的弧线，等外袍裹着茶杯落地时，人已在十步开外。

北宫昙华见一击不中，正要亲自上前，四周的空气里突然响起一阵微不可察的蜂鸣，他皱了皱眉，迅速退后，下一刻已身在亭中。

身后嗖嗖之声不断，回头看去，方才站立的地方竟已密密麻麻地插了一圈短箭，箭翎均是极为少见的红色，正是宫中禁卫军十七营的标志。

他不禁皱了皱眉，既然禁卫军十七营已经找到这里，那方才莫名其妙闯进来的女人就不会是魏南歌的人，否则又怎么会自己人对付自己人？

她到底是谁？

眼睛才瞄了半圈，身边已响起一声长叹："好险好险，多亏我机灵。"

他的动作不由得一滞，缓缓转过身来，但见一个穿着白色细麻长衣的女子正抱着木柱站在身后的栏杆上，墨黑的长发垂在肩头，微微前倾的身子轻盈婀娜，尤其是一双露在衣袍外的玉足，圆润小巧的指尖沾着些许泥土，更显白皙可爱。

他忍不住眯了眯眼，视线往上，却看到一张和活泼的声音完全相反的，呆滞木讷的大饼脸。

好高明的轻功，好敷衍的易容。北宫昙华了然一笑，对着从头至尾都没什么反应的抚琴男子语意不明地说道："凤渊，这位姑娘就留给你了。魏南歌既然连禁卫十七营的人都请了来，怎么说我也得去会一会。"

说罢，三两下脱去身上华丽的外衣，往慕容七的方向兜头一扔，就一身劲装翻墙而去了。

等慕容七把衣服扒开，只来得及听得到不下数十人的脚步声消失在小院外，而眼前除了一个戴着面具的男人，就剩了一把琴。

此时不走更待何时？她随便拱了拱手："公子请自便。"

谁知刚跳下围栏，便被人握住了手腕，她看着素白衣袖中露出的骨节分明的五根手指，有些愣怔："公子，事实证明我不是你们的对头，你还抓着我做什么？"

"昙华不在，你可以保护我吗？"

温柔多情的声音，听着十分勾人。

方才手掌相接，慕容七已经探知对方内息虚弱，没有半点武功，若刚才站在院子里的那个人是他，肯定早就被扎成了刺猬。真要是再有人来寻仇，凭他一己之力，绝对抵挡不住。

原来北宫昙华临走时那句"这位姑娘留给你"，是拿她当临时保镖的意思。

可惜，她又不是傻子，才不会给不认识的人当挡箭牌使。

不过如果他肯付钱的话，她瞄了一眼男子手中价值不菲的古琴，有偿劳动她倒是可以接受。临来辽阳京之前，慕容久那个天煞的浑球把她的银两和首饰全顺走了，害得她现在不得不寄季澈篱下，靠借钱度日，丢脸至极。

可她还来不及提出交换条件，原本空荡荡的院子里突然多出一个人来。

一个红衣蒙面女子正俏生生地站在月下，双手各握一把弯刀，寒光四射的眸子对着亭中二人看了一圈，最后牢牢地锁住了白衣面具人，显然他才是她的目标。

慕容七饶有兴味地看着她，嘀咕道："双手胡刃，这是北夷刺客的风格嘛。"说罢，蹲下身，往白衣人后背上戳了戳，低声道，"喂，公子，你们的调虎离山之计不灵啦，要我帮你吗？"

白衣人回过头来，银面具后的眼睛里划过探究的波光，嘴角却微微弯起："怎么帮？"

慕容七伸出手一一算来："救你一次五十两，帮你把她打跑……"

话说到一半，那个红衣女刺客已经双刀一绞扑上前来，刀光凛凛砍向白衣人胸口。慕容七急忙抓着他背心衣裳往后一扯，将他硬生生地从凳子上扯下来，刀刃从他高挺的鼻尖划过，只差毫厘。

"二百两！"

她这才有机会把剩下的话说完。

白衣人半躺在地上，却并不显得狼狈，只是叹了叹，似乎十分伤心："我的命只值二百两吗？太便宜了……"

"是……是吗？"慕容七愕然，早知道就多要一点了。

不等白衣人回答，女刺客的刀又砍了过来，下手狠辣，慕容七不得不抓着他的衣领，绕着木亭躲来躲去，还没有谈妥价格便已救了他无数次，大感吃亏，不满道："公子，你们惹的仇家如此难缠，我要加价！"

"好啊。"轻如柔羽的一声笑，夹杂在刀风中几乎听不清楚。下一刻，慕容七就感觉脚下一空，腰间被人用力搂住，她刚想一肘子敲过去，便看到白衣人水漉漉的一双眸子，手里一犹豫，便被他拽着一起掉了下去。

脚下的陷阱并不深，慕容七刚刚提气，脚尖就已经碰到了地面，她急忙稳住身形，顺手扶住身边的人，另一手小心地往四周摸了摸，感觉到上下左右都是冷冰冰的石块，竟是个窄小至极的地窖。

她不由得啧了一声："公子你不厚道，明明有密道可以逃走，还诓我替你抵挡仇家。"

"是密室，不是密道。"白衣人道，"此处无粮无水，不能久待。"

慕容七好奇道："那你下来做什么？"

白衣人却不回答，凝神看了看她额上细密的汗珠，又微偏过头在她鬓边轻轻嗅了嗅，道："你中了桃花醉？"

"什么桃花醉？"

"昙华府上用来招待贵客的蜜蜡中都掺了'桃花醉'用来助兴，若席间喝了宫廷秘酿，催情的效用更佳。"他的声音温柔，慕容七却听得一身冷汗。难怪她一直觉得身子不对劲，软绵绵酥麻麻的，又热又渴，还容易走神，原来是北宫昙华干的缺德事！

地窖里只有几缕从石缝里透进来的昏暗月光，但慕容七料想自己此刻的脸色必定十分难看。这种微带致幻效果的香料发作起来并不猛烈，但十分磨人，尤其此时被人一语点明，之前因为频发的事态而被忽略的燥热又一点一点地涌上来，紧挨着白衣人的那部分皮肤也敏感异常，即使隔着衣料，也散发出阵阵灼热。

她运功压下悸动的脉息，咬牙道：“你……你离我远点儿。”

听到这句话，白衣人非但没有退开，反倒离得更近了一些，原本就搂在她腰间的手也慢慢收紧，抚上她的后背，声音低沉而多情，眼中带出一丝迷离。

“姑娘明明已经去过中庭宴会，而且待的时间不短，为何骗我们说还没去过，嗯？”

四周弥漫着清冽淡雅的男子气息，如同毒药一样渗进慕容七身上的每一个毛孔，将她最细微的感官也一一打开。她背靠着墙壁直挺挺地站着，心里就像被猫抓一般，又痒又麻，挣扎道：“公子，实不相瞒，我其实是个寡妇……”

“……”

“而且我力气比你大很多……”

“所以呢？”

“所以我如果忍不住扑倒你，你岂不是太吃亏了？为了你的名节，公子还是打开机关，让我出去和你的仇人一较高下吧，钱的事咱们好商量。”

白衣人愣了愣，笑道：“多谢姑娘替我的名节着想。”

“谢我的话就放我出去啊！”

“可是……”他的手指已经划过她的背脊落在耳畔，轻轻摩挲着她的耳垂，温热的气息流转拂动，“若我有办法替你解开‘桃花醉’的迷香呢？你是要，还是不要？”

要什么要啊，不会好好说话吗？

慕容七欲哭无泪，紧绷着嘴角蹦出两个字：“不要！”

对方却像是没有听到似的，手指突然用力，一下子揭开了她覆在脸上的面具。

蜡黄皮肤的大饼脸突然不见了，面具下露出的真容让白衣人一瞬间失神，随即慢慢地弯起嘴角，眼神幽深，轻笑道：“我叫凤渊，你呢？”

公子，这不是互通姓名的好时机吧？

慕容七半捂着脸，微怒道：“你太失礼了！”

凤渊却笑：“不说的话，可就要留在这里陪我了。”

“我叫嫣然！”慕容七答得飞快，“现在可以让我出去了吗？”

“嫣然。”这两个字他在舌尖慢慢滚过，又悠悠笑道，“好，我记住了。”

余音未落，慕容七的手便被拉了下来，随即一个柔软微凉的事物覆上了她的嘴唇，等她惊觉那是什么的时候，已经说不出话来。

凤渊唇上的凉意带着醉人的清雅气息，一瞬间仿若饮了醇酒，让她不由自主地卸去了周身防备，原本推拒的双手也软下来，被他紧紧扣在掌心。

辗转不过片刻，他便已察觉到她的青涩，动作更加放肆。慕容七明明知道自己正被人轻薄，身体里却像燃着一团小小的火焰，烧得四肢一阵阵发软，只想随着他沉溺下去。

幸好这种猝不及防的混沌只持续了很短的时间，很快，她从小修习的护体心法便因为体内血行的异常自动流转起来，顿时将身体的燥热慢慢驱散。她的神志逐渐清明，甚至能清晰地感觉到对方的心跳——即便是如此缠绵亲昵的时刻，他的心跳也依旧平稳，唇上的温度也不热烈。

当那种奇怪的绵软完全消失的时候，凤渊的唇正在她的脖子上流连，如蝴蝶翩舞。慕容七顿时大怒，想也未想便抽手扇了过去。

凤渊不会武功，被她这样一扇，顿时站不住，往后连退几步，侧身撞在石壁上，覆面的银面具吧嗒一声掉落在地上。

他捂着被她一掌击中的胸口，低头轻喘一声，叹道："嫣然，下手好重。"

嫣什么然，我跟你很熟吗？

慕容七余怒未消，扯了扯滑落的领口衣襟，哼道："你活该！"

这一次他没再说话，小小的地窖里只剩压抑的喘气声，显然被她打中的地方甚是疼痛。

过了一会儿，慕容七见他还是靠在石壁上不曾起身，反倒有些担心起来，走上前去扶他的肩膀，道："你没事吧？我只用了两分功力而已，你也太弱不禁风了。"

凤渊随着她的动作直起身来，遮住脸庞的长发随之滑落，露出一直被面具掩盖的面容。

慕容七只看了一眼，便呆住了。

那张脸自额头至两颊，竟布满了狰狞交错的伤痕，几乎看不出原来的容貌。

凤渊却是神色平静，伸手捡起面具重新戴上，淡淡道："吓到你了？"

慕容七点点头，又急忙摇头，胡乱道："其实你戴着面具的时候还挺好看的。"

凤渊颇幽怨地看了她一眼。

她急忙改口："你不戴面具也没那么丑……"

凤渊干脆不理她了。

她憋了好一会儿，才又小心翼翼地问道："说实话，你……是不是因为脸长成这样，所以平时没有女人愿意理你？"

凤渊正在整理头发的手一停，抬眼看着她，竟不知道如何作答。

"如果是因为这个，我也可以理解，但……随便对陌生人下手是不对的。"她的脸色还是很难看，却勉强压下了怒气，语重心长地说道。

凤渊顿时失笑："你在同情我，所以决定原谅我？"

他的笑容看起来很愉悦，慕容七有些摸不透他究竟是真的无所谓，还是佯装无所谓，她向来不擅长应付这类人，只好伸手摸了摸头顶的石板，道："算了，你让我出去，我帮你对付仇人，条件是刚才的事就当没有发生过，怎么样？"

凤渊盯着她看了片刻，突然笑了笑："也好。"

说罢，他从怀里掏出一只碧绿的翡翠环放进慕容七怀里，说道："给你。"

"这是什么？"慕容七瞧见玉环上面雕琢着繁复的花纹，光泽柔和水色隐隐，显然是成色极好的宝贝。

"报酬。"凤渊道，"你说过，收二百两就帮我赶走她，可我身上没带那么多钱，这个你拿去，当了也好，换钱也罢，总之报酬我付过了。"

说罢，他也不等她有所表示，伸手在石壁上摸索一阵，头上的石板立刻裂开了一道缝。

他在她肩上推了一把，道："快上去吧，小心别让她发现我。"

"……"

过河拆桥这种事真的好吗，公子？

重新回到亭中，红衣女刺客还没走，正盘腿静静地坐在院子正中。

慕容七随手拾起方才北宫昙华丢下的锦缎长袍披在身上，红衣女刺客见状，慢慢站起身来，伸手拔下插在地上的两把刀，其中一把刀指着她的面门，声音冷如寒冰。

“你是凤游宫的人？”

正在绑头发的慕容七听到这话，疑惑道：“什么凤游宫？”

女刺客冷哼道：“装什么？不是凤游宫的人，为何如此维护凤公子？”

“不知道你说的是谁。”慕容七有些不耐烦地抄起方才凤渊所坐的凳子，掂了掂，随即用力扔了过去，人也如影随形一般飞跃而出。

“本姑娘只是收人钱财，与人消灾而已！”

一盏茶过后，慕容七和红衣女刺客之间渐渐分出了高下。

虽然双手胡刃凶狠诡异，但终究只适合暗杀，不适合决斗，慕容七所学庞杂，怪异招式层出不穷，时间一长，女刺客便有些拙于应付。眼看时间不早，慕容七决定速战速决，迎着刀式身形一闪，冒险躲过一击，顺手夺去女刺客左手的刀，反手朝着对方胸口刺去。

这一招化刀为剑，快如闪电，避无可避。

可招式才递到一半，耳边风声呼啸，一个黑影飞掠而来打在刀背上，内劲甚大，竟震得她虎口发麻，胡刀脱手飞出，掉落在地。

她目瞪口呆地看着钉在脚边的兵器——一杆一尺七寸、玄铁黑缨的短枪。

“雷……雷锥。”她心虚地抬起头来，看到不远处的墙头上，熟悉的颀长身影正站在晦暗的月色下，黑色的衣襟迎风而动，右手握着一杆一模一样的短枪，戒指上的宝石映着月光，闪着幽幽光芒。

“阿……澈？”

季澈怎么回来了？

慕容七的第一反应就是——糟糕！

·第三章· 秘辛

一个时辰之后，慕容七跟着季少帮主，走在临近午夜、空无一人的京城街道上。

春夜寒凉，她身上只穿着一件单薄的长衣，顺手牵羊拿来的外袍早在打斗中落地，离开的时候匆忙，都来不及捡回来。

慕容七望着季澈的背影，反复思量着此事，虽然起因是北宫昙华那要命的“桃花醉”，但在别国使臣家里打架确实是自己不对，不如先伏低做小认个错，却又想不出怎么开口。正逢不知从哪里吹来一阵凉风，她浑身一寒，忍不住打了个喷嚏，顺口呜咽一声：“好冷。”

走在前面的人果然停下了脚步，转过头。

慕容七赶忙快走几步，眨了眨眼睛，可怜兮兮地说道：“阿澈，我饿了。”

季澈冷冷道：“刚才那个女人，是禁卫军十七营的副统领，而十七营是有名的暗杀营，直接听命于皇族，追捕之人都是关系重大的要紧人物。方才你那一刀若是砍下去，辽阳京这个地方，你以后就别回来了。”

慕容七不服气，嘟了嘟嘴，道：“有那么严重吗？我知道你是不想惹皇族的麻烦事，但我也有分寸的，又不是真的要伤她……”

“万一有什么损伤，后果难料。”他没有丝毫让步，伸出修长的手指准确地点在她的眉心，“别忘了你现在是谁。我不管两年前你们和太子有什么私下约定，但‘慕容七’已经从皇室消失，‘慕容久’却还没有。新皇还没有登基，这种时候在皇室秘密行动里掺一脚，对你们两个没有任何好处。”

“你……你想得太多了……”虽然这么说，但她的声音已经低弱了不少。显然，在内心深处，她已经接受了他的批评。

“是吗？”季澈的手指从她眉心离开，最后又停在她的脖子上，语气越发冷酷，“‘桃花醉’滋味可好？这个也是我想多了吗？”

他的指尖有点凉，慕容七有些心虚地问了一句：“什么‘桃花醉’？”说完突然想起方才在地窖里的一幕，在她体内迷香去尽之前，那个叫凤渊的奇怪的面具人似乎正在啃她的脖子。

她急忙从怀里掏出小镜子，借着路边破旧的灯笼查看，只见自己后颈上赫然有一个淡淡的红印，仔细看，依稀像是朵用胭脂画上去的花。

“啃一下而已，怎么会变成这样？”她忍不住嘀咕。

“啃？”季澈收回手指，淡淡一笑，“谁？”

好……好可怕，慕容七不由得浑身一颤。

“一个不认识的女人，大概是小久的老相好。”她才不会说出实情呢。

季澈脸色稍霁，点点头道：“什雅奇技淫巧的东西太多，和北宫昙华保持距离比较好。”

“……哦。”

他不说她也会保持距离的，她看着他转身继续往前走的背影，忍不住懊恼地抚了抚嘴唇，白白被人占了便宜却讨不回来，真够倒霉的。回头一定要打听一下“凤游宫”究竟是个什么地方，所谓的凤公子到底犯了什么事，竟然惹来禁卫军十七营的追杀！

慕容七一边想着一边跟在季澈身后，没走几步便转过一个街角，眼前出现了一盏暖黄的灯光，灯光下一对卖馄饨的中年夫妻还没有收摊，一口大锅冒着腾腾的热气，寥寥的几个客人正在喝汤。

季澈和老板交代了几句，一回头，慕容七已经坐在桌前，握着雪白的袖子擦筷子，看他坐下，十分谄媚地把手里那双已经擦好的递过来，一双凤眼笑成了弯弯的月牙。

“我就知道阿澈你对我最好了，肯定不忍心看着我挨饿受冻。”

“碰巧而已。”他并不领情，可眼底却闪过一丝不自然。

慕容七当然不会注意到，她正扯着嗓子朝老板娘远远喊道：“大嫂，我那碗放葱，不要放香菜，榨菜辣椒多一点……”

“是是是，这位公子刚才已经交代过了。”老板娘笑呵呵地将碗放在她面前，特意多看了季澈一眼，“姑娘真是好福气啊！”

“是啊是啊。”慕容七忙不迭地点头，“这个时候还能吃上一碗热馄饨，的确是好福气！”

季澈：“…………”

老板娘：“…………”

慕容七混在辽阳京的第十天，一个几乎被她遗忘的邀约如期而至。

彼时，她正在华丽的郡王府里，一边嗑瓜子一边听郭子宸的调查报告，季澈则半躺在榻上养神，偶尔用手里的匕首追杀路过的苍蝇。

“锅子，你刚才说什么？凤游宫是卖香料的？不是什么暗杀组织或是邪教门派？”慕容七吐掉一口瓜子壳，对这个结果表示非常意外。

“根据调查，这家商号确实是大酉乃至什雅地区的香料大户，全国有将近一半的官员贵族都是他们的客户，辽阳京里尤其多。凤游宫的大老板人称‘凤公子’。”郭子宸抽了抽嘴角，“还有，慕容姑娘请不要叫我‘锅子’……”

“那位凤公子，是不是因为容貌丑陋所以一直戴着面具？锅子，你们就没有详细一点的资料吗？”

郭子宸再度抽了抽嘴角：“除非是特别大的生意，否则凤公子很少露面，他究竟形貌如何，还需要进一步调查。另外，慕容姑娘请不要叫我……”

慕容七转过头，有些失望：“季澈，你那号称天下第一的情报网也不过如此嘛！”

郭子宸在心中抗议：请不要无视我好吗？

季澈一边慢腾腾地从怀里抽出块帕子将匕首擦拭干净，一边淡淡道：“鸿水帮的情报网不是为了调查一个无关紧要的香料贩子而存在的。”

尽管如此，他还是吩咐郭子宸道：“小郭，凤游宫的调查继续找人跟进，作为一个香料贩子，这些人最近似乎在辽阳京官员的身边出现得太频繁了。”

郭子宸：“少主，这不是问题，但是在这之前能不能请你和慕容姑娘纠正一下，不要再叫我‘锅子’了？”

季澈瞥了他一眼：“这是你跟她的事，与我何干？”

郭子宸：“少主别这样……”

正当此时，门外有下人来报，说是首辅魏大人有请信郡王过府一叙。

慕容七捏着那张散发着淡香、言辞文雅的请柬直皱眉，上面“残局留待”四个字让她心生畏惧。

季澈站起身拍了拍衣襟，打算和郭子宸就此告辞。

“等等，阿澈，你不能就这么扔下我不管。”慕容七一把拽住他黑色的箭袖，“我不会下棋，我会露馅的。我一旦露馅，就不能再留在京城了；我不能留在京城，小久就必须得回来；如果小久回来，你一定会被他烦死的……”

季澈沉默地看了她一会儿，突然掂了掂手里的匕首，冷不防朝她手背上刺去。

慕容七根本没想到他会突然袭击，尽管反应够快，及时躲开，锋利的刀锋还是在她手指上划了一道小小的伤口，鲜血直流，她正要发火，季澈已经收起匕首，淡淡道：“现在你可以跟魏南歌说，你的手受伤了，没法下棋。”

当慕容七在首辅府的后花园里再次见到魏南歌时，他对她的手伤表示惊讶和遗憾。

“王爷，你的手怎么受伤了？”

“不小心划破了。”慕容七叹了口气，眯起凤眼直摇头，“真抱歉啊魏大人，不能陪你下完残局了。”

“看起来很严重，要不要紧？”魏南歌伸手虚托起慕容七包扎得厚实的如同熊掌的右手，神色间不掩关切。

“没……没事，过两天就好了。”望着近在咫尺的清俊面容，慕容七谈笑自若的气势不知怎的突然有些失灵，不由得悄悄后退了一步。

再次见到这位本朝最年轻的重臣，她更加确定自己对他确确实实存在着不一样的感觉——心跳会加快，言行会无措，总想多看他一眼，可是真的和他的眼神相遇，却又忍不住躲开。

用小久的话说，这是犯花痴，但慕容七觉得，这就是传说中的一见钟情！

因为魏南歌的模样，完全符合她心目中的最佳审美——温柔如鹿的眸子，挺直的鼻梁，总是含着微笑的嘴角，君子如玉，举手投足之间都有让人心折的书卷气息。

说起这个“最佳审美”，要回溯到慕容七还是小姑娘的时候。彼时在小七眼中，世上最极品的男子就是父亲大人。他温柔多情、博学多才，言行都有种与生俱来的尊贵优雅，连遣词造句都极有品位，反观冷口冷面武力值超高的娘亲和迦叶宫中一群整日打坐参禅、练武修道的师叔师伯，父亲大人的无敌光环照亮了她整个童年。

诚然，童年过后，残酷的现实不断地提醒她，偶像的光环其实是最会骗人的，但长久形成的审美观已经根深蒂固，因而小七每每遥想未来心上人的模样，都与父亲大人的样貌大致相同——也就是魏南歌这种的。

可叫人忧郁的是，她认识的年轻男子，要不就是迦叶宫的弟子、信徒，要不就是京城的太监、侍卫，偶尔有些别的类型，也都是小久身边那班整日沉溺酒色的纨绔大少爷，或者季澈帮中大字不识几个、打架家常便饭的彪形大汉，要找到一个像山泉一样清冽、如春风一样熨帖的男人，难度实在太高。

不曾想，如今竟真的被她碰上了一个。

所谓缘分妙不可言，机不可失，时不再来。

脑子一热，她脱口问道：“魏大人年少有为，却至今未婚配，不知心里可有中意的人选？”

正亲手洗杯烹茶的魏南歌顿时一愣，半晌才回答，温和的声音里带着一丝不易觉察的冷肃：“王爷既然知道今日我为何请你来，那就再好不过了。”

慕容七张口结舌，这个答案真的是针对她的问题吗？为什么听起来毫不相关？其实她只是想接着说：“如果你没有人选，我倒是有个妹妹人很不错，你有没有兴趣见一见？”

可是现在，她该怎么绕回去？

这么一打岔，她的一时冲动也随之冷却。她凝神一想，魏南歌这句看似没头没脑的话，倒也能品出一个大概来。

她虽然不喜欢动脑子，但并不代表她什么都不知道。几天前在北宫昙华生日宴上偷看到的那一幕，虽然已经被她矢口否认，但魏南歌显然并不相信。她此刻的无心一问，一定是被他当作了有心试探。

她吸了口气，道：“魏大人指的是那天和太子妃见面的事吗？”

魏南歌手下的动作一顿，随即唇边绽开淡淡的微笑，倒像是松了一口气的样子：“王爷果然看见了。”

慕容七暗中翻了翻白眼，他既然都这么问了，否认也只会惹来无端的猜疑和更费脑筋的试探，还不如早点承认，静观其变。

至于那个女子的身份，她也是后来才想到的。

关于这桩宫廷秘辛，她知道的其实远比当初她告诉季澈的要多。年少时被软禁在宫里的那几年，她每天都过得十分无聊，探听八卦也成了日常生活之一。那时候东宫有个宫女是太子妃出嫁前的侍女，而那个宫女又和已故帝后身边的宫女交好，有一次两人正在御花园的假山后面偷偷摸摸聊天磕牙的时候，慕容七正躺在附近一株大树上睡午觉，顺耳就将事情的来龙去脉听了一个大概。

要说这件事，其实还和她有些关系。

已故帝后出嫁前，和慕容七的娘亲曾是闺中密友，帝后自己又不曾养育女儿，因此对这位御封的晏容公主极其宠爱。虽不能就此放她出宫，但只要是她喜欢的，都会尽量满足她。她刚好十五及笄那年，这位皇伯母便想为她张罗一门好姻缘。因为慕容七偏爱文雅才子型，帝后百般挑选之下，才选中了丞相家的嫡孙——从小有“神童”之称，十五岁金殿高中，弱冠之年便成为文渊阁大学士的魏南歌。

只是重臣和皇家联姻毕竟非同小可，向来思虑周全的帝后暗中先派人去探了口风，却探听回来魏南歌和越阳王之女殷紫兰青梅竹马之事，很有些非卿不娶，非君不嫁的势头。年少有为又才华横溢的丞相公子极为专情，从十六岁起就拒绝了许多有钱有势人家的提亲，帝后权衡来权衡去，本着绝对不让晏容公主受一丝委屈的念头，此事最后还是作罢。

至于后来帝后故去，慕容七嫁给了一个短命世子的这桩孽缘，那是后话了。

十五岁时，慕容七第一次听到魏南歌的名字。可是直到五年后，她才第一次见到这个差一点成为自己驸马的男子。

五年的时间，让她从深宫里受尽宠爱的公主成了一个连名字都消失在皇室宗谱上的寡妇。而当年誓死相随的那对爱侣，一个成了当今太子妃，另一个则成为将来国君最为倚重的臣子，相隔咫尺，却成天涯。

世间之事，百转千回，莫不如此。

从前的永安郡主如今的太子妃殷紫兰，慕容七也是见过的，在她参与的为数不多的几次宫中女眷聚会上，她曾远远地见过她数面，印象虽不深，但名分上还得叫她一声“嫂嫂”。因而那天樱花树下乍然见面，才会觉得眼熟。

而此时此刻，当魏南歌说“王爷果然看到了”的时候，慕容七正一手托着腮，一手从魏南歌手里接过小巧精致的紫砂茶盅，一脸死猪不怕开水烫的表情，从善如流地回答：“是呀，我都看见了。”

“既然如此……”魏南歌自己也从茶托中取出一盏，望着碧绿的茶汤，慢慢说道，“我们来谈谈条件吧。”

“不用了。你放心，我不会说出去的。”慕容七挥了挥手。

“我自然是相信王爷的，”他顿了顿，轻轻啜了一口茶，慢悠悠地说道，“但我与晏容公主却不曾打过交道，此事事关重大不得不防，还望公主谅解。”

“当啷。”慕容七手里的杯子掉在地上。她目瞪口呆。

魏南歌还是一副悠然的模样，弯下身捡起掉落在地的茶杯，又从茶托里拿了一杯新的，轻轻放在慕容七面前。

慕容七盯着那双修长漂亮的手，暗自庆幸刚才没有把“我有个妹妹可以嫁给你”这种丢脸的话说出来。

当她再抬起头，脸色已恢复如初，声音虽然未变，眼神中却撤去了专属于慕容久的风流慵懒之态，带着几分好奇望着他，道：“魏大人是怎么看出来的？”

她身材高挑，比普通女子要高大半个头，而小久还未及弱冠，身量本就未长足，再加上疏于练武，身材并不魁梧。只要她穿上厚实宽大一些的衣服，稍加易容改变脸部线条，装上假喉结，再用药丸改变声音，就连公子昭那些和小久十分亲近的人都分辨不出真假。

当然，季澈除外。

可是，对他们两人都不熟悉的魏南歌究竟是怎么做到的？

首辅大人嘴角又扬起那种让慕容七为之心动的温和微笑："我并没有什么特殊的才能，只不过王爷离开之前曾经和我说过，经此一别，下次回来的未必就是他自己。"

慕容七跌了跌，差点又把手里的茶杯摔了。

魏南歌将她的反应看在眼里，笑道："我之前还不理解他的这句话是什么意思，但那日在昙华亲王府上见到了公主，才真正明白——公主的乔装足以乱真，只是王爷的武功不怎么好，若是他躲在树上偷看，自己一定没办法这么快爬下树来。"

慕容七听到这话，忍不住笑了，他说得没错，这一点的确是她的失误。

不过看样子，小久和他的关系，也并不仅仅是泛泛之交这么简单。她瞧着他，忍不住问道："魏大人，你不怕吗？我可是个'死人'哦！"

魏南歌摇了摇头，道："你如今不是好好地活着？"

"不准备去告发我吗？"

魏南歌还是摇头，浅笑道："晏容公主既然已经死了，哪还有复活的道理？"

两个问题，两句话，他却分别用了"你"和"晏容公主"两个不同称谓，慕容七的心忍不住重重一跳，眨了眨眼睛道："你怎么一点也不意外？难道早就知道我没死？小久到底还跟你说过些什么？"

魏南歌但笑不语，只是执壶添茶，慕容七久久等不到答案，却被他流畅优雅的动作吸引，几乎看得入了神。

"……公主？晏容公主？"

她在恬淡的声音中回过神来，嘿嘿一笑："叫我'七七'就好。你是小久的朋友，也就是我的朋友。"她顿了顿，又继续道，"至于你找我来的目的，我可以对天发誓，绝对不会把那天看到的情景告诉别人。不过有些事，你还是要想清楚的，殷紫兰嫁给慕容铮也好几年了，儿子都已经两岁，我不知道你们之间到底有什么惊天地泣鬼神的往事，但以后可别再那样了，万一给别人看见，可没我这么好说话。慕容铮看起来宽容，但其实很小气，而且，他马上就要做皇帝了。有什么后果，你一定比我清楚。"

魏南歌安静地听着她毫无顾忌地评论着当今太子和他的隐私，却没有勃然大怒，更没有尴尬不安，他一直微笑着，一双幽深的褐瞳中浮光点点。

他等她说完，轻轻道："不会再有下次的，但还是谢谢你，七七。"

怎么办，突然觉得好开心。慕容七悄悄用手按了按乱跳不已的心口，忍了忍，还是没忍住："其实这个世上有很多好姑娘的，除了往后看，你往哪儿看都能看到。"

"我明白。"魏南歌看着她，眉眼温和，慕容七却不知怎的有些不好意思，急忙站起身来掩饰道："时间不早，我要走了。"

“等一下。”他也随之起身，“今日请七七来，并不是为了揭穿你的真实身份，更不是要以此来换取替我保密的诺言，而是……另有要事相求。”

“什么事？”

“关于信郡王和太子殿下之间的秘密约定。”

慕容七脚步一顿，回头正要说话，却被魏南歌打断了。

“信郡王既然同意七七假扮他来辽阳京，想必二位已经有了共识，一定不只是扮作他吃喝玩乐这么简单吧？”魏南歌慢慢往前走到她的身前，“容我猜一猜好吗？是不是因为，他料到此番回京会有危险，所以才让武功高强、有足够能力自保的七七来代替他？”

慕容七用一双黑白分明的凤眼瞪了他半晌，终于又坐了回去，支着下巴道：“好吧，首辅大人，我们果然应该好好谈一谈。”

她这人虽然随性，但自认为还是很有原则的，万事都有底线，就好比她虽然觉得魏南歌很不错，但并不代表，他就可以随便触及她的底线。

而今，这个秘密，就是她的底线。

可魏南歌的声音里依旧带着淡淡的笑意，以及一种稳定的、足以安抚人心的力量：“别担心，七七，我是来帮你的。”

掌灯时分，一轮明月悄然挂在柳梢头，明亮的月光洒满一地。

慕容七呆呆地望着圆圆的月轮，雪白的牙齿将手里的青瓷酒杯咬得咔咔作响。她活了不长不短的二十年，还是第一次为一件事辗转反侧举棋不定。

要是从前，拿不准的事情，她向来靠直觉来做决定，可是这一次，就连直觉也帮不了她。因为那个人，是无懈可击的魏南歌。

几个时辰前，魏南歌只用一句话，就击中了她的要害。

没错，时隔两年，她假扮小久来到辽阳京，并不是为了故地重游吃喝玩乐；同样，小久没有回郡王府，也并不是真的要去追求什么流云堡的叶二小姐。

究竟是为了什么，只有他们兄妹二人知道，因为事关重大，这一次，他们连最好的朋友季澈都瞒住了。

可魏南歌却……

耳边仿佛又响起首辅大人温和的声音，如清澈的流水，却一字一字，如水穿石。

“我知道信郡王和太子殿下私下有过协议，只要王爷助太子殿下登基，他日殿下定保他族人，还他自由，父辈恩怨也一笔勾销。”

“如今太子殿下即将登基，本应信守当年承诺，但君心似海，信郡王怕是觉察到殿下心生悔意，或许不愿让他就此脱身，因此才让七七代替他前来。而他自己，恐怕正在别处另想万全之策吧？”

他侃侃而谈，就好像亲眼所见。慕容七装淡定一直装得很辛苦，其实她很多次都想冲上去摇晃他的肩膀，吼一句你到底是怎么知道的？你是有千里眼还是顺风耳？

这世上当然不会有千里眼顺风耳，唯一的解释，就是他至少已经了解了一部分秘密，比如小久和慕容铮之间那个要命的协议。

可这个协议，理应只有他们三个当事人才知道，她和魏南歌不过是初识，泄密的自然不会是她，那么，究竟是谁？是故意为之还是无心之举？

她的脑子果然用得太少了，用来想这件事竟有些力不从心，此情此景下，只好学着季澈的样子，故作高深地敷衍道：“先说说你想做些什么？”

魏南歌也没有再卖关子，直截了当地说道：“我可以帮助王爷如愿以偿地脱离太子殿下的桎梏，你们母族中受困的族人也可以安然无恙；但反之，也请七七助我一臂之力。”

慕容七挑了挑眉，很不客气地说道：“魏大人你胆子未免太大了，这可不大好，古往今来知道太多秘密的人都死得很早。”

魏南歌却笑了笑：“七七你可高看我了，我的胆子其实很小。我会害怕很多东西，幸好从来不怕死。”

他始终带着温和的笑容，那种笑容就像是他的盔甲，任何时候也不曾卸下。

慕容七有些无法直视地转开头，咕哝道：“连死都不怕了，还能怕什么呀？”

“若说眼下我最怕的，便是七七不肯与我合作。”

“魏大人，拜托别偷听别人的自言自语好吗？”

“那我们可以光明正大地继续方才的谈话吗？”

“……”

魏大人，你赢了。

思绪慢慢收回，慕容七取下被牙齿折磨得遍体鳞伤的瓷杯放在桌上，独自长叹。魏南歌那种只动嘴不动手的人，从来都是她的天敌，强打精神应付了一个下午，让她倍感压力。

今晚的月光似乎分外明亮，亮得有些目眩，她揉了揉眼睛，许多早已被深埋在心底的画面仿佛又开始在眼前晃动更迭。那个被她带来京城的巨大秘密……那些不怎么愉快的往事……

六年前，初定天下的崇极皇帝终于决定将矛头对准朝内，将肃清内患列为头等大事。首当其冲的，就是曾经犯下谋逆大罪，最后却借死遁逃的信王慕容苏，也就是慕容七和慕容久的父亲。

因为当年暗中放慕容苏一条生路的人是帝后，所以崇极皇帝向来对此事睁一只眼闭一只眼。可这些年来，曾经名满京城的信王大人虽然不找皇帝的麻烦，但他那位厉害的夫人却继承了极西之地的迦叶宫作风。迦叶宫是万佛之国兰若的护国神殿，背后的实力不容小觑。一想到自家兄弟的前科，没有安全感的皇帝就有些食不下咽、睡不安寝，最后终于决定先下手为强，防患于未然。

他先是秘密扣留了慕容苏夫妇母族的族人，并以这些数量庞大的族人为人质，要求慕容苏夫妇将一双儿女送到辽阳京长住。兄妹俩十四岁那年秘密入京，慕容久袭了父亲的爵位，只是品阶从一等亲王降为了二等郡王，而慕容嫣则被封为“晏容公主”，进宫陪伴帝后。

看似风光无限的封赏，却是变相的囚禁。这对从小无法无天惯了的兄妹二人来说，不啻为一场灾难，因此“拯救族人”和“脱离大酉皇室”，是这几年来两人难得达成的共识。

而慕容久的方法很简单，他从诸位皇子中选择了当时并不算出挑的慕容铮，并说服他，和他私下达成了协议——他助他得到帝位，他则还他自由。

现在，崇极帝病重，慕容铮即将继位，承诺，终于到了该兑现的时候。

可是，慕容铮却想变卦了。

说起前两年，慕容七还愿意安分地扮演“温柔美丽、才华出众”的晏容公主，蹲在后宫里陪一群无聊的女眷喝茶、唠嗑、赏花、游湖，顺便探听这位娘娘的隐私、那位贵妇的把柄，然后暗中传递消息，和小久里应外合。

有了他们的帮助，不过两年，前朝那场看不见硝烟的战争最终以慕容铮成功入主东宫落下了帷幕。

可之后不久，一直郁郁寡欢的帝后便去世了，慕容七对宫廷的忍耐也到了极限，她等不及慕容铮登基就直接摸黑窜进了东宫，用刀架着堂哥的脖子，一起坐下来喝了半宿的茶。

第二天，新鲜出炉的太子殿下便找到了崇极皇帝，说自己亲爱的堂妹在一次偶然的机会下见到了号称“京城第一美男子”的巨泽世子殿下，非他不嫁。

这才有了后来的赐婚，有了看似华丽却连新郎都未曾出席的婚礼，以及一个月后的“瞿峡之乱”。

实则她连传说中的美男子长得是圆是扁都不知道。让她心甘情愿嫁给他的原因，一是此人在京城权贵们的口中向来是个懦弱的废物；二来，是她从小久那里得知了皇帝有心削藩，并即将付诸行动的消息。

她最终借着那场变乱提早脱了身，也幸好如此，如今才能上演这一出偷梁换柱的戏，才有足够的时间和筹码，来应付已经牢牢占据储君之位的慕容铮。

其实慕容七也挺能理解这位以温厚宽容闻名的堂兄，身为皇室中人，所谓的“温厚宽容”基本上只能当作笑话听听而已。

这几年小久暗中辅佐慕容铮，知道的秘密太多，多到足以威胁到慕容铮的皇位。这样的心腹大患，若是留在身边继续蹚浑水也就罢了，可是他却偏偏要选择急流勇退，带着这么多秘密跑路，这和拿把刀子悬在皇帝头上又有什么区别？

如果她是慕容铮，肯定也不会放过小久。

连她都能想通的事，小久哪会不明白？他虽然是个整天混迹风月、不学无术的纨绔子弟，但好歹也是个绝顶聪明的纨绔。于是便趁着过年，以探亲为名，回迦叶宫找她密谋对策。

那时候，她也确实抄佛经抄得气闷，因此两人一拍即合，第二天小久便以“带妹妹散心”为由，将她带出了迦叶宫，中途两人交换了身份，分头行事，直至今日。

原本一切都很顺利的。谁知半途竟会杀出一个魏南歌！

他究竟是敌是友？她是该相信他？还是无视他？是该冒着被一锅端的危险选择与他合作，还是冒着被一锅端的危险选择拒绝他的提议？

真叫人好生为难。

第四章 莲花

慕容七望着暗蓝的天空，短短的半个时辰里，明净的月轮已悄悄爬过柳梢，银白的光芒越发明亮。她眨了眨眼，只觉得耳边嗡嗡作响，脑筋也有些转不过弯来，似乎有些犯困了，可事情还没有想个明白。

想起魏南歌提出的交换条件，她不禁有些烦恼，嘀咕道：“怎么又是凤游宫？”

“凤游宫”这个名字，最近在她耳边出现的频率好似有些高。先是红衣女刺客，再是郭子宸和季澈，现在又轮到了魏南歌。

魏南歌的说法，倒和那天慕容七所见所闻相合。他很坦诚地告诉她，因为凤游宫与后宫嫔妃以及背后的外戚势力过从甚密，牵涉进了好几桩对太子不利的朝堂之争，因此他奉密令调查宫主凤公子，可此人却异常狡猾，几次三番逃脱。

太子即将登基，时间有限，首辅大人为此也十分头疼。他布了局，撒了网，现在唯一缺的，就是引人鱼上钩的饵。

而慕容七，确切地说是“信郡王”这个身份，在魏南歌看来，正是一个非常适合的饵。

他的计划其实很简单：慕容七以信郡王的身份和凤游宫谈一单数额庞大的香料生意，直到成功约见凤公子。见面那天，魏南歌派大量人手伏击堵截，而在擒拿凤公子的过程中，“信郡王慕容久”不幸为刺客所伤，葬身火海。

“这个主意，还是从七七那里学来的。”说完，他一脸真挚地看着她，“当我认出回京的信郡王不是小久，而是早该葬身甸江的晏容公主时，我便想，你我若是合作，各自的难题都可以迎刃而解，何乐而不为？”

好狡猾啊，将这么大的事和盘托出，让她就算不想合作也难以置身事外了。这种被人要挟的感觉，慕容七很是不爽，语气就变得有些生硬：“小久可是太子要留住的人，你真的敢就这么放他走？”

“我敢。”

魏南歌笑吟吟的两个字却让她差点呛住，他说道：“将来太子登基，一人之下万人之上的相府主人，有我一个足矣，我又怎会允许有人来分一杯羹？小久之能，旁人或许不知，我却是清楚的，竞争对手少一个，我的权力便多一分，你说对吗？”

慕容七："你……真坦白……"

当一个长着一张忠臣脸的人笑眯眯地说着只有奸臣才会说的话时，换成任何人，大概都会因为思维太过凌乱而哑口无言。

"奸臣"魏大人却不以为意，继续笑道："所以，即使小久真的留下来，将来我也会想法除掉他，与其如此，不如现在就成全他。成全他就是成全我，七七，你那么聪明，一定不会拒绝这么好的提议的，对不对？"

"可是他不知道，我可能已经和传说中的凤公子见过面了啊！"想到这里，慕容七不禁对月长叹。

北宫县华后花园中所见的神秘公子凤渊——尽管面具下的脸有些惨不忍睹，却无损浑然天成的卓绝风姿——此人十有八九就是传说中的"凤公子"。

思及此处，慕容七顿时有些惆怅。她平生最大的理想就是有朝一日可以仗剑江湖，做一个英姿飒爽的侠女，只可惜十四岁之前在迦叶宫习武，十四岁以后进宫做公主，之后为了脱身嫁为人妻，丈夫死了之后又重新回到迦叶宫抄佛经。从少女到寡妇这几年也算是跌宕起伏，却愣是做不成梦想中的侠女。结果好不容易和江湖中的大人物见了面，自己却孤陋寡闻没有认出来。

想起凤渊，不知道为什么，她的心里竟微微一漾。密室中的一幕顿时无比清晰地出现在脑海里：他的手如何揽住她的腰，他的舌尖如何分开她的唇齿，他的气息如何侵占她的感官……像有一道魔咒，占据了她的思绪，她心跳渐渐剧烈，呼吸也不由急促起来，眼前的月轮不断涨大，光晕照进她眼底，朦朦胧胧的都是凤渊的身影。

越想，越无法自拔。

狭长的凤眸眯起，带了三分水色，惊人的妩媚。她只觉得浑身发热，喉咙喑哑不能成声，不得不站起身来，衣襟不小心拂落桌上的瓷杯瓷壶，丁零当啷地碎了一地。

似真似幻的景致中，凤渊的背影白衣翩翩，怀抱长琴，墨发及腰，仿佛随时都能转过头来。

她像是着了魔一般，无法控制自己的脚步，一步一步朝前走去。

季澈走进郡王府花园的时候，看到的就是这样一幅情景。

慕容七不知道吃错了什么药，正愣怔怔地朝荷花池走去，满头乌黑的长发散在肩头，雪青的长袍敞着领子，衣袂拂动，远远看去就像一抹月下孤魂。

尤其是那双向来明亮清澈的凤眸，此刻却迷离混沌，偏偏又蕴含着潋滟风情的柔光，不过对上一眼，便让季澈呼吸一窒，忍不住心旌荡漾。

妖艳，魅惑，简直像是被妖怪附身了一样。

"七七？"他定了定神，快步走到她身边，一把拉住她，"你怎么了，喝酒了？"

她在他的腕力下轻盈柔软地旋身，顺势搂住他的脖子，梦呓一般，吐气如兰："啊，你来了……"

季澈面不改色，伸手摸了摸她的额角，又探了探她的腕脉，确认没有异样后，淡淡道：“慕容七，你是不是吃了什么怪东西？”

他怀里的慕容七却好像半个字都没听见，一径地凑上来，喃喃道：“讨厌……我怎么会老是想着你？”

月光明亮，万籁俱静，美人在怀，此情此景若是换作别人，断然是无法抗拒的，可季澈却只是皱了皱眉，将她的手用力从脖子上掰了下来，使了一个巧劲朝后扭去，毫无怜香惜玉的意思。

不过慕容七那么多年武功不是白学的，即使心智有异，身体也自然而然地做出了反抗，手腕翻转的同时，足尖勾起，朝他的腰间踢去。

两人就此你来我往地交上了手，白白辜负了旖旎月色。

只是季澈处处退让，慕容七却招招尽力，十来招之后，她一掌斜劈，被季澈轻巧避过，自己却收势不住，整个人朝前扑去。

地上散落着碎瓷片，她却似乎失去了往日的机敏，视而不见，季澈来不及多想，急忙伸手搂住她的腰，慕容七却趁此机会反手一抓，扯住了他的袖子，内劲外吐，顿时将他扯倒在地，两人转眼换了位置，一地的碎瓷尽数扎在他背上。

细碎的疼痛让季澈骤然眯起眼睛，长睫轻颤，正要开口骂人，慕容七的手却冷不防捧住了他的脸，指节慢慢摩挲他的鬓角，得意地嘟囔：“嗯哼，这下抓到你了……”

她的手并非柔若无骨，指节间有练武留下的薄茧，袖间没有暗香萦绕，只有淡淡的酒香……可她的手这样滑过他的眉睫，碰触他的脸颊，却让他一分分愣怔，一时间不知想到了什么，如雪清冷的眼神也寸寸柔软，原本想拎住她脖子的手也慢慢放了下来。

他似乎把背上的伤都忘了，就那样专注地看着她，向来没有表情的脸在月光下也浮现出动人的温柔神色。

只可惜慕容七虽醒犹梦，将他当作了旁人，自然也没有留意到他的表情。

最后，她的手指停在他唇边，歪着头想了想，嘀咕了一句：“反正也不是第一次了。”说完就义无反顾地亲了下去。

这句话一瞬间将迷思打破，季澈浓黑的眸子倏然一凝，在她的唇离他只剩半寸的时候，及时抬起手臂，拎起她的领子，毫不犹豫地把人甩进了一边的荷花池里。

不会凫水的慕容七立刻就像一只秤砣一样，一沉到底。

春夜冰凉的池水，灌进了她的口鼻，也让她从古怪的梦境中清醒，一边扑水一边大叫起来：“救……救命！”

“站直。”

清冷得毫无波澜的声音传进耳中，慕容七不及细想，双脚一踏，果真够到了池底，待到站定，才发现池水刚好漫过前胸。

岸上一角墨色衣袂随风轻扬，她很是惊讶，伸手抹了一把脸上的水：“阿澈，你怎么来了？”

季澈双手背在身后，居高临下地看着她：“你刚才在做什么？”

“喝……喝点小酒，想点事情……”她看了看离开池塘足足有半个院子那么远的桌椅，哽了哽，“后来大概是睡着了，不小心梦……梦游了……”

“是吗？”他从喉间发出不怎么有诚意的一丝笑，“梦到了什么？”

“没……没什么。”慕容七目光躲闪，一心想要找个地方爬上岸。

“等一下。”

他突然往前跨了一步，俯下身看她。她的外袍已经在挣扎中落入水里，如今身上只穿了一件白色的交领长衣，已然湿透了，领子歪在一边，露出束胸的白绫，挡住了胸前的起伏。领口露出一对锁骨，此刻她正用手拨开湿漉漉的发丝，曲线优美的后颈慢慢暴露在月光下。

正是在后颈的地方，一朵暗红色的花清晰地盛开在雪白的皮肤上。

如果没有记错，那个地方，七天前还是一个模糊的红痕，慕容七说，那是宴会那晚不小心被小久的一个相好姑娘啃出来的。

可是七天过去，那个痕迹非但没有褪去，反而变得更加清晰，清亮的月光照在上面，清清楚楚的七片花瓣，拱卫着花心，分明是一朵血红的莲花。

“幽冥莲花……”

即使镇静如他，也忍不住惊讶地吸了一口气，黑眸中闪过异色，沉声道：“慕容七，你到底惹到了什么人？”

慕容七被他严肃的语气吓了一跳：“什么意思？”

“你中了花蛊。”

他薄薄的唇里蹦出几个字，来不及等她自己上岸，便一把将她捞出了池塘，随即解下外袍，将她严严实实地裹住，与轻柔动作完全相反的森冷声音听得慕容七心惊胆战。

“你最好老老实实地告诉我，那天晚上究竟发生了什么？”

“那天晚上其实也没什么，你先不要激动，听我说……”

她正支吾着想怎么解释，却一眼看到他灰色里衣背后透出的隐隐血迹，不禁一愣，急忙道：“阿澈，你受伤了！”

“不妨事，你继续说。”

“都流血了，怎么不妨事，我这里又不是鸿水帮，你没必要扮演铁血无情少帮主啦，过来过来，把衣服脱下来给我看看。”

她一边说着一边伸出手就来解他的里衣，可手指刚触到他的胸口，就被他迅速躲开，好似她是什么洪水猛兽。

冷静的声音掩去一丝不稳的气息：“慕容七，给我先说正经事！”

“你的伤就是正经事啊，不及时处理会留疤的，来嘛……”

“男人怕什么留疤……别扯我衣服，快松手！”

“咦，阿澈你脸红了……喂，阿澈你别跑啊！”

扑通。

紧追不舍的慕容大小姐，终于被避无可避的季少帮主再次丢进了水塘里。

自从知道自己身上莫名其妙长了一朵奇怪的莲花之后，慕容七便辗转反侧了一夜，第二天起床脸色发青，配着眼下一抹青痕，将相约游湖的公子们吓了一跳。

一人问道："小久你怎么了，昨晚做贼去了？"

另一人一副"我明白"的神情频频点头："想必是去哪家姑娘的香闺做贼了。"

再一人满脸猥琐地凑上来："久公子，最近收获如何？听说京畿巡察童大人的内侄女刚来京城，那姑娘在汤城可是远近闻名的美人，久公子什么时候去采了来给兄弟们开开眼？"

慕容七的回应，是一个"滚"字。

此时此刻，看着画舫外的盈盈碧水、浓浓春意，她的心情却好不起来。不自觉地摸了摸后颈，衣料覆盖下的肌肤并没有什么异样，但她完全能想象出来，在那里，一朵妖异的红色莲花正在开出第八片花瓣。

今天是她来到辽阳京的第十一天，遇到凤渊的第八天。

天杀的凤渊！

当初看在他容貌尽毁的分上，他那样对她，她都不计较了，没想到他竟然还趁机暗算她。

昨晚季澈仔细研究过那个莲花印记，可见多识广如他，却也只知道这种又像符咒又像巫蛊的花叫作"幽冥莲花"，传说中来自零落海的另一边，百十年前很是霸道，风光过一阵子，但后来会使用这种巫术的人都被追杀得差不多死绝了，因此，这些年来早已经被人淡忘。具体是个什么东西，他也得去查一查。

慕容七已经不记得自己小时候上"巫术蛊毒大全"和"江湖史"这两门课的时候，究竟是逃课去练剑了还是逃课去睡觉了，总之她很后悔当年没有好好学习，害得眼下不得不依靠从小到大都严谨认真的好学生季澈帮忙。

欠他人情还是小事，反正也不是一两次了，问题是，他那么精明的人，还会相信"小久相好的姑娘"这套说辞吗？

正当众位少年公子故作风雅地在湖中心吟诗作对，想要吸引对岸画舫中花楼姑娘们的注意的时候，一艘小船逆风而来，慕容七原本恹恹的神情在看到船头之人时顿时振奋起来，挥了挥手："阿澈，我在这儿！"

喊完也不等船靠近，一跃而起，足尖在船舷上轻点，身姿轻盈潇洒，衣袂飘飘，引得原本一直处于观望状态的姑娘们纷纷揭帘而出，拍手喝彩，只可惜慕容七身法实在太快，一转眼就稳稳地踏上了小木船，船上的季澈也不多废话，立刻调转船头，没一会儿就去远了。

众位公子目瞪口呆之余大感艳羡，纷纷表示，以后一定要跟信郡王学会这一招，轻轻一跳，比吟一百首诗还管用！

见人群离得远了，慕容七才问道："阿澈，查得怎么样了？"

其实这是一句废话，因为她还没上船，就看到了季澈的脸色，虽说他平时就没什么表情，但没有表情也分为心情不错和心情不好两种，此时此刻，他显然不太高兴。

小船已经驶到了湖心，四下无人，一览无余。季澈放下船桨，道："'幽冥莲花'是一种传自海上有翼族的蛊术，只不过种的不是虫蛊，而是花蛊，这种蛊以幽冥花粉的香味

为引，以人的血肉为养分，一天开出一片花瓣，花瓣共九十九片，盛开之时，花蛊成形，从此常驻于宿主的体内，至死方休，而宿主则能体生异香，容颜不老。”

慕容七有些意外：“听起来……似乎不是什么坏事啊？”

体生异香，容颜不老，多少女子梦寐以求都求不来呢！

“我还没说完。”季澈冷冷道，“‘幽冥莲花’又被称为‘傀儡花’，原因就是在莲花盛开的过程中，宿主会渐渐失去自主意识，直到被花蛊操控，从此听命于下蛊之人。”

慕容七听得脸色一白，急道：“难道昨天我就是被那种花蛊影响了心神？”

虽然知道原因不是莫名思春，让人松了口气，但……被一朵花控制神志，听起来还是很不舒服。

怀着这样纠结的心思，慕容七骤然接触到季澈黑沉沉的目光，忍不住瑟缩了一下，默默地转开视线，问道：“那……这种妖蛊有没有解药？”

“有。”

慕容七双眼一亮：“怎么弄到解药？”

“你确定要知道？”

不知道是不是心理作用，慕容七觉得季澈的目光就像一道带刺的绳索，使劲地勒在她身上，小船上无处可躲，她只好继续假装看风景，道：“说说看。”

“一，趁莲花尚未完全开放之前，服下解药；二，最后一片花瓣开放的一刹那，是下蛊之人最脆弱的时候，趁机杀了他。万一这两个都行不通，还有最后一个办法……”他突然顿了顿，声音更冷了，“在‘幽冥莲花’完全盛开之后，以阴阳之气调和，花蛊就会因此而凋谢，结出新的蛊籽。”

慕容七听不明白，好学地问道：“什么叫‘以阴阳之气调和’？”

“就是和下蛊之人行男女之事。”

慕容七愣了一瞬，骤然间大怒，骂道：“浑蛋，下流！”

说罢，她回过神来，看了看季澈，补充道：“我……我不是在骂你。”

季澈抱着手臂坐在船头，一副“谅你也不敢”的神情，浓黑的眸子里却翻腾着连他自己也没有察觉的汹涌暗潮。

慕容七又惊又怒，在小船上来来回回地踱步，恶狠狠地发誓：“不行，我得赶快把那个死不要脸的下流坯找出来，不让他乖乖交出解药，本姑娘就割断他的脖子！”

“谁？”

“啊？”

“那个死不要脸的下流坯是谁？”季澈问道，他的声音很平静，却散发着迫人的威严，“‘幽冥莲花’的宿主和下蛊之人必须男女分属，蛊籽才能成活。如果此事真如你所说是小久的情人所做，花蛊是不可能存活至今的，慕容七，你还有什么事瞒着我？”

果然还是露馅了。眼看再也瞒不住，慕容七只得硬着头皮将那天的事说了一遍。

“正因如此，我才会请郭总管帮忙调查凤游宫的底细。”她垂头丧气地说道，“凤渊八成就是凤游宫宫主，我总得知道占了我便宜的人是谁。”

季澈一直沉默着听她讲完，才开口道："凤游宫的宫主的确叫'凤渊'，小郭已经查实了。"

猜测是一回事，事实又是另外一回事，慕容七不由得愣了愣："真的是他？"

她的手下意识地抚上嘴角，嘀咕道："这么弱，居然还是个大人物。"

季澈将她的动作看进眼里，眉尖一跳，阴沉沉地笑道："被人占了便宜还嫌对方弱，几年不见，你还真是让我刮目相看。"

见他目光有异，慕容七急忙把那只惹人遐想的手背到身后，嘴硬道："你别乱讲，我说他弱是因为他不会武功，而不是……而不是……"她涨红了脸，几乎是咬牙切齿地说道："我……我还是第一次被男人亲，到哪里去比较强弱？你别和小久一样满脑子猥琐思想好不好！"

看着她无比尴尬的样子，季澈目光一闪，眼底泛起一抹异样幽光，若有所思地盯着她的嘴唇，低低说道："嗯……第一次吗？"

不知为何，季少帮主浑身散发出的可怕气息顿时收敛了不少，他点了点头，淡淡道："原来弱的人是你。"

慕容七顿时就不依了，红着脸，气呼呼地说："那又怎么样？这种事要的是质量，不是数量！别以为你经验多就了不起，你第一次的时候说不定比我还不如呢！"

这一次他没再反驳她，只是笑了笑，道："这倒也是。"

慕容七看着他嘴角绽开的小小笑窝，一下子愣住了。她一向认为眼前这个性格恶劣的家伙是笑比不笑更可怕的典范，却不知道，原来他也可以笑得这么温柔动人。

想必他的"第一次"，对他来说很重要。

她忍不住回想了一下季少帮主的情史。据她所知，他的桃花虽然不少，但多半是人家姑娘把他当珠玉宝贝，他把人家当萝卜青菜。可唯有那样一个人，他对待她，和对待别人是不一样的。

想到这里，她露出一脸"我懂了"的猥琐笑容，道："不会是你和小慈已经……哈哈，恭喜恭喜……"

话未说完，季澈已伸手揪住她的衣领，一下子将她上半身拎出船舷之外，手臂横在她颈间，俯下身扯着嘴角道："慕容七，想下去洗个澡吗？"

长发的尾端已浸入水中，慕容七听着潺潺水声，脸色白了白，果然，那个姑娘的玩笑是不能随便开的！

她咽了口唾沫，当即乖乖认错："我瞎说的，你别当真。"

果然刚才都是错觉，他笑的时候比不笑的时候可怕多了。

和季澈见面的当天晚上，性急的慕容七就直接杀到了北宫昙华府上，想要逼问出凤渊的下落。结果府上的下人告诉她，使臣大人到北郊会友去了，要三天后才回来。

好不容易过了三天，慕容七再次登门，这一回下人又说，使臣大人在朋友那里偶感风寒，身体不适，要多盘桓几日再回京。

慕容七忍气吞声地问道："盘桓几日究竟是几日？"

下人道：“少则三日，多则十日，全要看公子恢复得如何。不过新王登基大典之前，总是要回来的。”

慕容七听罢，柳眉倒竖，一脚踹翻了亲王府大门，下人这才战战兢兢地将北宫昙华所在的地址双手奉上。

可是等她快马加鞭地赶到北郊，却只看到一座人去楼空的庄园，别说北宫昙华，就连一只看门的狗都找不到。

她算是明白了，要从北宫昙华这里找到凤渊，恐怕行不通。

“我早就叫你第一次去找北宫昙华时就踢门，否则也不会白白浪费了三天。”季澈一边查看她脖子上的花蛊一边说道。

“我又不是你们帮里王五娘那样的彪悍人物，头一回上门拜访，自然要有礼貌，谁知他们一点也不给我面子。”慕容七愤愤道，随手将写着北郊地址的纸笺揉成一团扔开，“你呢，有没有什么发现？”

“算是有一些。”他说着从怀里掏出一件东西，正是凤渊当初送给慕容七那只用来当作报酬的玉环。

三天前，季澈便提过将“幽冥莲花”种入宿主体内需要“引”，也就是种下花蛊后的三天里，蛊籽尚无法依靠自身力量吸纳宿主精气，所有的养分都要靠“引”来提供。根据这个线索，两人很快将“引”的目标锁定在那只玉环上。随即商定，慕容七去北宫昙华家找人，季澈则从玉环入手，继续调查“幽冥莲花”。

“这个玉环是中空的，里面含有幽冥莲花的花粉。你戴着它，除了给‘幽冥莲花’提供前期的养分之外，还有个作用，就是让下蛊的人通过特殊的辨识手段，随时找到你。”

慕容七想了想，道：“那我们能不能通过这种花粉，反过来找到凤渊？”

“不能。”季澈一口否决，“既然是特殊的辨识手段，那只有下蛊之人才知道。”

慕容七一脸郁郁：“难道只能等着他来找我？可是他既然给我下了蛊，不达到目的肯定不会出现的。”

季澈没有否认：“以凤游宫宫主之能，要躲你九十九天不算难事。哪怕只有九十天，你的意识也已经全部被他占据。这就意味着，这段时间里，你会越来越想接近他，不会再想着摆脱他。”

他说这话时微微皱着眉，声调冰冷。慕容七猜想，他应该是真的被激怒了，他一直是个正直的好青年，绝对无法容忍凤渊这种阴暗又变态的家伙。

可是天下那么大，除了北宫昙华，还有什么办法可以在最短的时间里见到凤渊呢？

思来想去，眼前只剩下了一条路。

那也是这些天来，困扰着她的另一件事——魏南歌提出的合作。

原先还有些顾虑，如今看来，不得不试一试了。

第五章 动心

最近这几天，慕容七有点忙，忙着和魏南歌密谋合作之事。

她早出晚归，看似和沁芳园的红姑娘花翎打得火热，实际上不过是借了花翎的厢房谈事情。

起初，当她知道千娇百媚的花翎竟是魏南歌安插在市井之间的线人时，很是吃惊了一阵。也不由得想到，小久有那么多相好的姑娘，其中定然也有不少这位大人的密探、那位大人的细作。那些姑娘可以前一晚情意绵绵，然后转眼间就把枕边人卖了，这样的事情光想想就觉得很恐怖，下次一定要提醒小久，帝都水太深，风流需谨慎。

总之，有了花翎姑娘打掩护，一切都按照魏南歌的安排有条不紊地进行着。

慕容七表示愿意合作的当天下午，便按照魏南歌的意思，冒充郡王府管家写了一封信，信中称郡王从友人处偶得一屉产自凤游宫的香料，十分喜爱，王府中想大量购置，有请凤公子过府面谈。

这封信在第二天，被一个既和凤游宫做过交易，又和慕容久私交不错的官家少爷送到了凤游宫京城大掌柜的手上。

一天之后，慕容七收到了一张附有大段客套敬语的货单，单子里长长地列举了凤游宫贩售香料的种类、成分和各自的效用，供她选择。

一切都中规中矩，半个字也没提到凤渊。

照慕容七往常的脾气，早就跟踪送信之人，找到所谓的大掌柜直接逼问凤渊下落了。只是此事的主谋是魏南歌，他要找的并不只是凤渊一人，他要的是请君入瓮，而不是直捣黄龙。

于是，她只好在魏南歌的指导下，继续耐着性子写了第二封信。

信上列举了几种特殊的香料成分和特性，并以高傲欠揍的口吻直接挑明，我家主人是懂行之人，看得上你们才和你们做买卖，别想用这些骗骗无知庶民的二等货来敷衍了事。

自然，信中所写的那些特别香料的产地，用量和互相混合之后的效用之类的高深内容，都是慕容七从魏南歌那里听来的。

那时候，花翎那间弥漫着幽香的香闺阁楼里，只有他们两个人。他亲手煮水烹茶，淡淡水雾中，清雅温润的嗓音缓缓叙说着各色繁复的香料名目，而她，则用手中的紫微狼毫添满浓墨，挽袖抬腕，在雪白的信笺上轻轻书写。那一刻，窗外清风微拂，似乎连彼此心跳的声音都纠缠在墨香茶韵之间。

结果，慕容七回家以后完全不记得自己写了些什么，只记得他用修长白皙的手指握着青瓷茶盏，递到她手中，只记得他送她到门口，语声温柔地说道："七七，辛苦你了。"

她觉得自己有点飘飘然，像是喝多了酒，微微控制不住醉意。

哪个少女不怀春？

自从十二岁读得懂话本以来，慕容七就一直向往着才子佳人红袖添香的画面，本以为这辈子没机会实现了，却不曾想如今被她遇上。诚然，魏南歌的确是名副其实的"才子"，她却只能算半吊子"佳人"，但她坚信，只要有朝一日换回女装，在他面前走上一遭，定然能把那缺失的另一半补回来。

她托腮望着月亮出神，坐在她对面的季澈不由得皱了皱眉，伸手轻敲桌面。

"慕容七，吃饭的时候别笑得那么猥琐。"

慕容七目光一扫，突然凑了过来："阿澈，你有没有喜欢的姑娘？"

季澈正在夹菜的手蓦地一顿，狐疑地望着她。

"就是……看到的时候会紧张，心里怦怦跳，明明想接近却不好意思……这种样子的人。"她一边回想着白天的感受，一边费力地形容着。

季澈干脆放下了筷子："你到底想说什么？"

"我好像有喜欢的人了。"她的脸颊微红，咬了咬嘴唇，难得娇羞了一回。

他听得一愣："是谁？"

她还在犹豫着要不要告诉他，于是支吾道："你……你猜。"

季澈并不知道她私下里和魏南歌合作的事，因此盘点下来，也只想到一个可能的人选，忍不住冷笑道："如果你指的是凤游宫的凤渊，那是'幽冥莲花'的副作用，你想多了。"

说罢，他继续低头吃饭，没再看她一眼，也没有再开口询问。

他看起来好似心情不大好，慕容七本想告诉他不是凤渊，但瞄了两眼，还是很识相地作罢了。揭逆鳞、捋虎须这种事，自打她十二岁那年打架输给季澈之后就很少做了，再说这件事连她自己都没有想清楚，待有了实质性进展再来和他探讨也不迟。

季澈离开郡王府的时候，还未到掌灯时分，天边一抹金红的霞光斜斜地从屋脊打下来，照进他黑沉沉的眸子里。

回想起方才慕容七那副魂不守舍的模样，他心中才压下的烦躁之意又略有抬头的迹象。不过区区一朵妖花而已，竟然能轻易就将她的心神控制，两年的佛经，她真是白抄了。

这些年，凤游宫的生意越做越大，他身为一帮之主，眼观六路，并不是不知道，只是凤游宫不涉足江湖，也和鸿水帮的生意没有交集，秉承着多一事不如少一事的原则，他从来懒得去管闲事。可是如今这位凤公子惹事惹到他头上，看来是要会一会了。

没走几步，早已经等在暗处的郭子宸牵了马走上前来，一边将马缰递到他手里，一边说道："少主，有青鹞传书。"说罢，侧了侧身，示意肩上蹲着的一只深青色羽毛的鹞鹰。

季澈翻身上马，微一抬手，郭子宸肩上的鹞鹰便展开翅膀，轻巧地落在他的手腕上。

这青鹞是季澈亲自从大漠中捕来，花了不菲的代价专门培育的，比信鸽更强壮，也更灵敏，飞得极高，普通箭矢暗器根本无法近身。鹞鹰价值千金，只有在传递特别重要的消息时才会用到。帮中大小头目千余人，能配备这种鹞鹰的，也不过寥寥几个高等级的分舵主。以及，某个从他这里软磨硬缠骗走一只的人。

季澈看着从鹰腿上取下的小纸卷，微微眯起眼睛，晚霞的最后一缕光芒将他纤长浓密的睫毛染成金色，眼底幻出淡淡的琉璃七彩。

纸条上只有短短两个字——"即归"。

落款是一朵妖娆的桃花——慕容久的标志。

自从发现慕容七身中"幽冥莲花"，季澈便立刻传信给不知在哪里风流快活的信郡王大人，信中言简意赅，威逼利诱，总的来说，是让慕容久尽快找到可以克制花蛊的药物，然后第一时间带来京城救他妹妹，否则就要问他讨还欠下的五千三百六十一两银子。

如今，慕容久既然说要回来，那"幽冥莲花"一事，应该是有眉目了。

至于这件事要不要告诉慕容七，看她的表现再说吧。

风游宫的回信很快又送来了，于是时隔两天，慕容七再次成了花翎的入幕之宾。

当她绕过绣满百花的屏风时，正看到那人一袭青衫坐于桌前，一手执笔，一手轻按袖口，低眉敛目，并不强壮的手腕挥动起来如行云流水，别有一番隽秀峥嵘的风骨，身后长窗半掩，风卷流云，修竹轻舞，海棠垂红。那一刻的画面，慕容七翻遍所知的词汇，却也只能想到"端方君子，温润如玉"这八个字。

"七七，你来了？"魏南歌搁下笔，朝她轻轻笑了笑，站起身将手边的一封书信递过来，"这是风游宫的回信，你先看着。对方的语气似有妥协，这一次，我们便给他们一个台阶下如何？"

慕容七接过信，很是好奇："怎么说？"

"先前对方也不过是探探底，现在知道要和他们做生意的是行家，又是难得的大主顾，行事会更加小心，却也更为放心。我们把语气放软些，估计下一次就能提出与宫主见面之事。"

"还有下一次？"慕容七顿时跳了起来。照这样一来一去两天时间，真要见到凤渊，起码还得五天。这两日她夜夜做梦，梦到的都是那个无耻的下流坯，明明应该厌恶他，在梦中却偏偏对着那个朦朦胧胧的修长身影欲罢不能，害得她每次梦醒之后，心情都很低落。

"少安毋躁，须知放长线才能钓大鱼。"魏南歌禁不住摇头笑叹，"七七虽与王爷容貌相仿，性子却有天渊之别哪。"

"这样不好吗？"慕容七抬头，从信笺背后露出两只凤眼，乌溜溜的眼珠里有些忐忑。她知道自己冲动，平时季澈总说她是用膝盖来想问题的，虽然她向来不把这些话放在心上，但如今面对的人是魏南歌，她还是有些在意。

魏南歌愣了愣，随即温和地说道：“也不是不好。”

那就是说，也不算好了？

也对，他曾经的爱人可是殷紫兰。殷紫兰是谁？那可是整个京城有名的才女，知书达礼、端庄温婉，即便有些大小姐脾气，也无伤大雅。哪里像她，空有一个公主的封号，本质却是一个一口气能吃下三碗饭，一拳能撂倒三个壮汉的姑娘。

更何况，现下她还是个寡妇。

想到这里，慕容七不禁有些泄气。

魏南歌招了招手：“七七过来，可以写回信了。”

慕容七抬眼看着他俊雅的脸，复又暗忖道，人活一世，总要为自己争取一下，没有努力过就放弃，不是她慕容七的为人之道。他既然喜欢温婉女子，自己便学着做一个温婉贤淑的姑娘，试一试也没什么不好。

这么想着，心里开始安定下来，她打起精神走到桌前坐下，拿起他方才用过的笔，选出一张信笺，摆出自认为最优雅的姿势，静静等待。

半晌，却没有听到魏南歌说话，不禁问道：“魏大人，信上要写些什么？你该不会让我自己想吧？”

要是依了她，只用写上“叫你们宫主亲自出来见我”这几个字即可。

一回头，却见魏南歌正倚在屏风边笑吟吟地看着她，她心里一慌，手抖了抖，几滴墨汁溅在纸上，她忙不迭地去擦拭。耳边却传来魏南歌含笑的声音：“不急，信不长，很快就能写好。”

装淑女第一仗就没打好，慕容七恨不得找个地洞钻进去。

等到终于开始写信，没写几笔，刚决心做才女的慕容七却被一个生僻字卡住，无论如何都想不起来。魏南歌形容了几遍，见她还是一副百思不得其解的模样，只得走上前来。慕容七本以为他是要将那字写给自己看，谁知他却径直走到她身后，微微弯下腰，伸手握住她执笔的手，一笔一画地将那字写了下来。

慕容七顿时浑身僵硬，那只被他握住的手，尤其动弹不得。那个字究竟长得什么模样，她半点没看清，只感觉得到他手心里熨帖的温度，还有拂动她耳后发丝的温热呼吸，这一切，就像在她身体里放进了一只小鹿，没有规律地活蹦乱跳，生生不息。

这应该确实是喜欢上他了吧？

一片空白的大脑里，只反复地飘荡着一句话——怎么办，阿澈，我该怎么办？

“你是说，你看上的人是魏南歌？”

季澈从一沓信件后抬起头来，表情虽然淡定如昔，但从他微微上扬的尾音中，慕容七还是听出了他的惊讶。

可她还没来得及解释，季澈就追问了一句：“你想嫁给他？”

这也太跳跃了，她抚额：“你想太远了，而且我刚刚说的是‘好像喜欢他’，你可不可以不要把‘好像’这个关键词忽略掉？”

季澈挑了挑眉，淡淡道："差不多。"

慕容七按了按额角跳动的青筋，什么差不多，是差很多好不好？

季澈缓缓地垂下眼睫，道："这是你的事，不必特意告诉我。"

他好像对这件事不是太感兴趣，埋头继续处理信件，手中炭笔不时圈圈点点。慕容七跟他虽熟，这几年却也不常见面。直到此刻，她似乎才真正感觉到坐在眼前的是一个一帮之主——两道浓黑修长的眉微微蹙着，挺直的鼻梁，紧抿的嘴角，鬓边几缕黑发落下，半遮住幽光四溢的耳扣——这样的他，和她记忆中那个严谨冷漠的少年重叠起来，不知为什么，看起来竟有些陌生。

她有些委屈地抿了抿唇："我这不是把你当成闺中密友吗？"

"我现在很忙。"他接口，语气淡淡，"另外，出门右拐是首辅府邸，你的心事，还是找当事人说比较好。"

"这种事怎么好意思和当事人说嘛……"慕容七小声地嘀咕，她听出了他语气中的不耐烦，这让她有些尴尬，也有些难过。虽然他确实和闺中密友这一形象相去甚远，但她又何曾真有过可以探讨心事的朋友？她兴冲冲地来找他商量，最后得到这样的回应，终归还是觉得有些无情。

见他头也不抬，她也自觉无趣，只得道："那你忙吧，不打扰你了。"说罢，转身离开，临走前还很体贴地替他把门掩上。

门扇才合上，季澈便抬起了头，盯着看了片刻，复又低头拿起那支炭笔，翻开一页新的书函，看了半晌，却连一行字都没看完，干脆站起身来走到窗口，窗外正是桃红柳绿的浓春景致，他却半分也看不进去。

她有没有生气？

应该是很失望吧？

但是，他真的没办法平心静气地给她任何建议。

心里有种说不上来的憋闷，他独自站了半晌，毫无头绪，索性不再多想，回身继续看信。

深夜，一道黑影悄悄穿过街巷，无声无息地潜入首辅府中。

魏南歌是当朝丞相的嫡孙，本应居住在丞相府，但他身居要职，又是太子心腹，难免会有些需要避人耳目的事情，为了不给即将退休的老丞相添麻烦，魏南歌便另外置了一处宅地。文渊阁首辅的府邸比不上丞相府，魏南歌为人又低调，府上不过三进两院的格局，布置也以素雅大方为主。

黑影此刻正伏在主屋的屋顶上，夜色中，一双泛着琉璃异彩的眸子映着月光，正是季澈。

慕容七原本和他约了今天下午交换凤游宫的情报，可直到晚饭时间，她都没有再出现。他一个人对着一桌子菜默默吃饭，半句话都没说，但方圆一尺之内草木肃杀，无人敢接近。

郭子宸一看不好，也急忙脚底抹油，溜走之前还不忘安慰几句："少主，慕容姑娘总要嫁人的，你又不能看着她一辈子，早点习惯了就好。"

他愣了愣，放下筷子，陷入了沉思。

真是如此吗？只是因为……不习惯？

郭子宸说的也有几分道理，从小到大，他已经习惯了照顾这对总是惹是生非的兄妹，当有一天，那个小姑娘说，不再需要他的照顾，想要另外找一个可以依靠的人的时候，那种感觉，大概很像有女儿即将出嫁的父亲，会因为莫名的失落而变得严厉。应该是这样的心情吧。

再怎么不温柔不贤淑，她也终究是个女子，是女子总要嫁人的，至于这个男人是魏南歌还是魏北歌，跟他又有什么关系？

他只是她的朋友，鉴于从小一起长大的情谊，帮忙鉴定一下那个男人的品行，也算是仁至义尽了。

思及此，他才决定趁夜去魏南歌府上略微探上一探。

他从小就身处江湖，虽有无数渠道知天下事，却因为身份和性子的关系，对朝堂之上那些钩心斗角、翻云覆雨向来不大关心，对魏南歌的印象也仅仅停留在慕容久偶尔提起的只言片语中。在顽劣却玲珑心肝的慕容久看来，魏南歌虽有着温和端方的外表，行事却狠辣果决，像慕容七这种涉世未深又一根筋到底的小姑娘，要拿下他还是很有难度的。

除非他看上了她的美貌，但若真是这样，恐怕对慕容七来说也不见得是好事。

走这一趟，他便是想看看，魏南歌在朝堂之外的私人时间里，究竟是个什么样子。

正要揭开屋瓦，耳边突然传来一阵铃声。他停了手，转身看去，却见一辆青毡小马车正停在后门，马车很不起眼，与满大街跑着的那种租来的马车无甚区别。但他一眼看去，还是看出了异样。

马车普通，赶车人却不普通。那人身材修长瘦弱，面白无须，虽然穿着男子的粗布衣裳，但不管是挥鞭还是下马，总有种脂粉味，如果他没有看走眼，应该是宫里来的公公。

他干脆找了个避风的屋脊，坐下静候。

只见那位乔装改扮的公公恭恭敬敬地从车里迎出一个人来，那人穿着大斗篷，全身都遮得严严实实，但步履摇曳轻盈，显然是个妙龄女子。

季澈眼底闪过一丝玩味，目光追随着的女子的身影进入后门，穿过后花园的花草树木，最后消失在一堵粉白的影墙之后。

他足下一点，悄无声息地跟了上去。

影墙后面是一间小小的精舍，四面窗户大开，正对着园中主景，靠窗的桌上放着一张琴，屋子正中是一张石桌、两只石凳，桌上摆着棋盘、棋篓，桌边小几上茶具齐备，此刻舍内一灯微亮，红泥火炉上茶水沸腾。

季澈找了一处大树掩藏了身形，远远看着此刻正端坐在桌边细筛茶叶的魏南歌，一袭雪青素袍被他穿得雅致无比，眉目温润，确实是慕容七喜爱的模样。

片刻过后，方才那女子便独自推门而入，一边除下厚重的斗篷，一边径自在他对面的石凳上坐下。声音冽冽如出谷黄莺："晚来风凉，此处却四面通透，这就是你的待客之道？"

季澈侧身靠在树干上，借着月光望过去，只见那女子脂粉未施，眉目清妍，藕荷色裙衫穿在身上，秀致脱俗宛如月下幽兰，和慕容兄妹那种天生妖孽、媚眼如丝的祸水长相根本是两个极端。

魏南歌拿起火炉上的铁壶，将滚水慢慢浇在紫砂壶身上，慢慢说道："下官说过，不该见面了，王妃却偏偏不肯记得。"

"所以你就装模作样地找了这么个地方避嫌？"女子轻轻冷笑了一声，"魏南歌，你以为一句不再相见，就可以置身事外？你欠我的，这辈子都还不完！"

修长的手指轻轻一顿，几滴滚水洒落在地，半晌，他才轻叹一声："我知道。"

季澈的背脊随着这声叹息微微直起，没想到心血来潮的一次夜探，竟能见到太子妃殷紫兰，也算是不虚此行。

魏南歌和殷紫兰年少时的纠葛，他也有所耳闻，只不过不像慕容七那么好管闲事，所以不曾深究。没想到事隔多年，两人身份地位皆已改换，私下里却还有牵扯，难怪魏南歌而立将近，却仍未迎娶正妻……他想到慕容七两颊泛红的模样，不由得双目微眯，心里虽然暗骂她笨蛋，却更想直截了当地揍魏南歌一顿。

精舍之中，短暂的沉默之后，殷紫兰已经恢复了常态，眉目低垂，一派雍容镇定道："今日我亲自来，是想问一问凤游宫的事进展如何了？"

"下官已经安排妥当，如果没有意外，这几日应该就能见到凤公子。"

"信郡王那边呢？"

"他不曾有疑心。"

说完这句，魏南歌正要起身倒茶，手背上突然一暖，却是被殷紫兰按住了。看着那只覆在自己手背上的雪白漂亮的小手，他不由得一愣，殷紫兰已柔声道："让我来。"

不等他同意，她已经拿起茶壶往杯中注水，三起三落，动作优雅，茶汤清澈，香气氤氲。

轻轻拿起一杯放在他面前，她柔声道："前几日殿下醉酒，又提起和信郡王之间的那个约定，言语之间犹豫不决、万般苦恼。再过几天就是登基大典了，此事无论如何都要有个定夺，因此他如今是进退两难，我在一边看着，心里也替他难受。"

魏南歌的脸色微微一僵，继而道："王妃想要下官怎么做？"

"何必那么见外？"她轻轻一笑，"认识了这么多年，你怎会不知道我想要做什么？殿下顾念着兄弟之情，宅心仁厚，不愿违背誓约，可信郡王手中的秘密实在太多，又是非除不可的人。因此他现在最需要的，是有人替他做那些他无法亲自去做的事，南歌，你是殿下最信任的朝臣，与信郡王又是旧交，这件事交给你，最合适不过了。"

听到这些话，魏南歌并没有立刻回答，脸上的神色也有些变幻不定，沉吟了良久才道："这件事我可以去办，但是信郡王……"

话未说完，嘴唇却被殷紫兰伸手按住，她四下看了看，站起身，将四面的窗户一扇扇关上。

舍中两人顿时被隔绝了，说话声也压得极低，即使季澈耳力再好，也一句话都听不到。

可他并没有急着离开，挺直的脊背慢慢放松，目光转向中天里明亮的月轮，姿态虽慵懒，眼中的光华却很冷厉。

看来，听到了什么了不得的事了……

虽然仅仅从只言片语里听不出他们的打算，但有两件事是可以肯定的：第一，魏南歌与殷紫兰藕断丝连、关系暧昧；第二，慕容久和太子之间有一个他不知道的约定，并且因为这个约定，他们打算除掉慕容久。

而如今，作为“信郡王慕容久”留在京城的人，是慕容七。

只需要这两点，就已经足够他做出判断——魏南歌绝非慕容七的良配。他不光要尽早断了她的念想，还必须让她认清现状，及早防范才是。

·第六章· 生分

慕容七趴在窗台上，看着日头一点一点上升，再三思量，终于跳下卧榻，整了整衣服上的褶皱，朝外走去。

昨日本和季澈约好了商量凤游宫的事，不想被他的冷言冷语堵了一下，她心中有些不痛快，下午便没有赴约。如今过了一夜，渐渐冷静，回头一想，反倒觉得有些不好意思起来。

她又不是不知道他的性子，从小就是如此，有原则起来六亲不认，没兴趣的事就算是求他一百遍也还是没兴趣，为了这事和他怄气，实在没有必要。说不定她在那里自怨自艾，他却压根没有放在心上，怎么想也都是自己吃亏。

她琢磨来琢磨去，一会儿想着两人该谈的正事都还没谈，一会儿又想着他昨天说请她吃新鲜的甸江河豚，现下也不知道那河豚怎么样了……介于以上种种，还是很有必要去找他一趟。

谁知转个弯，还没出府，便一头撞在一个人身上，她揉了揉鼻子，眼底余光瞧见一片黑色衣襟，顿时愣住了。抬起头，季澈正带着一贯的冷淡神情低头看着她，不知怎的，心里便松了口气，顿时眯着眼睛笑了起来。

“阿澈，我正想去找你呢，一起吃早饭吧。”

季澈的目光里带着几分探究，默默地注视了她片刻，随后轻轻嗯了一声。

两人并肩朝外走去，慕容七边走边道：“阿澈，昨天的河豚还有吗？”

“有。”

“这么难得的食材，你应该会亲手做吧？很久没尝过你的手艺了呢。”

“嗯。”

“那个……”她偷偷睨了他一眼，“昨晚我很早就睡了，所以就没有过来，你是不是等了很久？真是对不住。”

“没有。”他答得很快，随即又解释道，“我并没有等你。”

“好……好吧……”她抓了抓长发，思量着该怎么开口，“昨天那件事……”

“魏南歌不行。”

他突然打断她的话，倒让她愣了好一会儿。

“什么不行？”

“魏南歌不行。”他重复道，“他跟你不合适，你喜欢谁都可以，但他不行。你最好趁早死心。”

慕容七终于听明白了，却不理解：“什么叫他跟我不合适？”

季澈想了想，说道：“魏南歌心中另有所爱。”

“我知道呀。”慕容七点头，还是不理解，“可是这和我喜不喜欢他又有什么关系？”

他皱眉：“你不在乎？”

原来是因为这个，慕容七不禁笑了，说道：“说不在乎那是假的，但是他们已经不可能在一起了，他总要喜欢上别的女子，也总会有妻子，为什么那个人就不能是我？”她一边说着一边顺手拍了拍他的肩，“我对自己有信心，阿澈，你也要对我有信心才是嘛。”

看着她自信满满的笑颜，他原本就不怎么好的心情似乎更糟糕了，拧着眉，冷冷道：“不行，我不同意。”

他语气很生硬，慕容七的手顿时僵了，定定地看了他片刻，直到确认自己没有听错，才默默地将那只搁在他肩上的手收了回来。

她垂着头，轻轻咬着嘴唇，显然是有些不太高兴。

“不同意就不同意呗。我喜欢什么人，本来也不需要你同意的，你就当我没跟你说过那些话……”

她的声音很轻，又有些委屈，全不似方才那般活泼，听在季澈耳中，却比同他大吵一架还要闹心。他不明白，明明是替她着想的一件事，怎么说着说着，会变成现在这副光景。

他反省了一下，继续耐着性子解释道：“你和谁往来，我确实管不着。但魏南歌这个人很不简单，他暗中和太子妃有来往，与太子之间也牵扯不清，若是深交，将对你不利。”

话只能说到这个分上了，昨晚听到的只言片语并不足以还原整件事的真相，在没有确凿的证据之前，他不想做任何武断的臆测，这是他的原则。

却不想“太子”二字正触到慕容七的神经，她顿时紧张地问道：“关太子什么事？”

季澈不方便解释，只得模棱两可道：“总之，魏南歌和小久之间的关系没你想的那么简单，他不是什么好人，你离他远一点。”

我知道他们关系不简单啊，只是没法和你解释而已。慕容七在心里暗暗嘀咕，却对他那句“他不是好人”很有意见，魏南歌好不好，她自己会判断，他们是不是合适，更是需要她自己去证实的。在别人看来，他季澈也不是什么良善之辈，他们不是照样相处融洽？所以说人是要靠深入接触才能互相了解的。她不是小孩子了，她有分寸。

可是显然在季澈眼里，她还是那个少不更事的小丫头，他同她说话，总是你应该如何不应该如何的口吻……果然，流光容易把人抛，小时候再如何亲密，长大以后还是会变得生分，这真是一点办法都没有。

于是，在这个明媚的春日清晨，慕容大小姐难得生出了几许淡淡惆怅，悠悠地叹了口气。

将来她总要再嫁人，将来他也会娶妻，总会有渐行渐远的一天，倒不如从今往后慢慢保持距离，免得日后一言不合，又起争执，倒是辜负了少年时的深厚情谊……

季澈见她沉默不语，以为她是想通了。心想她年纪也不小了，好不容易对一个男子存了好感，却又不得不断了念想，必定是有些难过的，自己作为始作俑者，理应安慰一下，犹豫片刻，轻轻揉了揉她的头，难得柔声道："走了，回府把河豚蒸上，我请你吃饭。"

可慕容七却像是没听见，站着不动。

"七七？"

他略微低下头，想要看清她半垂着的脸，她却突然朝旁边退了一步，说道："我……我突然想到还有些要紧事，得先走一步，不能陪你吃饭了。"说完又补充了一句，"晚饭也不去了。"

他才松开的眉头顿时又皱了起来："你在闹什么别扭？"

"哪有什么别扭，你别误会，是真的有事。"她抬头朝他露出一个十分真诚的笑容，然后头也不回地朝着门外飞快地跑去，转眼就不见了踪影。

季澈看着她的背影，黑沉沉的眸子缓缓凝起。

她在躲他！

她居然敢躲着他！

为什么？为了魏南歌吗？

心里倏然涌起的烦躁让一向冷静的他有些不适，因此忽略了一个事实，那就是，最近这些日子里他的情绪起落，比往常一年加起来还要多。

直到看见首辅府紧闭的后门，慕容七才意识到，自己一路漫无目的地乱跑，居然走到了魏南歌家门口。

对季澈说有要紧事自然是假的，今天也没有和魏南歌约好见面。偌大一个辽阳京，在她的下意识里，能去的地方居然只有这里。

她从未去过首辅府，魏南歌也从来没有邀请她来做客，但她只是在墙根下站了一下，便趁着四下无人，一撩袍角，轻巧地跃过高墙，落在了后花园里的一座假山上。

她倒并没有想着要如何，只是心血来潮进来参观一下而已，悄悄地来，悄悄地走，绝对不会惊动他，她还想在他面前维持一个名门淑女的形象，翻墙这种事，自然万万不可露馅。

庭院、楼阁、花草……一切景致在清晨的阳光里更显安静雅致，他的家，果然如他的人一般，带着一股叫人熨帖的感觉。

在假山顶上坐了一会儿，方才在季澈那里积郁的窒闷之感平复了不少，便站起身来，拍了拍衣角，打算从原路返回。

"七七？"

温和的声音带着惊讶，让正欲翻墙的慕容七一瞬间僵硬。

她默默地转过头，看着正下方刚从石洞里走出来的魏南歌，又默默地转回去，在跳下去请罪和按原计划撤走之间斟酌了一番，最后还是乖乖地松开手，足尖轻点，尽量用最优美的姿势飘然地落在他面前。

魏南歌的目光随着那抹轻盈的白影划过一道浅浅的弧线，忍不住轻声道："翩若惊鸿，婉若游龙。”

慕容七听懂了：“这是在夸我吗？”

魏南歌点头微笑：“自然。”

望着眼前长身玉立、清俊温柔的素衣男子，慕容七的心情更好了些，弯了弯嘴角道：“那首辅大人可以免去我的擅闯之罪吗？”

魏南歌抬了抬手里的小竹篓，笑道：“擅闯私宅本应送交官府，念在你初犯，便小惩以诫，罚你陪我喝茶吧，恰好我这里有刚送来的巴山蜀葵。”

慕容七愣了愣，随即摇头道：“茶不过瘾，我心情不好，想喝酒。”

他走近一步，微微俯下身，看到她眼中尚未完全化开的郁结，柔声道：“怎么了？”

“没……没什么。”在他的气息萦绕之下，慕容七有些心慌，定了定神，才转向他关切询问的眸子，认真地说道，“喝酒是我说笑的，大清早的来打扰你，怎么还好意思喝你的茶。我这就走了，若是风游宫有什么消息你再通知我，我们还是在沁芳园见面吧。”

魏南歌盯着她看了片刻，却没有出声道别，反而道：“七七，用过早饭了吗？”

说完他也不等她回答，便接着道：“我还没有吃，陪我一起如何？”

慕容七没想到，魏南歌带她去吃早饭的地方既不是首辅府的饭厅，也不是酒楼饭庄，竟是一个不起眼的小院子。

但是当他伸手推开那扇半旧的木门，招呼慕容七一起踏进那个简单素净的院落时，她突然就明白了这是个什么地方。

露珠未干的青砖地上摆着长凳，整整齐齐地坐着二三十个孩子，小的不过五六岁，大一些十一二岁，虽然都穿着粗陋的布衣，但一个个都挺直了背脊。清晨的薄雾里回响着他们朗朗的读书声。

慕容七想起季澈曾经说过，魏南歌开办义学，利用自己在朝中的地位请来同僚免费讲学，让贫苦人家的孩子也有出仕的机会，因此而得百姓的尊敬。

今日，她总算是见识到了。

正在教书的先生是个三十多岁的男子，身上还穿着来不及脱掉的朝服，远远地见到魏南歌，声音一顿，正要行礼，魏南歌却做了一个噤声的手势，示意他继续，自己则带着慕容七悄无声息地穿过院子，走进侧门的一间小屋里。

一阵热气伴着熟米的清香扑面而来，顿时让她觉得饥肠辘辘。

屋子正中间摆了一张长桌，桌上摆满了大海碗，一个粗壮的中年妇人正一手抱着瓦罐，一手握着勺子，将罐中热腾腾的白粥舀进碗里。

“罗婶。”魏南歌轻轻喊了一声，“麻烦你盛两碗粥给我，再拿一些小菜。”

听见魏南歌的声音，妇人霍然抬头，满脸惊喜：“魏大人！”

“小点声，罗婶，我可是带着朋友来这里偷偷蹭饭的。”他侧了侧头，唇边的笑容轻松愉悦，带着几分调皮，看得慕容七有些愣怔。

罗婶了然地看了一眼慕容七，咧嘴一笑，手脚麻利地舀了两碗粥，在一边灶台上找了几碟咸菜、腐乳、花生和包子，一股脑儿放在窗边的小桌上，道："魏大人哪里的话，这粥是刚烧出来的，快趁热吃吧。"

魏南歌示意慕容七坐下，眼中含着戏谑的笑意，口中却一本正经道："虽然算不上什么好吃食，但这里粥饭管饱，王爷不必客气，请用吧。"

热乎乎香喷喷的白粥喝下去，慕容七心中仅存的一点阴霾也一扫而空。她忍不住透过氤氲的雾气打量对面的那个男子。今天的他与往日温润优雅的模样很是不同，更不是朝堂上那个无懈可击的首辅大人。但她知道，她很喜欢看到这样的他。

更鲜活，更生动的，一个叫魏南歌的人。

季澈并不了解他，又怎么可以随便说他不是好人呢？

然后她又想，每个人有很多面，如果他愿意给她看到不同于往常的一面，那至少说明，她对他来说，比一般的朋友要稍微特殊那么一点点吧？

她咧着嘴无声地笑起来。

魏南歌却没有注意到她的表情，一边喝粥一边看着窗外，在琅琅读书声中沉默半晌，似有感慨，轻叹道："多年前，爷爷曾经问过我，入朝为官是为了什么？辅佐君王？匡扶社稷？还是为权、为名、为利？"

慕容七很配合地问道："你是怎么回答的？"

魏南歌道："那时年少，很是天真，我便回答道，我要选最正确的那种。可是他却说，为官之道没有对错，只有方向。不同的追求，会让我成为不同的人，会有不同的未来。"

"那你最后选了什么呢？"

"我说，我只想成为一个好人，做一个好官。"

慕容七不禁失笑："那么多路，你偏偏选了一条最难走的。"

魏南歌怔了怔，忍不住回头看着她，少女的脸因为白粥的热气熏蒸而显得很红润，眼睛明亮清澈，坦坦荡荡地回视着他。

"七七说得没错，是我太贪心了。"他若有所思地笑道，"幸好如今已经知道自己最想要的是什么，为此而有所取舍，终究是在所难免，即便有遗憾，也不会有迷惑。"

慕容七顺着他的目光看到院子里一张张稚嫩却焕发光彩的脸庞，这些孩子或许也是他想要的东西中的一件吧。他给了他们关于未来的希望，这是一件很好很好的事，可是他说的这些话却让她觉得难过。

她很想问他，殷紫兰是否也是他万分不舍，却不得不舍弃的人？现在的他，是否还和当初一样，会为了她放弃弱水三千？

她想说，魏大人你已经做得很好啦，所以偶尔空下来，也为自己争取些什么吧。

她咬着筷子发了会儿呆，又低头看了看手里的碗，最后叫了一声："罗婶，我还要添一碗。"

问不出口啊，她默默泪奔，知心解意的温婉女子这种角色设定，真心不适合她。

·第七章· 情初

慕容七并不知道，就在她和魏南歌共进早餐的时候，季澈正站在书院前的那条街的巷口。孩子们的读书声，伴着槐花和米粥的香气，悠然地回荡在四周。

沉黑的眸子里看不到任何情绪，他就这样静静地站了片刻，便退后了两步，和来时一般悄无声息地消失在曲折的小巷子里。

回到鸿水帮在京城的分舵大院，一路上不时有早起的帮众同他行礼问安，他如往常一般点头示意，冷淡的脸色看不出任何不妥，可不知道为什么，早就等在一边的郭子宸还是觉得有点不妙，他将这种微妙的感觉归结于自己从小看着季澈长大而形成的某种心灵感应，也就是这种感应，让他犹豫了很久，直到季澈快到自己的屋子时才决定上前去。

“少主……”

季澈直接无视他，伸手去推门。

果然不妥，郭子宸偷偷擦了擦汗，继续道：“少主，有客人来了，在你屋里……”

季澈当着他的面把门关上了。

好吧，不是他没说，而是少主没给他机会说。

郭子宸撇了撇嘴，转身找兄弟们唠嗑练武去了。

门刚合上，季澈便抬起脚，一脚踹向门边的花架，架子上一盆郁郁葱葱的红掌眼看就要摔得粉身碎骨。

千钧一发之际，一道白影迅速掠来，一只洁白如玉、修长漂亮的手稳稳地接住花盆，磁性的嗓音带着几分慵懒，轻笑道：“季少爷，谁惹你生气了？”

季澈收脚之前已经看清了那个白衣男子的脸，一直保持不变的表情终于有了一丝变化，一字一字道：“慕容久！”

慕容久眯了眯波光潋滟的凤眸，薄唇弯出迷人的弧度，笑得像只狐狸：“阿澈，好久不见，我好想你啊！”

季澈眼角抽了抽，冷冷地蹦出一个字：“滚！”

对方却不以为意，将手中的红掌仔细地放回原位，懒洋洋地打了个哈欠，道：“我滚了，你不会觉得孤单吗？”

“……”

“是不是我们家七七又闯祸了？你告诉我，我帮你教训她！”

“……”

“哎，别这样，你不知道自己板着脸很吓人吗？长得这么俊，就应该多笑笑。”说着，不知从哪里变出一把扇子，半挡住脸，魅惑诱人地一笑，“你啊，整天摆着一张冷冰冰的脸，哪个姑娘敢接近你？”

说着，他已经拉着季澈坐下：“早饭吃了没？来来来，别客气。”

季澈心想：慕容公子，这里是我的地盘。

看了一眼满桌丰盛的菜色，季澈额角的青筋又忍不住开始跳动：“慕容久，有人一大早就吃清蒸河豚和冰糖肘子的吗？”

慕容久风情万种地眨了眨凤眼：“不行吗？我看到你厨房里养了一条又肥又壮的河豚，那可是有钱也吃不到的时鲜货，为了防止别人捷足先登，我就先拿下了。可是回头一想，光吃一条鱼多没意思，就又让厨子多做了几个菜。”

容他想一想，还认不认识比慕容久更厚颜无耻的人了？

季澈闭了闭眼，下意识道：“慕容久，那条河豚是留给……”话说到一半，却突然停住。她……恐怕早就忘了还有一条专门留给她的鱼，反正也没有用了，慕容久吃掉也好，眼不见心不烦。

些微的失神没有逃过慕容久的眼睛，他凑上前，贱兮兮地低声道：“留给谁的？你有想要讨好的姑娘了？要不要我帮你……”

季澈眼中寒光一闪，成功地让他闭嘴。

“交代你的事情办得如何？”

慕容久合起扇子敲了敲手心，道：“传说中‘幽冥莲花’岂是那么容易就能解决的，不过我查到一些古籍，想了些可以延缓蛊毒发作的办法，便急着赶回来了。那个叫凤渊的人，我也很感兴趣，很想要见一见。”

季澈看了他片刻，突然一把揪住他的衣领，沉声道：“我有事问你，你最好老老实实地回答我。”

慕容久根本就没有反抗，装模作样地叹了口气：“你这么凶，我敢不老实吗？”又低落道，“阿澈，你怎么舍得对我这么凶？”

季澈却不理会他，手劲一点没松开，反倒向上提了一提：“你们和太子之间到底怎么回事？我没那么好的耐心陪你们猜谜，今天不说个清楚，咱们就一拍两散。”

慕容久愣了愣：“你知道了？是七七说的？”

提到慕容七，季澈却只是冷冷地哼了一声。

慕容久盯着他看了片刻，终于笃定地说：“你果然和七七吵架了。”

慕容久回京自然十分隐秘，因此他既不能去找红颜知己风流快活，也不能去找狐朋狗友花天酒地，实在觉得有些无聊，只好拉着季澈躲在鸿水帮的大院里喝酒，聊慰寂寞。

季澈虽然威胁他要一拍两散，但两人到底有多年的交情，真要一拍两散也不是那么容易的，又恰逢季少帮主的心情不怎么好，正想找点事情纾解纾解，便十分慷慨地拿出珍藏多年的好酒，两人关在屋子里，一喝就是一整天。

慕容久是个绝对不会为难自己的人，而那些秘密，既然季澈已经知道了大概，他也就不再隐瞒，佐着酒，事无巨细地都说了。他本来酒量不浅，但一来为了要赶回京城，多少累了几日；二来季澈珍藏的的确都是连天子家也找不出来的烈酒；三来，他那酒量，跟从小混迹于江湖、动辄就豪饮千杯的季少帮主比起来，根本就不够看的，能从早上撑到下午，已经很不错了。

至于季澈，既然从慕容久那里知道了那个约定的始末，又联想起慕容七最近神神秘秘的行径，多少也就将她的打算猜出了一个大概，却不知是该气她的莽撞，还是笑她的天真好。微醺中，又想起今天早上，亲眼看到她和魏南歌并肩走出首辅府的情景，那时她脸上的笑容绽开在清晨的日光下，至今想起来还有些刺目。想着想着，不知不觉也多喝了几杯。

幸好两人酒品甚好，喝多了也不过是抱着酒壶倒头就睡。

季澈先醒来，睁开眼睛的时候，屋外已是夕阳西沉的时分，暗金色的光芒照进窗棂，照亮了榻前一小方素色的什雅绒毯，慕容久形象全无地横卧在毯子上，一头黑亮的长发上还沾着未干的酒渍。

季澈半支起身子，抚了抚微微胀痛的额头，抬脚踢了踢慕容久，哑声道：“喂，死了没有？”

慕容久哼了一声，却没有醒，只是翻了一个身，面朝着卧榻的方向，暮霭的余晖正正地落在他的脸上，氤氲出朦胧的光晕。长发半掩住妖娆的五官，眉如远黛，凤眸微合，鼻梁挺直，唇线微勾——尽管他从来都认为，容貌对于男人来说最是无用，但也不得不承认，这副妖孽的皮相，确实算得上是上天优待。

好几年前，天下人都道巨泽世子沈千持是帝都第一美男子，季澈虽然没有见过沈千持，可对这个传闻却有些不以为然——若不是因为慕容久纨绔没品的形象太深入人心，这么个浮夸的称号，也不至于会旁落他家。

他睡眼蒙眬，看着他，仿佛又幻出了另一个人的影子。

几乎一样的容貌，眉目更添三分细致，神韵却要减去七分。

慕容七是个美人，这一点他从不否认，只是这副相貌长在男人身上，可说是美男子，换成女子，却未必那么讨人喜欢。她的长相太过明媚浓艳，与大西时下流行的纤秀清雅、大家闺秀式的审美标准，相差甚远。再加上这位美人还有诸如狂妄自大、冲动暴躁，动辄喜欢挥拳头，不爱用脑子等一堆恶习，相处久了，就很容易忽略她的相貌。

从小到大，他每次给她收拾闯祸留下的残局时，便诚心祈祷上苍能早点赐个人下凡来收了她，若是将来真有哪个男人有胆子娶了她，他一定会备上大礼，嘉奖他的勇气。

两年前，她果真嫁了人，可他还没来得及生出什么感慨，此事就朝着匪夷所思的方向发展成了一出闹剧。

两年后，她站在他面前，说她有心上人了。这次好像是真的，这本来是挺好的一件事，作为朋友，应当替她高兴；作为监护人，应当觉得解脱。

可并不是。

心里的种种，都在她故意躲开他而转身离开时，化作难以形容的烦乱和不安，这种不安和他以往的想象完全不一样，因此有些猝不及防。

他从来不是个心思细腻的人，尤其不习惯服软低头，这回挣扎许久才追过去，却恰好看到她翻进首辅府邸，再出门时，已是言笑晏晏，这真是叫人寒心。他不免觉得自己很可笑，小久说女人都需要哄，可慕容七这个没心没肺的样子，哪里需要人哄了？

于是，所有的烦乱和不安，统统在清晨米粥和槐花的香气里，化作了沉郁的怒气。

他深深觉得，自己的一世英名，总有一天会尽毁在她手里。

季澈收回目光，缓缓闭上眼睛。残存的酒意让思绪变得有些模糊，似梦非梦的，仿佛时光倒流，眼前一幕幕的，尽是他和慕容七的孽缘。他七岁认识她，一直到她十四岁进宫，统共九年时间，关系好的时候，一桌上吃饭、一床上睡觉的日子不是没有；不好起来，连续打三天架也是常有的事，打完了架，和好如初，该闯祸的继续闯祸，改收拾的继续收拾。

曾经亲密无间的关系，是在什么时候改变的呢？

有些事，太久没有想起，可一旦入得梦来，竟还是鲜活如初。

那是一年暮春时分，他十八岁，她十六岁。她入宫为质已经两年，他正式接管鸿水帮不到一年，内忧外患，忙得恨不得有三头六臂。

虽然已经很久没有见面，但因为彼此都自顾不暇，并没有怎么特别的想念。直到他收到迦叶宫送来的箱箧物什，拜托他借着进京处理帮务的机会带些东西给慕容兄妹的时候，他才察觉，那两个让人头痛的家伙，再过两个月就要满十六岁了。

那天晚上，他带着要给慕容七的东西悄悄潜入后宫，等摸到晏容公主的寝宫时，已经是掌灯时分，宫里灯火通明，却空无一人。

起先他还耐心地等着，顺便尝尝桌上放着的精美糕点，可足足等了一个时辰，也不见慕容七回来，他有些不耐烦了，正要放下东西先走一步，殿外终于有了动静。

一个女声正嚷嚷道："走走走，都给我走开，谁要你们扶了，本宫……本宫自己会走……"

他愣了愣，不禁失笑，才一年不见，小丫头就自称"本宫"了，好大的派头。

她的声音和从前有些不一样了，爽脆中带了一丝少女特有的甜润。他突然很好奇她现在的模样，女孩子到了十五岁及笄，就算是成年，如今的她好歹也是个大姑娘，那些脾气不知道是不是收敛了些。

正想着，外面便传来一阵杂乱的声音，季澈默默地判断是桌椅摔倒加上一群人围拢来的脚步声，只听一个宫女道："晏容公主刚从雅容长公主的簪花宴上回来，喝得多了些，你们好生服侍着。"顿了顿，又压低声音说了句什么，季澈耳力绝佳，听得很清楚，那话说的是："我们长公主说了，晏容公主还年轻，脸皮子薄，不好意思，这不打紧。在宫里待的时间久了，见得多了，这些事儿以后就觉得平常了。"

“你爷爷的平常！”一声叫骂，很是中气十足，却有些口齿不清，“本宫脸……脸皮厚得很，只是看不惯你们那么淫乱……唔……”

后半截话想来是被眼明手快的宫女用手帕堵住了，然后是来接应的宫女向那位送慕容七回来的宫女赔罪，说什么“我家公主喝多了，姐姐不要放在心上”“我家公主向来是很敬重雅容长公主的，姐姐千万莫要将醉话当真”之类，好不容易送走了雅容长公主的心腹宫人，一群人才七手八脚地架着慕容七进了寝殿。

此时季澈早已经躲在重重帷幕之后，透过缝隙，只见一位身材高挑的锦衣少女瘫软在榻上，形象全无地摊着手脚，一边还在骂骂咧咧。看不清脸，只看得到一头黑亮的长发摇摇曳曳地散开，半数都垂到了雪白的绒毯上。

宫女打来热水想替她擦脸，却被她赶苍蝇似的一个个打了出去。她挣扎着下了榻，又摇摇晃晃地合上殿门，手上还捏着洗脸的锦帕，却将整个脸都埋进了水里，白瓷盆子里咕嘟咕嘟地冒出一串串气泡。

满殿的酒气弥漫，看得季澈目瞪口呆。

看来伯父伯母指望宫廷生活将女儿改造成优雅淑女的计划，是没指望了。

不过这件事恐怕也怪不得她。雅容长公主慕容雅的名声，连宫外的他都有所耳闻。她虽然不是皇后嫡出，却是崇极皇帝的长女，身份尊贵，因为母妃早死，更得皇帝爱怜。十五岁出嫁，十七岁守寡，十八岁的她被皇帝接回宫里，一直居住在母妃生前所住的长明宫。这位公主平生最好美男子，虽然守着寡，宫里却豢养了不少美貌的男侍，时常会备上美酒佳肴，在长明宫中摆宴，并给宴会起了一个极为风雅的名字，唤作“簪花宴”。

顾名思义，簪花宴上的宾客都是些如花似玉的富贵女子，服侍他们的正是那些貌美男侍。席间喝多了酒，男女间自然会有些旖旎风流的举止，甚至于互赠男侍这样的荒唐事。但这些终究只是传闻，她的身份高，又没做什么伤天害理的事，向来无人管束。

看来后宫新宠晏容公主，这一回是被邀请去长明宫大开眼界了。

季澈等了片刻，发现慕容七的脸还是埋在水盆里，咕噜咕噜的水泡声却没了。他心里一惊，想起她从小就不识水性，这会儿不会因为喝多了酒就溺水了吧？

他急忙三步并作两步走出藏身之处，伸手就要将她扯起来，谁知手还没碰到她的衣服，埋在水盆里的脸却猛然抬起，几缕湿漉漉的黑发划过半圈弧线，带起一片冰凉的水珠，簌簌地飞溅在他的脸上。

一张七分熟悉三分陌生的脸就这么出现在他眼前不到一尺的地方，依稀还是从前的容貌，眉眼间却褪去了青涩，肤色也细腻白皙了许多，因为喝了酒，一双凤眸半眯着，目光迷离，几颗晶莹的水珠沿着她白里透红的肌肤，缓缓滑过丰润的唇，滑过修长的颈，最后隐入胸口的衣襟，他明显感觉到自己的呼吸微微一窒。

但心悸也只有片刻，因为眼前这位绝色佳人在打量了他一眼后，立刻撸了撸衣袖，气壮山河地吼道：“不长眼的小浑蛋竟敢擅闯内宫，看本宫不把你拿……”

“下”字还没出口，就被季澈一把捂住嘴，拖进了帷幕的后面。

幸好寝殿的大门够厚实，又或者晏容公主向来如此颠三倒四，因此这一吼并没有引来旁人。季澈等了一会儿才略略放心，郁闷地在慕容七耳边低语道：“七七，是我。”

“你是谁？”凤眸一瞥，又恍然道，“长明宫里的小华公公？”

“……”

“不是？那……是皇后娘娘身边的李侍卫长？”

“……”

他决定不和她说话了。

“喂喂，你别走啊。”慕容七一把拉住他，却因为用力过猛踉跄了一下，扑在他胸前，扬起脸嘿嘿傻笑道，“逗你玩儿呢，阿澈你怎么这么小气？一年不见，你是不是长高了？”说着，她伸出手去比了比，“原来只比我高半个头的，现在我只能到你下巴啦！”

他的衣袖被她扯着，不得不腾出一只手来扶着她的腰，一低头，看到她满头柔顺的黑发，不由得心想，其实你也长高啦，一般的姑娘家，只能到我胸口。

不知怎的，心里一软，也不生气了，将另一只手里提着的包裹塞给她：“这是你爹娘带给你的，里头还有些你托小久调配的药膏。”

“他们差遣起你来倒是很顺手。”慕容七靠在他胸口嘟哝了一句，又想起了什么似的，恍然道，“瞧我多糊涂，既然你来了，怎么能连杯茶都没有？我帮你倒……”

却见慕容七直起身子，举着偌大一个包袱，摇摇晃晃地朝桌子的方向走过去，可是距离还未够，手指便松开了，想来她本是想将包袱放在桌上的，但是脑子不太清醒，位置就没拿捏好。若是这么大个包袱砸下去，不光桌上那只看起来很贵重的白瓷水盆要完蛋，恐怕还要引来外面的宫女太监，实在是大大的不妥。

他赶忙一把将她拉了回来，顺手抢了包袱放置妥当。浓烈的酒气迎面而来，慕容七就跟没了骨头似的挂在他身上，还呜呜叫着：“阿澈，我的头好晕！阿澈，我走不动了！”

该！谁让你去参加什么簪花宴，才多大呢，就不学好。他一边暗骂着，一边架起她的胳膊，往帷幔后面华丽的大床走去。

慕容七好像真的走不动了，一路攀着他的脖子，力气奇大无比，季澈狼狈地将她拖到床边，正要撒手，却被藏在帐子下的脚踏绊了一下，手是放开了，自己却也一跤跌得半跪下来，膝盖被脚踏上繁复的雕花硌得生疼。

他咒骂了一声，抬起头，却看到慕容七正瞪着一双凤眼目不转睛地看着他，她侧卧在雪白的被褥里，一双手还攀在他脖子上，近在咫尺。季澈被她看得心里发毛，正要掰开她的手，慕容七却突然诡异地一笑，道：“阿澈，你也是男人哦？”

“哦”什么“哦”？他不是男人，难道是女人？

谁知慕容七突然手腕一紧，将他拉近，然后冷不防把自己的唇贴上了他的唇。

季澈顿时像被雷劈了一样动弹不得，活了十八年，有胆子主动轻薄他的姑娘，这还是第一个！虽说的确是个美人，但这个美人是慕容七。他无法把那个小时候骑在他身上挥拳头的野丫头和眼前长发披散、眼波如水的绝代佳人联系在一起。

原来，她是这么柔软，还很香甜……

呆滞片刻，他只觉得心跳如鼓、脸颊发烫，右手摸到床上的瓷枕，打算将她拍晕，左手却不受控制地抚上她的背，连他自己都不知道到底要做什么。

慕容七在他唇上只摩挲了片刻，便退开了，歪了歪头，满脸疑惑地呢喃道："没什么特别啊……哪有她们说的那么销魂？"

他愣了愣，顿时明白了，想必是她在簪花宴上见到了一些不怎么合宜的画面，一知半解，偏又好学，顺手拿他当陪练呢！

心底涌起的不知是愤怒还是失望，他左手一紧，右手义无反顾地举起瓷枕，决心给这个醉鬼一顿结结实实的板砖，以便醒酒。

可手才落下一半，慕容七又凑了上来，这一次，她不光咬到了他的嘴唇，还伸出舌尖轻轻舔了舔，含含糊糊地自言自语："是不是……要这样？"

唇上传来难以形容的酥麻感觉，他浑身一颤，手上顿时失了力道，瓷枕落在她的肩头，反倒将她压得更近了一些。她的手顺势往上移，十指与他的发丝纠缠，细巧的舌尖一点点沿着他嘴唇的轮廓勾绘着，虽然不得要领，却亲得很认真。

季澈努力地稳定心神，默念着：她是醉鬼，她是醉鬼，她是醉鬼……喂，舌头不要伸进来，找死吗？

十八岁的少年，再寡情冷淡也是血气方刚，谁都会有情窦初开的时候。当她的舌义无反顾地撬开他的唇齿的时候，他眼中星芒一闪，手掌猛然收紧，翻身将她压在了床上。

忍无可忍，无须再忍，慕容七，这可是你先惹我的。

许多事，一旦找到了借口，就变得无所顾忌。两个没有任何经验的少年，激烈又全无章法地亲吻着，控制不住力道，牙齿时不时地磕碰在一起，可尽管如此，身体里的欲望却被撩拨得越来越炽烈，只想要多一些，再多一些……

她唇齿间的酒意仿佛也醉了他，纠缠得越深，越是混沌，像是跌进了无底深渊，怎样也无法餍足。

"好疼！"蓦然间，慕容七痛地低吟了一声，季澈微微抬起头，见她嘴角被自己咬出一个小小的伤口，正往外渗着血珠，他立刻冷静了几分，一边喘息一边替她抹去血痕，伸出手，却发现指尖控制不住地发抖，手心里满是黏腻的汗水。

身下的慕容七两颊绯红，胸口随着呼吸剧烈地起伏着，隐隐露出散乱衣襟下柔美的曲线，十六岁的少女，成长得已经足够诱人。

他的眸色越发沉暗，抚在她唇边的手指情不自禁地往下移去。

她怕痒，朝一边躲了躲，没躲开，也就随他去了，只搂着他的脖子咯咯傻笑："你挠我痒痒，你犯规，我要去告诉季叔叔……"

她以为还是小时候，两个人肆无忌惮地嬉戏胡闹，她真的醉得不轻。

可是他已经顾不了这么多了，此时此刻，一贯的冷静已经不复存在。

就在这时，门外突然响起宫女的声音："公主，沐汤已经备好，奴婢服侍公主沐浴。"

一句话，如醍醐灌顶，让他猛然间清醒过来。他看了一眼脸色潮红、神志不清的慕容七，又看了一眼华丽的寝殿，终于意识到自己正干着多么荒唐的事，慌忙爬起身，随手将锦被劈头盖脸地扔在慕容七身上，然后打开窗飞快地溜走了。

直到离开皇宫，他才紧紧地按住胸口，心跳依旧剧烈如鼓，浑身的热意被凉风一吹，并没有散去多少，反倒让他陷入另一种无所适从中。

那一晚，是他生平第一次失眠。整夜了无睡意，眼睁睁地看着天空开始发白。

他一直在想，从此往后，该拿慕容七怎么办？

在他们之间……发生了那样的事之后。

大不了就娶她吧。最后他终于将此节想得通透，他不是不负责任的人，姑娘家的名节有多重要他也是知道的。那丫头虽然凶悍了点，但好歹也是一起长大知根知底的人，又能玩在一起，娶回家……也不错。

做了决定，一颗心也就放下了，沉沉睡意袭来，他想着先好好睡一觉，再回宫里去找慕容七说清楚。

谁知他刚合上眼没多久，慕容七就来了。

她瞪着一双凤眸，看着半躺在床上略带紧张一脸尴尬的季澈，问道："阿澈你怎么了？昨晚没睡好？"

"我……"

"哎，我也没睡好。"她烦恼地抚了抚额头，"我被雅容皇姐请去参加什么簪花宴，喝得糊里糊涂的。"

"这个……我知道。"

"你知道？昨天你来找过我吧？"她眼睛一亮，凑了上来。

他一眼就瞥见她嘴角小小的血口子，心里一颤，忍不住后退了一步，垂下眼睫，心情复杂地承认道："是。"

"我就猜是你！"她拍手笑道，"除了你还有谁有这个能耐和胆量闯皇宫啊？我醒来看到那个大包袱，就知道肯定是爹娘找你跑腿了。你什么时候来的？怎么也不打个招呼？我那会儿醉得死去活来的，什么都不知道，都没和你好好叙旧。"

他愣了愣："你不记得我来过？"

慕容七满脸遗憾地摇了摇头："完全没印象啦，不然绝对留你逛逛皇宫，陪我解闷。你不知道，我在这儿都快无聊死了，幸好御厨坊的甜点做得很地道，下次你来的时候，我一定准备一桌子给你尝尝……"

"你真的不记得了？"他打断她的话，微微皱眉，"一点也不记得了？"

慕容七被他突然严肃的语气吓了一跳，眨了眨眼，有些不明所以："你是怎么了？要是我还记得，今天就不用特地跑来找你求证了啊。"

他怔了半晌，一时间说不出心里究竟是什么感觉。应该……是庆幸她不记得吧，这样他就不必再想着如何开口，也不用匆忙地娶妻成家了，不记得也好，不记得的话，就什么事都解决了，他也可以把昨晚当成一场醉后春梦，慢慢地，也就忘记了。

他刻意忽略了心里那一抹淡淡的失落，面无表情地点头："看来你确实醉得不轻，连自己差点淹死在脸盆里的事都忘记了。你欠我一条命，记好别忘了。"

“胡说！”慕容七脸上一红，“谁会那么蠢，洗脸淹死！”

季澈看了她一眼，没说话。

慕容七噘着嘴，不满地哼了一声：“反正我都不记得了，随你怎么编排。”说罢，她又伸手扯住他的袖子，“快起来啦，你好不容易来一次辽阳京，我也好不容易溜出宫一次，可别浪费了这一身好不容易偷来的衣服。我们出去走走，我好久没逛街啦，午饭我请，你付钱！”

季澈不由自主地被她拉出了屋子，阳光刺眼地照下来，他抬起手挡了挡，看着身前那个身穿一身小太监服饰的少女，微微笑了笑。

就这样吧。

这样，也好……

此后几年，聚少离多，各自为了不同的事情忙碌奔波，他终掌大权，她久居深宫，他九死一生，她嫁入豪门……瞿峡之乱匆匆一别，新帝登基再度相逢……时间于尘世间悄然流转，转眼之间，已是四年寒暑。

那么久，久到他以为自己真的已经忘记了那一年春夜的无措和慌乱。

可是慕容七却在无意中被“幽冥莲花”控制，她将他当作了凤渊，她以为被那个浑蛋偷袭的那次才是“第一次”，她生气的时候口不择言地说：“你第一次的时候说不定还不如我。”

他看着她涨红的脸，突然就想到了那个时候，被他压在身下的、软得不可思议的身子——青涩的、狼狈的，却有着销魂蚀骨的滋味——只有他记得的“第一次”，她粗鲁的动作，还有嘴角小小的血口。

心跳又莫名加快起来，他却只是淡淡地笑了笑，道：“这倒也是。”

原来有些事情，不是随着时间的流逝就会淡忘，而是如醇酒，封存起来的时候感觉不到，可是一旦取出，开封，浓香就会张扬地溢开，沾染在骨血灵魂中，再也无法剔除。

原来，她对于他，是这样的存在。

他果然还是要栽在她手里。

在记忆和梦境夹杂着的虚幻中，他再次睁开眼睛，沉黑的眸子中闪过一片细碎的七彩流光，迷惑即消，眸光便显坚定柔和。

直起身，看着脚下依旧睡得不省人事的慕容久，他弯了弯嘴角，从桌上拿起茶壶，将一壶冷透的茶水哗啦浇了下去，看着被硬生生淋醒正准备骂人的白衣公子，淡淡道：“慕容久，休息够了就起来干活。”

胆敢打她的主意，凤渊，咱们走着瞧。

·第八章· 劫色

最近几天，慕容七过得很有规律，睡觉睡到自然醒，有人邀请就出门吃喝玩乐，无人邀请就闭门吃饭练功，偶尔去花翎那里见一见魏南歌，装半天淑女，对着温文尔雅的首辅大人思慕一番，日子过得很是惬意。

至少她自己认为很惬意。

季澈没有再来找过她，她也没有去找季澈。

虽然心里隐隐觉得哪里有些不妥，但她还是坚信，自己做得没有错。

哪怕是多年好友，也需要自己的空间，也会有自己的秘密。既然他们意见不统一，说不到一块儿，那还是各干各的比较好，免得伤了和气。

如此过了些日子，转眼间，离新帝的登基大典只剩下三天，和凤游宫之间的交涉也有了结果，凤渊终于答应和信郡王见面，时间就定在明天。

脖子后面的“幽冥莲花”愈发盛开得靡丽，凤渊的身影几乎霸占她的整个梦境，有几次梦里的他即便取下了面具，脸上也淡淡地蒙着一层雾气，绝不是现实里见到的那副丑陋模样。她越来越能感觉到梦醒之后那种若有所失的惆怅和眷恋，这让她十分焦躁，就好像眼睁睁地看着面前的悬崖，却无法阻止自己走过去一样。她甚至盘算着，等明天见到了凤渊，是不是先上去揍他一顿，免得自己被那妖花控制了心神，当着魏南歌的面做出什么丢脸的事。

这么想的时候，她正和公子昭那群朋友在西郊游山。说是游山，其实只是一伙富贵公子搂着几个漂亮妓子，一起弹弹琴唱唱歌，投壶射箭，消磨时光。

席间有人多喝了几杯，有些管不住自己的嘴，见四下无人，便拉着几个要好的公子，神神秘秘，献宝似的说道：“哎，你们可知这山后面有座白莲寺，平时香火很旺的，可今天咱们上山时路口却立了块牌子，说闭寺两日，可知道是为什么？”

有人猜是方丈生病，有人猜是打扫整修，更有离谱的说是和尚会尼姑，让慕容七很是大开眼界，这么乏味的问题还有人踊跃回答，看来这群人平时有够无聊的。

“都不是。”先前提问的那人得意地摇头，又压低声音道，“偷偷告诉你们，你们可别说出去。我偷听到我爹对我二娘说，今天是亭夫人到白莲寺祈福的日子，不过说是祈福，其实嘛……”他嘿嘿地笑了两声，“借着祈福会情郎的贵夫人，她也不是第一个了。”

众人皆一副恍然大悟的模样，也有不明白的人，立时问道：“哪个亭夫人？是不是太子家的那位……”

话没说完就被人捂住了嘴，显然是只可意会不可言传。

慕容七听了也有些惊诧，这人口中所说的“亭夫人”，应当是如今太子身边最受宠的侧妃沈亭。据说这位夫人相貌美又有才华，虽然出身不高，但和太子妃殷紫兰的清高孤傲比起来，最是温柔体贴、小鸟依人，因此很得太子欢心。传闻慕容铮登基之后，就会封给她仅次于皇后的妃位，诸臣家眷巴结她的也比巴结殷紫兰的多上许多。

这位很快就能一步登天的女子，在这紧要关头会什么情郎？除非是脑子抽风了，否则就是这帮只会风月的公子哥吃饱了撑的在胡说八道。

说起来，她能把沈亭这么个不相干的人记得这么牢，还要拜魏南歌所赐。她曾经在他书桌上关于凤游宫的调查卷宗里，见过这个名字，正是那些和凤游宫私下交易违禁香料的妃嫔中，排名极为靠前的一人。

后宫里的违禁香料，都是些蛊惑人心的媚香，或是祸害女人生不了孩子的缺德物件。看来慕容铮还没当皇帝，后院就有起火的迹象，慕容七很是不以为然，沈亭的名字在脑子匆匆一过，正要把这事丢开，有个念头却突然一闪而过。

万一，那些公子哥说的不假呢？

亭夫人能到如今的地位，脑子自然不会这么容易抽风，因此能让她在新帝登基之前冒险来见的，肯定也不是一般人。

她想到一种可能，急忙拉着身边的公子昭问道：“你爹是京兆尹，你知不知道北宫昙华回京了没有？”

公子昭被他吓了一跳：“昙华亲王？他昨晚就回府了，我爹还特意安排人去留守了德仪门。你找他有事？”

听到这番回答，慕容七一下子站起身来，说了声：“我有急事先走一步。”便骑上马，顺着山道疾驰而去。

北宫昙华既然回京，那凤渊也极有可能一同回来。亭夫人是他的大客户，两人做的又是见不得人的交易，那今日亭夫人在白莲寺见的人，会不会是他？

毕竟，在新帝登基之前获取足够多的筹码，对于亭夫人那样的女子来说，远比上香或者会见情郎更加重要。

季澈经常批评慕容七遇事不用脑子，其实她觉得这批评实在有失偏颇。试问靠谱的直觉哪有不经过思考判断的，他真是看低了她。

一路策马到岔路口，一幅黄绢正拦在通往白莲寺的山道上。慕容七将马牵入林中拴好，然后从马背上的包袱里取出一套花枝招展的女装换上——离开的时候她特意骑走了随行妓子的小红马，马背上的包裹里，衣服、首饰、胭脂水粉一应俱全。此事事关重大，万万不能暴露了信郡王的身份。

若在白莲寺找不到凤渊也就罢了，万一真的见到了他，她正好趁机先把“幽冥莲花”的事情解决，这样帮助魏南歌的时候才好全心全力。否则，倘若凤渊真被魏南歌抓进了大牢，她要找他解蛊，可就不那么容易了。

摸出面具覆在脸上，慕容七悄无声息地潜进了寺里。

白莲寺规模不小，她转了一大圈，才将目标锁定在寺院后一排依山而凿的洞窟附近。这里原是给寺中僧侣苦修用的禁地，此时却被五个黑衣暗卫团团守住，其中一个洞窟的门口站着两个衣饰上乘的侍女，可见洞中之人身份不凡。

慕容七出手如风，迅速敲晕了几个暗卫，又点住了侍女的穴道，在两人惊恐的眼神里迅速地钻进了洞里。

僧侣苦修的洞穴一般都逼仄简陋，可这一个却与众不同。初入时虽也狭窄，但慕容七很快在石壁后面找到了一条隐蔽的通道，沿着密道往前走，没多久，耳边就听到一个女子柔媚入骨的声音。

“只有这么多？真的不肯再多给些？”

慕容七脚步一停，猫着腰专心听壁角。

“亭夫人莫太贪心，此香不易保存，多给你也是无用。”依稀熟悉的声音，温柔多情如轻羽微拂，拂得慕容七心尖一颤，眼前仿佛又幻化出一个风姿绝世的白衣男子的背影，后颈上的莲花印记也开始微微发烫。

如入梦境般的恍惚中，她好不容易才忍下了想靠近他的冲动，握紧拳头，牙根发痒，心里已经把对方骂了一百遍。

不要脸的死变态，果然在这里！

却听亭夫人轻笑一声，随即传来衣物摩挲之声，低低的声音听起来很是销魂：“本夫人的确很贪心……既然此香不能多给一些，那宫主拿些什么来补偿我呢？”

慕容七有些疑心自己是不是找错了，想不到传说中“温柔体贴”“知书达理”的太子侧妃亭夫人，竟会这么赤裸裸地勾引丈夫以外的男人。

所以说人都是有两面性的，就好比凤渊，看起来像只柔弱的小白兔，其实却是无耻的大魔王！

此刻大魔王正用那种独有的、调情似的语调慢悠悠地叹息道：“能得太子殿下夜夜独宠，流连床第而误了朝政，夫人还要什么补偿？”

慕容七暗中呸了一声，这话说得如此露骨，不愧是大魔王。

她一边暗自鄙夷，一边又有些疑惑，这一回躲着没见着凤渊的脸，光听他的声音，那种慢悠悠又撩人又欠揍的语气，却有种似曾相识的错觉。可她还来不及细想，亭夫人已然接过他的话，叹道：“宫主是真的不懂，还是在同本宫装傻？宫中的姐妹们私底下可是传得沸沸扬扬，能和宫主一夜春宵的女子可保容颜不老、体生异香，这比任何香料熏染都要难得。宫主难道就不能……怜惜亭儿这一回吗？”

她的声音越来越低，也越来越媚，自称也从“本夫人”换成了“亭儿”，勾引得如此明目张胆，果然是女中豪杰。

慕容七好奇至极，很想听听凤渊要怎么回答。

可凤渊却并没有马上回应，也不知他做了什么，只听到一阵轻响，随后传来亭夫人一声低呼。

怎么，这就压倒了？不对啊，听这声音像是惊吓的意思多些，销魂的意思少些……

凤渊轻笑道：“见了我的模样，夫人还想要吗？”

他这样一说，慕容七便明白了，想来是凤渊取下了面具，而面具下那张布满伤痕看不清五官的脸吓到了一心求欢的亭夫人。想象着亭夫人尴尬不已的表情，慕容七差点笑出声来。凤渊此人果然当得起“不要脸”这三个字。

静了好一会儿，才听到亭夫人重新开口，柔媚依旧却显然有些气短：“美丑不过是身外之物，亭儿仰慕的是宫主的风姿，并不在乎相貌。”

凤渊倒也大方，嗯了一声道：“既然不在乎，夫人就请便吧。”

“这……宫主能否先熄灯，亭儿害羞嘛……”

听不下去了！这两人是在比谁更不要脸吗？

慕容七一边咒骂一边扯下一只耳坠子，听声辨位，朝着亭夫人的方向投射而去。一声重物坠地之声，耳边终于清静了。

确认四周再无闲杂人等，慕容七才背着手大摇大摆地走了出去。

暗道的尽头是一间石室，角落里点着灯，石室中央的地上铺着一块黑色毛毯，毯上放着矮几，几上有琴，白衣男子正跪坐在矮几前，雪白衣裾散落如初开的白莲。他的脚边倒卧着一个衣衫半褪的年轻女子，他的目光却只是牢牢地锁住慕容七的一举一动，慢条斯理地将面具的系带缚上，弯起嘴角，柔声道：“好久不见，嫣然。”

被他如此多情地一唤，慕容七忍不住浑身一激灵，哼了一声道：“凤游宫宫主凤渊是吧？我是专程来找你的。”

听到她突然直呼他的真实身份，凤渊一点也不意外，依旧懒懒地倚在矮几上，一手拨弄琴弦，于铮鏦之声中轻笑道：“你是想我了……对吗？”

“想你大爷！”

无言以对，唯有赠他这四个字。

她摊开手掌，伸到他鼻子底下：“解药，拿来。”

凤渊抬眼看了看她，嘴角的笑容加深，突然握住她那只手掌放到唇边，轻轻吻了一下。柔软微凉的触感让她的耳根立刻红透，一双灵动的眼睛因为羞愤交加而亮得灼人。

他悠悠地看着她，笑得更欢了。

慕容七用力抽回手，恶狠狠地说道：“我的手刚摸过马屁股，还没洗。”

看到凤渊弯起的嘴角瞬间一僵，她心中大感舒坦，接着道：“你还是痛快点把‘幽冥莲花’的解药给我比较好，别怪我没有提醒你，若是非要逼得我动武，我绝不会因为你不会武功而手下留情。”

凤渊挑了挑眉：“你如何发觉被种下了‘幽冥莲花’？”

慕容七不禁有些得意：“我比你想象的要神通广大多了。”

凤渊思忖片刻，继而一笑："我才不会给你解药。你要么在花开的时候杀了我，若是下不了手，就选择最后一种……"他故意拖长了语调，笑意深深，"我一定会让嫣然满意。"

"绝不会手下留情"不过是慕容七用来威胁凤渊的话，如今听到他这么回答，才想起解"幽冥莲花"之蛊的三种方法。若是他不肯交出解药而她又下不了手杀他的话……所谓的"让嫣然满意"是什么意思，也就不言自明了。

她忍不住脱口怒道："你就不怕我事后再一剑结果了你？"

他不甚在意，托着腮，笑微微地说道："到了那时再说吧。说不定……你试过之后会不舍得杀我的。"

慕容七脸又红了，她怎么就忘了，比无耻下流不要脸，她根本不是他的对手。

她瞪着他，他却对着她笑。世上原来真有这样的浑蛋，说了恬不知耻的话，眼神却还是这么温柔坦然，好像他说的是再甜蜜不过的情话。

她有点泄气地在他对面坐下，特别真诚地看着他的眼睛，"凤渊宫主，我们来谈谈吧，你到底要怎样才能给我解药？"

"你方才听到她说什么了吧？"凤渊瞥了一眼身边昏迷的亭夫人，叹道，"她们为了追求容颜不老、体生异香，无所不用其极，可我却将这两样宝物轻易地送给了你，我对你这样好，你却不屑一顾？"

"难道我还要多谢你吗？这种话，也只有那些一心媚主的无知女子才会相信，世上哪来这么便宜的事，生老病死本是天意，容颜不老的，那是妖怪。"她很是鄙夷地哼了一声，"凤渊宫主，咱们谈正事行吗？你对初识的人下蛊，究竟意欲何为？"

凤渊嗯了一声，语气散漫地反问道："你猜猜看？"

慕容七已经懒得再跟他争辩了，就事论事道"就我认为，你我既不相识，也没什么宿怨，你堂堂一个做大生意的人，也不会无聊到四处坑人玩儿。你这么做，无非是看上我武功不错，长得也还行，想找个带得出去撑场面的傀儡当保镖而已。我是从小听着江湖逸闻长大的，你们这些江湖中人的心思我也略知一二，很喜欢搞些与众不同、哗众取宠的名目，你骗不了我。"

她一番分析，头头是道，凤渊不禁失笑："若说是我对嫣然一见钟情，想要将你强留在身边呢？"

"当我三岁小孩吗？本姑娘好歹也活了二十年，对我一见钟情的大有人在，可不是你这样的。"

十三岁那年，迦叶宫有位师叔的独子自见过她一面之后便茶饭不思，日日端着张凳子到她窗下吟诗唱曲，最后被小久不胜其烦地下了三天分量的改良型巴豆，听说此人后来愤而学医去了，至今还下落不明；十六岁那年，有位进京觐见的藩王，偶然间见到她在花丛中荡秋千的模样，顿时便上了心，愿以三座城池换她回去做王妃，彼时她正忙着脱困，没空搭理，便到帝后跟前撒娇，说番邦人少路远，又说藩人黄发碧眼不符合她的审美，帝后心疼之下便另择了一位郡主嫁与藩王，并陪送许多嫁妆，虽说藩王临走之前信誓旦旦地说今生今世只爱她一个，但近来听闻，那位郡主已做了王后，第三个孩子也将出生了。

总之，一见钟情之人，总会头脑发热干些蠢事，万万不会像他算计得那么精明。

她又打量了他一眼，总结道："况且我看你这个人比较自恋。若不是我有什么利用价值，哪怕我长得像天仙，你也不会看上我。"

凤渊竟然没有否认，沉吟着点了点头："你说的倒也没错。"

他的手指轻轻拂过琴弦，清冽琴音回绕在斗室中，他于这清音中，突又低声道："要拿到解药也可以，需得和我打一个赌。"

"说说看。"

"赌花开之后，你的心神会不会为我所控。"他一下一下地弹拨着琴弦，仿佛在为这一段对话伴奏，"待花蛊盛开之时，若你能保持神志，哪怕只有一瞬的时间，就算是你赢了，我自然会将解药双手奉上。当然，届时你若想要杀了我解蛊，我也不会反抗；但若是你彻底迷失了自己，被我控制住……"他抬头看了她一眼，轻轻一笑，"嫣然，你就只好一辈子跟着我了。"

慕容七侧着头，耳边传来的琴声十分动听，如山泉缓流、冷雨初歇。她不禁想到，爹和小久都会抚琴，帝都也有很多声名显赫的名家，据说她两年前死于谋反的丈夫巨泽世子沈千持也是此中高手。她听过那么多人弹琴，却不得不承认，眼前这位凤渊宫主，乃是高手中的高手。

只可惜，这样一个风雅之器上的高手，为人却不怎么高洁。

她皱了皱眉："此事听起来颇为凶险，我若输了，岂不是生不如死？"

"怎会？我定会好好疼爱你……"

"消受不起，敬谢不敏。"

他顿了顿，又问："莫非，你是怕了？"

慕容七哼了一声："不必激将，我会和你赌的。既然你不肯给我解药，我又不好胡乱杀人，暂且接受你的提议也无妨。相信堂堂一个凤游宫的宫主，说话一定算数。"

"那是自然。"

凤渊微微一笑，修长手指连续拨动，一串串琴音从指下不断地倾泻流淌，瞬间就将原先的清雅之调改换成了靡丽缠绵的曲律。慕容七没有防备，心神随之一震，只觉得后颈处骤然升起一阵灼热，那股热流顺着血脉一路扩散到了全身，暖洋洋的，似乎要将身子都融化了。她眯起眼睛看着眼前抚琴的男子，只觉得那股暖流里带着一股难耐的渴望，渴望着靠他近一些，渴望着能触碰到他。

凤渊专注地瞧着她，直到她眼底浮起恍惚水色，他一手依旧轻拨琴弦，一手却探到耳后，慢慢移开了脸上的面具。面具下渐渐露出刀裁般的眉峰，眉下是杏仁形的眼睛，睫毛长而直，眼角弯弯的，看起来一副笑微微的温柔模样，琥珀色的瞳仁里却没有一丝暖光。脸上的皮肤白皙光滑，配上色泽极淡的薄唇，这半张脸简直堪称完美。

可他的手却就此停住，一笑，眼角的弧度更加柔和，声音暗哑中带着蛊惑的意味："嫣然，告诉我，你到底是谁？"

这半张几乎找不出瑕疵的脸，仿佛和这些天梦境中那个白衣人影重合了起来，慕容七脑子一迷糊，脱口而出道："我是信郡王……"

说了半句却突然停住了。

"信郡王如何？"凤渊显然对这不小心透露出来的信息很感兴趣，微倾了身子，在她耳边低声追问道。

他的气息萦绕过来，她略有些清醒的眼里又泛起茫然之色，愣愣答道："我是信郡王府上的……"话未说完，脚下一软就往前倒去，凤渊急忙伸手抱住她，手上的面具随之掉落，顿时将另外半张脸露了出来。

那半张脸竟还是和慕容七之前看到的一样，布满丑陋可怕的伤疤，看了一眼就绝对不想看第二眼。

方才他给亭夫人看的是丑陋的半边脸，这才引来她的惊叫，可这会儿，慕容七见到这一张极美与极丑混合在一起的脸，反应比亭夫人更激烈，一掌就扇了过去，嘴里还叫道："妖怪退散！"可这雷霆万钧的一掌才扇到一半，就被凤渊牢牢握住了，本应手无缚鸡之力的男子却突然间拥有了惊人的臂力，她张了张嘴，还没来得及说什么，后脑一晕，接着什么都不知道了。

凤渊慢慢收回砍在她脖子后的手掌，轻轻舒展了一下五指。功力已经恢复了六成左右，不过要制住怀里这个心神恍惚的女子还是不太容易，诚如她所言，有这一身武功，收来做个贴身护卫，确实很不错。

她说她是信郡王府上的人——是丫鬟，还是侍妾？难怪北宫昙华找遍了那日参加宴会的京中妓子，都不见她的踪影，竟然还有这样的背景。

他伸手沿着她的耳边摸索了一阵，不费吹灰之力揭下一张人皮面具，面具下果真是那日见到的美丽脸庞——此刻双眼微合，显出了几分纯真沉静；可一旦睁开，顾盼之间的灵气会让她拥有别样动人的妩媚。信郡王的风流之名他也早有耳闻，听说府上藏了无数美人，果然眼光独到。

不过现在，她是他的了。

他的手沿着她的脸颊轻轻滑到后颈，随即扯开她的衣领，拂开散发，用指腹摩挲着那枚莲花印记。幽暗的光线下，只见那朵原本只开了十几瓣的莲花，如今竟层层叠叠地开出了上百瓣，已是完全盛开。

尚余下八十天的时间，却被骤然浓缩在短短一曲琴音中。

她的聪敏虽然在他的意料之外，可她绝对不会料到，在她答应和他打赌的那一刻，他已将袖中暗藏的"十月蜜"粉末抹在了琴弦上。"十月蜜"本身没有毒性，任何防毒的药物都起不了作用，可这种蜜粉却是催熟花蛊的最佳良药。借着琴音，以内力催发，融入她的血脉，就能让她体内的"幽冥莲花"在极短的时间内开放，根本不需要等那么久。

他只答应她不会食言，却没说不会耍赖。

如今莲花已经开毕，她却昏迷不醒。此番，是他赢了。

"嫣然，乖乖地跟着我吧，我说过，定会好好疼爱你的。"他轻笑着，抱着她站起身来，

对着虚空处淡淡道，“善后。”

在他身后，鬼魅般出现了两个黑衣人，一人抱起几上的琴，一人迅速抹去了现场所有痕迹，只留下昏迷不醒的亭夫人，随即跟着凤渊悄悄地消失在石洞后的密道里。

·第九章· 美人

新帝还有三天便要正式登基，整个辽阳京被热闹和紧张的双重气氛笼罩。崇极帝连续颁布大赦令，减免徭役赋税，开仓济民，帝都四处张灯结彩，人人穿红着绿，就连四方大道边的树上都被缠上了华丽的丝锦。这看似热闹的场景背后，却是长达半年的宵禁，是大街小巷突然增多数倍的禁卫军，普通百姓走着走着就会被盘查，吃着吃着就会被搜身，久而久之，上街的人就少了，茶馆饭庄的生意清淡许多，连达官贵人都收敛了不少，妓馆乐坊萧条了大半，据说许多老板因为养不起馆中姑娘纷纷卷款潜逃了，公子昭的父亲京兆尹大人一时忙得焦头烂额，连带着公子昭也甚少出门。

如此一来，人们的娱乐活动只剩下了串门聊天一途，话说得多了，难免就有各式各样的流言，某些由于内容太过劲爆，很快就传播开来。这些劲爆的流言，是关于新帝的。

即将称帝的太子慕容铮是崇极皇帝的第三子，在皇帝的六个儿子中素有孝名，但也仅仅是孝名而已，其余的文治武功并不算出色，性格也偏于温吞，一直长到二十岁都不被几个背景强大、实力雄厚的兄弟看在眼里，没想到，笑到最后的人却是他。

这位向来低调的三皇子初露峥嵘，大约是在四年前的先太子失德一案中。此后几年，慕容铮不仅自身行事沉稳得体，政务上也屡有建树。他的那几位皇兄皇弟却像突然走了霉运一般，不是生了大病卧床不起，就是因为狎玩妓子被德高望重的老臣逮个正着，有人被曝出某某年贪污赈灾官银，有人被检举某某年扣押边关粮草……总之最后罚的罚、贬的贬，只剩下一个当年才十四岁的六皇子，六皇子和慕容铮是一母所生的亲兄弟，虽爱好行军布阵，是难得的将才，却脾气暴躁，少治世之能，且对兄长十分尊敬，如今这位刚满十八岁的少将正带兵镇守西北彤云、紫霞两座雄关，是慕容铮的左膀右臂。

兵不血刃，慕容铮的上位之路，听起来很像传奇，偏偏又毫无破绽。流言说的正是这个毫无破绽——据传，慕容铮之所以能在诸位皇子中脱颖而出，是因为他得到了一明一暗两大助力。明在朝堂打点，暗于幕后筹划，联手干了不少伤天害理的事，这才替他扫平了一切障碍。而他，则以一副慈孝清白的无辜者形象，超脱事外，一丝把柄都没落下。

那几位皇子失德失势之事，明明追查起来都有根有据，可在百姓口中，变得扑朔迷离起来。

“天权震震，开阳隐隐，紫微紫微，亮于星野。”

首辅府内，魏南歌望着纸上墨汁淋漓的十六个字，紧蹙着眉，久久没有出声。

这首歌谣最近在民间十分流行。“紫微”是帝星，“亮于星野”暗指新帝掌权，单从后半句看，这是一首普通的祈颂歌。然而结合最近那些半真半假的流言，这十六个字看起来就分外刺眼。

即将登基的太子因为得到“天权”在明“开阳”在暗的辅助，最终登上了帝位。

众所周知，“天权”即文曲星，虽然古往今来被称为文曲星下凡的名士贤人不知凡几，但在本朝，被冠以这个殊荣的仅有一人，便是十五岁金榜题名的文渊阁首辅，也就是他自己。

而“开阳”则是北斗七星中著名的双星，眼下也许没什么人懂得其中含义，可是他懂，太子殿下也一定懂。两年前应该葬身鱼腹的晏容公主其实没有死，而和晏容公主一胞所生的信郡王又掌握了太子殿下太多秘密，他们都知道，那都是些怎样的秘密。

因为历史原因，崇极皇帝最为厌恶的就是兄弟之间结党争权。如果这些流言传到宫里……就算没有传进宫里，只要传到有心人耳中，然后加以利用，届时他和新帝都会处于极其被动的境地。

短短几日，局面怎会如此？

他暗中思量，总觉得这件事不太寻常，一时却又查不到流言究竟从何而起，亦没有万全之策在短时间内将之平息，忍不住按了按眉心，却听侍从来报：“大人，信郡王的车驾已经出府。”

他急忙收回思绪，道：“备车。”

推门而出时，见一个红衣姑娘正斜倚在廊柱上，一手握着一把形状怪异的弯刀，正专心致志地砍着路过的蝴蝶，动作利落优美，脚下已经落满了的蝴蝶翅膀，五彩斑斓的，甚是好看。

这姑娘，正是上次在昙华亲王府上和慕容七打了一架的禁卫军十七营副统领。

“珊姑娘。”魏南歌朝她点了点头，“今日要劳烦你了。”

红衣女子珊姑娘闻言收起刀，一张冰雪般的脸上没什么表情，公事公办地点了点头，淡淡道：“你我都为太子殿下效力，自然会尽心尽责。”

两人一同朝外走去，许是气氛有些沉闷，魏南歌处于职业习惯，顺口问道：“不知十七营的人手安排得如何？需不需要我再加派一些？”

珊姑娘头也不回，很不领情道：“人手安排是我的事，就不必劳烦魏大人费心了。”

她的语气十分倨傲，魏南歌也不与她计较，两人一路无言，直到后门偏僻的巷子里，一辆精致的马车正静静地停着。

珊姑娘接过侍从递来的灰扑扑的大斗篷，往自己那身红艳艳的衣服上一罩，又拿了顶斗笠戴上，最后一跃坐上了车把式的位置，如老僧入定一般蹲着不动了。

魏南歌随之跨上马车，刚放下帘子，车子便平稳行驶起来，他放松身体，轻轻靠在车厢上，在轻微的颠簸中继续沉思起来。

此时此刻，他竟很难形容自己的心情。

是如释重负的轻松，还是即将直面真相的沉重……沉重，怎么会觉得沉重？事情进行到现在，每一步都在他的计划之中，一箭三雕的一局好棋，很快就能等到最后收网之时。

这些年来，比这更周密更危险的局，他都能从容应对，他向来知道自己要的是什么，为了最终的目标，任何欺骗和利用都是值得的。

甚至，某种意义上来说，如今的信郡王是慕容嫣，对他来说更为有利。

晏容公主慕容嫣，他叫她“七七”，鲜为人知的小名，叠字念起来，有种可爱的亲密感。

她对他的心思，他一眼就看了出来，这姑娘总想在他面前表现得温柔端庄，可那双明亮灵动的眼睛却没有丝毫伪装，她时常会偷偷地瞧着他，笑眯眯的不知道在想些什么。他曾经以为，经过这么多年朝堂风雨的洗礼，自己早已不会被轻易打动，可是那一刻，他竟不敢直视她清澈的目光。

他也曾年少轻狂，也曾用那种毫不掩饰的目光追随着某个人。可是这样的热情如今早已燃尽。很多年前，他为了朝堂社稷、家族荣辱，亲手献祭了自己的感情。那一袭刺目的嫁衣，那一句“你欠我一辈子”，让再热烈的心都冰冻成一片荒原。从此往后，他的余生都将与算计筹谋为伍，渐渐学会在不择手段时也能微笑，渐渐成为自己曾经最厌恶的人……只为证明当初的决定没有错，只想尽力补偿那个被自己辜负的人，希望她可以幸福。

耳边似乎又想起那一夜，她临走时说的话。

“南歌，这是最后一次了，只要你替殿下除去信郡王这根心头刺，替我除去沈亭这个无耻贱人，待我接掌凤印那天，你我之间的恩怨便一笔勾销，从此前尘往事俱化尘烟，再无瓜葛。”

他看着眼前的女子，昔日羞涩明丽的少女，如今说起“凤印”二字，竟有些面目狰狞。

他不禁问道：“做了皇后，你就能幸福吗？”

她冷笑一声：“心虽死了，但有至高无上的权力，也是一种幸福。”

“好，我帮你。”他记得自己答应她的时候，心里竟有微妙的解脱，“你知道的，紫兰，你的要求，我总会答应。”

这是他欠她的，他以为他背负了她的一生，但如今，一枚凤印就可以将这样的命运割断。

想到这里，他的背脊微微挺直，眼神也渐渐坚定。他利用了慕容七的感情，是他对不住她，但他对不住的人又何止她一个人？开弓没有回头箭，他不会为了一份无法回应的仰慕而后悔，所以只能对她说抱歉。

诚然，今日一场鸿门宴表面上是为了对付凤渊，但真正的原因，慕容七却毫不知情。

那便是殷紫兰带来的密令，太子殿下亲手下的密令：捉拿信郡王！

知道太多的人，若不能为我所用，就要除去。古往今来的帝王，莫不如是。

身为臣子，他必须为主上分忧；作为魏南歌，他答应过让曾经的恋人重展笑颜……无论如何，这一次他都必须做一个尽责的执行者。

信郡王慕容久和凤公子凤渊约见的地方是在城郊的一处别院，依山傍水，庄前有百亩果园，正是暮春时分，尚有晚开的碧桃停在枝头，粉光灼灼，风光很是不错。

魏南歌的马车从后门进庄。他今日特意换了一件木兰色的锦缎长衫，点金白玉簪挽发，轻袍缓带衬着清俊眉眼，宛然一个帝都翩翩贵公子。

既然要作为信郡王的朋友到场，总不好太过草率。

走进花厅，一眼便看到这地方的主人正没骨头似的斜倚在软榻上。同往常一样，依旧是一袭华丽考究的白衣，青玉为冠，乌发如瀑，宽大的袖口下露出半只手掌，修长手指上戴着贵重的玉石扳指，掌心正抚在身边两个美女纤细的腰肢上。魏南歌不禁暗中失笑，想当初在昙华亲王府上初次见面，慕容七的外表虽然无懈可击，但于细节气质之处还是露出些许破绽，否则也不会被他看出端倪。想必这些天里她也颇为努力，如今模仿起来愈加形神兼备，足以乱真。

榻上的慕容七一边抚着美女的纤腰，一边侧过头和身边一个黑衣男子说着话。那人背对着门口，看不清面目，只能看到高大矫健的背影，一头黑发未戴冠未定簪，只用一根质料奇特的银色发绳束起一半，刚好露出半个耳廓和耳垂上的猫眼石耳扣，明明是偏于阴柔的饰物，戴在他身上反倒平添了几分冷肃的气场，一看就非善类。

他从未见过此人，看样子应当是慕容七的朋友，可慕容七从未说过她会带别人来，他不禁皱了皱眉，但此时情势已经不容他多做考虑，慕容七听到脚步声回过了头，更让他意外的是，她的脸上竟然还蒙着半幅隐隐约约的白纱，只露出了一双眼睛。

“魏大人。”她腾出一只手朝他打了个招呼，又指了指自己的脸，“不好意思，前两天受了点风寒，脸上出了疹子，见不了人，只好遮起来啦。”

她的声音有些低哑，应该是染上了风寒的缘故，眼神里还带着点抱歉和委屈。

魏南歌在她另一边坐下，柔声道：“这些日子你辛苦了，过了今天，要好好休息。”

话语中的关切让那双妩媚的凤眸深深地弯了起来，看得出来，她的心情很好。他不动声色地将目光移到另一侧那位容色冷峻的黑衣男子身上，问道：“这位是？”

“是我朋友。”慕容七很随意地伸手勾住对方的脖子，“凤游宫的水太深，我怕魏大人的人手不够，特意找了个帮手，他的武功很高的……”

话还没说完，黑衣男子就一脸嫌恶地将她的手从肩上拂开，慕容七却一点也不在意，依旧笑嘻嘻凑上前去，搭着他的肩膀笑道：“你别这么见外嘛……”

不经意的一个动作，便知两人关系匪浅，魏南歌眼中闪过一抹阴鸷，随即恢复了温和笑容，有礼道：“在下魏南歌，请问……”

“我姓季。”黑衣男子简短地打断他，声音和表情一样冷淡。

如此回答，显然是不打算说出真名和身份，可让魏南歌觉得更无礼的是他看他的目光——犀利冰冷，像开了锋的利刃，审视中带着淡淡的嘲讽。

他不知自己何时得罪过这样的人，但回头想想，做官这许多年，阿谀奉承的人和看不惯他的人一样多，因此尽管有些疑惑，他还是不动声色，三人略微聊了几句，便听闻通报，说是凤游宫宫主已到。

凤游宫近年来风头日盛，江湖上的各种传闻也是沸沸扬扬，可真正见过宫主凤公子真面目的人却不多，因而都不约而同地将目光转向门口。只听耳边一阵悦耳铃声，清甜的幽香随之散开，慕容七不由得一声轻笑，和那位季公子不轻不重地咬耳朵："这一位出场这么招摇，跟我很像，我挺喜欢的。"

季公子完全没有回应。

魏南歌忍不住又看了两人一眼，门外一行人已然走了进来。打头的是四个粉衣侍女，手里捧着香气四溢的小巧铜鼎，侍女身后紧跟着一个精干的中年人，是这些日子里和他们往来联络的大掌柜，而他的身后才是正主儿。

黄玉为簪、紫衣流彩，如此炫目的颜色穿在那位年轻公子的身上却丝毫不见庸俗艳丽，反衬得身姿颀长、行止雍雅，精巧的银色面具遮住了大半面容，只露出了光洁的额头和精致的下巴。

魏南歌又听到慕容七的窃窃私语："阿澈你看，他居然也蒙着脸！你说你说，我俩的造型哪一个看起来更有魅力？"

季公子这回有了反应，淡淡两字也说出了魏南歌的心声。他道："闭嘴。"

紫衣飘飘、从容优雅的凤公子身后，还紧跟着一男一女两个年轻人，男子身材高大，目光灼灼，显然武功不凡；女子则穿着一袭浅紫衣裙，身段婀娜修长，步伐轻盈飘逸，可惜容貌平常，神情也十分呆滞。

仆从将一行人领座奉茶，歪在主位上的慕容七才咳了一声，直起身子笑道："本王生平最好美人，听闻凤宫主大名，仰慕已久。今日一见，宫主果然风情万种，甚得我心。本王要和宫主说些体己话，不相干的人都给我退下！"

·第十章· 真假

慕容七这番话说得面不改色，魏南歌却差点将一口热茶呛进喉咙里，她今日这表演也太超常发挥了一些，简直就是入木三分。

凤渊果然是个见过大场面的，闻言也不恼，只是朝着慕容七点了点头，说了声“王爷客气”，便伸手将那名紫衣女子拉到身边，附在她耳边不知说了些什么，女子虽然还是面无表情，眼中却露出了丝丝笑意，似羞涩又似娇嗔，衬得那张平凡的脸立刻生动起来。

见此，慕容七又和季公子咬耳朵：“阿澈你看，他身边的姑娘没我这儿的漂亮，这次绝对是我赢了吧？”

这让不小心听到对话的魏南歌很是无语。

季公子的目光在凤渊和那紫衣女子身上打了一个转，微微眯起眼睛，轻轻地哼了一声，目光中的冷肃阴沉让信郡王有些吃不消地抚了抚额，按住他的肩膀，低声道：“少安毋躁啊大侠，我知道凤公子很欠揍，非常欠揍，可他毕竟是我的客人，你给我点面子行不行？”

一时间，花厅里的仆从都退了个干净，最后连慕容七身边的两个妖娆女子都离开了。凤渊见状，也很识趣地叫大掌柜带了四个捧香侍女退下，偌大的花厅里，只剩下不多不少的六个人。

慕容七这才端起茶杯，笑道：“这两位是本王的好朋友，听闻本王今日请凤公子来做客，便央求本王定要带他们来开开眼界，本王实在无法，只好从了他们，宫主勿怪。”

魏南歌呵呵地笑起来。

季公子额角的青筋隐隐跳动。

凤渊回了一礼：“凤渊不会武艺，一刻也离不开这两位贴身护卫，也请王爷勿怪。”

“本王偶感风寒，脸上起了斑疹，不得不以纱巾蒙面，宫主勿怪。”

“凤渊貌丑，故以面具相遮，免得惊吓到他人，也请王爷勿怪。”

两人虚情假意了好一会儿，又有下人敲门送上了糕点。凤渊神态自若地与众人一起取用，并未有任何犹豫防备之色，不过他确实也没什么好防备的，凤游宫是用香的行家，迷香、毒香都是香，他自然不怕有人下毒害他。

慕容七仗着这段日子从魏南歌那里临时学来的知识，和凤渊聊起各种香料来竟也头头是道，两人貌似十分投机，兴起的信郡王当即叫人摆下笔墨纸砚，亲自执笔。凤渊宫主说一样，她就写一样，写了满满一张清单。好不容易写完，末笔手腕轻收，扫出一抹轻灵，正是“慕容久”的“久”字最末一笔。

写完她将单子拎起来，看了一会儿，正要放下，不知怎的手一抖，碰翻了手边盛着清水的瓷碗，瓷碗落地，顿时碎成了一地青花。

魏南歌自慕容七开始挥毫泼墨便一直蹙着长眉，直到这一刻，直到看清“久”字那最后一笔，他的眼中才猛然一凛，连忙站起身来，急道：“慢着……”

可是，已经来不及了。

那一声碎瓷之声，如同一道无形的指令，余音尚未散尽，变故已然发生。花厅中的三面墙壁随之轰然倒下，墙后的夹层间竟跳出了不下数百的兵士，明晃晃的刀刃带出一片森然之气，与此同时，门也被撞开，一群手持长矛的兵士步履划一地拥入，转眼就将偌大的花厅围得水泄不通，一层矛一层刀，园中还有弓箭，走位精准，配合默契，让人想打断一下都不知从何下手。

黑甲黑巾的扮相，如狼似虎的气势，正是传说中的禁卫军十七营。而当前一抹红影抱胸而立，却是副统领珊姑娘。

其乐融融突然逆转成了剑拔弩张，可是除了站起身的魏南歌和闪身挡在凤渊身前的年轻男子，其他人似乎都没什么反应。

季公子不过是抬起眼睛略微看了看，便又低下头去，眼角的余光始终若有似无地盯着凤渊和他身边的紫衣女子；至于凤渊，也只是微微笑了笑，伸手拨开挡在身前的护卫，低声道：“没事，先退下。”

身为始作俑者的信郡王看看这个，又看看那个，发觉没有什么热闹可看，十分失望地撇了撇嘴，拎着那张墨迹未干的清单就要往回走，偏偏经过凤渊身边时，眼前突然紫影一闪，一只长得很好看的手朝他当胸抓来，速度极快。他愣了愣，急忙错身闪避，可那只手比他更快，手腕一翻又掐向了他的脖子。

本应将偷袭看作小菜一碟的慕容七，这会儿却只是一味躲避，口中大呼小叫道：“阿澈，救命。”

话音未落，凤渊的指尖已擦过他胸口的白色衣料，他急忙往后一仰，衣领已被人一把扯住，不由自主地退了好几步，好不容易站稳了，才发现方才一直在冷眼旁观的黑衣季公子，此刻已经站在他身前，一手稳稳地握住了凤渊的胳膊。

他顿时弯起凤眸：“我就知道，阿澈你不会不管我的。”

季公子没理他，也不知是因为懒得理会，还是因为正忙着和凤渊暗中较劲。看似平静的格挡之势，不知其中有多少暗潮汹涌。

信郡王的眼中闪过一丝不明所以的狡黠光芒，突然转过身来，朝着身后依旧蹙眉而立的魏南歌招了招手，笑道：“魏大人别紧张，你要我做的事我都做好了，下面都交给十七营的军爷们就好，咱俩喝喝茶聊聊天如何？”

他这话说得不轻不重，刚刚好能让所有人听见。

魏南歌闻言，目光微微一紧，却又很快恢复了温雅柔和的笑意，仿佛四周这些晃眼的刀剑、凝滞的气氛都不存在。

他举步而来，在信郡王面前站定，问道："王爷何时回来的？"

信郡王凤眸一眯，嘿嘿笑了两声："魏大人是什么意思？本王不是一直都在大人左右吗？"

魏南歌却答非所问道："七七毕竟历练少不懂事，我总担心她会出什么差错。既然如今王爷亲自前来，那是最好不过，也省去了多番曲折。"

说罢，他轻轻拍了拍手，珊姑娘得了他的信号，两手一分，四周的黑甲军迅速地分成两队，将凤渊三人和信郡王分别围了起来，内圈的长矛又紧逼一步，竟是一个都不放过的架势。

因为这一阵动静，原本对峙的凤渊和季公子就此松了手，一男一女两个贴身侍卫飞身护住了凤渊，紫衣女子的目光扫过人圈之外的魏南歌，怔忪片刻，又转开头，掩住了眼神中一抹复杂难辨的迷茫。

满场纷乱的局面下，各怀心事的人各自打着小算盘，只有一双眼底泛出琉璃之彩的眸子，随着紫衣女子不起眼的动作淡淡瞥过，随即牢牢地锁住了魏南歌。

"魏大人，这是什么意思？"

季公子的声音还是很冷淡，平平的听不出什么情绪，却带着一种只有惯常发号施令的人才有的迫人威严。

他身边的信郡王闻言，随即道："对啊，魏兄，之前是你求我帮忙引出凤宫主的，现在不谢我也就算了，还用这么多人围着我，难道是想做那过河拆桥之人吗？枉我如此信任于你，你……你竟然这般辜负我……"

他一边说一边用不知从哪里变出来的折扇遮着脸，语气虽悲伤，可扇子挡住的眼睛里，却暗蕴着浅浅笑意。

一句话，深谙挑拨离间、唯恐天下不乱之道，顿时引来侧目纷纷。

魏南歌的语气依旧温和如常，目光却渐渐转冷，道："太子殿下登基之前，有很多话想和王爷聊聊，可王爷却一直忙得很，对殿下的邀约总是诸般推托，正巧京兆尹正为着后宫妃嫔私购香料惑乱宫闱一事想找凤游宫的掌事问些话，我便管了管闲事，将两位一起请来了。"

诚如魏南歌所料，眼前的这位信郡王是真正的慕容久，而非之前假扮的慕容七。

"久"字最后那一笔的神韵，旁人无论如何是学不来的。

难怪他要戴着纱巾蒙面，难怪从进门起，他便不太同他说话——再相似的两个人，总会有细微的不同。

只是，他明白得晚了一步。

慕容久是什么时候回京的，又是什么时候替换了慕容七，慕容七如今又在哪里？一瞬间，太多问题他来不及想，唯一确定的，就是不能让事态继续发展下去。

一个计划，本不容许有任何预料之外的变数，更何况，此事的变数已经太多。

不出所料，慕容久一句话就将他推到了风口浪尖，推到了凤渊的对立面，和那个小名叫作“七七”的女子比起来，真正的信郡王要难对付得多。

略一思忖，他便决定将所有原委和盘托出，如此乱上加乱，方能乱中生变，谁也别想撇清楚。

等魏南歌说完，一直沉默的凤渊终于开口了，悠悠叹道：“我今天来赴约之前，总觉得心惊肉跳，似有不妥之事，却没想到竟有这般变数，如今白白被人利用，真不知道是该哭好呢，还是该笑好。”

说着，他低头俯在紫衣女子耳边道：“嫣然，你说呢？”

紫衣女子略微一怔，道：“别不高兴啦，我去打他们一顿，给你出气好不好？”

她的声音柔软，和呆板的样貌很有些差距，明明是撒娇的语气，嘴角却十分僵硬，看起来颇有些怪异，凤渊却毫不在意，似乎还十分受用，轻轻地嗯了一声道：“那你要小心。”

只见那姑娘不知从哪里抽了把剑出来，当先朝着禁卫军人群里冲去。

与她隔着重重刀剑的季公子将她的一举一动看在眼里，眉尖越蹙越深，一边的慕容久见状，扯了扯他的衣袖，递了个眼色，便转身朝着魏南歌，问道：“魏大人，若是我偏不愿意跟着你走呢？”

魏南歌道：“王爷，太子殿下不是猛兽，不会吃了你的。”

慕容久却摇了摇头：“我若顺了皇兄的意，他自然不会吃了我，可我怕从此就回不了家了。若是不顺他的意……”他甚是忧愁地用扇子敲了敲手心，“本公子尚未娶妻，可不想就此断子绝孙啊……”

话未说完，隔壁人堆里便传出一阵乒乒乓乓的声音，随后便看到一个又一个黑甲军被人像扔麻袋一样扔出来。

原本静立于角落中的珊姑娘双眉一紧，拔出胡刃便跃入人群，一时间现场桌椅乱飞，呼喝之声不断，想要谈判的那几个人自然也聊不下去了。

慕容久举起扇子挡在眉骨处，朝那最热闹的地方张望了一阵，叹了一声：“魏大人，你的人好像抓不住凤公子。”

魏南歌却淡淡道：“无妨，院子里还有一百弓箭手，院外还埋伏有一百人，另有两百人埋伏在府外各处道路，除了十七营禁卫军，我还问京畿营借了一些人马，足以应付。”

慕容久看了他一阵，又转过去和季澈咬耳朵，颇不甘心地说道：“他威胁我。”

就在这时，又一个黑甲军被扔了出去，包围圈被打开了一个缺口，只见人群中央，珊姑娘一袭红衣，正和凤渊身边那个男侍卫交手，看样子一时还分不出高下。凤渊却气定神闲地站在原地，连一丝动过手的迹象都没有，刚才扔人如扔球的，竟是那个看着娇滴滴的紫衣女子！

此刻，她正扯着袖子上一道被撕破的裂缝看了半晌，最后把手一伸，径直伸到了凤渊鼻子底下，道：“衣裳坏了。”

凤渊微笑着将她的手腕轻轻纳入掌中，柔声道："乖，将那边的白衣公子给捉了来，回去便给你添新衣裳，想要多少件，便做多少件。"

紫衣女子听到这话，偏了偏头问道："当真？"

"当真。"

"那就这么说定了，你可不许耍赖！"说着，她便将那处破损的衣袖挽起，倒握着剑柄转过身来。

慕容久左右看了看，在场的白衣公子似乎只有自己一个人，顿时低叫道："不是吧，你讲不讲理……"话音才落，一柄寒剑已朝他的面门刺来，吓了他一跳，急忙扯过身边的季公子挡在身前，嘴里还嘀咕道，"这绝对是趁机报复，绝对是！"

黑影闪动，及时挡下紫衣女子那一剑，内劲交会处激起衣袂飞舞，慕容久脸上的白纱也随之掀开一角，露出线条优美的下巴和微微勾起的嘴角，一眼惊鸿，正落入凤渊眼中，他不由得微微一怔，那小半张脸上看不出任何红疹。

另一边，季澈和紫衣女子很快交上了手，两人的速度都极快，拳来剑往，招式精妙，尽管看着激烈，偏偏有种说不上来的怪异。

魏南歌不会武艺也就罢了，凤渊片刻就看出了端倪，这两人似乎对对方的武功路数十分熟悉，打得花哨，却跟切磋表演似的。照这样的打法，再打三个时辰也分不出胜负。

他皱了皱眉，轻声唤道："嫣然。"

紫衣女子的眼神猛然一凛，反手一剑，去势凌厉，朝对方胸口就刺了过去。季澈急忙旋身闪避，错身之际，用只有两人听得到的声音沉声道："够了，别太过分！"

回应他的却只是一声冷哼，第二剑旋即就朝他后心刺去，他连续避开了好几招，却发觉她步步紧逼，再无半分手软，眼中的微恼渐渐被担忧替代。

前有利剑，后有长矛，退无可退之际，他目光一冷，伸手从后腰挂着的褐色皮鞘里抽出一对一尺长短的黑色兵刃，拇指一推，随着一声轻响，竟变成两杆三尺来长的短枪，枪身刻满灰色暗纹，六菱形的枪尖雪亮锐利，构造精巧，通身带着藏不住的凶煞之气。

凤渊顿时吃了一惊，低叫道："雷锥！"

如此特殊的兵刃，整个江湖只有一件，兵器谱上排名第三，双手短枪"雷锥"。

这件兵器名气虽大，见过的人却不多，兵器的主人向来为人低调，年少时就从未传出过什么惊天动地的事迹，如今更已贵为一帮之主，手下小弟无数，亲自上阵的机会也就越发少了。照理说，有这么不积极的主人，兵器的排名早就该掉到十名开外，可不知道为什么，这几年来，制定兵器谱的天机阁却只将"雷锥"的排名降了一位而已。

总之，当今江湖上，只有一个人能用这件兵器。

凤渊长长地吐了口气，轻笑道："原来是鸿水帮的季少帮主，难怪王爷有恃无恐，季少帮主是出了名的冷面硬心肠的人，可小心别伤了我的人哪。"

季澈一枪挡住紫衣女子的剑，回头眯起眼睛冷飕飕说："你说谁是你的人？"

此时，紫衣女子正转身一剑刺来，轻叱道："专心点！"

季澈一手短枪架住她的剑，另一手枪杆缠上她的手臂，顺势往前一带，趁她靠近之际，低声道：“七七，你怎么样？”

紫衣女子背对着凤渊的方向，朝他眨了眨眼，木然的脸上也透出一丝狡黠，同样低声答道：“我没事，先打完这一架再说。”

他吸了口气，皱眉道：“别闹了。”

“很久没打得这么过瘾了，你配合点好不好？别露馅了呀！”

“……”

枉他方才还在担心她，此时此刻，真想一枪捅死她算了。

想归想，到底不能真的对她怎么样，他提起短枪，枪尖在剑身上一点，刚猛的内力顿时将她逼退了三步，紫衣女子眼中浮起一丝顽皮笑意，手中长剑挽了一个剑花，又朝他刺了过去。

烁烁剑光中，突然映出一道轻巧身影，悄无声息地袭向慕容久，正是一直袖手旁观的凤渊。

慕容久正津津有味地看着季澈与紫衣女子交战，后知后觉地发觉有人偷袭，一边躲闪一边大叫道：“有完没完了？凤宫主，你怎么老是盯着我，该不会是看上我了吧？别这样啊，我只喜欢姑娘，我们不会有结果的……”

他虽然打斗不行，逃命的功夫却练得很是不错，嘴上胡说八道，脚下步法巧妙严谨，已躲开了凤渊的暗器。

凤渊却并不着急，见慕容久躲得远了，薄唇微微一弯，身子顿时如轻烟般飘起，袖中飞出一道银光，直取他的眉心，趁此机会，身子在空中急转，反手起袖，指尖轻拂，带起一股浓烈的香气，目标却是被禁卫军簇拥在中间的魏南歌。

魏南歌，才是他真正的目标！

原本正护着魏南歌的军士被这突如其来的香气一熏，竟一时手脚酸软，连手里的兵器都举不起来。而此刻，珊姑娘腾不出手，季澈和紫衣女子打得正欢，慕容久尚且自顾不暇，无人可以救下魏南歌。擒贼先擒王，凤渊一开始打的就是这个主意。

可就在他的手指刚搭上魏南歌脖子的时候，一道寒光从他肩上半寸之处掠过，直取手掌。

凤渊手掌一收，顺势屈起手指，飞快地在寒光上一扣，另一只手抄住，仔细一看，是一支精美的芙蓉花簪，花瓣上的珍珠正在他手心里泛出淡淡莹白的柔光。

他的手倏然握紧，抬起头来，果然看见那一袭浅紫衣裙已不知什么时候站在了他的身后，她手中的长剑是他所赠，此刻却直指他的后心。

他眼中神色变了几变，终是轻叹道：“嫣然，原来你一直在骗我。”

这一声叹息，听不出多少怒意，倒是带着几分幽怨。

紫衣女子却轻哼一声，道：“彼此彼此，说起骗人的手段，谁能比得过凤宫主你呢？”

说着，她握住剑往前走了几步，侧身挡在了魏南歌身前，拿下脸上的面具随手一抛，撇了撇嘴角，微恼道：“凤宫主，你骗我和你打赌，你信誓旦旦地说要囚我一辈子的时候，有没有想到今天？”

看着眼前那张脂粉未施的清艳脸庞，凤渊微微一怔，摇头道："没有。"随即又笑了笑，"这一次，是我输了。"

她正想再说什么，身后却传来一声轻唤。

"七七？"

她的背脊顿时一僵，本想再讥讽凤渊几句，却突然间什么心情都没有了。魏南歌的声音还是那么温和，好似熨帖和暖的春风，可她此刻听着却觉得有些冷。

当初他一袭青衫，自花瓣中踏月而来，那般景致迷了她的眼，惊了她的心，瞧不见他眼中波澜不惊的静。他是个什么样的人，她毕竟还是没有好好地了解过——若非狠心之人，又怎么会坐到如今的位置，当年又怎会眼睁睁地看着心爱的人另嫁？她是那样天真，以为自己和别人不一样，以为自己终究可以打动他……是她想得太简单了。

他对她温柔，不过是为了将她诱入今天这场好戏。说到底，他是慕容铮的臣子，也是殷紫兰曾经的爱人，而她对他来说，却什么也不是。

到底是她太高看自己了。

"七七，是你吗？"魏南歌又重复道，伸手轻轻触了触她的肩膀，道，"我没事。"顿了顿，又道，"对不起。"

慕容七深吸了一口气，收起纷乱的思绪，尽量保持语气的平静，道："魏大人，你这儿的账，咱们一会儿再算。"

接着，她手中的剑朝凤渊指了指，道："你，愿赌服输，把解药拿来。"

凤渊却没有立刻回答，问道："嫣然，留在我身边不好吗？"

"不好。"

"可我很喜欢你呢。"

"不稀罕。"

"只要你陪着我，要什么我都会给你，这样也不愿意吗？"

"要你的命你也能给吗？"她轻轻地哼了一声，剑尖一送，直到他鼻子底下，"我早说过，你那些话只能骗骗小姑娘。"

他微微眯起眼睛，对眼前的剑尖视若无睹，语气依旧从容："我愿赌服输，可你至少让我输得明白。告诉我，嫣然，你究竟是如何抵挡住'幽冥莲花'盛开一刹那，夺人心魄的毒性的？"

听到"夺人心魄的毒性"这几个字，她眼中的恼怒更甚，可还没来得及说话，季澈便冷冷说道："凤宫主，我们没有时间陪你闲聊。天下广阔，你不知道的事多得是。如今百般拖延，是不想履行约定吗？"

慕容七愣了愣，他的语气还是一贯的冷淡，但话中的讥讽之意却让人有些意外。季澈这人，不论和谁讲话，都言简意赅。能让他费心思说这么多话的人，不是让他喜欢的，就是惹他讨厌的。

凤渊应该是属于后者。

季澈为什么讨厌凤渊，她想不明白，但他的这番话却提醒了她，凤渊这是在套她的话——

他真不该叫“凤渊”，应该改名叫“狐狸公子”才对。

不过，他再怎么精明估计也料想不到，其实早在她决定去白莲寺碰运气找他之前，和慕容久换回身份这个计划就已经存在了。

此事要回溯到几天前，慕容久接到季澈的青鹞传书，赶回京城的那个晚上。其实他回来之后第一个去见的人，并不是季澈，而是慕容七。

一来，是将延缓花蛊毒素的药物送给她；二来，就是为了今日的这一场鸿门宴。

慕容久的武功虽不怎么样，却对世上各种古怪秘术深有研究，短时间内研制出来的药丸即使不能完全解除毒性，也能将九十九天的毒发时间延长至少一倍，症状也能减轻许多，这对因夜夜梦见凤渊而不胜其扰的慕容七来说，简直就是救命的良药。

慕容七很感激小久，但在当时，却拒绝了他提出的两人身份回归的提议。

那个时候，她只想要亲自去完成答应魏南歌的事。

那个时候，她以为，魏南歌是真的需要她的帮助。

如今回想起来，一向能偷懒就偷懒的慕容久会提出那样奇怪的要求，或许已经猜到今日会有意想不到的变故了，可是他如果猜到，为什么那时不肯告诉她？他天一亮就去找了季澈，而季澈此前也提醒过她，魏南歌此人不可相信，这是否代表，其实季澈也知道了一些事？

这些细枝末节，都是她刚刚才想到的，其实也不算隐晦，可是那些天里，她所有的心思都在那个清雅如玉的男子身上，因此变得愚钝了。

总之，在慕容久送药来的那晚之后，她便依照嘱咐按时服药，药丸也随身携带。去白莲寺遇到凤渊是一个意外，可她当时决定要冒险，决定接受那个听起来不怎么靠谱的赌约，所凭恃的，也是这个药丸。

小时候，娘亲就教过她，一个人不能在同一个地方跌倒两次，说到底，她其实从来没有真正相信过凤渊。

可尽管有所防备，当“十月蜜”一下催开九十九瓣莲花的时候，她的心神还是为之一窒，眼中看到凤渊那半张如画容颜，耳畔听到他多情蛊惑的低语，她几乎不能自持，差一点就泄露了自己的身份。

幸好，神魂颠倒只是一瞬间的事。

慕容久的药很快起了作用，她的神志渐渐清明，却依旧装成混沌的样子。这两天跟着凤渊，实在是她这辈子做过的最折磨人的事，明明气得想踹他一脚，却偏偏要装成一副对他痴迷爱慕的模样，为了扮演一个陷入爱河的姑娘，她真是连吃奶的力气都用上了。

白天的时候，趁凤渊不备，她用季澈曾经教过的特殊方式偷偷召唤了青鹞，将事情的来龙去脉写成简单密信，交到了慕容久手上。

所谓的密信，其实是三人儿时玩耍胡闹间，慕容久自创出来的一套独有的文字符号排列系统，尽管已经年代久远不常用了，但这个世上看得懂的，却只有他们三个人。密信里，她答应了慕容久换回身份的要求，并让他代替她去参加会面，这样里应外合，帮助魏南歌

捉拿凤渊的同时，又能拿回真正的解药，简直完美。

这个完美的计划，却在眼前的一幕幕、一声声中慢慢地变了，变得与她的初衷完全背离。她的帮助只是一厢情愿，甚至还连累到慕容久。

此刻站在凤渊身后，眼睁睁地看着事态发展下去，她只觉得心里在一点点发凉，不是生气，只是寒凉。事到如今，她还是没有办法生魏南歌的气，她没有办法讨厌他，只觉得冒险留在凤渊身边的自己，和那个硬要装成淑女的自己，有些傻气。

那么傻的姑娘，也难怪魏南歌看不上。

凤渊回答了季澈什么话，她完全没有听清，茫然地转了转头，却看到慕容久一边将蒙面的白纱扯开，一边嘀嘀咕咕地走过来，方才那枚暗器虽然被他躲开了，但尾端还是擦过脸颊，将白纱勾破了一角，留下一道浅浅的血痕。

“打人不打脸这点基本常识都不知道，还以为是个玲珑风雅之人，居然这么粗野，真是看走眼了。”

那种欠揍的语气，她很熟悉，换在平时早就嘴快地冷嘲热讽一番，可现在听着这些话，心里居然泛起了那么一丝丝暖意。

真是……她现在不是一个人，可不能让慕容久这家伙看了她的笑话。

振作精神，拿回解药要紧。她再度抬了抬手中的剑，却发现凤渊的眼睛一直盯在慕容久面纱之下的脸庞上，目光一改往日那种无时无刻都想要勾搭姑娘的多情温软，变得直接而无礼。

“你……”他的声音听起来也很震惊，“就是信郡王慕容久？”

·第十一章· 无羁

凤渊这句话，在旁人听来着实有些突兀，他既然和信郡王谈生意，又怎么会不知道眼前的人是谁？

可慕容七却明白他的惊讶，来自于慕容久的脸——那张脸，和自己几乎一模一样。

若非如此，她也不会在密信上特意提醒慕容久，今日出场时一定要掩住容貌。凤渊如此狡猾，若一开始就看到了慕容久的真容，一定会对她之前胡诌的身份起疑，只怕会有什么意想不到的事发生。

当时自己连这样的细节都考虑到了，却未曾想得深远些。若再往深处想想，或许便会发现，她所有的计策都假设在和魏南歌友好合作的基础上，一旦这个假设不存在，她所做的一切都毫无用处。

此时此刻，慕容久已经行至她身侧不远，凤渊看着两张相似的面容，一双杏眸中灼灼的目光似乎要将她烧穿，突然开口道："嫣然，你是……晏容公主？"

慕容七顿时愣了一下，但很快就眨了眨眼睛，一脸迷茫道："谁是晏容公主？"

放眼整个辽阳京，知道信郡王和晏容公主是龙凤双生子的人屈指可数。一来兄妹二人的父亲出身皇室，身份敏感，本就是朝中禁忌；二来晏容公主十四岁进宫之后极少露面，见过她长相的人很少。而最重要的是——"晏容公主"早在两年前就淹死了！

不管凤渊为何会有这样的判断，反正死无对证，她打定主意，偏不承认。

凤渊却没有再追问，只是反复地打量她，目光里透着一股说不上来的古怪，就像一只算计着要从哪里咬第一口的猫，而她，就是那只不幸的老鼠。

她被他看得很不舒服，一皱眉就要开口，他却突然间起身上前，在她耳边轻笑道："你的簪子且与我留作纪念，今日暂别，后会有期。"

她一掌就招呼了过去："呸，无赖，谁跟你后会有期，解药拿来。"

凤渊身形随之急退，喊了一声"临西"，足尖在柱侧轻轻一点，纵身飞出，单手扣住雕花大梁，身体轻若无骨地划起半圈，另一只手接住了不远处的年轻男子抛出的黑色小匣，顺手按在了屋梁下方。

随着他纵身跃开，黑匣竟轰的一声炸开，屋顶顿时破开一个大洞，砖瓦油毡的碎片纷纷落下，他却已经扭身顺着洞口窜了出去，一袭浓紫轻衫在洞口一晃，转眼就不见了踪影。

这一手轻功使得干净利落，如行云流水，哪有半分病弱的样子，分明是武功十分高明。

慕容七回过神来，忍不住暗骂骗子王八蛋。

趁着混乱，名叫“临西”的青年侍卫一招逼退了珊姑娘，双手一挥，抛出了几枚黑色圆球。圆球一落地便闪出耀眼火花，慕容七只听到耳边传来一声“小心”，随即腰身一紧，被人用力往后扯了两步，趔趄退开，几簇火花便溅到自己刚才站立的地方，腾起轻烟。花厅里响起一片爆裂之声，烟雾四起、气味刺鼻，许多人怕烟中有毒，纷纷捂住口鼻。临西早已借机不知去向。

“硫粉！”

空气中隐隐弥漫的暗黄色，令慕容七不禁有些吃惊。硫黄因为产地稀少，提炼不易，加上可以制成火药，从来都是由官家统一开采炼制。没想到区区一个凤游宫，不光拥有硫粉，还能制出威力如此巨大的火药，作为一个香料商人，凤渊的本事有些太大了。

愣怔间，腰间的手臂一松，她这才回过神来，转过头，却发现方才把自己拉开的，竟然是一直站在身后，很久没有出过声的魏南歌。

“得罪了。”他的声音不大，却温和依旧，慕容七本是很爱听的。若在今日之前，他做出这样的举动，她必定心生欢喜，可这一刻，只觉得心口发堵，一时竟不知该作何反应。

定了定神，她说道：“魏大人其实不用担心我，我没什么别的本事，就是武功还行，区区一点点火，烧不到我的。”说完又觉得稍显生硬，忙又补充道，“不过还是谢谢你。”

她朝他点了点头，便借着转身寻找慕容久和季澈，逃一般地离开。

魏南歌静静地看着她窈窕的背影，这么多天来，他还是第一次看到她穿女装的模样，面具下的脸庞很清爽，微挑的凤眸带着一些不自觉流露出的妩媚，却依旧清澈。不知怎的，便想起那些日子她在沁芳园阁楼里写信的模样来，低着头，几缕乌黑的发丝散在额前，日光透过窗棂照在她的鬓角，白得几乎透明。她写两笔便抬头偷偷地看他一眼，待他看回去的时候，又飞快地躲开，小巧的耳尖染着一抹红晕。

他明白她的心思，却假装不知，甚至是有意纵容着，说是为了换取她的信任，可凭他的手段，要骗她入局又何必以自己为饵，更无须用这样的方式，他会这样纵容她，难道就没有一丝一毫的私心吗？

在官场中行走太久，早已忘了原来的自己，所以才会不自觉地贪恋那份不带伪装的纯净，才想要将那抹只为他绽开的红晕多留住一天……这样的私心，真的没有过吗？

只是，那些静好的时光，于她也好，于他也好，今后都再也不会有了。

自己毕竟还是辜负了她。

这些年来，他几乎把所有的时间都用在了朝政国事之上，是年少时的夙愿，是父辈们的期望，也是一种逃避，一种补偿——逃避的是自己，补偿的是殷紫兰。

她想要丈夫的独宠，他便在官场上阻挠那些想将女儿送进宫中的官员；她想做天下最尊贵的女人，他便辅佐慕容铮坐稳太子之位……一步步如临深渊，如履薄冰，却心甘情愿。

可是，他不是不会累，他也会厌倦。

自己欠她的，究竟是什么？

如何衡量？

怎样还清？

真的要一辈子吗？

他心头一阵迷惘，忍不住走上前去，想要伸手拉住眼前的少女，仿佛如此，便能拉住自己早已逝去的岁月和念想。

“七七，等一下……”

“魏大人想做什么？”

冷冷的声音适时打断了他的动作，他怔了一怔，眼看着淡紫色衣角如同一只轻软的蝴蝶，擦过手心，一碰即逝。

魏南歌轻轻吐了口气，收回手，这才抬头看见挡在身前的黑衣男子，他正以一种保护者的姿态站在兄妹两人面前，那一杆闻名江湖的短枪已经收了起来，却阻挡不了他浑身散发出的慑人气势，那双泛着琉璃异彩的眸子，在看着他的时候，没有一丝暖意。

难怪，初识之时的敌意，就是因此而来的吧。

思及此，魏南歌恢复了温和谦顺的笑容，无懈可击。

“季少帮主，是在下失敬了。少帮主虽远在江湖，但每年甸江漕运之事，连朝廷都要仰赖鸿水帮，眼下正是西北破冰开航的时节，在下万万没有料到能在这里见到少帮主，怠慢之处还请见谅。”

说话间，慕容七已经走到慕容久身边，恶狠狠地盯着他，正要开口，慕容久却打开折扇，十分惬意地扇了扇，笑眯眯地说：“妹妹，你听听，你听听，首辅大人这话说的……”

她捏了捏拳头：“臭小子，叫姐姐。他说什么了？”

“他这话分明是想提醒阿澈，甸江虽是鸿水帮的地盘，但还是要归天子管的，你这会儿家里忙着呢，赶快回家吧，这儿的事就别掺和了，当心惹得皇帝不高兴。”

慕容久又道：“你猜猜，阿澈会怎么回答？”

“有什么好说的。”其实是她根本懒得猜。

“你真了解他！”慕容久合上扇子一拍手心，“他果真什么话都没说，直接就上手了……等一下，阿澈，魏大人是朝廷命官，身子娇贵，你……不能打脸哦！”

他叫得没什么诚意，慕容七却急忙转过头，瞧见季澈的右手正握住魏南歌胸口的衣襟，大约是力量的对比太悬殊，他只是稍稍一用力，魏南歌便后退了数步，季澈倒是没有伤他，只是趁着两人接近时在他耳边低语了几句，他的脸色一贯冰冷，看不出什么情绪，但魏南歌却脸色微变，沉声道：“少帮主在威胁我？”

“不是威胁，只是做个交易。”季澈松开魏南歌，淡淡道，“当然，答不答应是你的事，我们今天本来就是来见慕容铮的，没有你，我们照样能见到他。”

他这话说得颇为狂妄，若不是还有更要紧的事，慕容七真想表扬他几句。

魏南歌皱了皱眉，沉吟道：“季少帮主手中的那些宫妃和大臣私购香料的证据，从何

而来？”

“这些魏大人就不必过问了，证据是真是假，一看便知。”

他自然不会告诉他，若非那天夜探首辅府，他不会知道魏南歌和殷紫兰也在找凤渊，也就不会差人去调查那些和凤游宫有交易的人——有很多证据，用光明正大的途径根本查不到，只有混迹于三教九流的鸿水帮，才有这样的能耐。

现在他拿出这些证据，换取的是魏南歌手中的一个机会——一个不需要劳师动众，能安全见到太子慕容铮的机会。

作为即将登基的未来国君，这几日慕容铮身边的守卫必定无比森严，轻易无法见到。若是硬闯，动静太大，说不准会生出什么变故。要是等到新君登基，朝野稳定……慕容铮要是能容忍到那个时候，他就不叫慕容铮了。

所以，最好的办法就是有人引见，而那个人，非太子心腹魏南歌莫属。慕容久回京见季澈那天，两人商量的便是这一计策。

而前段日子，坊间那些关于“天权”“开阳”的流言，自然也是季澈吩咐鸿水帮的弟子散播的。

动摇人心，方能增加筹码，也顺带威胁慕容铮，迫使他不得不尽快谈判。

若是魏南歌答应此事，对奉命办事的他来说，并没有什么损失。即便此行没有拿下凤渊，但有了季澈提供的证据，已经足够帮助殷紫兰将那些想要和她争夺天子宠爱的女人除掉；而慕容兄妹被擒，就算事后证明是假装，他也完全可以因为不懂武功这一条，把自己择个干净。

换言之，魏南歌利用了慕容七，慕容久又利用了魏南歌。螳螂捕蝉黄雀在后，是慕容久一贯的风格。

“这么完美的法子，若魏南歌不答应，那才是傻子。”慕容久一边看着季澈和魏南歌谈判，一边悠闲地扇着扇子和慕容七聊天，对四周虎视眈眈的禁卫军视若无睹。

“你们俩早就商量好了，就拿我当猴耍呢。”慕容七这会儿也不急了，冷笑一声，找了张椅子坐下，思考着到时候怎么连本带利地讨回来。

“妹妹你想多了。”慕容久捂住胸口，面色凄凄道，“为兄为了你，担心得吃不下饭、睡不着觉，四处寻找药材制作解药，又日夜奔波赶来京城，你……你怎么不懂我的心，嘤嘤……”

“别装了，再装就不像了。”

“你们确定不会伤害太子殿下？王爷多智而七七擅武，若无任何牵制，我便不能冒这个险。”魏南歌和季澈的谈判仍然在继续，他并不反对这个提议，内心深处也没有想过伤害这对兄妹，但是，他也有他必须坚持的原则。

“牵制？”季澈挑了挑眉，想也不想就道，“届时我留下与魏大人一起，若太子殿下出了什么差池，我和整个鸿水帮随你处置，如何？”

他的语气虽漫不经心，却沉稳笃定，让人不由得信服。魏南歌略有些惊讶地打量他，为了慕容兄妹，他竟然愿意用自己和整个鸿水帮做人质？要知道，朝廷早已眼红甸江漕运许久，鸿水帮的把柄，可是一点不能落下的。

这样毫不犹豫的信任，竟让他生出些许羡慕。

因为那一刻，他突然发现，在他周围，能这样信任自己的人，和自己愿意全心相信的人一样，都是不存在的。

是夜，文渊阁首辅魏南歌秘密觐见太子慕容铮，随行的禁卫军十七营押着两名身披黑斗篷、看不清面目的人，一起走进了东宫议事厅。

片刻之后，他便掩门而出，带着十七营的副统领梁珊和一名高大威猛的陌生男子进了偏厅等候，偌大一个议事厅，只留下屋中那三个人，以及外围层层叠叠的东宫侍卫。

议事厅的灯不熄，偏厅的人也不离开。东宫之中的宫女闲极无聊，便假借送夜宵添灯油的机会，轮番去偏厅服侍了好几回。回来后免不了聚在一起聊上一聊，说道偏厅里的情形，都道好生诡异——偌大一个屋子，却只点了一盏灯，魏大人独自坐在灯下，满腹心事地盯着议事厅的方向，反倒是那个跟他一起来的陌生青年躺在屋子里唯一的一张卧榻上，旁若无人地闭目养神，而禁卫军十七营里的梁珊姑娘正杀气腾腾地握着两把胡刀站在榻边，盯着那年轻男子的目光比手里的刀子还锋利。

"看那样子，不会是梁副统领动了春心，想要男人了吧？"

"我看不像，梁副统领那眼神，比较像准备随时砍上一刀。"

"你懂什么？梁副统领这样整天打打杀杀的女子，看上的男子怎么会和我们一样？我看那位公子长得又好，身板儿又高大威武，比京城里头那些文弱矫情的少爷们可顺眼多了，说不准就是梁副统领喜欢的呢。"

"我还是喜欢魏大人那样文质彬彬、满腹才学的……"

"哎哟，我看你们全都动春心了，回头去求了太子妃娘娘，把你们一个个嫁人了才好呢。"

"好姐姐，我就不信你没动过春心，那日太子殿下赞你手生得漂亮，姐姐可是脸都红透了呢……"

"坏蹄子，看我不撕烂你的嘴！"

…………

笑闹声中，没有人发现不远处的树丛阴影中，站着早该安歇的太子妃殷紫兰，雪白细长的手指紧紧绞住绣花帕子，清丽如月的脸上却没什么表情。

一边拎着食盒的嬷嬷有些惶恐，低声道："娘娘，奴婢这就去教训那些碎嘴的丫头。"

"不必了。"殷紫兰的眼波平静如水，语声淡淡，"方才说殿下赞了她手的那个丫头，既然能得殿下盛赞，想必手果然是生得好看的，你且将那手呈上来给本宫看看，殿下的喜好，本宫不能不知道，对吗？"

嬷嬷忍不住打了个冷战，太子妃既然说了这样的话，眼见那丫头是活不成了。她的神态更加恭谨，弯了弯身子道：“是。”

未来的帝后慢慢地抬起头，目光透过树丛，可以看到偏厅的窗户，幽幽灯光将一抹清逸的身影映在窗纸上，那样的熟悉，熟悉到她几乎不用想象就能猜到他此刻的表情，俊雅的面容一定是极温和的，嘴角永远挂着无懈可击的笑容，可是那双修长的眉却是蹙着的。

其实那一年的诀别之后，他便从未曾真正展眉，尽管一切都是他自己的选择，可他从未释怀。

这一切，她都知道，但她还是不肯放过他。一件件、一桩桩，不管多么难的事，只要她要求，他都会替她去做。这是她的执念，是她心里永远都填不满的一个空洞，她要不断地提醒他，他欠她的。她这一生唯一爱过的人，她不许他忘记。

可是，方才那些小宫女的话，却如醍醐灌顶，让她瞬间清醒。

如今在议事厅中的那个人才是自己的丈夫，明天，他就要成为这个国家最尊贵的人，而她也将成为最尊贵的女人。她走上的是一条鲜花着锦的不归路，只有往前，不能回头。前路的荆棘暗箭还有无数，怎么能一听到那个名字，就乱了方寸？

她转头看了一眼嬷嬷手里的食盒，道：“我们走吧。”

嬷嬷愕然：“娘娘……”不是说要替太子殿下待客，这才特意吩咐膳房做了夜宵，亲自送来偏厅吗？

殷紫兰却没再说话，将背脊挺得笔直，转身消失在夜色中。

后半夜，太子慕容铮传令撤去议事厅周围森严的守备，而被押解着进门的两个陌生人，离开议事厅时却完好无损。加上那位睡了大半夜的黑衣青年，三人一同出宫，不但没有任何人阻拦，反倒由文渊阁首辅魏南歌一路相送，直到马车驶入黎明前的黑暗中。

太子殿下安歇之后，打扫议事厅的下人却惊恐地发现，偌大的一个厅堂，竟像被人拿大锤砸过了一番，遍地狼藉，瓷片、木片散了一地，没有一件家具摆设是完好的，唯有厅中一只摆放画轴的青花大瓷缸还幸存，但里面堆了半缸看不出本来面目的焦灰，缸壁更是被烟火熏得再也不能用了。

让人匪夷所思的是，昨晚这屋子里明明一点动静都没有，连争吵声都没听到一句，这可怕的场面到底是怎么造成的？难道说，那两个人有什么妖术？

尽管疑虑重重，但主子不开口，也没人敢去问。当第一线曙光亮起的时候，太子殿下准时走出寝宫，沐浴更衣，毫发无伤地出发前往宗庙，东宫众人才放下了心。唯有几个心腹亲随察觉到，一向以亲厚温和的神情出现在百姓面前的太子殿下，今日的眼神里却带着几分阴鸷、几分恼怒，外加几分无可奈何，因此更加小心翼翼地伺候着，那天晚上的事，再无人敢提及。

那一晚，魏南歌带来的人究竟是谁，那两个人又和太子殿下谈了些什么，从此便成了东宫留下的诸多谜团之一。

大西淳平十九年夏初，崇极皇帝因沉疴不愈，遂拟诏退位，携妃往涟山行宫休养。太子慕容铮继位称帝，改年号为“和煜”，帝号“永安”，史称“永安帝”。

同一天，永安帝立太子妃殷紫兰为后，金碟玉册齐备，入主凤仪殿。

永安帝登基第十天，宫中设宴，白朔奸细混入，帝遇刺，幸得信郡王慕容久奋勇相护，才逃过一劫。信郡王却因此被刺客一剑穿心，当晚不治身亡。永安帝为嘉奖其护驾有功，遂恢复慕容久一品亲王世袭爵位，特赦慕容久之父慕容苏谋逆罪名，准其棺椁迁入皇陵；并允慕容久母族奚氏本族回京，奚氏子弟可重新出仕，归还先祖所赐“满门英烈”匾额。

此后，信王一门再无后人，世袭罔替一说，不过空谈。

永安帝登基一个月后，淑妃沈亭等三名宫妃被查出私自购入违禁香料，惑上失德，致使后宫妃嫔小产等多项罪行。永安帝严令文渊阁首辅魏南歌彻查，此案牵扯颇大，共有先帝后宫妃嫔九人，相关官员十七人涉案，供应香料的大商号凤游宫被查封。沈亭被赐鸩酒，其余人等均有惩戒。

就在辽阳京因为新帝登基一片歌舞升平、歌功颂德的时候，远在极西之地的佛国兰若，护国神殿迦叶宫宫主退隐，代宫主公子绯衣通过十八层地狱试炼塔，正式接管迦叶宫。中原武林各大门派曾多次派人前往兰若刺探底细，均损兵折将，无功而返。公子绯衣从此声名鹊起，年轻一辈趋之若鹜，天机阁亦将其列为武林四公子之一。因为几乎没有人见过他的真面目，更为这个名字添上一笔神秘之色，许多少年亦将能见其一面列为闯荡江湖的目标成就之一，“公子绯衣”一时风光无限。

年轻的英雄，全新的传奇，都在这一场又一场的更迭中，悄然书写开来。

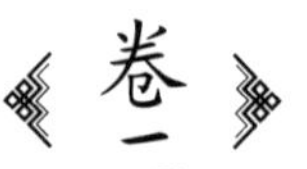

相思尤胜凤羽轻

·第十二章· 埋伏

双桅白帆的客船在甸江上来来往往的各色行船中并不显眼，每天，各大港口都有这样的客船出发，沿着绵延水路驶向沿江各个城镇。

慕容七趴在船舷上，看着落日一点一点沉入江面，又端详了一阵泛着金光的宽阔江面，疑惑道："还不靠岸吗？难道想暗夜行船？"

身后有人回答："后半夜有风，趁风势，明天一早就能到海胜浦。"

海胜浦是大名鼎鼎的鸿水帮江心洲大本营，而此刻，靠在窗口懒洋洋地擦拭手中短枪的黑衣男子，正是鸿水帮的少帮主季澈。

慕容七闻言回头看了一眼，随即轻哼一声，转头继续盯着远处低垂的灰云。

"都三天了，还没有消气？你累不累？"季澈微不可察地叹了口气，放下手里的"雷锥"。

"不累。"慕容七撇了撇嘴角。

"好，你不累，我累了。"他也不多话，单手撑住窗框，轻巧地从窗口飞身而出，落在她的身后。

"七七，魏南歌心怀不轨，不是我们故意瞒着你，而是怕你知道了他的目的之后，做出什么冲动的事，那整个计划就会前功尽弃。"低沉的声音在耳边响起。

她哼了一声："我才不会，你们小看我！"

他沉默片刻，道："你喜欢魏南歌，不是吗？"

喜欢就会在意，在意就会失去冷静，换成谁都一样。

"我……"她一时语塞，咬了咬唇，嘴硬道，"我才没有喜欢他！"

季澈也不说破，靠在她身边的栏杆上，抬头望着暮色笼罩的天空，轻声道："那就好。"

她忍不住转过头看他，江风吹起他的发尾，翻飞的银色流苏柔柔地擦过她的手背。她有些感激他的不追问，嘴上却不饶人，恶狠狠地说道："你们要是再敢合起伙来看我的笑话，当心我翻脸不认人！"

季澈偏过头看了她一眼，淡淡道："你也有事瞒着我，彼此彼此。"

慕容七再一次地语塞了，和太子慕容铮之间的约定，她结结实实地瞒了他，还瞒了很久，她一心要守诺，却不料慕容久的字典里根本没有"守口如瓶"这个词。早知如此，她还不如早些对季澈坦白。

想到这里，她顷刻间忘了不久之前刚下的决心，回他一个谄媚的笑："那以后，咱俩之间谁都不要有秘密，行不行？"

夕阳的光芒带着江面的水汽，润润地在她颊边晕开，他怔了怔，似乎想到了什么，看她的眼神有点躲闪，最终别过头去，模模糊糊地嗯了一声。

慕容七也没有在意，她一向觉得，自己人的事情都好解决，眼下不好解决的，是另外一件事。

尽管有缓解蛊毒的药丸，可毕竟不能根治，那朵重瓣莲花还在后颈妖娆地盛开着，不知道能坚持到何时。

明明输了，却不履行承诺，她实在低估了凤渊不要脸的程度，当初就不该虚与委蛇，直接动武才是对付无耻之人最好的办法。

她拧着眉，正思忖着要怎么把那浑蛋找出来，耳边又响起季澈的声音："凤游宫在京城的几个大铺子和仓库，我都已经派人端了，往来京城的商船也不会再接凤游宫的单子，只要凤渊还想做辽阳京的生意，应该很快就会出现。"

她怔怔地回过头来，正对上他幽深的眼睛。他低着头，离得很近，她甚至没有注意到他是什么时候转过身的，但这样的距离她一点也不排斥，他给她的消息真叫人惊喜。

她忍不住抱住他的胳膊，喜道："阿澈万岁！"

他略略退了退，淡淡道："胡说什么？万岁在宫里。"

"慕容铮还当不起我这一声万岁呢。"慕容七皱了皱鼻子，随即又将他拉近，凑在一处道，"咱们来合计合计，等捉到了凤渊，我一定要让他求生不能、求死不得，哈哈……"

她喋喋不休地自顾自说着话，温热的气息拂在季澈的脸上，有些淡香，有些微痒，向来淡定的季少帮主的耳根也泛起淡淡的红晕，往后躲了躲，被拉回来，往旁边躲了躲，又被拉回来。躲不开，只好专心听她说话，渐暗的天色适时地掩住了他越来越不自在的神情。她说了什么，他已经有些心不在焉，只漫无边际地想着，既然她说要彼此坦白，那么有些话，是不是找个机会说清楚，会比较好？

后半夜果然起了风，船借风势行得飞快，慕容七躲在船舱里，朦朦胧胧地刚要进入梦乡，耳边突然传来一阵急促的脚步声，还有顺风而来的嘈杂人声。

"大半夜的，吵什么……"她嘀咕着翻了个身，但立刻坐起身来，摸出枕头下藏着的匕首，轻叱道，"谁？"

黑暗的角落里闪出一道轻捷的身影，迅速点上了灯，沉声道："前面有船触礁，堵了河道，一时走不了，这附近有个废弃的小港口，我们要就近停靠。"

见是季澈，她收回匕首，打了个哈欠又往下躺："停就停呗，不用特意通知我，我先睡了……"

"等一下！"他拉住她，却一眼看到她散开的前襟下露出的一大片肌肤，那抹雪白在灯光下看着分外刺眼，他的心跳猛地加快，手顿时松开，慕容七猝不及防，重重地倒了下去。

这一回，她彻底醒了。

“喂！”

“穿好衣服，跟我出来。”

他说完便转过身去，站在门口。慕容七只得乖乖地起床，她此刻已经想明白了，如果不是发生了什么意外，他也不会半夜三更地把她从床上拎起来。

慕容七跟着季澈走出船舱的时候发现外面正下着细雨，风很大，耳边清晰地听到波浪拍岸的声音，原来船已经靠岸了。日落之前看到的还是一览无余的宽阔江面，如今却有码头停靠，甸江对季澈来说，果然就像自家后院一样熟悉。

下了船，踩在湿软的泥土上，眼前的小码头在火光照射下略显荒芜，正是月黑风高杀人越货的最佳场所。

眨眼间，不远处残破的青瓦房周围突然接二连三地亮起了火光，火光照着一张张陌生的脸，一眼看去，密密麻麻的足有上百人之多。

人数虽多，却丝毫不乱，迅速合围成一个扇形。离得近了才发现，这些人都穿着一色漆黑的水靠，手里举着松明火把，跳跃的火光将他们手里明晃晃的钢刀反射出一片雪亮，两相比较，反倒显得她手里的风灯暗淡无光，无比凄凉。

紧跟着，身后响起异样的水声，慕容七回头正见到一波大浪涌来，浪尖里浮出十来个黑衣人，顺着水流手脚麻利地攀着驳岸爬了上来，拦住了他们的后路。

回望他们这边，加上季澈也不过十来个人，人数对比上实在有些惨不忍睹。她略微朝他靠了靠，低声问道：“是不是有人要劫你的财？”

季澈连眉毛都没动一下，道：“谁敢？”

“那总不成是劫你的色吧？”

“……”

“这也忒胆大包天了一点，连你都敢动。”她啧了一声，他们座船上的鸿水帮标志十分明显，也因此一路畅通无阻，现在这群不明身份的人看见了标志还敢来太岁头上动土，她很佩服对方的胆量。

仿佛为了印证她的话似的，风雨浪涛声中突然传来一个声音：“少主，别来无恙？”

她愣了愣，怎么？还是自己人？

“廖苍舟，原来这两年你都躲在这里做缩头乌龟。”季澈的声音如往常一样冷淡，于冷淡中又透出三分寒意。慕容七忍不住侧目，“廖苍舟”这个名字有点耳熟，略略一想，才回忆起两年前，自己同巨泽世子沈千持大婚的那段时间里，季澈正因为清理鸿水帮叛徒一事受了重伤，错过了婚礼。依稀听小久说过叛徒的名字就叫什么“苍舟”。

鸿水帮里十六位协理帮务的飞舸将军的名字是一个制式，每人都是一种颜色之后带一个“舟”字，这是前代帮主给改的，说是整齐又好记。

这位叛徒廖苍舟，正是当初十六位飞舸将军之一。

之前听说他在那场大战里被身为小辈的季澈重创，羽翼被剪除了，部下零散，自己也半死不活，还是季澈念前代帮主的面子才饶他一命。没想到时隔两年，此人非但没学乖躲起来，还挑了这么一个叫天天不应叫地地不灵的地方设下埋伏。

直到看到人群正中独眼独臂、满脸煞气的中年男子，慕容七才有些了然。难怪他不肯善罢甘休，原来竟被伤成这副模样。她甚至怀疑，依季澈这家伙一贯的秉性，不杀他才不是看老帮主的情分，而是为了让叛徒更加羞辱地活着。

此刻，这位前飞舸将军正恨恨不已地冷笑："廖某落到如今这个地步，都是拜少主所赐。"

他用仅剩的右手往前一指，声音尖厉道："今日甸江再遇，当日所受一切，定要向少主一一讨还！"

季澈却只是回道："就凭你？"

慕容七委实觉得他这句话说得太嚣张了些，如今敌强我弱，万一对方一拥而上可就得不偿失了，正想提醒他一句，廖苍舟却狂笑起来，手一伸，从身边的人群里扯出一个被绳索捆得牢牢的姑娘，叫道："臭小子，你再猖狂，我就一刀一刀把这小妞的漂亮脸蛋画成花！"

慕容七悚然一惊，这叛徒果然早有准备，只见那姑娘身子娇小，一袭单薄的绿衣穿在身上更显得弱不禁风，双手被绳子绑在身后，几缕散乱的黑发在苍白的小脸边飘啊飘的，大眼睛里一片盈盈水色，雪白牙齿咬着粉色菱角唇，就连同样身为女子的慕容七都生出强烈的怜惜之情。

只是……这姑娘怎么看起来有那么几分眼熟……

"小慈！"

她还在思索，身边已传来季澈略显意外的声音，她这才恍然大悟，凝神看过去时，少女正急切地唤道："哥——"

这一声"哥"终于唤醒了慕容七的记忆，那少女是季澈的妹妹，芳名叫"季慈"。

不过，季慈和季澈并无血缘关系。前代帮主季芒没有成亲，也没有孩子，季澈虽然从小跟在他身边，但因是远亲的遗孤，一直没有入籍。所以在季澈十岁那年，季芒便收养了一个六岁的孤女，取名叫"季慈"，认作自己的女儿。

算起来，季慈和季澈才是真正的青梅竹马，她比慕容七小两岁，在慕容七入宫之前，也经常和他们玩在一起。只是那个时候她年纪最小，身体又很弱，不能像他们三个一样玩得那么疯。慕容七至今还记得，每次和季澈打架，那个瘦瘦白白的小女孩都在一边憋红了小脸替哥哥加油鼓劲，相比起来，另一边趁机坐庄设赌局，忙得不亦乐乎的慕容久简直就不配做哥哥。

据小久的小道消息称，季叔叔收养小慈，除了可怜她小小年纪流落街头外，其实还有为自己的侄子做媒的意思。季澈从小沉默寡言、脾气又差，老帮主总是担心他将来娶不到老婆，不管怎么说，小慈和他一起长大，彼此知根知底，又好相处，实在是帮主夫人的最佳人选。

不过，因为季老帮主一直云游四方，季澈又从不正面回应，这个小道消息也就从未得到过证实。但此事也并非全然是空穴来风，季澈性子冷，不管对谁都是爱答不理的样子，哪怕是慕容兄妹，也没听过他几句温柔的贴心话。唯有对这个妹妹，他的态度与众不同，悉心照顾、保护周到，连重话都没有说过一句。

没想到几年不见，小姑娘竟然长得这么水灵了。更没想到，竟然是在这样的情形之下重逢。

此刻，再看着廖苍舟那张狰狞的脸，慕容七心中怒火顿生，不等季澈出声，便抢先伸手一指，骂道：“绑一个手无缚鸡之力的姑娘当人质，你还是不是男人？缩头乌龟大软蛋，卑鄙无耻下流坯！”

本在狞笑的廖苍舟被这一嗓子吼得猝不及防，愣了愣，大怒道：“你是谁？”

“我？”慕容七看着自己身上的男子服饰，一扬眉，“小爷的名字，你还不配知道！”

“找死！”廖苍舟顿时恼羞成怒，一挥手，身后蹿出五六个大汉，一齐朝慕容七扑去。慕容七脚尖一点，轻巧地从一个大汉身侧晃过，一边还大叫道：“缩头乌龟生气啦，以多欺少不要脸！”

“七……”回过神来的季澈刚要阻止她乱来，却突然对上了她狡黠的眼神，心中一动，话到嘴边又咽了回去，随即转过身，沉声道，“廖苍舟，你想要怎么样？”

廖苍舟看了一眼被一群人围攻无法脱困的慕容七，又看了看季澈凝重的脸色，顿时放下心来，大声道：“你当初废我一眼一臂，现在只要自戳一目，自断一臂，我便放了你的宝贝妹妹！”

季慈当即很配合地哀叫一声：“哥哥不要！”

季澈用眼神示意她不要害怕，手却慢慢地探向腰后“雷锥”的位置。

“即便如此，就凭这些人也困不住我。”他的声音里带着显而易见的傲慢，“只要我活着从这里出去，你又能逍遥多久？”

“你以为我只有这么多人手？”廖苍舟闻言怪笑一声，将季慈推给手下，自己则用仅剩的右手手指伸入口中打了个呼哨，只见不远处的草丛里星星点点地亮起火光，不多时便围拢过来，粗略一算，人数至少是方才的两倍。

见季澈沉默不语，廖苍舟更加难掩得意：“臭小子，想不到我会带这么多人来吧？你武功再高又如何？哪怕雷锥在兵器谱上排名第一，今日也要折在我的手上，要是识相的话就先把胳膊砍了！小慈好歹也要叫我一声十叔，我也不想……”

“你的人都在这儿了？”

话还没说完就被季澈打断了，廖苍舟心中很是不快，神情愈发狰狞：“要捉你，这些人绰绰有余。”

“好。”

季澈不过说了一个字，放在背后的手指突然一动，中指指环上的机括弹开，一道金色亮芒倏然间升上黑沉的夜幕，伴着刺耳的啸声绽开一朵耀眼的火花，久久不散。

廖苍舟本就是帮中的飞舸将军，知道这信号意味着什么，不禁脸色大变。几乎是在一瞬间，季澈身后百步开外的江面上突然亮起大片的光芒，与风一吹便摇曳不止的火光不同，这片耀目的光亮竟是由无数只铜质风灯组成，来自西洋的水晶玻璃将铜制灯身中的火芯牢牢护住，大风之下也纹丝不动。更为巧妙的是，这些玻璃都被设计成特殊的角度，刚好可以将灯光层层反射，更显明亮。

数不清的灯将靠近码头的江水照得一片雪亮，连绵密的细雨也纤毫毕现，江上吹来狂乱的风，卷起季澈墨色的衣裾和发梢，他不过是一个人，站在那片亮如白昼的江面前，却压得那样稳当，冷冷的眼睛反射出星星点点的璀璨，看着竟让人心生胆怯。

“你……你休想骗我，这不过是虚张声势！”廖苍舟勉强压下心里的不安，可原本应该理直气壮的话说出口时还是有些气弱，“这一带的水域早就被我控制，搁浅的船堵住航道，上面也都是我的人，根本不可能有人来救你！”

他的话音刚落，空中突然砰的一声巨响，一片火花在他脚前不到两步的地方炸开，低头看去，地上竟出现一个海碗大小的坑洞，空气里弥漫着呛鼻的火药气味。

“火……火铳！”廖苍舟身边的副手是个有见识的，一见之下失声大叫。那些还没来得及回过神的喽啰们听见这一声喊，顿时浑身激灵，纷纷朝火花飞来的地方看去。只见正中一艘船首上，一个高大的人影正将手中的火铳移开，露出一张方正的脸，浓眉大眼，正是季澈最信任的总管郭子宸。

廖苍舟这才发现，季澈上岸时根本就没有带着这位向来形影不离的船队总管。偷袭得逞的喜悦，竟让他忽略了如此重要的细节！

火铳本是前朝之物，但因新朝初立设下了禁令，制铳的技术才流出海外。过了百年，零落海另一端的西洋商队将改良得更为精巧的火铳带回了大西，因为这东西杀伤力太强，且火药和铁矿一直在朝廷的控制下，一向为皇帝直辖的军中精兵配置。除此之外，放眼整个大西，大概也只有实力雄厚的鸿水帮能拿得出一整队的真家伙。

在场的喽啰大多数是廖苍舟后来收编的船匪、水盗、小混混，却也有一小部分是从前跟着他的鸿水帮旧部，自然知道火铳的厉害，更清楚总管郭子宸手下的准头——这一枪若瞄准的是廖苍舟，恐怕他整个人已被火药轰成了渣。

这哪里是出其不意的偷袭？分明他们才是网中的鱼、瓮中的鳖，看那一片风灯的数量，他们就算再多一倍人也不够看的。

有人已经双腿哆嗦，打算找机会脚底抹油了。

廖苍舟也已想明白了这一节，脸上的神色更加难看。这么多船，这么多人，还有威力巨大的武器——这一切，无论如何都不可能是在短时间内就能准备好的。在他满心以为已经将季澈诱入包围的时候，季澈却早就张开了网，等着他上钩。

这么多年的经营，竟两次折在这个黄毛小子手下，廖苍舟又气又恨，忍不住骂了声娘。

不……不对，还没有输！

他突然想起手中的筹码，顿时狞笑一声，一把扯过身边的季慈，手中的匕首飞快地架在了她白皙的脖子上。

“臭小子，你敢动老子一根寒毛，我就一刀宰了她！”

“哎哟哟，所以呢，小爷我最讨厌不怜香惜玉的家伙了！”一个清朗又戏谑的声音冷不防从背后传来，廖苍舟只觉得背心一凉，还没看清怎么回事，右手便一阵刺痛，手指不由得松开。手里的匕首还没落地，背后伸出的一只脚一踢一送，匕首便被一个人握在手里，白衣飘飘，笑容迷人，正是慕容七。

廖苍舟的手腕血流不止，却没有多余的手来止血，他看了看身边不知何时被点了穴道的副手，又看了一眼人群外早已经趴在地上无声无息的几个大汉，耳边江水拍岸的隆隆声伴着火把燃烧的噼啪轻响。曾经身经百战的飞舸将军，此刻突然有种天要亡我的悲凉，目光中虽有鱼死网破的狠绝，神情中却已经透出了几分败意。

趁此机会，慕容七急忙将季慈拉开，用匕首砍断了绳子，一把拉起她的手左看右看，见那对白皙纤细的手腕上一道磨破了皮的红痕，不禁心疼道："疼不疼？小慈妹妹别怕，我这就帮你上药，保证不会留下伤痕！"

季慈的手却往后缩了缩，怯怯地说道："多谢……多谢公子，只是……只是我不认识你，还请放手。"

慕容七一愣，顿时乐了，反倒将她的手握得更紧，嘿嘿笑道："你不认识我，可我认识你啊，我一直想来见你呢……"

"你是……"季慈愣了愣，上下打量了她几眼，突然眼睛一亮，"你是久……"

"哥哥"两字还没有出口，季澈便打断了她："七七，别闹了，把小慈带过来。"

季慈顿时愣住，惊讶道："七七姐？你……是七七姐！"

慕容七朝她眨了眨眼，本想再调戏小姑娘一会儿，但毕竟要以季澈的大事为重，于是拉着那双柔嫩的小手，心满意足、大摇大摆地走了回去。

那边船头的郭子宸一枪镇了场子，正扛着火铳大声劝降那群早已经人心涣散的喽啰们。季澈见慕容七和季慈回来，身子微微一侧，将两人挡在身后，随即对着几步开外脸色阴沉的廖苍舟道："论辈分，我该叫你一声十叔，当初看在帮主与各位叔叔的情分上，我也曾对十叔手下留情，但通融只可有一次，绝不能有第二次，否则世人以为我鸿水帮治下不严，将来帮主回来，我也无法交代。"

季澈口中的"帮主"正是老帮主季芒，虽然现在鸿水帮的事务都由季澈接管，但季芒离开前并没有正式传位，因此帮中弟子还是称季澈为"少主"。

见廖苍舟还是一言不发地瞪着他，季澈又一字一字说道："鸿水帮帮规有令，无故犯上者处刑二十鞭。私吞银钱者，逾千两断一手。勒索抢掠者，废武功逐出本帮。叛帮作乱者，绞杀！"

他一边说，一边慢慢朝前走去，"雷锥"明明还未拿在手里，但浑身的气势却迫得廖苍舟不由自主地往后退，一连退了三步，直到听到"绞杀"二字，才蓦然站定，目光所及，周围数百手下竟有一大半露出了恐惧不安的神色，更有一些已目露怀疑和算计。他的背上，冷汗混合着雨水涔涔而下，濡湿黏腻。

想当年，他也有响当当的名声，也是众兄弟崇拜追随的大哥，即便如今明知败局已定，又怎能害怕退却？

他用力吸了口气，将背脊挺直，大声说道："谁都别想吓唬老子，老子在甸江上横行的时候，你还不知道躲在哪里吃奶呢！"

"论资历，我自然比不上你。"季澈不为所动，冷冷地说，"既然你是帮里的元老，

更该熟知帮规。抢夺帮主之位、私吞帮中货银、煽动弟子哗变这些事，你敢做，怎么就不敢认？”

“呸！老子做了就敢承认，老子就是看不惯你这个黄毛小子当帮主，有本事，你就杀了老子！”

季澈没再和他争辩，身子一跃，半空之中“雷锥”已握在手中，双手将枪尾用力合起，一支长枪雷霆万钧地刺下，低叱道：“看在往日的情分上，便由我亲自送十叔上路吧！”

·第十三章· 无赖

慕容七一点也不担心季澈，她方才从廖苍舟手里夺下季慈的时候便知道，只要季澈认真一点，这位落魄的大叔就绝对不是他的对手。而季澈这个人，无论做什么事都很认真，这自然是个优点，所以遭殃的多半是廖苍舟。

她此刻最关心的，是娇滴滴的季小妹。

在季慈白皙水滑的小脸上摸了摸，确认没有伤痕之后，她才叹道："小慈，你是不是吓坏了？季澈怎么做哥哥的，都没有好好保护你……"

季慈却笑着摇了摇头："我不要紧的，一点也不怕。"说罢，她轻轻挽起衣袖，将一截小臂伸到慕容七面前，"七七姐你看，哥哥早就替我做好准备了。虽然很感谢你来救我，不过如果你不来，十叔也伤不到我的。"

慕容七借着雪亮的灯光一看，只见那一截雪白纤细的小臂上套着一只精巧的袖弩，此刻机簧上还扣着一支小箭，箭头泛着幽蓝。

"这……是什雅最新研制出来可以连发的璇玑弩？"慕容七大吃一惊，这玩意儿她也是最近才见过一回，还是堂堂一国之君慕容铮拿来防身的，据说这种机弩极其稀少，整个大西也不超过五只。

季慈笑着点点头。

她咽了口唾沫，继续问："那这毒？"

"是见血封喉的'罗刹雪'哦。"季慈笑得甜美无害，"我的项圈里也藏着这种毒，要是有人砍我脖子，只要一开机括，他就死定了。"

好……好狠。

慕容七发现，自己根本不必为这对兄妹担心！

难怪季澈要连夜赶路，难怪他被廖苍舟一行人包围的时候半点也不惊讶，难怪他一开始就没有急着救小慈……他们根本是兄妹齐心，其利断金，一唱一和地清扫叛党余孽，倒是自己过分担忧了。

仿佛是为了验证她的猜测似的，季慈继续细声细气地解释道："其实哥哥早就知道十叔不会就此罢休，一直派人在监视他。这次十叔暗中集结了人想要对哥哥不利，哥哥正好

将计就计，假装中了埋伏，把十叔的人都给引出来，然后和郭总管里应外合一网打尽。他猜到十叔会抓我当人质，临走前把这副璇玑弩给了我，暗中又派人混进了十叔的队伍里。方才十叔身后那群人里至少有三个是哥哥的人，十叔要是真的动手，一定会比现在死得更快的。”

妹子，你不要把这么血腥的话说得这么无辜温柔啊。

还有……不是才说要坦诚以待的吗？季澈转眼就把这么重要的事给瞒住了，出尔反尔，没有信用。

在慕容七愤愤不已的时候，不远处传来一声短促的尖叫，随即是重物落地的声音，不用看也知道，季澈定然已经严格执行了帮规，明年今日，恐怕要成为那位大叔的祭日了。

她叹了口气：“小慈，你本来是个多么心慈手软的好姑娘，跟着阿澈太久，已经被带坏了……”

见季慈没有搭腔，她转头看了一眼，却见身边的少女正目不转睛地看着不远处那黑衣人矫健的身影，柔和的目光中，还有一种说不出的认真和喜悦，好像天地万物都不在她眼中，除了那一个人。

慕容七挠了挠头，终于把到嘴边的长篇大论吞回了肚子里。她觉得有点心烦，这么久没见面了，小慈也不和她多聊聊，季澈这家伙有什么好看的，这么盯着看也看不出一朵花来，真是个傻姑娘。

廖苍舟一事，算是慕容七旅行途中一个小小的插曲，第二天一早，当她看到阳光下长桅林立、舟船繁忙的鸿水帮大本营海胜浦时，早已把这插曲抛在了脑后。

海胜浦位于甸江最宽阔的一片水域，通常也被认为是甸江中游和下游的分界处。许多年前，这里还是大酉和巨泽两个国家交界的地方，海胜浦的方位对两国来说都举足轻重。而掌管它的鸿水帮帮主更是位列大酉江湖谱中的“四方君子”，是动辄可以左右整个天下格局的人物。

前几任鸿水帮帮主都谨遵祖训，竭力平衡甸江两岸的军政力量，但到了前任帮主季芒这一代，江南地区百年来的富足安逸，滋生了大量腐朽贪婪、不思进取的世家贵族，巨泽皇室之中，也因夺嫡之争太过激烈，导致后继乏人。时任巨泽皇帝的白王是一个乖戾残忍的暴君，年纪轻轻便染上了“极乐散”这种上瘾的药物，苛捐杂税加上贪官污吏……几场洪水泛滥之后，整个巨泽便民不聊生，饿殍遍野。

季芒本是天纵英才，纵观全局之后终于破除祖制，答应和野心与手腕并存的大酉崇极皇帝合作，开海胜浦水路。大酉十万大军南下，最终生擒白王，巨泽就此而灭。

虽然巨泽亡了，巨泽百姓却免去了一场生灵涂炭的大战，如蛀虫腐蠹一般的百年贵族被清洗。崇极帝答应季芒的合作条件中，还田于民、不杀俘虏和减免赋税等几条，很快让长期处于水深火热中的巨泽百姓减轻了亡国的痛楚，慢慢恢复了生息。

经此一役，巨泽皇室消失在了史册中，但百姓因此而得救。

起初，大酉在巨泽故国立藩，允许藩王世子袭爵，但作为交换条件，世子必须入京为质。

而这个短暂的藩国和爵位，因世子沈千持死于瞿峡宣告终结。

季芒行事向来我行我素、不拘一格，当年干的这件事影响巨大，褒贬不一。有人赞他宅心仁厚，以百姓为重；有人斥他以暴制暴，非天下大义。更有无数巨泽的爱国侠士组队来鸿水帮暗杀他。哪怕过了十余年，这种骚扰依旧不绝，季芒不胜其扰，再加上本性洒脱不喜拘束，便将偌大一个鸿水帮留给了季澈，自己则云游天下，不知所终。

当年叱咤天下的“四方君子”，如今只剩下人们回忆中的几段传说，那个风起云涌、英雄辈出的年代也渐渐湮灭在时光中，唯有甸江之水依旧浩浩荡荡，海胜浦依旧固若金汤。虽然季芒当年婉拒了崇极帝的赏赐，但崇极帝却不能当着天下人的面亏待了他，因此，如今的鸿水帮，得益于朝廷的各种通融，比之当年反倒更加强盛。

整整八年未踏足此地的慕容七，一下船就拉着季慈当向导，兴致勃勃地逛街。海胜浦的规模相当于一个中等城镇，居民大都是鸿水帮的弟子及其家人，市集酒肆一样不缺，看着满大街活蹦乱跳的鱼虾河鲜，慕容七口水直流，直央着季慈改天做全鱼宴来大饱口福。

两人一直逛到天黑方才回去，正好季澈也处理完帮务回来，三人便一起吃饭，郭子宸突然闯了进来，目光扫到了慕容七，眼角抽了抽，一脸古怪。

“锅子，你的脸抽筋了？”

“慕容姑娘。”郭子宸急忙定了定神，“外面有一位公子说要找你。”

“公子？”慕容七愣了愣，“哪位公子？我认识的公子可多了去了。”

“他……那个……他自称和你有过海誓山盟，你却把他抛弃了……”

啪嗒一声，慕容七的筷子掉在了地上。

她急忙俯身去捡，抬头看见季慈脸上的惊讶和季澈眼里的思索，下意识地撇清：“不可能，他一定认错人了。”

“那位公子指明要找晏容公主。”郭子宸点点头，“而且他说，只要跟姑娘说‘嫣然’二字，姑娘就会明白的。”

“是他！”慕容七听见这句话，一扫迷惑，猛地跳了起来，满脸怒容道，“我正要找他呢，他倒是自己找上门来了！人呢，在哪儿？”

郭子宸刚伸出手指，慕容七就像一阵风似的蹿了出去。他一时不知道该如何是好，只得转向季澈，见季澈脸色不佳，忍不住问道：“少主，那是谁？”

“凤游宫宫主。”

季澈一边回答一边站起身来：“我去看看。”

“凤游宫宫主？”一边的季慈不明所以地眨了眨眼睛，“那人是七七姐的情郎吗？七七姐真的把人家抛弃了？”

“小姐……”郭子宸一时语塞，不知道该怎么解释，只能字斟句酌地回答，“那人是一个……奸商，慕容姑娘被他骗了……”

“所以七七姐是去讨钱的吗？”

“慕容姑娘被骗的不是钱……”

季慈想了想，顿时露出恍然大悟的神情，满脸愤慨地说道：“我也一起去！”

郭子宸一愣，小姐你……究竟是想到哪里去了？

眼看那一道纤细的身影急匆匆地离开，他生怕有什么闪失，也赶紧跟了上去。

可是大厅中的画面，却让稍晚赶到的季澈有些看不明白。

白衣翩翩的慕容七正和紫衣飘飘的凤渊面对面坐着，一人端着一杯茶，表情不失和善，动作不失优雅，看起来甚是风平浪静，赏心悦目。

难道不应该是慕容七拎着凤渊的领子恶狠狠地说“快把解药交出来”吗？

不过，季澈是了解慕容七的，她虽然性子急了些，却不是全无分寸。如今会这么虚情假意地应付着，多半是因为她没有十足的把握可以制服对方。

换言之，她忌惮凤渊。

他不由得蹙了蹙眉，脚下便慢了一步，被随后赶来的季慈一把拽了进去。从他们的方向只能看到凤渊的背影，以及额头青筋隐隐直跳却微笑着的慕容七。

“凤公子，这么说，你这次是特意来送解药的？”

“嗯。”凤渊的目光隔着面具依旧温柔得能滴出水来，“嫣然，打赌是你赢了，我怎会不遵守约定？”

“既然如此，那天在郡王府别院你又为何要跑？”

“若是我被魏南歌带走，哪里还有机会再见到你。”他轻轻一叹，声音温软多情，“虽然我输了赌约，嫣然不能一辈子陪着我，那换我来陪你，也是一样的。”

慕容七听得连手里的茶杯都忘了放下，半晌才道：“凤公子，有没有人说过你是个无赖？”

凤渊顿时笑起来：“不曾。”顿了顿又道，“你是第一个。”

慕容七瞪了他一眼，把手一摊：“先把解药拿来。”

凤渊也挺干脆，伸手从怀里掏出一黑一白两个小玉瓶：“黑色内服，白色外敷。”又好心地建议，“其实我觉得那朵莲花开在嫣然颈上甚美，何必非要将蛊印除去？”

“你以为是写信盖戳呢？”

慕容七一把抢过那两只瓶子，正要送客，凤渊却猜到了她的心思，慢悠悠地笑道：“此药还需配合我的独门内力，连续运功七日方可除尽。这几天，还请嫣然多多关照。”

“你……”慕容七心想，还打算赖着不走了？

“凤宫主以为鸿水帮是什么地方？可以说来就来，说走就走的吗？”季澈冷淡的声音打断了两人的对话，此刻他已将季慈拉到了身后，径自走到慕容七身边坐下，修长的双腿交叠，坐姿甚是随意，语气却颇为不客气。

凤渊的目光随着季澈一路而来，在他身后娇小的女子身上停留了片刻，才笑道：“凤渊不敢。只是为了嫣然，这两天免不了要打扰贵帮了，若是少帮主嫌弃，我们只好换个地方疗伤，这却要费事许多。不过，鸿水帮向来以豪爽好客闻名天下，定然是不会将我们赶出去的，是吗？”

他一口一个“我们”，慕容七倒不知道自己什么时候就和他站在一条船上了，说得自己好像有多委屈似的，但事情本就是他惹出来的！

因为是在季澈的地盘上，她也不好擅自做决定，沉默了一会儿，就听季澈道：“海胜浦四面环水，除非宫主水性极佳，有信心游过甸江，否则恐怕无处可去。”

意思就是，既然来了，想跑都不行。

慕容七觉得他说这些话时，语气听起来有点阴沉，虽然他向来对谁都不大热情，但对凤渊似乎格外讨厌一些。不过既然他同意了，她也就不再深究，眼见季慈朝她悄悄招了招手，便趁着那两人说话的工夫绕了过去。

“七七姐，你没事吧？”季慈拉起她的手，满脸担忧，“是不是那个人欺负你？你别难过，让哥哥去教训他……”

她的话说了一半突然顿住，正听得十分感动的慕容七反握住她柔软的小手：“小慈，我没事，不用理会那个人。小慈……小慈？”

顺着她的目光，正看到凤渊嘴角缀着优雅笑容朝她们点头，不由得心里一沉，急忙摇着季慈的肩膀：“小慈，快醒醒。千万别被他的外表骗了，他是个卑鄙无耻的大骗子。”

夜幕沉沉。

慕容七得到解药之后，心情大好，当晚便撇开了凤渊，拉着季澈、季慈一块儿喝酒赏月，一不小心多喝了几杯，季澈生怕她又做出什么丢脸的事，便一把将她拉了起来，强行扛回了屋子，让滴酒未沾的乖宝宝季慈留下来帮忙。

季慈替她除去衣服鞋袜，洗完脸，盖好被子，可她偏偏不肯好好躺着，不是踢被子，就是拉着季慈叫着“再来一壶”，等她好不容易安静下来，鼻息渐沉，已经是月上中天。

季慈累出了一身汗，坐在床边拿手扇风，目光落在慕容七沉睡的容颜上，不由得柔柔浅浅地笑起来。她们自小相识，慕容七和两位哥哥一样无处不在地保护她，照顾她。只是那时候大家都还是黄毛丫头，如今时隔多年再见，当年那个野小子一般的姐姐如今已长成这样的美人，那双灵动澄澈的眼睛和明朗的笑容，会让人不由自主地亲近，不由自主地欢喜。

就连哥哥那么严肃又冷清的一个人，看着她的时候也会露出又纵容又无奈的神情，他的目光会随着她的一举一动变幻不定，她从来没见过这样的他。

这一次进京，发生了什么吗？

想到这里，少女脸上的笑容渐渐收敛，扇风的手也慢慢停下，怔怔地望着慕容七又发了一会儿呆，才起身带上门，轻轻地走了出去。

季慈的院子就在慕容七隔壁，她回了房，正要叫人打水洗漱，手刚扶上门板却又缩了回来，匆匆转过屏风，赫然看见半掩的窗下斜倚着一个人。

浅紫衣衫，银白面具，一头乌发如瀑，风姿过人。

突然出现的陌生人并没有让少女惊讶，更没有害怕，甚至连一句质问的话都没有说，她只是退了一步，用一种带着疑问和审视的目光看着他。

凤渊伸手取下面具，微微一笑，顿如昙花初绽，满室生春。那张脸上，除了额角尚有几道红痕，完美得几乎找不到瑕疵。

季慈这才神情大变，直直地盯着他，像是看到了什么不可思议的事，略一犹豫，竟双膝一弯，便要跪下。

“主上……”第一声细若蚊蚋，到了第二声便清晰坚定了许多，“飞絮拜见主上。”

凤渊饶有兴味地看着她：“你能认出我是谁？”

“主上的容貌与夫人几乎一模一样。”季慈略略抬头，目光再次从凤渊脸上掠过，“娘亲离世之前，日日让飞絮牢记夫人的画像和书信笔迹，绝不会弄错。”

听她提到“夫人”二字，凤渊目光微沉：“你娘何时去世的？你又是几岁到鸿水帮的？”

“娘亲去世时飞絮五岁，六岁时为鸿水帮帮主季芒收养，改名‘季慈’。”

“难为你这么小，却能将这些事记得这么牢。”

“父母之恩，飞絮无以为报，唯有牢记娘亲临终托付，此生若有机会，定要报答夫人的大恩。”想起已经逝去多年的亲人，少女眼中渐渐溢出泪花，语气却愈发坚定，“不知主上此次来找飞絮，可是有什么吩咐？”

凤渊却没有急着回答她，伸手虚虚一扶，季慈只觉得被一股强大的力道一带，不由自主地站起身来，耳边响起柔和的声音：“你以前……叫飞絮？”

“嗯，娘亲说，这是我刚出生时夫人亲自赐的名字。”

“母亲也真是，怎么给女孩儿家起了这般凄苦无依的名字。”凤渊轻轻一笑，“我看季老帮主给你换的名字挺好，以后就叫‘季慈’吧。”顿了顿又道，“我找你找了许久，好不容易才知道你的下落。前些日子我让临西给你送来秘讯，想必你一定很惊讶，你会不会怪我打扰了你现在的生活？”

说话间，他的眼波流转，语调温柔，听起来极是诚恳。季慈犹豫片刻，答道：“世人都道主上早在两年前已经……已经殒命甸江，因而接到秘讯之初，小慈确实很惊讶，但从未有怨，反倒感谢上天给小慈一个机会，终于可以完成娘亲的夙愿，让娘亲含笑九泉。”

凤渊似乎对她这个答案很满意，杏眼微微眯起，轻叹道：“芳姑跟随母亲多年，是母亲最信任的人，我小时候也最喜欢缠着芳姑，听她唱歌谣讲故事……若不是那件事……”

“娘亲常说，我们全家的命都是夫人救的，如果没有夫人，我们一家人早已成一堆焦灰，如今……如今却只剩我一人苟活于世……”说到这里，少女眼中的泪水终于滑落下来，再度拜下，“所幸主上仍然在世，若有什么吩咐，只要小慈能做到，必当赴汤蹈火万死不辞。”

凤渊目光微闪，倏然一笑，柔声道：“你一个弱女子，我要你赴汤蹈火做什么？鸿水帮待久了，小姑娘家也学了一身匪气。”他拿出绢帕轻轻擦去她脸颊上的泪珠，“我不过是听说芳姑的女儿还活着，所以特地来看看你，看你过得不错，我也替你高兴。”

季慈一番豪言壮语却换来这样一句柔声安慰，顿时令她有些发愣：“主上……”

“不用叫我主上，叫公子即可。”他将绢帕塞进她手中，“来，小慈，你告诉我，你可还有未达成的心愿？”

季慈愈发愣怔，呆呆地摇了摇头。

凤渊笑意莫测高深：“小慈你……难道不想做帮主夫人？”

这一句语出惊人，直把季慈惊得站起身来：“公子，不是这样的……”

凤渊一手撑住下巴，目光闪动，眼尾的笑纹看起来十分和蔼可亲：“我看到你的第一眼就知道了，小慈你喜欢他。十几年青梅竹马的感情，季少帮主又是那样难得的少年英雄，嫁给他的话，你一定会很幸福。若是母亲和芳姑还在，应该早就替你做主了，如今恐怕你都能做母亲了。”他顿了顿，又道，“凤游宫是做什么的，想必你已经知道了，要我帮你吗？”

季慈的脸涨得通红，这些年她被季家叔侄保护得太好，脸皮和凤渊比起来简直是天差地别，这一番话说得她几乎要昏厥，好不容易才结结巴巴地反驳道：“我……我和哥哥……发乎情……止乎礼，公子……公子莫要取笑……”

“好吧，那若是我说……这是我的命令呢？”凤渊轻轻一笑，“若是我说，成为鸿水帮的帮主夫人，是我的命令呢？”

脸上的红潮尚未褪去，季慈又一次震惊了：“公子，你说什么？”

“你刚刚发过誓，会替我赴汤蹈火万死不辞的呢。”凤渊慢慢将手中的面具戴上，柔和的声音里却透出一丝冷意，“所以，这就是我的要求，小慈，让季澈无论如何都要娶你，只娶你一个人，只听你一个人的话。你一定可以的，你那么喜欢他，难道不觉得开心吗？来，别哭了，笑一笑，姑娘家要多笑笑才漂亮。”

他微凉的手指抚上她的眼角：“记住你的誓言，将来再来感激我吧。”

话尾袅袅地消失在半开的窗口，淡紫的衣裳如同一抹轻烟，转瞬被黑暗吞噬。

季慈像是一下子失去了力气，跌坐在地。

明明没有说一句重话，明明一直在笑着……可是这个人，这个人为什么会让她觉得，不寒而栗……

凤渊身形如魅，无声无息地回到自己的院落时，那名叫“临西”的青年依旧尽职尽责地守着房门。

他站定下来，朝青年招了招手：“临西，你去休息吧。”

临西朝他行了一礼，想了想又问道：“公子，飞絮姑娘可答应了？”

“错，不是答不答应，而是她根本没有拒绝的理由。”凤渊微微一笑，“我又没让她害人，我在帮她，成人之美这种事呢，可是积德的。”

临西似有所悟地点了点头：“只要飞絮姑娘做了鸿水帮帮主夫人，日后鸿水帮亦能为公子所用。哪怕季澈不听命于公子，等飞絮姑娘有了孩子，他就是一枚弃子，不足为惧。一旦控制了整个甸江，就算大酉的皇帝也无可奈何，公子的霸业便指日可待。公子这一步，果然高明。”

凤渊笑眯眯地听着临西对未来宏大远景的设想，既没有承认也没有否认，等他说完，才仰头望天，轻叹一声：“唉，季澈毁了我京城好几个铺子，我却替他找了一个老婆，我真是太善良了。”

临西：“公子，需要属下暗中给鸿水帮下点绊子吗？”

“我是这么睚眦必报的人吗？”凤渊斜睨了他一眼，“临西，你去通知昙华，辽阳京的事情我们也部署得差不多了，他这段时间便安生做他的亲王吧。至于我呢，离家那么久了，我也很想回去看看……”

临西面有喜色：“公子要回巨泽？”

“嗯。”凤渊点点头，“不过，总不能两手空空地回去，我决定了，这一次，要带夫人一起。”

“……”

临西有些跟不上自家公子的思维，公子什么时候有夫人了？若说成亲，也只有那一回。可那是不能作准的呀……

“临西。”凤渊转过身来，“给你十天，我要把嫣然从这里带走。”

临西想了想，终于恍然，答道：“是。”

·第十四章· 除蛊

留在鸿水帮的几天，凤渊确实十分安分，每日老老实实地替慕容七运功除蛊，没出过什么岔子。慕容七按照他说的法子一边服药一边抹药膏，颈上的莲花印记渐渐淡去，那些莫名其妙的梦也不再出现了。

“幽冥莲花”之蛊需以真气引至相应穴位才能用药，而引导过程又长达三个时辰，因此，她与凤渊可谓抬头不见低头见。起初两天，慕容七半分也不搭理他。凤渊也挺识相，她不说话的时候，他同样安静，偌大的一间屋子，大多数时候只能听到两人的呼吸声。

可两天下来，慕容七就觉得有些难受了。

于是第三天，她决定勉为其难地和他说两句话。

午时过后，将花蛊引导归位，凤渊收纳内息，刚将手掌从慕容七背上移开，便听她突然问道：“你明明会武，为何那时候会内息全无？”

凤渊愣了愣，笑道：“你肯跟我说话了？”

“少废话！”

“你我相遇之时，我确实没有半点内功，你又没问我以前会不会，或者以后会不会。”他的目光很无辜，“我并没有骗你。”

慕容七皱了皱眉，那时候他的脉息比普通人还要弱，自己便理所当然地认为他不会武功，只是这番话，却是狡辩。

她想了想，又问道：“走火入魔？”

“嗯。”

“如今恢复了多少？”

凤渊杏眸一弯：“你是在关心我吗？”

“不是。”慕容七立即否定，“我只是关心你是否有力气帮我运功除蛊，若是半途而废，倒霉的岂不还是我？”

凤渊闻言，轻轻地叹了口气：“这个不必担心，虽然有时还会发作，不过替嫣然除蛊的力气，无论如何都是有的。”

慕容七不置可否：“你这功夫太过邪门，一走火入魔就武功全失，趁早别练了。”

凤渊一愣，顿时失笑：“这是师门秘密，不过……”他微微往前倾身，低声道，“嫣然要是想知道，我可以……”

“我才不想知道，离我远一点。”她一掌把他的脸推开，手掌却在触到银面具的时候停了停，心里一动，指下用力，已经将他的面具揭了下来。

面具背后的脸英俊完美，除了额角的几道红痕，几乎找不到瑕疵。

她上下打量了他一番，却只是闭口不语，他便也任她看着。半晌，慕容七转开头咕哝了一声：“走火入魔还能毁容，倒是闻所未闻，也真舍得。”

凤渊奇道：“容貌身体皆是皮囊，为何舍不得？”

她忍不住答道：“你们这样的男人，难道不是自恋得不允许任何人亵渎自己的容貌吗？”

“你们？你说的是信郡王？”凤渊的笑容更欢了，“我这粗陋的相貌又怎能和王爷相比？不过，只要嫣然喜欢，总算还有点用处。”

“我一点也不喜欢！还有，我说过了别靠过来，你别得寸进尺！”

“花蛊只能在穴位停留半个时辰，还需及时用药祛除，不如让我替嫣然……”

“滚！”

将凤渊赶出去后，慕容七如往常一样抹上药膏，换了衣服走出房间，却见清风白日下，方才那个紫衣男子正站在廊下的蔷薇花丛中。

他虽然已将面具戴上，但哪怕只有一个背影，已是风姿不俗，难怪这两天慕容七总觉得自己的院子里，丫鬟比平常多出了一倍。

“凤宫主还有事？”

凤渊闻言转身，笑道：“难得嫣然肯与我冰释前嫌，这几日我一直想出门逛逛，趁着今日，邀嫣然做个向导可好？”

“哪有冰释前嫌？”她皱了皱眉，“要去逛街，让临西陪着不就行了？”

“季帮主日夜差人守着，我们至今还未出过客院。”凤渊无奈地叹了口气，“若有嫣然做伴，想必就能出门了。”

慕容七哼了一声：“我没空。”又道：“即便有空，也不想和你做伴。”

凤渊也不生气，只是道：“那也无妨，反正我也无处可去，在这里等着就是，说不定什么时候嫣然觉得闷了，会想要出去走走。”

“……”

她的脸黑了黑，转身进屋，当着他的面将门重重地关上。

半个时辰后，她估摸着凤渊该走了，正想出去找些东西来吃，可是一开门，却一眼又看见了蔷薇花丛中那抹紫衣身影。

凤渊端坐在花架下看书，身边的小几上摆着茶具，一个小丫鬟正粉脸微红地替他斟茶。听到开门的声音，他抬起头，嘴角微微勾起，她几乎能想象得到他面具后脸上的神情，没有任何瑕疵的，温柔完美的笑容。

她觉得十分心烦，正要再次把门关上，想了想，又改了主意，转身朝凤渊走去。

“凤宫主有美人香茗相伴，看起来很是惬意啊。”

凤渊眨了眨眼睛，十分委屈道：“这些并不是我要她们拿来的，若是嫣然不喜欢，我这就让她们都撤下。”

说着，他便站起身来，作势要将那小丫鬟撵走，慕容七伸手一挡，道：“算了，你既然要逛街，便跟我来吧。”

慕容七难得穿一回女装，虽然是极简单的样式，可她身材高挑，容貌又惹眼，再加上有凤渊做伴，因此两人一路走来，不断地有人回眸驻足，令慕容七觉得很不自在。

凤渊倒是镇定自若，慕容七到哪里，他就到哪里，她走得快，他也走得快，她停下看一眼路边的小摊子，他就默默地陪在她身边，直到她在一间小饭馆门前停下。

饭馆二楼斜挑着一面“渔”字青布旗，除此之外别无装饰，十分普通。慕容七回头问道：“凤宫主，你饿了吗？”

“我只要看着嫣然……”

“你想说我秀色可餐吗？”她打断他，“这句话，我早就从小久那里学来哄过小姑娘了，已经没有新意了。”

凤渊闻言，轻轻咳了一声：“看来我得向信郡王多多学习，再接再厉才是。”顿了顿，又道，“我其实饿得很，为你运功一早上，还滴米未进。”

慕容七点点头，转身走了进去，一坐下便招来小二：“听说你们今天有新鲜的江豚出水？”

小二很热情：“看来姑娘是本店的老客人哪。可不是，一早船队回来，出水了好多鲜货，运到洛城可要卖十两银子一条，咱们这儿只要半价，姑娘可要来一条？”

“好，拣个头大的，一半清蒸一半炖汤。”她熟门熟路地又点了几个河鲜，然后转头问，“凤宫主，你喝酒吗？鸿水帮自酿的九曲饮，连慕容铮都赞不绝口，值得一尝。”

对于当今皇帝，她向来毫不避讳地直呼其名，凤渊见怪不怪，只是她最近对他一直是爱搭不理，这回多说了几句，他竟有些不习惯，想了想才回答：“虽不胜酒力，不过小饮几杯还是可以的。”

“好。”

须臾，酒菜上桌，凤渊正要拿壶斟酒，便被慕容七眼疾手快地夺了过去，将他面前的酒杯满上，慢慢说道：“凤宫主，你这次替我除蛊虽然损耗不少内力，但这蛊本就是你下的，因此我不会感谢你。”

凤渊叹了口气：“我明白。”随即拿起那杯酒，沾唇饮尽，“此事因我而起，这杯酒，就当我向你赔罪。”

慕容七对他的道歉毫不理会，又替他满上，继续说道：“还有一件事，等花蛊除完，我们便再无瓜葛，我不追究你害我的事，也请宫主尽快离开海胜浦。”停了片刻，又道，“将来最好不要见了。”

凤渊端着杯子的手猛然一顿，随后放下，将那杯酒慢慢地推远。

“这件事，我不答应。”

慕容七眯了眯眼睛，长眉一拧：“我才不管你答不答应，你……”

“嫣然，你就这样讨厌我，将来都不愿再见我？”他看着她，一向多情温柔的目光此刻有些冷，反倒显得专注了许多，“你不能因为一件事，便否定一个人。世上并非只有我一人骗过你，可不是每个骗过你的人都会想要去弥补。你这样不公平。”

听到这话，她不由得怔了怔，半晌才转开目光道：“道不同，不相为谋。”

“若你说的‘道’，是凤游宫与宫妃之间的交易，我自觉并未做错。”凤渊淡淡一笑，“若非她们心中早有妄念，我又如何会有机会？所谓的凶器，不过都是工具，真正的恶，在这里。”他轻轻抬手，指了指心口，“嫣然，你自小在光明磊落中长大，看不惯阴谋，不屑和我做朋友，可是这并不代表，世上存在的黑暗就是不合理的。”

说这话的时候，他的眼神于漠然中带着一点残忍，这样的凤渊，慕容七还是第一次见到。

两人一时相对无言，小二又端了菜上来，盘子刚放下，盘底却银光一闪，一把锋利的匕首迅疾无比地朝着凤渊的胸口刺来。凤渊脸色一变，手中酒杯随即倒转过来，杯口套住刀尖，“当”的一声，瓷杯裂成碎片，消弭了这一刀的力道。

假扮成小二的刺客见一击不中，立刻反手刺来，凤渊双手一推，自己连人带椅子后退了半步，手中筷子顺势夹住刀刃，正要发力，脸色却突然苍白如纸，指尖一颤，竹筷顿时被匕首削断，凤渊整个人也被巨大的力量往后一推，跌倒在地。

见刺客就要得手，慕容七来不及多想，一把拔下头上的簪子，选了个刁钻角度，划上他手腕筋脉。那人手劲顿失，眼见武器就要脱手，急忙伸出另一只手抄住，又反手朝慕容七胳膊刺去。

慕容七急忙抬脚踢向刺客肩膀，被他飞快避开，那一脚便踢在了桌子上，不怎么结实的木桌顿时四分五裂。刺客看了她一眼，又看了看四周渐渐围拢的人群，将手中匕首朝前一掷，趁着慕容七躲避之际，飞快地穿窗而去。

她正要追去，衣襟却被人拉住了，低头一看，凤渊正半靠在柱子上，手上的力道很虚弱，指尖有些发青。

“嫣然，我……我中了毒，我们快离开这里！”

一盏茶之后，慕容七将凤渊搀扶到最近的一家客栈，找了一个空房间安顿下来。

面具下，他的脸色十分苍白，看起来情形确实不妙。

她虽然对他有意见，却也没想过真的要他死，此刻一边搭上他的腕脉一边道：“中了什么毒？我去找临西……”

“不用。”凤渊一把拉住她的手，“只是酒中下了散功的药。这种药专门针对我所练的内力，让我两个时辰之内不能运功。你若去追，再来一个高手，我一个人便无法抵挡。只要守过这两个时辰，药性过了就好。”

“……”

慕容七抽回手，却见他手背上一道血痕，急忙翻过他的手掌，果然见到掌心一道狰狞伤口，犹豫片刻，道：“我先帮你上药，你想办法通知临西，我替你守一会儿。”

说着，她扯下一截床单，又从荷包里拿出金创药，迅速给他包扎起来。

看得出她对此很是熟练，上药和包扎的动作十分细致。凤渊斜倚在床头，低头看着她散开的额发下纤长的睫毛和秀挺的鼻尖，眼里渐渐泛出浅笑。

“好了。”包扎完毕，她顺手打了个结，拍拍手就要站起来。

凤渊拉住她的衣袖，急道：“等等……”话未完，突然眉头一拧，便往后倒，慕容七以为他又有哪里不舒服，立刻一把揪住他的衣领，却被他带着一起倒下去，重重地撞在他的胸口。

她推开他想要起身，腰身却被揽紧，温热的气息在耳边软软吹拂：“嫣然，跟我走吧……”

话音未落，他另一只空着的手掌已屈指落下，指尖露出一支七彩斑斓的长针。

眼看针尖便要触及她的发梢，却突然传出叮的一声。

银针刹那间断成数截，慕容七已翻过身来，一手擒住他的手腕，一手按住他拿针的手。她的右腿膝盖正顶在他胸口大穴，只要他稍有异动，便能发力压下。

凤渊眼中的惊诧，在尘埃落定的那一刻平复了，原本搂在她背后的另一只手非但没有移开，反倒紧了紧，轻笑道：“嫣然，你把我弄疼了。”

“你信不信我一脚废了你？”

“何其忍心？”他的眼神看起来很是无辜，“针上所附不过是安神助眠的药物，不会伤害你的。”

这一刻，他又变成了无耻的凤游宫宫主，之前眼中那一抹冷肃，已经全然不见了。

慕容七气得笑了：“你暗算我的时候倒是很忍心。”

“你不肯跟我走，我只好出此下策。”

他离得太近，慕容七挣了挣：“快放手！”

“不。”他勾起嘴角，邪魅一笑，“有本事就废了我。”

“这可是你自找的。”慕容七冷哼一声，膝盖发力，往前撞去，凤渊的身形却如游鱼一般，手虽然动不了，身子用力一侧，恰好险险避开。

慕容七翻身跃起半尺，握着他的手腕就往下压，同时双膝微屈，撞向他的腹部。

一时间，两人在床上乒乒乓乓翻来覆去地打起来，客栈的大床经受不起这样的折磨，痛苦地发出吱吱呀呀的声音，让路过的客人伙计无不侧目咋舌。

“只是，嫣然怎会识破我？那坛九曲饮明明被我下了无色无味的迷药……哎，嫣然别踢那里。”温柔多情的声音，带着微微喘息，更显诱人。

“我从小被小久当试药的工具，区区迷药算得了什么？何况我根本从未相信过你这种人。”

“跟我一起走，真的有那么可怕？”

“拿着毒针随时准备刺你的人，难道不可怕？”

“那嫣然的意思是，如果我不用毒针，也不暗算你，你会愿意跟我走？”

“你这是什么逻辑啊，浑蛋！”

砰的一声，房门被用力撞开，床上厮打的两人也瞬间停了下来。

正压着凤渊双腿准备将他掀翻的慕容七，转过头看清来人的那一刻，顿时觉得背上冷飕飕地刮过一阵寒风……

门口那一身黑衣，脸色比衣服更黑的人是——季澈。

季澈今日本在东码头处理一批货物，因前段日子这些事务由季慈帮着管理，便带上了季慈。

可没想到，事情还未处理完，就听到报告，说慕容七和凤渊出门吃饭，在东码头不远处跟人打了起来，似乎还受了伤。

他立刻放下手里的事赶来，一路找到这间屋子，却没料到会看见这样的情景。

凌乱的床榻上衣衫不整的两人，让季澈按在门板上的手越来越用力，随后他又像意识到什么，转头看了一眼身后走廊上来来往往好奇张望的人，深深地吸了口气，果断收回手，将门合上时，沉声道："收拾一下，出来。"

门尚未关紧，一个娇小的身影分开人群冲了进来："七七姐你没事吧……"话未说完，也被眼前的情景惊到，呆立在门口，半晌无声。

来人一身浅绿衣裙，身姿娇弱，正是季慈，她不会武功，赶来得稍稍晚些。

季澈抚了抚额头，叔父向来把小慈当作小白花一样地养着，眼前的画面，对她来说，恐怕尺度有点大。

更何况，如今门扉大开，实在有碍观瞻。

他一闪身挡住季慈的视线，道："小慈，你守在门口，别让人进来。"说罢，迅速地将两扇门在她眼前合上。

缠斗的两人已整衣起身，慕容七沉着脸，不自在地躲开季澈询问的目光，只管阴沉沉地盯着凤渊，凤渊却气定神闲，抚平衣上的褶皱之后，还掏出一把犀角梳慢慢地理着发梢，笑微微地迎着慕容七的目光。

季澈皱着眉，冷冷地唤了一声："凤宫主。"

"嗯？"凤渊回头看了他一眼，"少帮主有事？"

"听说宫主受伤了？"他看了一眼他的手，"不知道是谁伤的你？"

"看不惯我的人有好多，我也猜不出是谁。"凤渊懒懒地笑了笑，杏眸一扫，"原以为在少帮主的地盘上会很安全，是我太信任你们了。"

"若是在我的地盘上都能被暗算，那你得罪的人确实太多了。"季澈淡淡地回了一句，转向慕容七，"走了。"

慕容七飞快看了他一眼，刚想说什么，却被凤渊打断了。

"嫣然，别走。"微带哀求的语气，显得十分委屈，"你答应留下来陪我的。"

"在你暗算我之后？"一直沉默的慕容七终于开口了，踢了踢脚下四散的银针碎片，"凤渊，那个刺客也是你安排的吧？你真把我当傻瓜吗？"

"当然不是……"

可他解释的话还没说完，慕容七已转过身，打开房门，头也不回地走了出去。

门外响起季慈的声音：“七七姐你怎么样？七七姐……七七姐你等等我……”

凤渊眨了眨眼睛，伸出那只包扎好的手看了看，嘀咕道：“那我也回去吧。少帮主，要不要一起……”

话还没说完，站在他不远处的季澈突然一个箭步上前，重重地挥拳击向他的腹部。

没有任何技巧，也没有用任何内力，最简单，也最直接的力量。

凤渊躲不开，他的内劲被封并非作假，因此被那一拳结结实实地打中，疼得弯下腰去，额头顷刻渗出点点冷汗。

季澈收回手，冷冷地看着他：“凤宫主，若不是因为七七的花蛊尚未除尽，我会立刻将你赶出鸿水帮，希望你好好记住，不要再有下一次。”

回应他的，只是凤渊的几声轻咳。

季澈转过身朝门口走去，却听身后传来轻轻的笑：“少帮主，你是在嫉妒吗？”

他猛地转过头来，对上凤渊的目光，那种清透的、了然的、微讽的目光，不凌厉却十分碍眼。

凤渊的脸色还未完全恢复，嘴角却缀着让无数少女沉迷的笑容，那张脸，也十分碍眼。

他冷冷地看了他一眼，没再理会，径自离去。

凤渊一边揉着肚子一边慢慢地跟上，嘴角的笑意却越来越深。

那种可以睥睨一切的目光，何尝不是一种掩饰呢？这个男人，他也许可以傲视天下，却不懂得女孩子曲折的心事。把他作为对手，或许是高看了他，真可惜。

季澈下楼的时候，季慈正独自坐在廊下，见到他，急忙站起身迎了上来。

他左右看了看，不见慕容七的身影，问道：“她人呢？”

季慈抬眼看到凤渊正慢悠悠地从楼上下来，愣了片刻，轻轻道：“我本想跟着七七姐的，可是她好像很生气，不肯告诉我去哪里，走得又快，我……我没跟上……对不起……”

“不关你的事，道歉什么？”季澈轻轻拍了拍她的肩，“慕容七是那种生起气来就六亲不认的人，你别理她。”

“可是哥哥……”

“你今天跟我跑了那么久，一定累了，我让小郭先送你回去休息。”说着，他叫来守在客栈门口的郭子宸，吩咐了几句，回头见凤渊正靠在墙上笑吟吟地望着这边，皱了皱眉，低头在她耳边道，“小慈，你要小心那个人。”

“嗯。”季慈模模糊糊地应了一声，目送季澈的背影匆匆消失在门口。他没有说去哪里，但她知道，他一定是去找慕容七的，只有他知道她在哪里。从小到大，生气的慕容七，伤心的慕容七，郁闷的慕容七……不管她躲在哪里，他总能第一个找到她，他们之间，仿佛有一条看不见的线，以旁人无法理解的方式存在着。

儿时，每当灰头土脸的慕容七被季澈牵回来，他总不给她好脸色，他骂她任性，说她给大家添麻烦，逼着她道歉。而慕容七，大多数时候是不会乖乖听话的。在季慈的记忆里，这两人经常打架，武力值相当，每次打完，季澈总会无比郑重地对她说：“小慈，你千万不要像那个野丫头一样，姑娘家一定要有姑娘家的样子。”

他一定不知道，慕容七私下里，也会很不屑地说：“你哥那个人，脾气又坏性格又闷，实在太无趣了，我真同情你未来的嫂子。”

她不过一笑置之，她是个乖孩子，从不附和着说坏话，也不会当面反驳。那时候她想的是，原来即使关系好如他们，私底下也有那么多互相看不惯的地方，面和心不和，真是好可惜。

可是如今想来，那些岁月，那些往事，点点滴滴，吵吵闹闹，何尝不是一种旁人无法插足的默契？

“季大小姐，一起走吗？”

耳边传来温柔的声音，将她沉浸在往昔中的思绪拉了回来，眼前是一双水滟滟的多情的眸子，她似乎能透过那双漂亮的眼睛，看到眼底的无边冰原。

她才点了点头，郭子宸高大的身躯便硬生生地挤进了两人中间，用一种看毒蛇的目光默默地冷冷地打量了凤渊一番，然后转过头，脸上又恢复了憨厚的笑容。

“大小姐，马车已备好，请跟我来。”

“……”

公子，你在这里已经被彻底地讨厌了……

第十五章 心事

季澈并没有花多少时间便找到了慕容七。

海胜浦西南角上有一片芦苇荡，四周绿柳环绕，大大小小的一片水泽之间，分布着许多开满野花的土坡。这里本来有个小码头，后来因为芦苇越长越茂密，水路变得十分曲折难行，渐渐就不太用了。除了芦花盛开之时会有人来赏景，平时一直很冷清。

慕容七就在最靠近江水的土坡上坐着，四周高大的芦苇将她的身影遮挡得严严实实，眼前却是一线开阔的水面，远处的大小船只悠悠地驶过，乱云飞渡，波涛拍岸，视线既隐蔽又开阔。

季澈用长长的竹篙拨开丛生的芦苇，在清浅的水底一撑，从小竹筏上轻轻地跃上土坡，默默地站到她背后。

慕容七并没有回头，似乎也不怎么意外，只是道："你怎么知道我在这儿？"

"以前来鸿水帮做客，你也喜欢来这里。"他在她身边并肩坐下，看着远处的江帆点点，声音也有些远，"有一次捉迷藏，大家都找不到你，等我发现你的时候，你已经睡着了，就是在这里。"

"原来那次是你送我回去的？"慕容七恍然转头，"我醒来时发现在自己屋子里，还以为是做了一个梦。"

他侧头看了她一眼，想说什么又有些犹豫，过了片刻，她却先开口，闷闷地说："你是不是觉得我很蠢？"

他愣了愣，一个"不"字还没说出口，她已经接了下去："尽管很不想承认，不过……也许你说的是对的。我太自以为是了，总觉得自己的直觉不会有错，可我活了这么大，只走过那么几个地方，见过那么几个人，我其实根本没有自己认为的那么了不起……"

她的声音越来越轻，显然情绪低落，尖尖的下巴搁在手臂上，往日神采奕奕的凤眸也有些暗沉。

其实季澈原本有很多话要说，但现在好像说什么都不合适，最后只是伸出手抚上她的头，轻轻地揉了揉。

"别多想，做你自己就好。"

“可是……”

“有我和小久看着你，偶尔犯错也没关系。”

“嗯。”顿了顿，她又咕哝，“小久一点也靠不住。”

“总之，不要为了凤渊这样的人怀疑自己。”他沉声道，“你就是你，没必要为了任何人改变。”

“嗯。”

他有些贪恋掌下青丝的柔滑，不忍放手，却突然想起多年前的那个夜晚，星光铺满江面，水边的萤火虫在身侧围绕，他背着熟睡的她涉水穿过高大的苇秆。那时年少，他曾愤愤地想，除了他，还有谁会找遍整个鸿水帮，把这个爱惹麻烦的姑娘捡回家？他是不是上辈子欠了她的？

原来从那个时候起，他想的就不是要改变她，而是……守护她吧？

此后，凤渊再没有机会踏出客院一步。

每日一到除蛊时间，季澈便会准时出现在慕容七的院子里，默默地坐在门口的石凳上翻账本看书信，凤渊的护卫临西如临大敌地瞪了他半天之后，在凤渊的授意下也搬来一把椅子，端端正正地坐在屋檐底下晒太阳。两人就像两尊门神，好几个时辰都不说一句话，诡异的气氛吓跑了好些为凤渊春心萌动的丫鬟们。

除蛊的三个时辰外，凤渊没能再见到慕容七一眼。他也很识趣地不再打扰她，安安分分地过完了四天。

最后一天运功完毕，凤渊并没有立即离开，而是用早就准备好的小金刀在慕容七后颈那朵几乎已经淡得看不清的莲花花心上划开了一道小小的口子，从伤口里取出一颗珍珠大小的黑色珠子，然后小心地替她上药包扎，再将珠子上的血迹擦干净。

“花蛊的蛊籽已经取出。”他将那颗珠子递过来，“嫣然可要留作纪念？”

“不要。”她断然拒绝。

“真的不要？”他顾盼之间完全没有被拒绝的尴尬，手指一勾，将那黑珠子收进怀中，“那也好，留给我做个念想吧。”

她失策了，她应该把那害人的玩意儿拿过来亲手毁掉的。

凤渊站起身整了整衣衫，沉默了片刻，道：“嫣然，我等一会儿就要走了。”

慕容七：“嗯。”

“你不来送送我吗？”

“不来。”

“嫣然……”他叹了口气，微微俯下身，好和坐着的她平视，一向轻佻的嗓音沉下来，显出几分难得的郑重，“我骗你没错，还不止一次。我知道信任这种事，要弥补起来很难，我不会强求你。我只有一个要求，以后不要对我避如蛇蝎，好吗？”

慕容七看了他一眼，忽地一笑：“好。”

凤渊眼中一亮：“那么……”

“因为不会有以后了。”她笑得有些狡黠，“凤宫主，今此一别，江湖不见，你多多保重。”

他微微眯起眼睛，直起身。

“你真的不明白吗？”他的声音有些冷峭，直直地盯着她，“嫣然，我做了那么多，千方百计地想要带你走，你不明白为什么？”

“不明白，也不想明白。”

“因为，我喜欢你。”

慕容七顿时愣住了，活了二十年，经历的也不算少，可是这么简简单单的几个字，却还从来没有听过。

曾经窗下吟诗的师兄也好，曾经以城池为聘的藩王也罢，他们都没有看着她的眼睛，坦荡地说“我喜欢你”。

没想到，第一个对她说这句话的人，竟然是凤渊。

他是当真的吗？

不，不对，不管他是不是当真，都改变不了他是一个无耻之徒的事实；还有，最重要的是，她并不喜欢他。

短短一瞬的惊讶和心悸，立刻被荒谬感代替了。

她挑了挑眉，不无怀疑地看着他：“凤宫主，你真的知道什么叫作‘喜欢’吗？”

凤渊没有放过她神情中的丝毫变化，听到这话，沉默了片刻，轻轻道：“那你呢，嫣然，你知道吗？”

慕容七怔了怔，不由得想到魏南歌，于是干脆多想了想，而后摇头道：“我还不太了解，但我知道，一定不是像你这样的。喜欢一个人，会因为他的快乐而快乐，因为他的难过而难过，希望他过得幸福……”她声音渐低，随即笑了笑，“只要他能过得幸福，哪怕远远地看着也会很满足。”

之前尚未深想，如今忆起，原来她早已经原谅魏南歌了，即使他利用了她的感情，但此时此刻，她依旧还是希望他能幸福，不要再为往事所苦。

又或者，她其实并未如曾经以为的那样喜欢他，她喜欢的，不过是自己想象的一个影子。

到如今，那一丝少女情怀总算可以放下了。

这大概也算是一件极好的事吧。

可凤渊却轻笑一声：“你说得不对。”

“什么？”

他没有再解释：“我真的要走了，嫣然。如果真的再无相见之日，你会不会把我忘了？”

“应该不会。”这是一句实话，其实还有后半句话她没说出口——“因为像你这么一个把无耻当优点的人，世间也是少有的。”

“那就好。”他取下面具朝她微笑，脸上的伤已经完全好了，英俊完美的容貌，温柔多情的笑容，足以让每个少女心动。就算慕容七见惯了美人，也忍不住看得出了神，等回过神来，凤渊的背影已经消失在门外。

为了庆祝慕容七摆脱“幽冥莲花”和凤渊，今天的午饭定在海胜浦最好的酒楼归元居。

可是这顿本该十分愉快的大餐，慕容七却吃得有些心不在焉。直到她第三次把筷子伸进最爱吃的那盘翡翠虾球里，却只夹出了一根青菜的时候，季澈终于忍不住停筷问道：“你怎么了？”

“嗯？”慕容七一边嚼着青菜一边抬起头，“什么怎么了？”

他顿了顿，直接问道：“凤渊临走时跟你说了些什么？”

慕容七犹豫片刻，还是老实答道：“他说他喜欢我。”

季澈愣了愣，还没想好要怎么说，便听到季慈惊讶地叫了一声，随后好奇道：“七七姐，那你怎么回答他的？”

“回答？”慕容七十分不解，反问道，“为什么要回答，他说的话能信吗？”

季慈偷偷看了一眼季澈微垂的眼睫，抿了抿唇，又道：“既然如此，七七姐又为何会这般心事重重？其实……你还是很在意的对吗？”

这句话虽有些玩笑意味，细想之下，却十分在理。季澈目光一闪，看向慕容七的眼神中多了几分深思。慕容七也像是被问住了，好半天才道：“我看起来很在意吗？大概是……长这么大还没有人当面跟我说过这话吧？虽然那个人是凤渊，可他毕竟也是个男人。”

说着，她自己有些不好意思地笑了：“小慈，你可别笑话我。”

“怎么会呢？”

“区区一句无关紧要的话而已，慕容七，你越来越不长进了。”

冷冷的声音将季慈的话打断。慕容七怔了怔，才意识到季澈在和她说话，他的语气，却让她觉得不舒服。

他不是没有指责过她，事实上，作为一个独断专行的少帮主，他经常会对她百般挑剔，这是他的说话方式，习惯就好，她会顶嘴，却从不放在心上。可是这次，有种摸不着头绪的怒意，让她心里平添了几分微妙的生分感。

“喜欢”这样的话，对他来说竟然只是“区区”，只是“无关紧要”？

她啪地一下放下筷子，皱起眉头：“你是什么意思？”

“听不懂？”

“不懂。”

“那我问你，若凤游宫不曾做过那些下作的事，凤渊也未曾欺骗过你，你是不是就会接受他？”

慕容七辨了辨话中的意思，顿时恼了：“你以为我就这么想要男人？随便什么人说喜欢我，我就会答应？”

季澈欲言又止，手掌紧紧按着桌子，眉间锁得更紧，季慈见状急忙打圆场：“不是的，七七姐，哥哥他不是那个意思，只是……只是……”

或许是没有想好怎样解释，因此她结巴了许久，急得小脸涨红，也没有说出“只是”后面的话来，慕容七看了看她，又看了看脸色愈加沉冷的季澈，一下推开椅子站了起来。

“算了，我今天有点累，先回去休息了。”

季慈急忙追上去："七七姐……"

回应季慈的，是一声不轻不重的关门声。

季慈有些无措地回过头，急道："哥哥，不是说吃完饭带七七姐一起去逛水神会的吗？你快去把她追回来啊！"

季澈沉默片刻，道："不必了。"

她担忧地看着他："哥哥，你们……"

"没事。"

她想了想，上前拉住他的袖子："可是我想去逛逛呢，哥哥你陪我去吧。"

"我不……"

"你平时这么忙，偶尔也要歇一歇的嘛。"少女的声音软软的，听着很是舒服，季澈不由自主地被她拉着往前走，一边走，一边听她轻轻说道，"哥哥，我知道的，你对越重视的人反而会越严厉，可是七七姐是女孩子啊，女孩子都要哄的。你担心她，就直接告诉她，藏在心里，她怎么会知道呢？你别急，七七姐那么聪明，气生完了，很快就会明白的。"

他转头看去，身边的少女秀丽清雅，眸色温柔，纤弱娇小的身形让人不由自主地想要好好保护，这才是真正的女孩子，不是吗？他一直认为，只有这样的女子才是良配，是贤妻，是可以白头偕老的人，可为什么牵动他全部心神的偏偏是慕容七那种混账？

他伸手抚了抚额，真是头疼。

她如果像小慈这么善解人意多好……

斜风细雨中，一艘渡船正横穿过宽阔的江面，从海胜浦朝着南岸的清涟镇驶去。

渡船上人不多，靠窗坐着一个绿衣少女，对着满江烟雨看了片刻，又回过头来："七七姐，你就这么走了，真的不跟哥哥道别了？"

"告别什么呀，婆婆妈妈的。"坐在她对面的，是一个穿着简单石青色衣裙的女子，身材高挑，五官平常，一头长发仅用一条布带束在脑后，和对面少女的秀美水灵比起来，实在是太过普通，而她正是乔装后的慕容七。

"可哥哥他早上只是去一下码头，等个把时辰就能回来的……"

"他这么较真，一旦遇上什么事要处理，时间可就难说了，三四个时辰我都等过呢。再说，又不是以后不见面了。"慕容七易了容，笑起来的时候嘴角有些僵硬，眸中却溢出调皮的笑意，"小慈，你是不是舍不得我？"

季慈脱口道："其实真的舍不得你的人是……"话到嘴边，却又突然停住，顿了顿，又轻声道，"七七姐这一走，不知道什么时候能见面了……"

慕容七嘿嘿一笑："要见面也很容易啊，等到你成亲的那一天，我不管身在何方，都会快马加鞭地赶来。所以，你要是想我了，只要早点成亲就好了。"

几句话说得季慈小脸飞红："七七姐你取笑我！"

这份女孩子家的娇羞实在是秀色可餐，扮演纨绔弟子多年的慕容七看在眼里，也顿起怜惜："是说真的，你都十八岁了，要是在辽阳京的大户人家，这个年纪都当娘了。来来来，

告诉姐姐，有没有人来提亲？季澈也真是的，怎么不帮你张罗一下……”

季慈闻言，张了张嘴，又低下头，声音细如蚊蚋：“没……没有人来提亲……”

慕容七忍不住拍桌子：“怎么回事，这帮人都瞎了眼不成……”话说到一半，突然想起，小慈本来就是前任帮主季芒捡回来留着给季澈做媳妇儿的，既然连她家的人都知道，没理由鸿水帮的人不知道。既然知道，又有哪个人敢和老大抢女人，不嫌活腻了吗？

难怪她这么可爱温柔，却没人来提亲。

看她这副羞涩的模样，小慈心里也很明白吧，她……是在等他吗？

慕容七愣了半晌，才小心翼翼地问道：“都这么久了，季澈他……没跟你提过吗？”

季慈的头垂得更低了，只能看到微微摇动的螓首。

她有些结巴：“那……那个，小慈你放心，阿澈他还是……还是很负责任的……”

“……”

冷场了。

真讨厌啊，明明聊得好好的，一提到季澈就冷场，这家伙肯定跟她八字不合。

慕容七放下茶杯，将心里那些说不出道不明的郁闷，统统归到了季澈身上。

第十六章 重逢

慕容七是突然决定离开鸿水帮的。

她一直想着要去江南逛逛，这次跟季澈回来，也是想趁此机会南下好好地玩一玩。昨日不欢而散之后，她冷静下来，虽仍旧有些气不过，却也想明白了，季澈身为一帮之主，事务繁忙，等他有空陪她一起南下，多半是比较难等的。

而且自重逢以来，两人之间总会因为各种莫名的原因闹得不愉快，年少时的随意似乎已经找不回来了。

她有些伤感，觉得多留无益，便临时决定启程，独自去欣赏江南好风光。

说不上是什么心理作祟，临行前她只和季慈告了别，正逢季慈一早要去清涟镇办事，两人便顺道同行。

行船之间，季慈邀请她在镇上多留半日，慕容七本就是个爱热闹的人，自然应允，只是季慈要先去鸿水帮分舵替季澈传话，两人便约好了午时在镇子东边的水神庙会合。

慕容七独自逛了一会儿，之前在船上那丝窒闷的心情，很快被独特的民风和热闹的集市驱散了。

江南富庶繁华，柳如烟，花似锦，她向往已久。此地虽未至巨泽郡都，百姓的语言行止却已经和辽阳京的严谨周正大不相同，很是有趣。

不多时，一座规模不大却人流如织的庙宇出现在眼前，正是此地的水神庙。

尽管天空里断断续续地飘着细雨，前来进香的人还是很多。慕容七抱着一堆小吃，拣了个避雨的台阶坐下，刚啃了两口海棠糕，眼角却突然捕捉到一道不同寻常的光芒。

托娘亲的福，她从小熟识各种兵器，这一道光雪亮晃眼，明显不是杀猪刀或切菜刀的刀光，而是剑光。

她微微眯起了眼。

目光很快锁定在不远处一个挑着担子的男子身上，此人长得很不起眼，一身灰扑扑的布衣，步履却异常轻捷，如果没有看错，刚才那道剑光正是从担子底下发出的，那里应该藏了一柄短剑。

这般偷偷摸摸，定是要做什么见不得人的事。

慕容七顿时想起之前在甸江上遇到的飞舸将军廖苍舟，心生警惕。此人虽然已除，却难保没有余党。今天是小慈单独外出的日子，若是被人钻了空子……

她三两口吞下了海棠糕，拎起一边的油纸伞，悄无声息地尾随而去。

灰衣人走到一处墙角停了下来，和一个卖香囊的中年妇人小声交谈了几句，又继续挑着担子往前，慕容七特意放慢了脚步，果然看到那妇人等了片刻便收起了摊子，朝着男子离开的方向慢腾腾地跟去。

灰衣男子又如法炮制，挑着担子走走停停，半个时辰之内，见了十二个人，这些人有老有小，有小贩有乞丐，看似毫不相关，却都在和男子交谈过后混在人流中，朝着同一个方向而去。

那个方向是……水神庙！

慕容七跟得始终很谨慎，因此听不到他们交谈的内容，但看口型，应该是类似方言的暗号，原本只是谨慎地查探，事到如今，倒引出了她的好奇心，非要好好探一探了。

她将纸袋里最后一块海棠糕吃完，舔了舔手上的糖屑，撑着油纸伞，慢慢朝前走去。

灰衣男子最后一个接触的人，是水神庙的庙祝。

慕容七靠在庙前的银杏树下，一边假装欣赏风景，一边数数。

一个，两个……十二个，全都往庙后方去了。最后，是那个庙祝。

她收起伞，跟了上去。

小小的一个水神庙，后院却出乎意料的大。穿过院子是几间青瓦房，其中一间里正传出低低的说话声。

方才一圈盯梢，慕容七已经发现这十几个人的武功良莠不齐，恐怕棘手的还是最初那个灰衣男子和最后这位庙祝。思忖片刻，她闪身躲到窗下，屏息细听。

正有一人道："梅长老，消息可是真的？"

随即是一年长男子的声音："眼下还不知，不过洛涔那里传来的密报，恐怕不会假了。"

又一女子道："人在哪里？听说有那种血脉的人身上都是有印记的，看一看就知道是不是真的了。"

另一人冷笑："秦二娘，你是想亲自脱了那人衣服查验吧？"

"说什么混账话，找死？"

一阵轻微的混乱，直到一个低哑的声音喝道："都闭嘴。"

这句话十分有效，屋子里顿时安静下来，那个低哑的声音又开口道："梅长老，你怎么看？"

年长的男子沉吟片刻，道："人就在这边的地窖里关着，秦二娘说的也有道理，查验的事就交给松长老吧。你们几个跟我到外面去，那人尚有余党逃脱，与其在这里吵架，不如想想怎么尽快找到漏网之鱼。"

这位梅长老似乎极有威望，话一说完，屋子里便不再有异议，听见起身的声音，慕容七急忙伸手按住屋檐荡开，轻巧地落在了屋顶上。

只见脚下，一群衣着各异的人从屋中走出，打头的便是那位年老的庙祝，看样子应是众人口中的“梅长老”。

慕容七仔细数了数，人数比进去的时候少了一个，正是之前负责联络的灰衣男子，所以，那个灰衣人应当就是“松长老”。

直到那群人走远，她才从屋顶跃下，故意加重气息走了几步，屋里果然有人低喝一声：“谁？”

语罢，一道如练剑光穿窗而出，直刺她的头顶。

“好剑法！”她轻赞一声，顺着破开的窗户跳进了屋里，大叫了一声，“人在哪里？快给我交出来！”

屋中的灰衣人执剑而立，正满脸戒备地望着穿窗而入的慕容七。

而在墙角的位置，一只大木柜子被移开，土砖地上露出了一个铁把手。

这位松长老长着一张刚正不阿的脸，年纪不大，但看着有点沧桑。

“刚要找漏网之鱼，你就自己送上门了。”他冷哼一声，提剑刺来，“既然来了，就休想走！”

我本来就没想走啊。慕容七在心里叹了口气，却装模作样地摆出迎战的姿势，接了他一招。

松长老使得是祁山剑法，剑势刚猛，臂力沉厚，看起来基本功很是扎实。十招……不，九招吧，九招之内她应该可以拿下。慕容七一边躲避一边数数，第九招她用力挥出一掌，然后，倒地不起。

松长老一剑挥出，正是祁山剑法中最精妙的招式，即便如此，他也没料到这一剑的威力竟然会这么大，这个青衣姑娘瞧着气势挺足，武功却实在不怎么样。

他不欲伤她，将长剑架在她的脖子上，沉声道：“你们的人在哪里？说出来，我不伤你。”

慕容七抬起下巴转开头，一副“你杀了我吧，杀了我我也不会告诉你”的表情。

松长老脸色一沉：“跟你主子一样顽固。”

说罢，他伸手点住了她的穴道，又拿出绳子将她的双手缚在身后，这才走到墙角，用力拉开了铁把手，露出了一个地洞。

他说了声“得罪”，大手一捞就把慕容七扛了起来，沿着简陋的石阶走了下去。

笨，拿剑逼着我，我不就自己走下去了吗，扛着大家都费力，何苦呢？

慕容七一边翻白眼一边打量着这间简陋的地下室，四面是经过简单修缮的土墙，房里放着一张木桌和两把椅子，桌上只有一支蜡烛和一个盛满水的大碗，角落里有一圈铁栅栏，依稀看到栅栏里靠墙坐着一个人。

松长老点着了蜡烛，用钥匙打开了铁门，将慕容七放了下来，然后朝着角落里靠在墙上的那人道：“跟我出来。”

根据方才偷听到的那些话，想必他是要查验什么印记了，慕容七费力地转过头，却在看清那个被关押的人时，不由得倒吸一口凉气。

凤渊！

怎么又是他！

“江湖不见”四个字言犹在耳，他却阴魂不散地又出现了。

凤渊似乎没有注意到她。她刚转过头他便已站起身来，理了理身上的衣服，跟随松长老走出了囚室。

慕容七这才察觉有异，一向戴着面具的凤渊此刻不光以真面目示人，神色也有些憔悴……他的武功不是恢复了吗？这虚浮的脚步和沉重的呼吸，难道又是他的另一个阴谋？

她正思忖着，松长老的声音已在斗室中响起：“请解下衣物。”

居然真要脱衣服？

居然用“请”字？

慕容七心里越发疑惑，凤渊却没有说话，身后不远处响起了布料摩擦的声音。也不知道松长老看到了什么，慕容七耳边只听到低低一声惊呼。

松长老随后道：“公子，得罪了。”

虽然之前他的态度也不算无礼，但这一句话，除了礼貌，更多的是谨慎，甚至有一丝紧张。

过了一会儿，凤渊重新回到囚室，慕容七听到他喑哑的声音：“烦请兄台把灯留下好吗？”

这样的要求自然不会被拒绝，松长老似乎心事重重，很快地锁上铁栅栏，拾级而上，最后重重地合上了地下室的盖板。

直到他的脚步声再也听不到了，慕容七才运气于指尖，微微一动，挣脱了绳子。在松长老点穴之前，她就已经闭了穴道，因此这普通的绳结并没有真正困住她。

可是她刚动了动手腕，耳边便传来熟悉的多情的声音：“嫣然，你是来救我的吗？”

不知什么时候，凤渊已经蹲在了她的身边，伸出一只手，想将她扶起来。

慕容七视若无睹，站起身拍了拍衣上的灰尘，道：“公子，你认错人了。”

“纵然容貌不同，你的身形……”他的语气中带了某种说不出的暧昧，“化成灰了我都认得。”

“公子好兴致，这种时候还能胡说八道。”慕容七冷笑一声，就地坐下。他的衣服只是草草穿起，敞开的领口露出一小片胸膛，肤色如玉光洁，不知道松长老他们说的印记在什么地方。

凤渊却只是轻笑一声，并不接话。

慕容七将气息调匀，径自站起身，从靴筒里摸出一支造型奇特的小铁棒，在囚室门上左右捣鼓起来。

凤渊看着她的背影，重复道：“你是来救我的吗？”

“当然不是，路过而已。”

凤渊轻叹一声，“如今我半点力气都使不上，只能任人宰割，你怎能忍心见死不救？”

她压根不信。

“我知道你不信。”他苦笑一声，“可这是事实，我刚离开海胜浦便被陌生人劫到此处，我又未曾料到你会来。若非功力全失，何至于如此狼狈？”

慕容七找到这里，确实是临时起意，他这么说似乎也有些道理。她犹豫片刻，伸手探了探他的脉息，只觉得时轻时重，古怪滞涩，果真又变成初见时手无缚鸡之力的模样。

她狐疑地看着他：“你到底练的是什么邪术？”

“并非邪术。”他笑了笑，眼底露出点点浮光，“走火入魔之后，我的功力虽在慢慢恢复，却仍需度过最后关卡方能大成。可是那几日连续运功为嫣然除蛊，损耗极大，再加上九曲饮中的散功之药……”

“等等，那个东西不是你编出来骗人的吗？”

“自然不是，散功的药物是真的，刺客也是真的。我只是吩咐临西放松守备，让那些刺客方便行事。”

“……你疯了吧？”

慕容七瞪着凤渊，凤渊却不置可否：“嫣然，既然来了，就带我一起走，好吗？”

“不好。”

“当我求你。”

“不行。”

“那……若是你不肯带我走，我只好喊人了！”

“你……”慕容七咬了咬牙，却只憋出四个字，“太无耻了！”

“要么杀了我，要么带我走。”他又笑了，看起来很无害，“嫣然，选一个吧。”

“……”

慕容七已经完全不想和他争辩了，用最快的速度开了锁，一把扯住他的领口，正要一巴掌将他打晕，头顶却突然响起了脚步声，听声音不止一个人，应该是方才离开的那群人回来了。

紧接着，地下室的盖板被拉开，一双双脚接连出现在洞口，慕容七估量了一下形势，正想硬生生杀出去，眼前却突然一黑，一头栽了下去。

她并没有就此摔倒，因为凤渊接住了她。

他将她很小心地平放在地上，将牢门重新合上，然后伸手拂开她脸上的碎发，附在她耳边道：“嫣然，你先睡一会儿。”

慕容七自然是听不见的。

话音刚落，几道黑影已经挡在了铁牢门口，为首的正是庙祝打扮的梅长老。

“公子身上的鲲鹏之印，可是真的？”

凤渊侧目一睨，道：“长老可要再次查验？”

“不必。”梅长老摆了摆手，“敢问公子名讳？排行第几？”

凤渊做了一个手势，却笑而不语。

看着那两根修长的手指，饶是梅长老见多识广，也大惊失色：“不可能，世子殿下不是已经……”

即使是半坐于简陋的泥地上，凤渊从容不迫的笑容依旧显得雍容华贵。

“已经死了？不……我已经从地狱回来了。”

梅长老皱眉沉思片刻，道：“莫非公子早就知道我们是谁，才故意被抓？”

“并不完全是，碰巧而已。”他回头看了一眼昏迷不醒的慕容七，对她说的那些话，半真半假，但她会突然出现在这里，确实让他始料不及。

她一定不会知道，顺势被俘，与这群人见面，本就是他好不容易才找到的机会。

梅长老问道：“公子意欲何为？”

“我要见风将军。”他转头一笑，“这二十年的东躲西藏，暗无天日，昔日的雍和军还好吗？”

传说中，丰山有兽，名为“雍和”，见则国有大恐。

二十年前，巨泽灭，国君亡，巨泽名将风子越不愿归降大酉，战死于都城洛涔郊外，长子风啸宇率余部一万人遁入巨泽丘陵山地，二十年来，依旧奉巨泽为尊，为复国奔走，时时处处与大酉为敌，取“雍和”为名，为的就是警醒，让大酉皇帝如鲠在喉，让巨泽旧民勿忘故园。

在不甘亡国的巨泽人心中，他们是义军，在大酉皇帝的心中，他们是叛军。

两年前，巨泽世子沈千持身亡，雍和军曾于巨泽旧都起义，但不久便被镇压，死伤不计其数，百姓都说，这最后一支属于巨泽的军队已经消失了。

慕容七被一阵剧烈的颠簸吵醒，迷迷糊糊中看到人影在眼前晃动，她下意识地一掌挥去，只听当啷一声，一个声音哀怨地叹道：“好痛啊，嫣然。”

会叫她“嫣然”的人……

“凤渊？”她一下子坐起身来，果然看见凤渊正半坐在地上，手边还有一只打翻了的碗，袍子上全是水渍。

“我只是想喂你喝点水。”他很委屈地看着她。

说着，四周又剧烈地颠簸了一下，慕容七急忙稳住身形，这才发现，两人正身处一辆不算宽敞的马车里，而她则躺在唯一的座位上。

“我是怎么了？这又是哪儿？”她愣了愣，伸手推窗，却发现窗子都被钉死，只能从帘子的缝隙望出去，外面的天色已经完全黑了。

凤渊收拾好了地上的碗，靠着车厢坐了下来，看着她道：“我们被绑架了。”

慕容七掀桌：“我们是怎么会被绑架的啊？”

“那时候你正要逃跑，可梅长老他们一露面，你就突然倒下了。”凤渊想了想，“我是不是忘了告诉你，梅望亭曾经师从蜀中暗器名家唐门，武功虽然不怎么样，但一手梅花针却是出神入化，出手时几乎可以不带风声……”

慕容七抚额：“你别说了。”

总之就是，她不慎被暗算了，祁山剑法，蜀中唐门……都是江湖中叫得出名号的，是她小看了这群“乌合之众”。

这会儿手脚酸软，浑身无力，大约是被下了软筋散。

“他们是什么人，跟你有什么过节？”她得先估摸清楚形势，才好安排行事。

凤渊老老实实地回答：“他们是巨泽雍和军的人。我跟他们风将军有些过节，他们应该是把我抓去见风将军的。”

雍和军的名声，慕容七也听过，闻言不禁愣了愣：“不是说这群人已经死绝了吗？”

凤渊听罢，幽微一笑：“心有执念的人哪有那么容易死绝。”

慕容七不由得有些郁闷，午时早过，小慈寻不到她会不会以为她是不告而别？就算通知了季澈，那家伙刚和她闹得不欢而散，会不会马上派人找她？

自作孽不可活，好奇害死猫。

“嫣然，你是不是后悔了？”

“你怎么知……”她顺口回答，又及时打住，冷笑道，“后悔有什么用？想办法离开才是正事。”

凤渊低下头，轻轻说了一句“对不起”。

她心安理得地接受了，随后问道：“你知不知道这是要去哪里？”

“巨泽旧都，洛涔。”

·第十七章· 旧都

洛涔，百年来江南最富庶的都城，迎过千古风流帝王，送过一代亡国之君。

而如今，从前的王都，只是大酉治下的一个郡城，不变的唯有那份十丈软红的富贵，千里烟柳的缠绵。

慕容七看着窗外穿梭往来的人群和精巧秀美的亭台楼阁，忍不住自语道："原来这里就是江南……"

她住过皇宫，逛过京城，爬过雪山，却还是第一次来江南。

"凤渊，你来过洛涔？"

一转头，却看到桌边的凤渊正皱着眉，一脸嫌恶地看着桌上的菜色。

"又有什么是你不吃的？"她心中了然，忍不住翻了一个白眼。

凤渊伸出筷子指了指面前的一盘什锦炒鸡杂。

"这可是这家店的招牌菜，活该你没口福。"慕容七一边说一边顺手将那盘菜和自己面前的素三鲜交换了一下，见素三鲜里面还搁着几条姜丝，又顺手夹走了，轻哼了一声，"就你这不吃那不吃的，居然还能活到现在。"

凤渊也不和她顶嘴，只是弯了杏眸笑着看她。从清涟镇离开已经好几天，或许是同为阶下囚的缘故，又或许是凤渊每次都是打不还手、骂不还口的缘故，不知不觉中，慕容七的态度已不像最初那么生硬。她向来是个吃软不吃硬的人，再加上每天抬头不见低头见，尽管防备不减，关系倒是缓和了不少。

这一路，凤渊没再要什么花招，只有一点叫人吃不消，就是对饭菜住宿诸般挑剔。慕容七从最初的忍无可忍到如今的无奈接受，很是费了一番工夫。

"你和雍和军之间根本不像有过节的样子，你是不是还瞒着我什么？"慕容七一边吃饭一边压低声音嘀咕道。对于被囚禁的人来说，他们的待遇实在好太多，不光每次吃饭都是单独一桌，四菜一汤绝不短少，连晚上落脚的时候，也没有一次在柴房马车里过夜。她一直和那个名叫秦二娘的美艳寡妇住一个屋，秦二娘似乎对凤渊很感兴趣，每日就寝时都有许多问题要问，让慕容七不胜其烦。

"其实也不算过节。"凤渊顿了顿道，"他们想要我手里的一件东西，此刻东西还没到手，自然不能太过为难我。”

对于这匪夷所思的绑架，他一直都讳莫如深。

不过慕容七对真相的兴趣并不大，一开始她尝试过找机会逃走，可后来听说这些人的目的地是洛涔，再加上跟着他们一连两天都是“好吃好住”，干脆顺势留了下来，继续充当凤渊“忠心耿耿”“宁死不屈”的属下，一路蹭吃蹭喝地跟到了此地。

这会儿目的地已到，再留着也没什么意思，还是要想法子早些脱身才行。

“嫣然，你又想走？”

慕容七眨了眨眼睛，脸不红心不跳地回答：“没有啊。”

凤渊伸出一只手，手指虚点了点她的眉心：“你的眼神我懂，每次我不知道你在看哪里的时候，你就是想走了。”

他说得如此笃定，倒让慕容七不知道该如何反驳。

“总之，不管去哪里，都带上我就好。”

她回过神来：“不行。”

“不行我就……”

“你少威胁我。”她瞪了他一眼，“你功力全失，带上你就是累赘，到时候别说两个，就算一个也走不掉。”

凤渊笑了笑，凑过来轻轻道：“我忘了告诉你，其实我的功力已经恢复了七八成。”

“……”

“所以要走也不是不可以，只是要先找到软筋散的解药。梅望亭这老头儿很是谨慎，即使以为我不会武功，也没忘了在我的饭菜里下药……”

“区区软筋散怎么能难得倒你……”

话未说完，她突然伸出手将凤渊用力推开，同时自己也往后一仰，几乎就在两人分开的一瞬间，一柄明晃晃的钢刀砍了下来。

眼看偷袭那人第二刀又要砍来，慕容七端起桌上的炒鸡杂便扔了过去，大喊道：“梅长老，松长老，救命——”

她和凤渊一样，整天被软筋散伺候着三餐，出手虽有招式，但内力不及，幸好耳目聪敏，否则这一刀就算没有削掉半边脑袋，也要损失一只耳朵。

油腻腻的鸡杂将刀势阻了一阻，慕容七趁机一把捞过凤渊，隔壁桌上的救兵也适时赶到，荆松的铁剑和梅望亭的暗器同时出手，余下几人也亮出了兵刃，顿时和偷袭的人打成了一团。

慕容七则拉着凤渊在一边看热闹。

从清涟镇到洛涔这一路上，他们一共经历了一次迷烟、两次下毒、三次偷袭，还没算上今天这次。

凤渊曾说在海胜浦时被人下毒追杀并非假装，如今看来，也算可信。

“对方是有多恨你啊？”否则也不会这么锲而不舍地想要杀了他。

“应该……也是为了我身上那件东西。”

“那么，这些人是在和梅长老他们争抢你？”

凤渊眨了眨眼，眼神纯良无辜：“我是祸水嘛，真对不起他们。”

“……”

说话间，他们所在的角落里突然传出一声巨响，一角屋面竟毫无预兆地塌落下来，从屋顶的破洞中飞来一条绳索，准确无误地套住了凤渊，随后一收，一扯，竟将他整个人都提了上去。

碎砖破瓦飞溅中，慕容七眼睁睁地看着凤渊从屋顶洞口飞了出去，怎奈轻功使不出来，情急之下，三两步跑到尚在酣战的梅长老身边，大喊道：“梅长老，软筋散解药给我！”

梅长老躲过一刀，顺手散出一把铁莲子，刚回答了一个“不”字，另一把钢刀就迎面砍来，他再不敢分心，专心致志地对付起眼前的对手，随口道：“我们的人会去追，不需姑娘费心。”

“你们的人哪有空？”慕容七急道，“他被抓走对你们来说会麻烦吧？事情要分轻重缓急啊，梅长老！”

梅长老还没回答，一边的松长老便将一只锦囊扔了过来，沉声道：“麻烦姑娘了。”

慕容七双眼一亮，接过来就跑，只听身后梅长老气急败坏道：“荆松，你怎么将她放走了？”

“梅长老，如果公子死了，我们还能有何凭恃？”

梅长老顿时一愣，慕容七趁着这个时候，飞快地追了出去。

等慕容七追出来时，只能依稀看见一个大汉扛着一个人，远远地消失在巷子尽头。

她急忙吞下解药，然后从怀里掏出一只小瓶子，打开瓶盖，里头飞出了一只黑色的小虫，在原地打了两个转，便朝着大汉消失的地方飞去。

这是前两天凤渊私下里硬塞给她的。

身为凤游宫宫主，他身上带着各种奇怪的东西，虽然多半都已经被梅长老收走，但有一样却是无论如何收不走的，那就是他身上的味道。那是一种经过长年累月的熏染，渗入身体发肤的淡香，平常几乎闻不到，但对于某种特殊的蛊虫来说，那是世上最甜美的味道。

而瓶子里装的，就是那种可以凭借味道找到他的蛊虫。

慕容七本不想收，可他缠人的功夫实在了得，好不容易勉为其难地收下，没想到这么快就派上了用场。

解药服下之后，一时半会儿还起不了作用，幸好有这只虫子带路，慕容七跑过了三条街，才在沿河一个荒废的小码头边找到了凤渊的行踪。

当她蹑手蹑脚地躲在墙角一堆破木箱背后时，正听到大汉杀气腾腾的声音：“只要把东西交出来，我就让你死得快些！”

威胁一个人有很多种方法，但都不外乎用最其在意的东西要挟，是人是物因人而异。比如要威胁魏南歌，可以挟持殷紫兰或者慕容铮；威胁慕容久更简单，直接说不听话就划花你的脸；如果是季澈……好吧，她暂时还没想到他有什么弱点……总之，要威胁到点子上就是了。

因此，慕容七觉得，这位仁兄的手段实在不怎么样。

既然都得死，死得慢些和快些到底有什么区别？况且，她不认为凤渊最在意的东西是自己的命。

果然，而后便传来凤渊的轻叹：“大侠，你还是杀了我吧。”

看看，他心里明白着呢，知道东西没交出来，他们绝对不会动他。

慕容七探出头去看了看，只见不远处的空地上，一群武师打扮的大汉正气势汹汹地围成一圈，想来凤渊就在这个圈子里。

此处偏僻，即便有人走过，见着这么一个群殴的架势，恐怕也只能绕着走。她试了试内息，功力恢复了三成左右，能不能救人还不好说，只能见机行事了。

她再看了眼四周地形，沉吟片刻，伸手一推，眼前十来个破木箱顿时滚落，成功地吸引了包围圈的注意。其中离得最近的三个大汉立刻扑来，大喝道：“谁？给老子滚出来！”

慕容七趁机朝前一蹿，从三人中间跃过。原本她离开饭馆时便顺手从地上捡了几枚铁莲子，这会儿也不含糊，三颗接连射出，虽然内力不够，但胜在出其不意，距离近，打的又是手脚关节，偷袭之下，竟一下子放倒了三个人。

她头也不回地径直跃到包围圈中，大喊道：“梅老你攻左路，荆大哥往右，秦二娘跟我一起救公子，其他人断后！”

她一边喊一边顺手捞起凤渊的胳膊，将锦囊塞进他的手里。

“解药，快服下！”

慕容七一上来就连伤三人，这番话又喊得条理分明，剩下的人以为救兵到了，握着兵器朝四周看去，趁此机会，慕容七拉着凤渊朝后急退，一直退到了河岸边上。

她推了推他，低声道：“你在巨泽长大，一定会凫水吧？”

身后的凤渊嗯了一声。

“那好，快点跳……”话还没说完，那些人已经察觉到被骗，迅速转身，其中身材最魁梧，武功看起来也最高强的大汉手提一柄硕大的铜锤，二话不说便迎头砸了下来。

慕容七顾不上说话，伸手一推，把凤渊推进了河里。

只片刻，他便从水里冒出头来，看着岸上正在铜锤下左闪右避的慕容七，皱眉低喊道：“快点下来！”

“我不会水，我走陆路！”

他顿时愣了愣，就这一怔愣间，已有几个人跳下水朝他游来。慕容七看得着急，顺脚将散落在一边的破木箱朝他头上踢去，喊道：“愣着干什么，还不快走！”

凤渊的眉头锁得更紧，深深地看了她一眼，在木箱落下来之前，吸气下潜，如一尾游鱼，转眼便消失在了水下。

慕容七惊险避过雷霆万钧的一锤，估摸着内力已经恢复了五成，不过和眼前这个外功修炼有成的家伙比起来，硬碰硬绝对是行不通的，唯一能做的就是跑。

想到这里，她运足内力，足尖在墙上一蹬，一下子翻过了围墙，朝着屋舍密集之处跑去。

打得过就打，打不过就跑。这是慕容家祖训之一。

慕容七专拣人多的地方，一路上东踹一脚西拉一把，故意将动静闹大。据她目测，这些人既然穿着武馆统一服饰，想必不是乌合之众，人越多的地方，当街行凶的可能也会越小。

虽然事实证明她的对策有效，但她还是低估了一点，就是人数。

如果一个赤手空拳的人对一百个手持武器的人，就算那人武功天下第一，恐怕也要被砍成碎末，这就和会打仗的人不一定会打架是一个道理。

眼看人群中出现了越来越多统一服色的人，慕容七应付起来也越来越吃力，功力虽有所恢复，但她对地形不熟，在小巷子里转得头晕，不管走到哪里都会被人前后包抄，简直防不胜防。

一个时辰过后，她终于退无可退地靠上了一堵矮墙，墙外传来水声，再无路可走。

此时，眼前已经聚集了将近二十个人，打头的便是那个使铜锤的大汉。

她试着运了运气，功力差不多恢复了七成，若是强行突围的话，也不是没有成功的可能。

脑子里正飞快地思考着对策，身后的矮墙外却传来一个细细的声音："翻过来！"

她愣了愣，这个声音……是凤渊？

看来他并未被追兵追上，她心下稍安，咳了两声，朗声道："这位好汉追了我这么久，我还不知道你的名字，实在是失敬失敬。请问好汉尊姓大名？"

大概是平常这样的问题答多了，大汉很麻溜地脱口而出："老子名叫欧阳蓝……"

"蓝"字话音还没落，慕容七伸手在矮墙上一撑，飞身而起，轻灵的身影霎时隐没在墙后的杂草丛中。

"浑蛋，敢骗老子！"

欧阳蓝怒骂一声，挥动大锤冲了上来。

慕容七本以为，凤渊这么说，那墙后一定会有可躲藏之处，谁知她刚落地，便脚下一滑，直接摔了下去。

还没来得及攀住矮墙，脚腕上一紧，竟被人用力往下扯，就此摔进了水里。

冰凉河水没顶之前，她还依稀听到轰然一声响，想来是欧阳蓝的大锤将那无辜的矮墙砸了粉碎。

如果说慕容七在岸上是只老虎，那入了水就变成了小猫，虽不至于昏厥失神，但也只能任人宰割。

此刻她正被方才拉她下水的人揽住腰，捂着口鼻，紧贴着驳岸，悄无声息地在河底潜行。

河水并不清澈，依稀只能看到水波晃动间，好几个人顺着四通八达的河道追了出去。也有人在附近寻找，但他们所在的位置隐藏在一处临河民居的墙根下，身前又有石柱遮挡，极难被发现，因此那几人在附近找了一圈，很快就朝别处游去。

内力恢复，闭气时间自然也比往常要长一些，可尽管如此，和经常凫水的人比起来，还是不够看。等四周平静下来时，慕容七只觉得胸口闷得快要炸开，也顾不得岸上是不是还留着人，挣扎着就要出水换气。

腰间的手臂一紧，身后那人在驳岸上轻轻一蹬，带着她在水底灵活地往前。他似乎很习惯于水下，用劲虽不大却很巧妙，慕容七的挣扎完全不管用，窒闷感越发强烈，手脚却渐渐发软，提不起劲来。

那人见她不动了，一手扳过她的肩膀，低头就往她唇上凑过去。

她积聚起最后一点力气，一脚将对方踢开，纠缠间，河水呛进口鼻，忍不住心慌起来，又接连吸了好几口。那人急忙扣住她的腰，迅速将她带出水面，慕容七刚来得及呼吸一口新鲜空气，就被人用力地按在墙上。

也顾不上难受，她怒道："凤渊，浑……浑蛋，乘人……咳咳……乘人之危！"

"哪有乘人之危，明明是要渡气给你。"

为了方便水下行动，凤渊的面具已经除去，漂亮的面孔上水珠一滴滴地滑下，碎发黏在鬓角，看起来有些狼狈。可明明是埋怨的口吻，眼中却带着笑意。

"不需要。"慕容七瞪了他一眼，"我都说过不会水了，你拉我下来干什么？"

说起这个，凤渊神色微敛："你既没有恢复功力，也不会水，为什么还要来救我？"

慕容七想都没想就回答："因为只有我有空啊。"

梅长老、松长老他们能顾着自己就不错了，这么简单的问题，有什么好问的？

可是她忘了，其实她根本可以不用管他，完全能在拿到解药后就一走了之。

他盯着她的眼睛，眼神莫测，"你不怕欧阳蓝的裂云锤？"

"打架这种事本姑娘什么时候怕过，"她一手拎起他的衣领，"等等。你怎么知道那个人叫欧阳蓝？你是不是早就认识他……"

他却没有给她质问下去的机会，握住她肩膀的手改为捧住她的脸，用力地亲了下去，

可是，碰到的不是她的嘴唇而是她的拳头。

"叫你不要乘人之危啊，浑蛋！"

再三警告之后，慕容七才小心翼翼地拽着凤渊的胳膊，跟随他在水中穿过一条条说不出名字的狭窄河道。

他似乎对这一带的水路十分熟悉，从黑漆漆阴森森的无人角落穿来穿去，一路上都没有遇到追兵。没过多久，停在了一个水闸模样的地方。

闸口停了好几艘小船，他翻上了其中一艘，又将慕容七拉了上去，然后大摇大摆地划着船，从闸口驶入了城中宽阔的主河道。

"你居然还会划船？"浑身湿透的慕容七躲在狭小的船舱里，瞄着船头披着蓑衣戴着斗笠的凤渊。

虽然大晴天的穿着这一身很奇怪，但总比一个湿淋淋的美人站在船头撑篙的画面要低调得多。

凤渊闻言，回过头，将斗笠往上推了推，展颜一笑："我还会很多事情，你以后会慢

慢知道的。”

如此明艳的笑容，慕容七也不禁为之一怔，皱眉道：“你没事乱笑什么？”

凤渊笑得更迷人了：“你不准我动手，我只好色诱了。”

“不要脸！”

第十八章 夫妻

凤渊的船，最后停在了一座深宅大院的后门码头。

“这是哪儿？”慕容七探出头来看了一眼，眼前的码头显然属于私人所有，高墙上张灯结彩，空气中脂粉香腻，以她乔装多年混迹风月场所的经验来看，此处……

“这里是洛涔的摘花楼。”凤渊回答。

果然。

“来这儿做什么？”

“安全。”凤渊朝她眨了眨眼睛，轻纵上岸，将缆绳系上木桩，然后从怀里掏出一样东西，交给了守在码头的下人，那人进去之后不久，立刻换了个管家模样的人带着四个丫鬟匆匆赶来，恭恭敬敬地将慕容七和凤渊迎了进去。

“你还真是神通广大。”慕容七看着那管家低眉顺目、唯恐有所怠慢的样子，心里隐隐闪过一丝说不上来的不安。

“别担心。”凤渊伸出手抹去她颊边一点污迹，还不等她有什么反应，便将她顺势往前一推。

“嫣然，一会儿见。”

慕容七一个踉跄，随即被两个丫鬟扶住，不由分说就被带去沐浴更衣。她在足足可以容纳四个人的白石浴池里洗刷干净，又被人服侍着穿上了巨泽的衣裙，戴上精制的钗环。回想这一路行来，所到之处无不精美华丽，小小一座风月楼，竟然堪比京城巨宦世家。

江南之地，果真是叫人流连沉溺的温柔乡。

难怪要灭亡呢，日子过得太安逸了，不思进取，就会丧失锐气。

不知为什么，她突然想起了自己那位两年前就死于“甸江之乱”的丈夫，虽然素未谋面，但这里毕竟是他的故乡。这片土地如今依旧歌舞升平，却不知还有多少人记得早已化作亡魂的旧主。江山依旧在，帝王坟冢却已荒草离离，若他还活着，也不知是喜是悲。

她回过神看向镜中的自己，易容用的面具早就拿掉了，此刻脸上脂粉薄施，一身茜色衣裙，长发只用两根白玉长簪松松挽起，让原本偏妖娆的五官也显出几分别致清丽来。

一个丫鬟忍不住道："姑娘真漂亮。要是换了盛妆华服，一定艳丽无双，当可倾国倾城了。"

慕容七颇为认同地点点头："倾国倾城不敢当，不过我觉得，绝代妖姬什么的倒是可以试一试。"

丫鬟扑哧一笑："姑娘真有趣，我们楼主一定喜欢。"

慕容七一愣："你们楼主？"

另一丫鬟道："是呀，我们楼主最喜欢有趣的美人。"

先前说话的那个接嘴道："现在好了，一次来了两位，省得楼主老是抱怨，整天对着松先生、梅先生无趣至极。"

慕容七甚是意外："这里的主人认识松长老、梅长老？"

那丫鬟此时也自觉失言，急忙掩饰着笑道："松长老、梅长老是谁？奴婢说的是楼里的客人呢。"

说罢，她匆匆收起妆盒，再不肯多说一句话。

慕容七被带进花园，远远地看到一身白衣的凤渊正和一个着五彩衣裙的女子对坐于池上水榭中，她眯了眯眼，快步走了过去。

水榭里的两人停止了交谈，朝她看去，凤渊的杏眸又微微弯起，毫不掩饰目光中的惊艳赞赏。

他亲自站起身来迎接她，低笑道："嫣然真美。"

慕容七哼了一声："彼此彼此。"

他的笑意更深，示意座上那位着五彩衣裙的女子："嫣然，这位是摘花楼的风楼主。"

慕容七打量眼前的女子，容貌算不上绝美，但自有一股洒脱雍容的风情，目光深深，透着几许妩媚几分沧桑，看不出她的真实年龄。

女子大大方方地任她打量，淡淡一笑道："我叫风间花，是此处的主人。"

慕容七点了点头，却并没有如她一般报上自己的姓名，反倒问："你姓风？一阵风的'风'吗？"

风间花笑了笑："是，姑娘听过我的名字？"

"没有，只是在巨泽故地，风姓赫赫有名。"顿了顿，她又道，"你的名字很好听。"

凤渊打断了两人的谈话，朝着风间花道："方才我说的事，还请楼主好好考虑一下。"

风间花道："此事我一人也不好做决定，宋梅两位长老尚不知二位已经找到这里，待他们回来我们再行商榷，定会早日给公子答复。"

说罢，她手一抬，做了一个"请"的姿势："还请两位在楼中小住几日，有什么需要，尽管吩咐下人。"

两人就此告辞，慕容七跟在凤渊身后，半垂着头，一路上十分难得地沉默，连要去哪儿都没有问。

直到置身于一个开满紫薇的庭院中，凤渊才停下脚步，转身问道："嫣然为何不说话？"

“我在等你说。”慕容七这才抬起头来，目光有些冷，“难道你没有什么要对我说吗，凤宫主？”

顿了顿，她又道：“还是应该叫你，‘世子殿下’？”

“世子殿下”四个字说出口的时候，似乎连周围的微风都为之停顿，平添了几分肃杀的意味，凤渊却并无惊讶之色，眸中一片平静，甚至带了几分笑意。

“其实，我更愿意听你叫一声‘夫君’。”

慕容七凤眸一沉：“我的夫君早就死了。”

“我不是好端端地站在你面前？”凤渊轻轻一叹，“我不舍得死。”

看着他无辜的俊容，慕容七额角的青筋跳了几跳：“沈千持，你居然还有脸说不舍得？”顿了顿，她又冷笑，“也对，你这人本就不要脸。信任这种东西，你根本不配拥有。这个惊喜很好，我笑纳了，世子殿下，咱们就此别过吧。”

说罢，她就要转身。

“且慢。”凤渊闪身挡在她面前，“我确实几次三番骗过你，但这件事上却是真的冤枉。你我相识之时，你又可曾说过自己就是晏容公主？最初是谁骗了谁？在见到信郡王的真容之前，我也以为，这一生唯一娶过的妻子已经淹死在甸江里了。”

他的声音不大，却让她的脚步停了下来。

谁都有隐瞒，这是事实。

凤渊继续道：“你再想一想，若我真想瞒你，今天又怎会带你来见风间花，若见不到风氏后人，你又如何能猜到我是谁？随我来洛涔之前，你可有想过，凤渊和沈千持是同一人？”

慕容七沉默不语，仔细回想起来，告诉她松梅两人是雍和军的人是他，说自己与雍和军有旧的人也是他，带她来摘花楼，让她见到风氏后人的人，还是他……若非那么多巧合，在她心里，凤游宫宫主和巨泽世子这两个身份，无论怎样都不可能重合。

“嫣然，我想让你知道我是谁，仅此而已。”

低柔的声音突然变得郑重。

“好好看着我。”他朝她走了一步，俯身与她平视，“我的真名叫‘沈千持’，我的父亲是巨泽末代白王，我的母亲是什雅的宗室公主。什雅皇姓为‘若月’，‘凤渊’是我的表字。我现在的名字，叫作‘若月凤渊’。”

他的目光太过认真，她有些不自在，忍不住退了一步，道：“我管你叫什么呢。”

他无视她的抗议，接着道：“那次我躲开魏南歌的追捕，很快就离开了辽阳京，本打算顺路替你除去蛊毒后就来洛涔找父皇的旧部，没想到竟在清涟镇遇上松梅两位长老，便将计就计，想借机见一见统领雍和军残部的风将军。可是最近几年，雍和军内部也有不合，有人要保我，也有人想杀我。所以，我中的毒药和你见过的刺客都是真的，这些也没有骗你。”

他的语调不急不缓，将一场追逃说得简单扼要。可他没说的那部分，慕容七用脚指头都能猜到，他是巨泽世子，若是巨泽没有灭国，那他将来就是要做皇帝的。如果他还活着，雍和军只能以他为尊，如果他死了，雍和军便能自立为王。

作为雍和军领袖的风间花，显然是拥立皇室血统的一派，因此凤渊想要得到她的支持。而追杀他的那些人，肯定是不想为他人作嫁衣，于是要将他这个碍事的世子杀人灭口。

季澈果然说得对，凤渊此人不宜深交。

仔细想想，她确实错过了很多细节。

第一次见面，凤渊和北宫昙华关系密切，而“北宫”是什雅三大姓之一，若不是凤渊身份高贵，身为亲王的北宫昙华又怎会冒险保护他？

那次鸿门宴，凤渊在禁卫军发难之时毫不惊讶且早有准备，并非是他未卜先知，而是他曾经以质子身份在宫中居住多年，早已认出了同一屋中的魏南歌。至于梅长老说起的皇族之印，她也曾经听小九说过，巨泽皇室子女一出生就会在身上文上特殊的鲲鹏印记，这一点，在朝在野都并非秘密……

她皱着眉打量他——沈千持曾有“辽阳京第一美男子”的称号，凤渊自然当得起这个称号，可是有关他的那些传闻中，除了外貌这一条，竟然全都名不副实。

懦弱胆小，没有特长，没有靠山，不会反抗——京城贵族子弟对他的嘲笑和鄙视，她记得很清楚，他们如何欺负羞辱他，她也听说过许多。

正因如此，当初她才会选他来做金蝉脱壳的幌子。一来，他越无能，她的风险才会越小。另外，她也同情他的处境，打算给他一个驸马的名分，一个比质子更高的地位，作为利用他的报答。

可谁知真相，竟是如此。

越能忍受常人不能忍的屈辱，所图就越大。

他是这样可怕的人，直到今天，她才第一次认清。

“嫣然，嫣然？”低柔的嗓音将她的思绪唤了回来，一抬头，凤渊已经站在了眼前，近得几乎能闻到他身上的淡香。

她猛然退了一步，防备地看着他：“你要做什么？”

凤渊有些无奈：“还有什么想知道的？”

她低头沉默片刻，道：“没有，我只是突然想起来，我该告辞了。”

凤渊的脸色沉了沉：“我已如此坦诚，你还是要走？”

“你坦诚是你的事，我要走是我的事。”慕容七退了一步，“你究竟是谁和我没什么关系。两年前在甸江，你要杀我，我不怪你，毕竟是我先利用了你，此事就算扯平。两年后，你又用‘幽冥莲花’控我神志，我本该报仇，但如今已经治好，我也不想多和你计较。你接下来一定还有大事要做，咱们的交情不深，我就不奉陪了。”

“交情不深？”凤渊轻勾嘴角，眸中却满是森冷，“你我是拜过天地，喝过合卺酒的夫妻，你要是死了，是要入我家祖坟的，你跟我说交情不深？”

慕容七顿时无话，好吧，把这一茬给忘了。

“和离吧。”她皱了皱眉道，“此事两年前我便提过，既然我不是寡妇，那就趁早把这事办了。”

“想都别想。”他一闪身朝她肩膀抓去，语带怒气，“既然老天让我们夫妻重逢，自然是我去哪里，你就去哪里。”

慕容七伸手格挡，也怒道：“你敢动武？”

“除非你留下来。”

慕容七凤眸一眯：“那就领教凤公子高招了。”

她话音一落，身形骤起，一掌拍去。

一时间，只见紫薇花树间，衣袂飘飘，人影交织，掌风带落花瓣，纷纷扬扬，虽是打斗，却甚是赏心悦目。

一人旨在擒人，一人旨在脱身，自然不会真的以性命相搏。慕容七接了他几招，越发心惊——凤渊的内力绵长，一招一式利落而不花哨，武功竟然比她预计得还要高深许多。

他到底学的是哪一门功夫？走火入魔时会半点内力都不剩，恢复起来却又快速而无一点折损？迦叶宫的那些典籍里，可有记载过这样的武功？

她一时分神，没注意到已然慢慢接近花林边一座四面被帷幔挡起的小亭。慕容七一拳挥去，凤渊急退入帷幔，轻薄的锦绡飞扬起来，露出亭中几案，瑶琴香炉、美酒珍馐，竟是有人早就在这里摆好了酒席。

还没看仔细，手肘一紧，已经被人拉了进去。

她急忙挥手格开，却听凤渊道：“你看，我今日在此设宴，本就打算向你坦白赔罪。”

“当啷！”酒壶摔碎了。

“我们别打了好不好？家和万事兴……”

“哐叽！”几案砸裂了。

凤渊一个旋身，绕到了慕容七身后，突然伸手绕过她的肩膀，将她拖进自己怀里，沉声道：“嫣然，如果我不是沈千持，你还会不会留下来？”

慕容七只觉得被一股奇特的力量立即禁锢，像是有一条看不见的绳索，将她牢牢地缚住。

她一边运功抵挡，一边道：“不会。”

“可你之前明明有机会一个人走，为什么没有？”

她愣了愣，一瞬间居然无法反驳。

是啊，为什么？她非但没有走，甚至还在他遇到危险的时候施以援手？

难道又中了什么奇怪的蛊？她皱了皱眉：“你又对我做了什么？”

凤渊不由得摇头轻笑：“再不敢了。”

那么……果然……是因为自己太善良了。

她脚尖一挑，将案上的凤尾琴踢了过去：“别废话了，再不让路，我就把摘花楼给砸了！”

“若你肯留下，把摘花楼砸了也没什么。”

她说不过他，闭嘴总可以了吧。

两人交手了一盏茶工夫，不远处突然腾起一股黑烟，凤渊眼观六路，只看了一眼便皱

起眉头，攻势一变，一手挥出，掌中隐隐红气缭绕，一缕红色血线自腕脉处显形，沿着手臂迅速没入臂弯。

血隐，红月天魔功第九重！

虽然之前为了给慕容七除蛊耗费了不少心力，颇多周折，但如今这种举世无双的心法总算已经大成。一旦动用，当今世上能挡得住他十招的人，恐怕屈指可数。

他原本是想慢慢说服她的——总要是她心甘情愿的才好。可是现在已经没时间了，那些人比想象中来得还要快，为今之计，只能先把她带走，只要人在，总有办法。

可那一掌才挥到一半，一个人影突然飞快地闪进院子，大喊道："公子快随我离开，墨竹故意派人在前楼闹事放火，现在官兵已经来了！"

来人是荆松，一手提着铁剑，神情严肃而焦急，显然事情紧急。

凤渊急忙收掌，问道："有官兵？"

慕容七也凑了过来："有人放火？"这下不用她砸楼了。

"我们之前和欧阳蓝交手的时候才知道，他和墨竹二人不光叛出了雍和军，还投靠了大西的巨泽郡守。"荆松刚毅的脸上满是气愤和沉痛，"我们冒着危险好不容易赶回来，摘花楼就出事了。那些官兵恐怕是想借着这场火，一举击破雍和军。楼主正在前面周旋，公子还请快些跟我来。"

凤渊脸色微变，转身一把拉住慕容七："嫣然，走。"

"喂，不关我的事……"

"事态紧急，先走再说。"

慕容七看着四周越来越浓烈的黑烟，稍一犹豫，随着他往前走了几步，可刚走到院子门口，三人又齐齐地退了回来。

整个紫薇花园的外围都是披甲的郡卫军，盾、弓、刀剑，层层叠叠，整整齐齐，一副守株待兔的姿态。

还是晚了一步。

荆松铁剑一横，冲着慕容七道："你过来，和我一起掩护公子。"

他当慕容七是凤渊的护卫，这话说得理所当然。可不等慕容七开口，凤渊就将她拉到身后道："嫣然护我先走，劳烦松长老断后。"

荆松不疑有他，点头说了声"好"，就要往外冲，慕容七却一把甩开凤渊的手跟了上去，道："松长老，我跟你一起。"

"嫣然！"

他伸出手，眼睁睁地看着她的衣角从指尖划开，正要再追，空中却响起一阵奇异的蜂鸣，像是有千百只巨蜂振翅而来。随即便是铺天盖地的一大片黑色箭镞，黑云压顶一般越过围墙。

"糟了！"

没想到对方竟然不问青红皂白就出手，这军力哪里像是区区郡守可以调度的，简直比起战场来也不相上下。这么多的箭自四面八方而来，即便他有红月天魔功护体，也不一定能全身而退，其他的人要怎么躲？

一眨眼，羽箭已纷纷落下，荆松挥起铁剑左右格挡，慕容七则劈手夺过他手里的凤尾琴，左右连挥扫落羽箭，咬牙道：“愣什么？吓傻了？”

就在这回头的瞬间，一连三支箭朝她当胸飞来。他脑中一空，下意识地伸手拉她入怀，转身挡在了她的身前。

雍和军成立最初，军中设有梅、兰、松、竹四路大军，四位领军的大将，渐渐演变为如今的四大长老。

可是随着时光流逝，江山易主，原本的虎狼之师，如今只能如同鼠蚁般四处躲避。长此以往，军中便有人开始对前辈当初的信念生出怀疑。

这一辈的四长老之首墨竹，是最先提出质疑的人。他说如今天下大同，复国又有什么意义？挑起战事反倒致使民不聊生，即使复了国、立了君，又有什么颜面面对巨泽百姓。天地君亲师，当以天道为尊，有违天道，必无善果。

兰长老欧阳蓝向来视墨竹为长兄，对他唯命是从，因此，争执不下的结果，是兰竹两位长老叛出雍和军，带着追随者，一路寻找巨泽皇室血脉，欲斩草除根。

另一派，则是以风老将军的孙女风间花为首的保皇派，他们也在找皇室后裔，却是为了助他复国。

这些都是风间花告诉凤渊的，凤渊还记得，当时风间花的脸上挂着淡淡的笑容，她的声音也是淡淡的。

“墨竹离开之前，我和他打了一个赌，如果他能在我之前把巨泽的皇室血脉杀干净，我就放弃祖父和父亲的遗愿，解散雍和军，做一个大西慕容氏治下的普通百姓。若是杀不干净，只要被我遇上一个，那么，我们从此就是敌人。”

凤渊听到这话的时候，忍不住冷笑：“雍和军前辈拼死保护的血脉，用血和命换来的荣耀，就被楼主这么轻飘飘的一个赌约给押上了？”

风间花却只是笑了笑：“我用这么多兄弟的性命来追随的人，如果连保护自己的能力都没有，如此轻易就死了，即使有我辅佐他，又能有什么作为？”

凤渊哑口无言。

大西皇室的打压，巨泽叛军的追杀——到如今，他或许是世上唯一留存的巨泽沈氏血脉了。

他又怎能轻易将自己置于危险的境地，怎能不珍惜自己的性命？

可是那一刻，看到她回头嗔怒的眉眼，看到那三支飞向她的箭，他居然完全失去了思考的能力。

他一直想要留下她，得到她，为此不惜用尽手段。他以为，这只是源于他对那份洒脱的嫉妒，源于他一时的兴趣，以及与生俱来的占有欲。

就好像一个孩子看到了有趣的玩具，一定要拥有一样。

可是直到箭镞入骨的钝痛传来的那一刻，他才恍然，他一直想得到的，原来是她的心。

第十九章 心悦

季澈收到那份来自辽阳京的密报，是在慕容七不告而别后的第六天。

密报只有两个消息——其一，白朔汗王班惟莲最小的女儿惜影公主成人礼将近，广邀各国使臣观礼，大西亦派遣魏南歌携礼前往；其二，大西骁骑营近日有多次秘密调动，大批军马潜入巨泽郡。有传闻，洛涔旧都的雍和军又有死灰复燃之势。

关于第一条——惜影公主一旦完成成人礼，便意味着可以联姻。白朔占据北方草原多年，兵强马壮，骁勇善战，为敌为友，对如今的格局来说举足轻重。各国使臣恐怕都是醉翁之意不在酒，既然永安帝派遣魏南歌亲自北上，说明大西应当也有求娶公主之意。

至于巨泽方面，雍和军被称为巨泽最后的军队，只是因为皇族后继无人，早已沉寂多年。据他所知，这两年能和“皇室血脉”搭得上边的沈氏族人几乎都死于非命，唯一不能确定下落的，反倒是两年前中箭坠江，至今尸骨无踪的巨泽世子沈千持。

想到沈千持，自然就想到了慕容七。他的手掌一紧，薄薄的一张纸转瞬化作片片碎屑。

两年前，她自作主张把自己嫁了；两年后，她又不告而别扬长而去。

在她心目中，他到底是她的什么人？想来就来，想走就走吗？

他因她而万分纠结，她却四处逍遥，世上哪有这么便宜的事？

目光一沉，他问道：“慕容七现在在哪儿？”

将密报送进来的郭子宸急忙回答：“还没有发现慕容姑娘的行踪。”

“还没有？”季澈挑了挑眉，“你是说，自从那天和小慈一起去了清涟镇之后，就没人见过她了？”

“是。”郭子宸额头冒汗，“也不全是，之后慕容姑娘曾经送过一封信给大小姐，说她恰好遇到一个朋友，结伴去江南游玩了，让大小姐不必担心。”

“给小慈送过信？”顿了顿，他又想到重点，“什么朋友会把她的行踪藏得滴水不漏，连我们的人都找不到？”

“这个……”我怎么会知道啊，别为难我了，少主。郭子宸摇了摇头，“少主你也知道，从前老帮主和大西结盟一事得罪了不少巨泽百姓，帮中弟子在巨泽郡尤其是旧都洛涔那一带行动起来很不方便，你再等等，应该过几天就有消息了。”

季澈沉吟片刻："不等了，你立刻去收拾一下，跟我去一趟洛涔。"

郭子宸一愣："少主，你要亲自去找慕容姑娘？"

"也并非全是为了找她。你刚才说得没错，我们的人在巨泽那边行事多有阻碍，此事总要早日解决。老帮主做的事我不想评断，但鸿水帮有了问题，我不能坐视不理。"

"少主说得是。"遥想前代帮主季芒的风范，郭子宸不禁有些感慨。

"当然，也是为了看着慕容七，不要让她再闯祸。"

"……"

犹豫片刻，郭子宸还是将心中琢磨了很久的话说了出来："其实，慕容姑娘武功那么好，人又那么聪明，肯定不会出事的，少主大可不必担心，反倒是大小姐……"

季澈见他欲言又止，问道："小慈怎么了？"

"其……其实，大小姐今年也已经十八岁了，去年年末，从小服侍她的丫鬟小铃铛也嫁了人，小铃铛比大小姐还小一岁呢。"他望了望季澈的神色，有些忐忑。可这些话在他心里藏了许久，每当有人问起季慈的婚事，她那强颜欢笑的神情，他都看到了，心里也替她很难过。所以即使对方是老大，该说的还是要说。

"少主不要怪我多管闲事，只是姑娘家脸皮子薄，不好亲自开口问。帮里那些老人家私下里也跟我提过好多次，大小姐那么好的姑娘，少主你不能……不能就这么一直耽误她……"磕磕绊绊的，总算是说完了。

季澈皱着眉，低头思忖了片刻，复又抬头："你是说，我该给小慈一个交代，是吗？"

"这么说……也可以。"郭子宸默默泪奔，难道少主你不应该说"行，我明天就去下聘"吗？

季澈又开始沉思，这一回，他沉默了很久才开口："小郭，如果我说，不能娶小慈呢？"

郭子宸大吃一惊，脱口而出："少主不可以啊，你这是……是始乱终弃。"

季澈皱眉："胡说八道，哪里来的'始''终'？"

郭子宸再也顾不上额上的冷汗，严肃道："虽然老帮主临走之前什么都没有说，但整个鸿水帮都知道，大小姐将来是要嫁给少主的。所以这些年里，尽管帮中有许多少年弟子暗中爱慕大小姐，也没有人敢来提亲。如果少主现在说不娶，让大小姐以后怎么做人？"

"这么严重？"季澈顿时怔住了，不得不承认，他的心思都用在了帮中事务上，这些儿女情长的细节，从来没考虑过。

"当然有。对姑娘家来说，名节比什么都重要。"郭子宸颇为无奈，他家少主什么都好，就是在和姑娘打交道这方面，连久公子的一成都没学到。

季澈就这样皱着眉，许久都没再说话。

郭子辰等得心焦，灵机一动道："既然如此，少主何不亲自去问问大小姐的心思？"

季澈这回点了点头："你说得也对，是我疏忽了，这件事确实应当早些说清楚。"

看着他的背影穿过庭院，朝着季慈的院落走去，郭子宸才长长地吐了口气。他所能做的，也仅止于此了，那个他看着从小长大的姑娘，只要她能得到幸福，他也就安心了。

季澈走进季慈那间种满各色鲜花的院子时，她正坐在一大丛粉色的蔷薇下绣花，柔和的日光落在她垂下的眼睫和白皙的脸庞上，肌肤几乎透明，纤细的脖子微微弯下，更显得娴静温柔。

他想起郭子宸说的那些话，想起那个拽着他的衣角，怯怯地喊着"哥哥"的小女孩，原来早已经到了可以嫁人的年纪。

听见脚步声，季慈抬起头，见到是他，顿时笑了："哥哥，你找我？"

季澈点了点头，在她对面坐下，也不废话，直截了当地问道："小慈，你可有心上人？"

季慈的手一抖，绣花针顿时扎到了指尖，她慌忙按住伤口，颊生红晕，低声道："我……"

"我"了半晌，却什么也说不出来。

季澈又问："那有没有想过成亲的事？"

这一回，她的头更低，脸也更红了，说出口的还是只有低低柔柔的一个"我"字。

连着两个问题，她都没有好好回答，季澈有些无奈，斟酌片刻，说道："若你有心仪之人，不必隐瞒，只要告诉我，我一定会为你做主。"

季慈愣了愣，小声道："我没有……"

"若没有，我会替你留意那些家世清白、人品优秀的男子。你有什么条件，尽可以告诉我，改天我也会告知帮中弟子，若是觉得自己够资格配得上你的，我会给他们一个机会。"

季慈呆呆地看着他，被针尖刺到的手指不受控制地颤抖着，那一点细微的刺痛似乎被放大了数倍，直抵心口。

她艰难地说道："哥哥，我……我不想嫁给别人。"

"小慈，姑娘家都要嫁人的。你是我妹妹，都说长兄如父，你的婚事本该由我操办，如今耽搁了这么久，都是我的错。"季澈说着站起身来，转身朝院外走去，"我过来便是问你这些，你想好了告诉我，放心，我一定不会让你受委屈。"

"等……等一下。"

微颤却坚定的声音自身后响起，季澈脚步一顿，随口问道："怎么了？"

话音刚落，后背便贴上了一个柔软温热的身躯，她的头顶只及他的胸口，此刻双手从背后环着他的腰身，身躯显得越发娇小，雪白指尖的一点嫣红，分外刺目。

"我不要嫁给别人，我只想嫁给你。哥哥，小慈想嫁的人，从来只有你一个人。"强忍着哽咽的嗓音，更添凄楚。

她是个多么温柔内向的女孩，他从来就知道，能让她说出这样的话来，该需要多大的勇气，下多大的决心。

可是……该死的，除了感动，他更多的感觉竟是为难。

"小慈，听我说，"他用力掰开她的手，转过身来，"虽然老帮主从没有当面提起，但是我和帮里那些叔叔伯伯一样，从小以为将来会娶你，也许你也是这么想的，所以才没有注意过别人……"

季慈只是摇头，泪珠跌落。

"别哭，听我说完。换作从前，我既认定是你，你的心意我一定会接受。可是现在，我心里有了放不下的人，在没有弄明白自己的心意之前，我不能娶你，这对你不公平。所以，我不想因此耽误你，你应该找一个全心全意对你好的男人。”

季慈瘦削的肩膀一点点垮下，那么害怕听到的真相，终于还是从他口中说出来了。是呀，他一直都是那么坦率的人，不懂得迂回，不知道婉转，喜欢就是喜欢，不喜欢也从不勉强。他说他心里有放不下的人，她早就知道，既然早就知道，为什么还要说那些话，为什么还要自取其辱？

“是不是……七七姐？”

他犹豫片刻，轻轻点了点头。

季慈伸手胡乱擦了擦脸上的眼泪，深吸了一口气，下定了什么决心似的，反倒微微笑起来：“没关系，我等你，等你想明白。”

季澈一愣：“小慈，你不必如此。”

“七七姐……私下和我说过，她已有心仪之人，所以我还是有机会的，我才不会那么容易就放弃。”像从前赖在他身边撒娇的小女孩一样，她朝他俏皮地吐了吐舌头，“哥哥，你一定要快些想明白，我等你回来。”

“……”

话都说到这样的分上了，他还能怎么办？感情这种东西他真的很不擅长。对小慈，他从来都是竭尽全力地保护疼爱，可是这个世上却只有一个慕容七，会让他恨得牙痒痒。

他不甘心，他必须要让她给个交代。

想到季慈方才说的“她已有心仪之人”，他只觉得一阵烦躁，低斥了一声“傻姑娘”便不再多言，大步朝院外走去。

等他走远，季慈才颓然地坐下，只觉得心里一阵阵发空发紧。

公子说过：“让他无论如何都要娶你，只娶你一个人，只听你一个人的话。”

可是，真的好难。

她望向远方一碧如洗的天空，心想，如果公子能将七七姐带走，再也不回来就好了。

季澈一脸心事地往回走，刚要进屋，一个心急火燎的声音就传了过来。

“少主，少主，出大事了！”

“站住。”他一手拦住跑得飞快的郭子宸，“什么事，慢慢说。”

“刚刚收到洛涔分舵的千里传书。”郭子宸边喘边道，“昨夜洛涔的风月场所摘花楼起了大火，大批郡卫军围守直至凌晨。经过分舵兄弟的多方探听，才得知那摘花楼的楼主竟然就是雍和军的首领，风氏后人！”

“继续。”

“此事的起因，据说是雍和军起了内讧，有两位长老投靠了大西，另两位加上风楼主则拥立了巨泽皇室的后裔。分舵兄弟里有人在巨泽郡卫军当差，当晚见过摘花楼被围困的那几人，其中有位武功不错的女子，根据描述，很像是慕容姑娘。”

听到这里，季澈忍不住低声咒骂了一句。

“另外，这是我自己的猜测……”郭子宸将手里的书信递给季澈过目，“少主有没有

觉得，这封信里所说的替慕容姑娘挡箭的人，与凤游宫宫主凤渊十分相似？”

季澈一目十行，一下子就看到了那句话：“白银面具覆面，容貌清贵，白衣，身长约七尺。”

这样的人，很难找出第二个。

一些零碎的，看似毫无关联的片段，突然间在脑海中一一浮现起来。

——洛涔旧都发现了巨泽皇室遗孤，同时蛰伏多年的雍和军现身；

——摘花楼楼主是雍和军的首领，雍和军有一半人拥立了巨泽皇室后裔；

——慕容七写给季慈的信上说，要和朋友结伴游江南；

——慕容七曾经私下和季慈说，她已有心仪之人；

——慕容七和凤渊都出现在郡卫军剿杀雍和军的火场中；

——慕容七曾经的丈夫，是巨泽最后一位世子。

……

他猛然一拳砸在门上。

“小郭，随我去洛涔，立刻！”

·第二十章· 帝姬

巨泽都城洛涔，宫殿四面环水，一层水绕着一层宫墙，花草树木衬着琉璃明瓦倒映于碧波中，宛如双生，无论是晴是雨，看起来都别有韵致。

可普通百姓并不知道，水下藏着多少杀机。

铁钉、刀网、箭阵……机关一道连着一道，道道可以置人于死地。

巨泽地势平坦，无天险可挡铁骑，帝王之家唯有寄望于奇巧之术，方能保住时时刻刻被人觊觎的皇位。

凤渊就是在这座看似华美实则危机四伏的宫殿里长大的。

他的父亲白王是巨泽最后一任国君，白王至而立之年便亡了国，一生未立王后，所以他的母亲若月贵妃，就是父王后宫中最尊贵的女人。

白王的子嗣很少，旁支的皇族也因为多年争斗所剩无几，而母妃来自东边的海国什雅，是什雅皇室嫡系的公主，在他小时候，母妃就告诉他："千持，将来，你是一定会做国君的。"

直到那一天，大酉的车队踏破王都的城门，截断了水源，那些让皇族们赖以凭恃的夺命机关尽数暴露在光天化日之下，被一把火烧了干净。

城破，国灭，父王于宫中自缢，母妃挺身而出，带领余下的宫妃宗亲，还有年幼的他，向大酉俯首称臣。此后，他的身份从太子降为世子，被带往辽阳京，成为大酉皇帝用来掣肘巨泽降臣们的棋子。

那一年，他才五岁。

临行前，母妃拉着他的衣袖，将半面赤铜令牌塞进他的手里。

"千持，记住，再屈辱也要活下去。活着，才有机会重新站起来。"

那个机会，他知道是什么。

另一半赤铜令，在巨泽最负盛名的大将风子越手中。只要两半令牌合二为一，就能找到洛涔皇宫巨大而隐秘的地宫入口。

巨泽皇族拥有庞大的财富，历代皇帝都会扩建加固错综复杂的地下宫殿，一点一点将各种各样的珍宝和前朝秘辛藏匿其中，虽有机关千重、密室无数，但是打开第一道门的钥匙，却历来是由皇帝和监国分别保管的。

如今，这座大酉皇帝至今仍在寻找的地宫与其中难以计数的珍宝，成为巨泽复国的唯一希望。

为此，他以“沈千持”之名，本分地在辽阳京中做一个亡国的质子，收敛锋芒，忍辱负重，终于在二十岁那一年，等到了金蝉脱壳的机会。

“沈千持”如愿以偿地死了，他接管了母妃花费十年心血建立起来的凤游宫，从此以后改姓母姓“若月”，名“凤渊”。

他制定了周密的计划，借着香料生意的名目，用了两年时间在辽阳京中布局，只等时机成熟，便要南下去找持有另一半令牌的风家后人。

一切的一切，本来是如此顺利。

如果，不是两年前那个突然而来的婚约；如果，不是两年后那个擅自闯入昙华府上的女子；如果，不是慕容嫣……

他缓缓睁开眼睛，杏眸中有一层淡漠的冷意一闪而过。

转过头，身侧拱着一颗毛茸茸的脑袋，有人正趴睡在床边。

抬起手，虚虚划过那人小巧的耳垂，最后落在她的头发上。

“嫣然？”

他的手刚碰触到她的头发，她便睁开了眼睛，蒙眬的凤眸盯着他看了片刻，才恢复了清醒。

“你终于醒了。”她抬手伸了一个懒腰，“我去叫风姐姐进来。”

他忍不住问道：“你为什么没有走？”

“你都伤成这样了我怎么走？”她不假思索地答道，“不管怎么说，你也是为了救我才受伤的。其实你大可不必如此，那几支箭弄不死我……算了，现在说这些，倒显得我很小气似的。总之，这次很感谢你救了我。”

凤渊垂睫，低低道：“你有危险，我做不到冷静思考，我没有想太多……”

“行了行了。”慕容七有些不耐烦地打断他，“我暂时不会走的，所以你就别装了，乖乖休息吧。”说着转身而去。

他看着她的背影，低声嘟哝：“没良心，我说的是真的……”

不过片刻，风间花便推门而入，身后还跟着拄着拐杖的梅望亭，他的腿显然受了伤。

两人在他面前坐下，风间花还是一脸平静，梅望亭的神情却憔悴了许多。

“公子。”他沉声道，“荆松死了。”

凤渊愣了愣，皱眉道：“郡卫军干的？”

风间花道：“那天围攻摘花楼的郡卫军至少有百人，我与梅长老在前面周旋，却不料墨竹会让人去堵后院。公子为救慕容姑娘中了箭，一时行动不便，荆松便留下来拖延时间。只是以一人之力终究不能抵挡百箭齐发，最后力竭而亡。他的尸体被郡卫军扔在了火场，我们来不及抢回来。”风间花的语气听起来很淡，仿佛死去的那个人并不是与她并肩作战多年的老朋友，可双手和肩膀却在微微颤抖，所有的伤痛，都被极力地隐忍了。

这番话说完，梅望亭的眼眶已经湿了。

凤渊垂下眼，沉声道：“对不起。”

“他是为雍和军而死，也算是死得其所，公子不必自责。”风间花吸了口气，摆了摆手道，“我早已说过，既然公子能够安然无恙地来到我面前，我便会发誓效忠，带领整个雍和军来辅佐公子。自古以来，一将功成万骨枯，既然做了这个决定，我们便已经有所觉悟。”

说罢，她抬手示意梅长老取出一卷羊皮纸，在凤渊面前的锦被上摊开。

那是一幅地图。

“斯人已逝，最该做的，还是要看清楚接下来的方向。”风间花的纤纤玉指指着甸江下游的一处，道，“公子请看，我们现在在这里。”

那是一处小得连名字都没有标记的镇子，离洛涔不远，四周都是丘陵。

她继续道：“世人都道雍和军已被歼灭，其实尚有一万余人，分散在巨泽各处，这里便是其中一个据点。只是公子若要复国，单靠这一万余人，是远远不够的。”

凤渊点头：“楼主说得是，不过母妃已于十数年前建下凤游宫，在大酉经营数年，我在辽阳京中也布下了暗棋，适当的时机可牵一发而动全身。只要你我合力打开地宫，兵马一事倒是不必太过操心。”

风间花闻言，美眸一闪：“公子说的，可是以什雅秘香控制大酉京官一事？”

凤渊笑叹：“真是什么事情都瞒不过楼主。”

“不知公子是否还记得，你尚为巨泽世子时有一位侍妾名叫‘玲珑’。”风间花淡淡一笑，“那姑娘是我楼里的人，很是聪明伶俐，可惜在甸江一役中死了。”

玲珑？凤渊愣了愣，第一时间想起来的竟不是那女子的模样，而是屏风外晏容公主脆生生的声音——“姑娘，我是他夫人。”

他定了定神，回想起那日一片大乱，追兵围船，玲珑死于乱箭之下，他一心借乱脱身，根本没有在意过她的生死。

没想到，她竟有这样的来历。那是否可以说明，雍和军明明有许多机会可以暗中相救，却选择了袖手旁观？

他面无表情道：“风楼主好手段。”

“我这一生唯有一支雍和军而已，交到谁手里，为谁卖命，自然要好好选择才能定夺。”风间花不以为意，手指沿着地图一路游走，“公子请看，从此处沿着甸江支流进入皇陵山，有暗河可以一直进入地宫，此处只有你我合力才能打开，因此以我之见，短时间内不必开启。当务之急，公子应当做的是结盟。”

凤渊皱眉：“结盟？”

“正是，我方才也说过，光靠雍和军，哪怕再加上公子在京中的布局，复国之事仍然没有十分把握，但是，只要我们有一个强有力的同盟，情势便会大为改观。”

她的手指渐渐往上，指着北边的大片土地。凤渊顿时明白了她的意思：“楼主是说，和白朔结盟？”

“白朔大汗班惟莲早年曾在大酉吃过大亏，早就对关内虎视眈眈，只是苦于没有借口出兵，公子何不顺水推舟给他一个借口？”

凤渊皱眉道："他不缺财物更不缺兵力，怎愿意与我结盟？"

"成了一家人，自然就愿意了。"

不等凤渊说话，梅望亭便接口道："班惟大汗的女儿惜影帝姬马上就要及笄，各国都派了使臣前往白朔，名为祝贺，实则大多存有求娶之意。班惟莲最疼爱这个女儿，若是能与她结亲，白朔自然也能成为靠山。"

凤渊沉吟："两位的意思，是要我求娶那位惜影帝姬？"

"不错。"风间花点头，"公子乃人中龙凤，以公子的相貌手段，拿下一个十五岁的小女孩不是难事。如此不费一兵一卒便能得到白朔的支持，更能让公子的复国大计师出有名。"

这话说得可真直白，但是不可否认，这的确是一个捷径。

娶一个女人，得到她背后的势力，对于生在帝王家的他来说，是再平常不过的事。可为何……这一刹那，他竟会觉得厌恶排斥。

他究竟在犹豫什么？

片刻的沉默后，风间花了然一笑："公子可是放不下慕容姑娘？可公子不妨想一想，如果公子无所作为，无权无势，敢问，又有何凭恃许下承诺？巨泽沈氏，唯余公子而已，公子万不能因小失大。"

梅望亭也道："楼主说得对，公子怎能为了一介草莽女子，就放弃这么好的机会。"

凤渊眸光一闪，低头沉吟片刻，复又抬头，目光不再犹疑，轻道："两位说得对，是我耽于儿女之情思虑不周了。既然如此决定，那明日便北上吧。"

顿了顿，他又道："此外，我还想亲自去兰若见一见迦叶宫新任宫主公子绯衣，此次北上若是事成，便正好折而往西，二位意下如何？"

"迦叶宫的瑶光楼与莲花洞都是天下习武用兵之人向往之地，迦叶宫宫主还能调动兰若僧兵，公子若能与之结交，确实为一大助益。"风间花点头道，"若是起事之时既有白朔的兵马，又能得迦叶宫相助，公子定能所向披靡，得偿所愿。"

凤渊却只是淡淡一笑，不再言语。

与此同时，季澈看着满地焦黑的废墟，黑眸中闪过一道寒光。

"这里就是摘花楼？"

"是。"郭子宸翻着鸿水帮分舵弟子送来的记录，"摘花楼三天前被烧成平地，雍和军中十数人亡于此役，尸体皆烧毁，无法分辨……"他偷偷地看了一眼季澈的脸色，"不过少主放心，慕容姑娘肯定会安然无恙的。"

"她敢有事，试试看。"季澈咬牙冷冷道。

"……"

"小郭，让洛涔的兄弟们再去查一查，雍和军可还有其他据点。另外，尽快找出那两个雍和军叛徒现在躲在什么地方。"

"是。"

“还有……”

话还没说完，头顶响起一声清鸣，一只青色的鹞鹰盘旋落下。季澈伸臂接过，取下鹰脚上的纸卷，只见纸上白纸黑字写着：“听闻北方有佳人，引无数国君竞折腰。弟欲前往一探究竟，盼兄同往，紫霞关静候。”

落款是一朵桃花，正是唯恐天下不乱的慕容久。

季澈忍不住揉了揉额角。

一个惹是生非已经够麻烦了，再来一个……是嫌他事情还不够多吗？

不过，依照慕容兄妹那种哪里有热闹就往哪里凑的个性，这件事应该会引起慕容七的兴趣，倒不失为说服她远离巨泽之乱的好借口。

想到这里，他吩咐道：“小郭，等洛涔的事情了结，你再随我北上去一次紫霞关。”

·第二十一章· 墨竹

在忍受了三天又湿又热的梅雨之后，生于西域雪原长于中原腹地的慕容七不得不承认，原来传说中被称为人间天堂的地方，也不是真的那么好。

她大口地喝着冰镇绿豆汤，有气无力道："这雨到底什么时候才能下完，人都要霉掉了。"

一旁伸过来一双手，指尖微露，捏着一块素帕，体贴地替她擦了擦额头上的薄汗。

她转头朝身边的白衣美人笑了笑，盛了一碗绿豆汤："来，你也吃，回头赶路，小心暑气。"

美人温柔，公子多情，周围顿时响起一阵小声的议论。

白衣美人抿唇不语，一双半垂的杏眼里波光盈盈，不知道是感动还是恼怒。

慕容七忍住笑，拿起桌上的折扇哗地打开，潇洒地扇了两扇，借着扇子的掩护，转头对另一侧的红衣女子轻声道："风姐姐，出了镇子该往哪里走？"

气质清冷的红衣女子答道："往西，翻过两座山头，再过一条河，就到了。"

慕容七这才收起扇子，又盛了一碗汤放在红衣女子身前，用刚刚好能让人听清的声音柔声道："娘子也请用，一路劳顿了。"

红衣女子淡淡一笑："有劳。"

围观多时的众人低低地吸了口气，这位不知从何而来的富家公子竟能坐享两位极品美人——白衣的倾国倾城，红衣的成熟冷艳，做男人做到这分上，真是不枉一生了。

待两位美人高贵优雅地喝完汤，公子大袖一挥，扔下一锭银子，吩咐管家："梅老，牵马。"

直到一行四人的马车远去，小饭馆里依旧回响着艳羡的唏嘘声。

马车里，慕容七抱着肚子笑得直捶地板。

"有没有看到那些人的眼神，笑死我了。风渊你扮成女人可真是尤物，风姐姐都被你比下去了，本公子乃是江湖第一风流人物，你们说对不对，对不对？"

红衣的风间花正慵懒地靠在角落的软垫上，闻言淡淡笑道："慕容姑娘好计策，如此招摇反倒不引人注意，这三日来大酉的追兵不是追过头就是跟不上，倒是少了许多麻烦。"

慕容七长揖一礼，道："娘子过奖了。"

说罢，她朝另一边的白衣美人勾了勾手指："你过来，答应过我的事情……"

白衣美人正低头看一份文书，听见她的声音，抬起眼来风情万种地一瞥："夫人有何吩咐？"

声音多情温柔，却是个男子的声线。

慕容七春风得意的脸顿时僵硬，咬牙道："乱叫什么？现在你是我的小妾，该叫我'老爷'。"

凤渊伸出修长的手指抵住额头，声音委屈："嫣然，我们可是拜过天地立过婚册的，你……你怎么能始乱终弃……"

"住嘴。"慕容七急忙道，"不用每天提醒我，我现在要和你说的正是此事。你明明答应过我的，只要将你安全送到雍和军分部，你就同我和离。现在……"

"不是还没到吗？"凤渊弯了弯嘴角，"还要翻过两座山头，穿过一条河。在此之前，还请夫人费心照顾了。"

凤渊受伤是因为慕容七，脱险之后，他又以和离书为条件，让她护送他到位于巨泽西北面的雍和军分部。再三权衡之下，慕容七才答应了他。

这一路自然太平不了，前有墨竹和欧阳蓝堵截，后有大西郡卫军围追，他们只有四人，不能硬拼。梅望亭的建议是走雍和军从前撤退时留下的一条小道，翻越丘陵腹地，可凤渊却不同意。既然是雍和军的小道，墨竹和欧阳蓝必然也知道，再隐秘的路，都有可能会设下埋伏。

最后，一行人还是采纳了慕容七的办法——乔装改扮成辽阳京贵公子，携家眷下江南，一反逃跑时应有的低调和迅速，行事张扬，挥金如土。一路骑骑马，坐坐车，慢慢悠悠，真有几分游山玩水的模样，反倒在几波追兵的眼皮底下大摇大摆地瞒了过去。

此刻，风流潇洒的"辽阳京贵公子"慕容七正亲昵地拉着"人夫人"风间花的手，道："风姐姐，你的指甲真漂亮，我在辽阳京都没见过这种颜色的蔻丹呢。"

风间花淡淡笑道："这是江南特有的金鱼草花汁做成的，要是你喜欢，改天我送你几盒。"

角落里正专心查看地图的凤渊闻言抬起头来："夫人若是喜欢，下回我亲自制给你，不必麻烦风楼主了。"

慕容七翻了个白眼，已经懒得纠正他了。

风间花看了两人一眼，低声道："公子一片心意，慕容姑娘莫要辜负。"

慕容七撇了撇嘴："凤公子的心意，我可担当不起。"

"嫣然，你……"

凤渊还没来得及说完，马车外突然传来梅长老的一声大喊："楼主！"

车内三人对视一眼，齐齐跃出车外。

马车正停在一处无人的野渡边，看得到不远处起伏的山丘。此刻，正有两个人拦在那条唯一进山的山路中间。

其中撑着一把青竹骨油纸伞的人，慕容七认得，虎背熊腰，背上挂着一柄铜锤，正是在洛涔遇到过的欧阳蓝。

另一个，是个陌生人。

那人坐在桐木轮椅上，穿着一袭半旧的青布长衫，瘦削、儒雅，约莫三十多岁，眉梢眼角浸染着沧桑的痕迹。

那种虽不张扬，却又叫人心生警惕的气息，让慕容七几乎立刻断定，此人必定就是传说中的四大长老之首，墨竹。

身侧的风间花已然开口："墨长老好本事，这么快就找到我们了。"

墨竹却只是摇了摇头，声音略带着嘶哑："风儿，别固执了，现在停手还来得及。"

"来得及？这句话你应该去和已经死去的荆松说。"风间花冷冷一笑，"当你投靠了大西，火烧摘花楼的时候，就已经没有资格让我停手了。"

墨竹闻言微怔："荆松他……死了？"

不等风间花回答，一旁的梅望亭已怒道："荆松和你怎么说也是出生入死多年的兄弟，你为了向大西狗贼邀功，竟不顾情分将他逼至死地，连尸骨都收不回来。墨竹，老朽也算看着你长大的，竟不知你如此虚伪冷血！"

一番斥责，回荡在山口的雨丝风片中，墨竹身后的欧阳蓝已经红了眼圈，直着脖子道："荆……荆兄弟之死，我们也是如今才知，梅长老你不要血口喷人，墨大哥为了保全雍和军的苦心，你们……你们都不懂……"

他没读过多少书，心里想说的话，却磕磕绊绊地说不清楚。墨竹伸出手阻止他继续开口，神情中一瞬间闪过的哀伤已无迹可寻，眼里又恢复了平静。

"梅长老既然是看着我长大的，应该知道我的脾气。我认定要做的事，轻易不会放弃。风儿，你为何还不明白，如今天下承平，河清海晏，此时再动干戈，是有违天命……"

"够了！"风间花向来清雅的声音微微拔高，竟隐隐有金玉之声，"这些话我已经听过很多遍，不想再听，墨长老，你要是再不让路，别怪我不客气。"

墨竹皱眉，声音也严厉起来："风儿，你真要如此执迷不悟？"

"执迷不悟的人是你才对！"

"既然如此……"两道犀利的目光突然间转至女扮男装的慕容七脸上，"这位，想必就是沈世子吧？"

凤渊一皱眉，正要澄清，慕容七却拦住了他，作揖一笑，道："墨长老，久仰了。"

她已用内力改变了声线，声音如男子一般低沉。

"传闻沈世子有天人之姿，果然名不虚传。"墨竹没什么诚意地赞了一句，目光转冷，"一切皆因你而起，只要你不在，风儿和雍和军便不会再遇灾劫。"

慕容七摇了摇头："你这个逻辑实在是有些……""强词夺理"四个字还没有说出口，一片寒光迎面罩来，慕容七急忙跃起相避，大叫道，"竟然偷袭，好不要脸！"

墨竹冷笑："连命都保不住，要脸有何用？"

他一边说一边调整手臂上的机弩，再次对准半空中的慕容七，同时低叱道："阿蓝，杀了沈千持！"

"明白！"

欧阳蓝扔下纸伞，抽出铜锤，朝慕容七脚下狠狠砸去。

与此同时，小路上鬼魅般出现了许多人影，皆是长弓铁盾，当前数十人更是手执一杆尺许长的铁筒，对准了被欧阳蓝缠住的慕容七。

梅望亭大惊道："楼主，这是墨竹的火弩！"

四大长老之一的墨竹，擅长机簧布阵之术，火弩是他从普通的臂弩改装而来，内装两寸来长的小箭及硫黄火石，只要按下机关，火石点燃箭头，便能连续射出带火的铁箭，威力极大。

而此刻，这十多只火弩竟同时按下机括，无数火矢划开雨幕，星星点点，快如闪电，都朝慕容七射去。

一道白影迅速掠起，袖袍飞舞鼓动，仿佛一道无形的气墙，将大部分火箭挡下，余下的几支，皆被慕容七或闪或挡避开，等欧阳蓝的巨锤再一次横扫而来时，她已被凤渊强行拉到了身后。

风间花见状，低喝道："梅老，保护公子！"

说罢，她双手一伸，自袖中抽出两把雪亮短剑。

风家出身将门，风老将军的双手铁锏闻名沙场，风间花因是女子，铁锏太过沉重，便改锏为剑，自小师从名家。短剑正是兵器谱上排名第十的"流云飞雪"。

此刻，这对天下闻名的剑激起一片剑光，毫不留情地朝墨竹绞去。

墨竹腿脚不便，欧阳蓝又不在身边，只得双手按住轮椅机括，急速后退，呵斥道："风儿，你真要为了一个不相干的人，与我为敌？"

风间花冷哼一声："是你先与我为敌的。"

腕转，斜挑，平刺，如行云流水，一气呵成，十招之后，双剑一个漂亮利落的反剪，准确无误地抵在墨竹的脖子上。

"住手。"

一声清喝让所有人的动作都停了下来，欧阳蓝原本便在凤渊和慕容七的双重压制下毫无还手之力，此刻更是急红了眼睛，大叫道："风姐，别这样！"

他一时情急，唤出了从前的称呼，风间花却不为所动，对墨竹道："叫你的人都退开！"又转头吩咐梅望亭，"梅长老，带公子进山。"

墨竹定定地望着风间花的脸，幽幽的目光中有种叫人看不明白的深意，他似乎想说什么，却终究什么也没说，只是挥了挥手，包括欧阳蓝在内的一群人只得放下武器，散开包围圈，眼睁睁地看着他们离去。

梅望亭打头，慕容七和凤渊随后，风间花则挟持着墨竹走在最后，小半个时辰之后，五人置身于一片树林中。

江南的树生得并不特别高大，但枝叶茂盛浓密，细雨依然下个不停，放眼望去，四处都是烟雾蒙蒙，来时的路，远处的山，都看不见了。

风间花这才抽回剑，剑尖已然在墨竹的颈侧划开一道血口，他也不去擦拭，任凭鲜血缓缓流下，染红了青衫。

自始至终，那双清澈的眼睛始终没有落在风间花以外的人身上。

“风儿，你真的要离开吗？”

风间花没有看他，纤细的背脊挺得笔直，声音冷淡：“道不同不相为谋。墨长老，看在你这双腿是为了救我而废的分上，今日我便不再为难你。从今往后，我是雍和军首领，你是雍和军叛徒，往日种种一笔勾销，生死各有天命。”

他久久地看着她的背影，终是一笑，道：“好。”

手指转动轮椅，转头离去，再无留恋。

墨竹走后，四人找了一处山洞暂作休整。

慕容七一边生火烤着衣服，一边看着站在洞口的风间花，那个地方并不避雨，也不挡风，山风吹动那一袭浸了雨水的红衣，沉重地贴在身上，看起来就很不舒服。

看美人受累，她实在于心不忍，忍不住道：“我去叫风姐姐进来吧。”

“慢着。”她还没站起来，就被梅望亭按住了。须发斑白的老者轻叹一声道，“让楼主一个人待一会儿吧。”

慕容七也不傻，凑近过去悄悄问道：“楼主和墨长老，从前的交情应当很不错吧？”

梅望亭怔了怔，缓缓摇头：“岂止是不错……楼主自小失怙，跟随墨竹长大，对她来说，墨竹亦师亦友，楼主原本一片孺慕之情……”

话未说完，风间花已转身走进洞中，淡淡地打断了他：“梅长老，若是准备得差不多，我们就该上路了。”

·第二十二章· 回风

季澈捻起地上湿润的泥土嗅了嗅，还残留着淡淡的硫黄气息。环顾四周，雨水已经将所有的痕迹洗刷干净，苍翠的山林环绕，根本不知道之前在此打斗的人去了哪里。

“这是雍和军的火弩。”郭子宸看着手里一只沾满了泥土的小铁箭，“看来是内讧，没有惊动郡卫军。”

他转头看向季澈：“这么算起来，慕容姑娘走得不算快，才这么几天我们就快追上她了。少主，你看……”

“继续往北。”季澈很快就做了决定。

从这一路的蛛丝马迹来看，慕容七一行人虽然有些迂回，方向却一直在往北。他的直觉告诉他，她的目的地就算和慕容久不一样，也不会差得太多。

朔北第一雄关，紫霞关。

而此时此刻，“逍遥法外”的慕容姑娘正从火上取下烤得外酥里嫩的山鸡，撕了一条腿朝身后扔过去。

“快点吃，吃完就走。”

凤渊文雅地咬了一口，赞道：“好吃。”

“我只会这个，是阿澈教我的。小时候我、小久与他在外面玩，生火做饭的都是他。”慕容七一边大嚼一边说道，“说起来阿澈真的很能干，看起来那么凶狠像土匪一样的家伙，下起厨来比姑娘家还麻利，做的饭菜可好吃呢。”

她说着，忍不住叹气：“虽然他经常婆婆妈妈的，但其实对我还不错，这次是我把话说重了，希望他不会太计较。”

凤渊定定地看着她：“季少帮主他对你很重要？”

“是呀。”慕容七不假思索地点头，“对我和小久来说，他就像是，像是……对了，是娘亲一样的存在吧……喂，别用那种眼神看我。总之，他就像家人一样，虽然最近几年是疏远了一些，我有点不太能明白他的想法了……”

“你喜欢他吗？会嫁给他吗？”

这个问题太过跳跃，以至于慕容七被一口肉噎着了，一边咳一边惊讶地抬头看他：“你

疯了？”

“怎么？”

“兄弟如手足，你见过和手足成亲的吗？”

他看着她，笑起来：“这样我便放心了。”

你放什么心啊。

慕容七烦躁地抓了抓头发，用油纸将剩下的烤山鸡包起来，站起身踩灭了火堆，先走出了山洞。

“别吃了，风姐姐和梅长老走了快半天了，我们也该离开了。”

一天前，他们被墨竹逼入山中，风间花建议兵分两路，她和梅望亭先行引开墨竹及其部下，替慕容七和凤渊争取时间。

“一个月后，我们在紫霞关会合，关外有爷爷留下的一支精锐骑兵，公子必须亲自和我去见他们的首领。”风间花的手指沿着地图一路往北，最后停在群山之间的险峻关隘之上。

“这么远？”慕容七吃了一惊。

“原本是要和回风渡的兄弟们联络的，但我们的行踪已被发现，只好改变计划，免得墨竹捷足先登，守株待兔。回风渡的雍和军统领，等我们回来之后再去见面也不迟。”

风间花处事冷静，思虑周详，当时情况紧急，慕容七骑虎难下，只好依计行事。可事到如今，她却越想越不对劲。

怎么莫名其妙地就跟凤渊成了一条绳子上的蚱蜢呢？这人身上，明明集合了她讨厌的所有特质——狡猾、无耻、口蜜腹剑，脸皮比城墙厚，心思比海底深。

为什么偏偏就甩不掉他？看来兰若那些大和尚说的是对的，一定是她平时没有好好积善缘，才会被这样的家伙缠上……

按照风间花事先安排好的路线，两人又走了五天，终于到达了原先的目的地——回风渡。

这里，是巨泽名将风子越的故乡。回风，“风”回，以如此隐晦的方式，来纪念这位与国同亡的名将。

这里，还留着雍和军旧部最忠心的一股力量。

此时此刻，慕容七正坐在回风渡口的小酒馆里，小酌着冰镇梅子酒。江南的梅雨已经过去，日头火辣辣地照下来，随便走几步便是一身汗。这一路，为了混淆视听，慕容七又穿回了女装，一身巨泽姑娘最常穿的蓝印花布衣，包着头巾，略微易容的相貌，活脱脱一个江南少女。

而坐在她对面的，是一个同样打扮，脸色蜡黄面有病容，且身材高大的“女子”。

此刻正是正午，日光盛极，街道两边的人家却都敞开着大门，门前支着竹竿衣架，搁着木板，上面晾着各式各样的衣物、棉褛、布匹、书籍，甚至还有腌肉。

“这是在做什么？”

一路上为了躲避郡卫军和墨竹的双重搜查，劳心费力，但难得险中偷闲，慕容七还是忍不住好奇心。

“今天是六月初六，巨泽传统中的‘晒经节’。梅雨过后，家中事物都要拿出来晾晒，既为了祛除湿气，也有趋吉避凶的意思，祈祷从海上吹来的风不要带来水患。”

近在眼前的杏眸流光溢彩，让那张蜡黄的病容平添了几许魅色，慕容七低声道：“你还病着呢，别东张西望的，姐姐。”

她特意将“姐姐”两字加重了语气，凤渊颇为委屈道：“嫣然，我可不可以不要再扮女人了？”

“你要是恢复男装，我们很快会被发现的，世子殿下。”慕容七咬牙道。

“发现就发现，又不是打不过。”声音里带着一丝不屑。

“多一事不如少一事，一个月时间不短，一路打杀过去，我可吃不消。”慕容七说着放下酒盏，“你听明白了没有？”

这回，凤渊很是乖巧地点了点头，轻声道：“今晚有祭典，我们可以趁机混出城去。过了回风渡就是从前的巨泽腹地，墨竹势力大为减弱，先甩掉他再说。”

“那就这么办。”慕容七点点头，“还有些时间，姐姐要不要先沐浴休息？”

“不如我们姐妹一起？”

“去死吧！”

“晒经节”的祭典和别处祭典比起来并无特别，一入夜，街上便满是祭祀河神和风神的歌舞仪式。

两人都已除下伪装，换上了夜行衣，早早地躲进了一批准备出城的马车里。

透过马车窗户的缝隙，看着火光下涌动的人群，慕容七不由得道：“我小时候也参加过这样的祭典，很多僧侣在巨石垒成的寺庙前大声诵经，祈求雪山之神不要降罪人间。我娘说，人力再如何强大，在白然之力面前都是渺小的，只有认识到这一点，才能更加豁达，更加谦卑……”

“雪山？”身边的凤渊疑惑道，“嫣然难道不是在宫中长大的吗？”

慕容七这才发现一时说溜了嘴，急忙轻咳一声：“也就溜出去过那么一两次……”

凤渊也没再多问，沉默片刻，道：“其实这是我第一次看到晒经节的祭典。很可笑是不是？这是我的国家，我出生的地方，我却第一次看清它的样貌，还是在逃亡的路上……”平素温柔多情的声音一下子变得低沉，多出几分寂寥。

慕容七忍不住转过头，却只看到他眼底一片深深浅浅的光芒，那是不远处虔诚的人们点燃的灯火。

“父王是个很神经质的人，总是担心有人会抢他的王位，为此他甚至不惜派人去刺杀自己的亲姐姐。母妃出身高贵，聪明睿智，自我出生以后，父王便颇多忌惮，直到大西的军队打到洛涔，我都没有出过皇宫。”他继续说着，声音仿佛是从幽深的湖底传来，“后来去了辽阳京，周围一个熟识的人都没有，那些世家贵族子弟因我是质子而处处欺辱，若不是临行前母妃再三叮嘱，我一时忍不下这口气，说不定便活不到今天……”

慕容七眨了眨眼，突然想起自己十四岁那年，和小久一同入京，人生地不熟，虽然地

位尊贵，但异样的眼神、嘲讽的话语，哪一样没有领教过？

她也有过忍不下去的时候，可是她有哥哥，还有阿澈。

而他呢？

除了一句嘱咐什么都没有。

她不由自主地伸出手，握住了他的手掌。

温暖柔软的触感，让陷入回忆中的凤渊蓦然一震，回过头，看到一双清澈的眼睛。

“可你还是活下来啦，这才是最重要的，那些不开心的事，就当成上天的试炼，像练武那样，只要通过了最难熬的关口，就能学会新的本领。”

“嫣然……”他怔怔地看了她片刻，突然反握住她的手，拉到唇边，低声道，“我真是越来越喜欢你了呢，不，也许比喜欢更多……”

慕容七急忙抽回手，怒道：“我就不该同情你！”

可是他却顺势用力，将她带进了怀里。

“你要逃避到什么时候？”叹息轻拂过耳畔，“我每次说的都是真话，可你每次都当成玩笑，你是不愿，还是不敢？”

“什么……什么不敢？”

“你不愿相信我，这是我咎由自取，无话可说。但你想一想，我可曾真正伤害过你？你却连一个重新相信我的机会都不愿意给……”他埋首于她的秀发中，像一个受了委屈的孩子一般低喃，慕容七却第一次从那撒娇似的尾音中听出了无奈和挫败，这让她惊讶和不安。

在她心里他从来不是好人，早早就被剔除在可结交的范围之内。

这种认知至今未变，变的是她的态度。她最近经常会觉得，这个人其实也不是那么让人讨厌，甚至某些时候，还有点可怜。

就比如现在。

“这个……你先起来说话。”她有些僵硬，粗鲁地推了推他。凤渊轻笑起来：“不要紧，我给你时间，多久都行。不过和离这件事，除非我死，否则休想我答应。”

他松开了她，直直地盯着她的眼睛，让她的一个“滚”字卡在了喉咙里。

耳边锣鼓喧天、人声鼎沸，不远处香烟缭绕、灯火通明，只要一转身，就能踏入这喧嚣的尘世祭典，可是那一刻，幽微的黑暗笼罩在这个狭窄的地方，谁都不开口，谁都不离开。安静得仿佛能听到彼此心跳的声音。

变故是在一瞬间发生的。

无数银甲士兵突然间从四面八方拥来，瞬间将祭典的人群冲散，他们手持刀剑闯进店铺和百姓家门，撞倒了门口晾晒用的架子，物品散落一地，被皮靴肆意踩踏。

惊叫声中夹杂着咒骂声，这里是凤将军的故乡，又是边境之地，百姓也比别处的更有血性一些。

眼看着那些士兵从各处屋子里绑了十几个人出来，推推搡搡地押到了广场上。几十支火把将不大的广场照得雪亮，祭典虽然被打扰，百姓却不曾离去，三五成群地朝着包围圈内张望，神色间隐隐透着几分紧张和愤怒，却不见恐惧。

慕容七和凤渊对视一眼，悄无声息地从马车里溜了下来，随手拾起一件散落在地的衣物披在身上，挤进了人群。

被绑的人里，有男有女，有老有少，正被士兵驱赶着强行跪下。慕容七心中一动，想起在清涟镇初见梅长老一行人时的情景——雍和军的习惯是隐于市井，莫非这些人是……

正在此时，耳边传来一个依稀熟悉的女声，正高声喊道："商统领，你的人现在在我手上，若不想他们有事，我劝你还是尽快现身为好。"

望着人群中慢慢走出的红衣女子，慕容七大为意外："怎么是她……"

这个人，正是在京城中有过数面之缘的禁卫军十七营副统领梁珊。

她压低声音对凤渊道："这银甲是大酉骁骑营的标志装束，看来雍和军已经惊动了京城，你们惹下大麻烦了。"

凤渊却轻笑一声："从禁卫军到骁骑营，这位珊姑娘倒是高升了。"

嘴角虽有笑意，眼中却冷了下来。他们不久前才从风间花口中听闻，雍和军回风渡分部的统领姓商，手下收编带领的几乎都是从前风家军的余部，战力强，也最为忠心。梁珊口中的"商统领"，显然正是此人。

既然骁骑营能一下子搜出这么多人，梁珊又敢如此叫阵，想必隐藏在回风渡的雍和军已经全数暴露了。

而泄露消息的人，除了墨竹，再不可能有别人。

雍和军的女首领和她曾经最信任的那个人，如今已势成水火，不是你死就是我亡。

梁珊喊了几声，不见有人出现，冷笑一声，从俘虏中拉出一个流浪汉，高声道："商统领既然喜欢躲躲藏藏，我只好先送件礼物给你！"

说罢，她手中刀一挥，抹上流浪汉的脖子，顿时鲜血四溅，染红了一方青砖。

她将手中死人推开，无视周围愤怒惊恐的眼神，继续道："你若还不出来，我就继续杀，看看是你的耐心好，还是你手下兄弟的命长。"

说罢，她又拉出一个年轻女子，将苗刀架上她的脖子。那女子却一扬眉毛，大叫道："商大哥，你千万别出来，带着大家快走……"

话音未落，刀光闪动，那半句尚未说出口的话，随着她倒下的身子就此消散。

"姓商的，等这些人死光了，我就屠城，你到底出不出来？"

周围响起低低的喧哗，梁珊走了一圈，这一次拖出了一个不过十五六岁的少年，眼看就要手起刀落。慕容七终于忍不住低叫一声"浑蛋"，咬牙就要冲上前去。

可是肩头才动，就被凤渊用力按住："别去。"

"你瞎了吗？"她回头瞪他，"这些人用命来支持你，你居然置之不理？"

凤渊沉声道："救下这十几人又能如何？梁珊既然能这样有恃无恐，一定早已经布下天罗地网，只等着有人来投，这时候出去，就等于送死。"顿了顿，又道，"若我是商统领，一定会趁这段时间将余下的雍和军转移，这样才能保存实力，将损伤降到最低。贸然现身不过是逞一时之勇，英雄不是那样当的。”

她从未见过他的目光如此之冷，眼底却又好像有火焰在燃烧。她怔怔地望着他：“所以，你认为让那些人牺牲……是值得的？”

她艰难地问出口，却没等到他的回答，因为在那一刹那间，已有一个沙哑的声音阻止了梁珊的刀势：“商飞蓬在此，只要你敢砍下这一刀，我定让你们一个也无法活着离开回风渡，说到做到！”

慕容七循声望去，夜色下，一个略显单薄却十分挺拔的身影正独自立于不远处的屋顶，衣袂微拂，手持一柄长刀，衬着身后一轮残月，竟有一种叫人胆寒的气势。

“飞蓬？”

耳边的低喃带有不可置信的诧异，慕容七转头看了凤渊一眼：“你认识他？”

“是……”他惊诧的目光紧紧锁住那个身影，一时陷入回忆，“我还记得，当我还是巨泽皇子的时候，曾有一个伴读，是母妃贴身女官的长子，名字就叫‘飞蓬’。”

飞蓬、飞絮，是芳姑的一双儿女，飞蓬只比他大一岁，国破城灭之时，也不过是六岁的幼儿，跟随芳姑留在母妃身边。两年后，飞絮出生，再过了五年，芳姑去世，飞絮为鸿水帮帮主季芒收养，改名“季慈”。

他的儿时玩伴，才是季慈真正的哥哥。

幼年的记忆已经十分模糊，他只记得飞蓬身体不好，总是生病，偏偏又倔强如牛，若非他的有意护持，大约早就被那些老学究们打断了腿。后来他去大西为质，再无飞蓬的消息，他曾经以为，这个名字已经随着它的主人一起在战乱中消失了。

而今，眼前这个人带领着雍和军最精锐队伍的统领——说自己叫“飞蓬”。

往事隐约，故地旧人，一时间，他竟有些说不清的怯意。

梁珊的嘴角勾起一丝嘲讽的冷笑，将手中的少年推开，苗刀斜指商飞蓬，朗声道：“你，到前面来，我就把这些人放了，我也说到做到。”

商飞蓬也不废话，从屋顶一跃而下，一步一步走到离开梁珊十步远的地方，冷声道：“放人！”

慕容七这才看清他的长相，清秀文弱，却偏偏握着一把与身量等高的长刀，眉眼间满是坚毅刚强。

身边的凤渊轻轻吸了口气，蓦然间用力握住她的手。

她能感觉到那只手中微微的潮湿，同样是可以为他所用的人，素不相识的人和儿时的朋友，毕竟还是不同。

那群俘虏已经被释放，往回走时经过青年身边，不论男女老幼，俱是低低一声：“商大哥。”他们站在商飞蓬背后，怒视着银甲的骁骑营，直到目光中的怒火将泪光烧干。

广场上一时静得落针可闻，明明没有人出声，却好像有什么东西在无声中蔓延，慕容七深吸了一口气，道：“凤渊，你一定要救他们。”

她从未这样唤过他的名字，他听得一愣，掌中的温暖在这个瞬间让茫然的心念落定。

他慢慢地点了点头，正准备找机会突袭，耳边突然响起一声尖厉哨声，随后人群中有人大叫："起火了！"

夜幕中，镇子东边的天空不知何时被火光映得一片亮红，商飞蓬看到火光，脸色大变，沉怒道："你敢背信毁诺！"

梁珊却漠然道："我只说不杀人，没说不放火。"顿了顿，她转向火光方向，道，"你一直拖延时间不愿露面，就是为了转移剩下的叛军是不是？可是不巧，我很清楚撤军的密道在哪里。商统领，你失策了。"

慕容七能够感觉到凤渊的身子微微一颤，她抿了抿唇，没有回头，只是指尖滑过他的掌心，横平竖直，是一个"不"字。

稳住，不要急，不要慌。

人群渐渐骚乱起来，回风渡的百姓中十人有九人仍对故国忠心，因此骁骑营的嚣张残忍，很快惹怒了那些血性未泯的人，胆大些的已经在冲撞兵士，想要冲到广场中间去。

商飞蓬手中长刀唰地挥开，清冷刀刃直指梁珊。

"既然如此，你们都要留在回风渡陪葬，一个也别想离开！"

梁珊一挑眉："你这是明目张胆地与大酉为敌了？"

"废话少说。"他低喝一声，长刀如修罗之舞，厉声道，"告诉前面的兄弟，走不了就战，亡我巨泽的大酉狗贼，杀一个是一个，到了下面，我请兄弟们喝酒！"

略带沙哑的声音，伴着兵刃相击的锵然清响，回荡在被火光映红的天空中。

黎明，遥遥无期……

季澈赶到回风渡的时候，天空刚刚泛出鱼肚白，整个镇子如同死城，并不清冷的空气中蒸腾着呛人的硫硝味，尚未完全散去的青烟缭绕着残垣断壁，到处能看到血肉模糊的尸体。

这里到底发生了什么？

看到这个地方的第一眼，他的心脏蓦地一阵紧缩。

慕容七在什么地方？

她究竟怎么样了？

他一路怒气冲冲地追寻着她，忧心忡忡地担心她，想着一定要找到她把话说清楚，从今往后，要么接受他，要么老死不相往来，他得给自己一个交代。

可是他从未想过，要是再也找不到她，该如何是好。

他勒紧缰绳，策马走上焦黑的街道，想要从瓦砾中发现一些蛛丝马迹。马蹄声敲打在空旷的街道上，鲜血浸染了青砖地面上斑驳的纹路，凝固成褐色的污迹，折断的武器和残肢裹着过节时晾晒的衣物，乌糟糟的一团。偶而有暗处的门打开一条缝，在他看过去的时候，却又立刻合上，门后的妇人和幼童脸上尚带着惊慌失措的泪痕。

他穿过街巷，在广场中心下了马，把缰绳递给一直紧随其后的郭子宸，看了看周围的地形，决定穿过广场，到对面巷子里找个当地的居民问清楚事情的经过。

当他跨过堆积在石阶上的尸体时，一只沾满血迹的手突然抬起，一下子抓住了他的脚。

他低下头，只见一片血泊中有个人正费力地抬起上半身，可是因为伤得太重，又重重侧地倒了回去，不过那人的手劲却是极大，牛皮靴子上竟被生生地按出几个手指印来。

他犹豫片刻，蹲下身问道："你是谁？可是有什么未了的心愿？"

问话很是直截了当，这人背上插了五六支羽箭，胸口又有一道深及内脏的伤痕，显然，大罗金仙也救不回来，若不是靠着非凡的毅力撑着一口气，等闲之人早就死了几百回。

他生平最重惜流血不流泪的人，否则也不会暂搁要事，停下脚步。

"我是……雍和军回风渡……分部的统领……商飞蓬。"

一句话说得断断续续，季澈将手掌抵在男子背上，温厚强大的内力徐徐注入，终于让他稍微恢复了一些力气。

"多谢……"自称商飞蓬的男子略一点头，继续道，"我知道自己命不久矣，临死前唯有一个心愿，便是将此物送到紫霞关，交到雍和军总领风间花手中……"

他一边说一边摊开另一只手，手心中躺着一枚墨玉令牌，牌身正中刻着一个"风"字。

季澈不由得皱眉："雍和军兵符？"

"这是风老将军半生征战随身携带的兵符，能号令风家军旧部。如今的雍和军，只有半数为风家军旧部，另一半为不甘亡国的巨泽义士，人数虽不少，但论作战能力，却不及风家军。风间花若没有这枚兵符，到了紫霞关，恐怕很难服众……"几句简单的来龙去脉，商飞蓬说得却很艰难，说到最后更是不断地咳嗽，口中涌出血沫。

季澈手中多加了几分力道，道："这是雍和军的重要信物，一旦泄露，整个雍和军就会被大酉连根拔起，你我不过初识，你为何如此信任我？我又怎知这不是圈套？"

商飞蓬听完，不由得撇了撇嘴："果然不愧……不愧是鸿水帮的少帮主，心思如此缜密。我快要死了，骗你作甚？我求你帮忙，是因为我数年前曾经去过鸿水帮，你虽不认识我，我却认识你……你这人虽然脾气古怪，却有原则，既不会做大酉朝廷的鹰犬，也不屑于来害我巨泽复国之军……"

这一大段话说完，商飞蓬已经是气若游丝。

"我没有别的机会，只能赌一赌……你送过去最好，不送，也不怪你……至少我已尽力，再无……怨悔……"他的头慢慢耷拉下来，声音也低得几乎听不见了，"……若能见到风间花……请提醒她……护好公子……"

油尽灯枯，终于，再无一丝声息。

曾经意气风发，立志守护家国大好河山的少年将领，垂下了高傲的头颅，血液渐冷，化作战场上一缕亡魂。

季澈伸手替他合上半睁的双眸，将兵符收进怀中，正要起身离开，眼角却瞥到商飞蓬腰间的一抹碧光，仔细看去，是他系在软甲上的一枚鱼戏莲叶的玉佩。

玉佩只有一半，一条鱼逐着一朵莲，图案看起来竟有几分眼熟。

他思忖片刻，伸手扯下玉佩，一并收进怀里，又解下披风盖在商飞蓬的尸身上，这才转身离去。

两个时辰之前，当商飞蓬手中长刀指向梁珊的时候，一场让回风渡百姓永生难忘的厮杀就此拉开了序幕。

前一刻还是庄重的祭典，后一刻，却变成了人间的修罗场。混在百姓中的雍和军军人纷纷亮出兵器，朝四周铁桶一般的骁骑营士兵拥去，夜风送来凄烈的喊杀声，慕容七和凤渊原本的计划，也不得不因此更改。

“立刻走！”凤渊扯了扯慕容七的衣袖，“事已至此，恐生变故，不宜久留。”

慕容七愣了愣：“你不救人了？”

凤渊皱眉：“情况有变。”

她指了指场上挥舞长刀的身影：“他是你的朋友！”

“可他首先是回风渡雍和军的统领。”凤渊沉声道，“如今这场战事已不可避免，他有他的责任，他不能走。我也有我该做的事，我必须离开！”

慕容七想了想：“那好，你先走，我留下来。”

凤渊很是意外：“你留着做什么？”

慕容七的神情却很理所当然：“在你心目中，巨泽和你的王座比任何事情都重要，你为此可以抛下一切。不过这些和我没关系，我觉得商飞蓬这个人不错，不想看着他死，所以我想救他。”

“嫣然！”他不知道是该怒还是该笑，“这不是路见不平拔刀相助的时候，你太天真了。”

慕容七却推了推他：“快走吧，世子殿下。”

凤渊皱着眉，正考虑如何将她强行带走，眼角余光却看到不远处，梁珊的刀正朝商飞蓬胸口砍下，他下意识地挥动手掌，一股无形而强大的罡气卷起身边士兵的刀，直直地撞向梁珊后背。

红月天魔功九重功力非同小可，尽管梁珊察觉到了，却还是慢了一步，刀刃如被无形之手操纵，在她肩上留下一道伤痕。

这一刀替商飞蓬解了围，却也暴露了慕容七和凤渊的藏身之处，一队士兵迅速朝两人围了过来。

慕容七急忙夺过一把铁剑，逼退了先前几人，纵身跳进了广场正中的一片混乱中。凤渊随之跟上，与她背靠着背。

虽然被围攻，慕容七还是忍不住问道：“你不是说不救人吗？说得那么绝情，还是放不下吧？”

凤渊面不改色：“手滑了而已。”

“承认一下会死吗？”

“会。”

“……”

蜂拥而来的士兵将为数不多的雍和军团团围住，慕容七和凤渊混在人群中，互相交换了一个眼神，慢慢朝着商飞蓬和梁珊所在之处移去。

事已至此，想脱身不易，唯有擒贼先擒王才是上策。

可是对手人数实在太多，又训练有素，两人一时半会儿也突破不了重围，只能眼睁睁地看着梁珊带领一小队人马将商飞蓬逼入箭阵，一阵箭雨落下，将他的身影笼得严严实实。

慕容七见状，转身就要去救，却在下一刻被凤渊拉了回来，随即眼前一花，凤渊的人影已经出现在商飞蓬背后，伸手拎住他的后领往后急拖，千钧一发之际，与漫天箭雨错身而过。

商飞蓬手中长刀格开几支流箭，回过头正要答谢，却在看见凤渊的容貌之后瞬间愣怔，这一怔之间，凤渊已经松开了他，手中剑架住了梁珊的刀。

商飞蓬忍不住开口唤道："你……"

"别愣着了，还不快走！"慕容七伸手在他背后推了一把，"你们的人不足骁骑营的十分之一，硬拼不过是送死，先走再说！"

商飞蓬此刻已经定下神来："姑娘和那位公子是一道的？"

"这不是很明显的事吗？"

"如此……"他轻轻吸了口气，"请姑娘带着公子速速离开回风渡。"

慕容七皱眉："你不走？"

"我若走了，雍和军兄弟们要怎么办？百姓又要怎么办？"商飞蓬剑眉紧蹙，眼神却十分坚定，"这是我要保护的地方，我不能为了自己活命就弃之不顾。战至最后一人，我也不会走。"

"恳请姑娘！"他伸手抓住慕容七的肩膀，手掌中的血迹沾湿了她的衣襟，"快走，带公子速去紫霞关。这里交给我。"

"紫霞关？"慕容七睁圆了眼睛，"你……认出他了？"

商飞蓬轻轻点了点头，坚毅的唇边露出一丝隐隐的笑意。

儿时替他解围的那个内向温柔的皇子，留在记忆中的模样虽然已经模糊，但方才那张与王妃几乎一样的倾世容貌，还有王妃亲传的红月天魔功内息，又怎会认错？

多年之后，替他解围的还是他，他已练成绝世神功，这样，甚好。

他不再多说，伸手入怀取物："请姑娘带上……"

可是话没说完，身侧已有数十人围了上来，两人顿时被冲散了。商飞蓬眼看着再没有机会将东西送至慕容七手中，果断喊道："姑娘，飞蓬心意已决，请带公子离开，勿失良机！"

看着那张略显文弱的脸庞和坚定的眼神，慕容七咬了咬牙，手中铁剑舞作一团，硬生生地将包围圈打开一个缺口，跃至凤渊身边，一剑挥开梁珊的刀，急道："别打了，快走！"

凤渊怔了怔："当初是你要留下的。"

她的语气有些不甘，又有些无奈，却很诚恳："我答应了商飞蓬将你平安带去紫霞关。"

凤渊愣了愣，回头看了一眼那个正奋力杀敌的青年，片刻后才沉声道："好。"

要从一支上千人的军队里救出几十个人，实在有点困难，但是两个武功高强的人要逃脱，却并非难事。两人联手逼退了梁珊，很快突围而出，离开广场之前，慕容七忍不住转头望去，却正看到箭阵再次发动，如雨的羽箭在火光中如同一群嗜血的黑蚁。

她看不清商飞蓬的位置，尽管已经接受他的决定，那一刻，却还是觉得心房一阵抽紧，忍不住停下脚步，身边的凤渊却伸出一只手掌，挡在了她的眼前。

“别看。”他的声音低沉中带着一丝不易觉察的微颤，“既然选择了往前走，就不要回头看，别给自己后悔的机会。”

她回头，轻轻拉住他的手，然后用力地点了点头。

当季澈穿过一片狼藉的回风渡时，慕容七和凤渊已经离开了那片泼洒了无数热血的广场，镇中火势渐尽，厮杀声已微不可闻，战况如何，不得而知，唯有一声又一声的凄厉号角，远远传来。

手臂因为挥剑太多而酸痛难忍，眼睛因为疲惫而干涩，伤口的血一直没有止住……可是不能停下来，更不能回头。慕容七深深地吸了口气，东方已泛出微微的鱼肚白，黎明就要到了。

“这是骁骑营的集结军号，追兵应该不多了，我们正好趁机离开。”她将手里的缰绳递给凤渊，凤渊一声不响地翻身上马，伸手将她拉坐在身前，双腿用力夹住马身，抖开缰绳，骏马撒开四蹄，跑过一条条空寂的街道。远远地，只能看到广场上一片尸骸在朦胧的天光中浮现出一层若有似无的淡淡血色。

那个曾倔强地反驳师长的文弱少年，此刻会在什么地方？

二十年前的别离，二十年后的惊鸿一瞥，到底都是为了谁？

为了谁的江山，为了谁的家园？

或许是因为速度太快，慕容七只觉得环在自己腰间的手渐渐收紧，背靠着的胸膛也微微颤抖，不知过了多久，凤渊突然低下头，将脸埋入她肩颈处的乱发中，脖子里温热濡湿，她分不清是自己的汗水，还是他的眼泪。

她不知该如何是好，只能侧过头蹭了蹭他的鬓角，加紧催马，朝着北方一路疾驰而去。

一夜激战，她已经太过劳累，并未注意到在只隔了一条街距离的地方，有个人正焦急地拍打着一户户人去楼空的屋子，只为了探听有关她的哪怕一丝消息。

季澈听到不远处疾驰而过的马蹄声，再追出来时，只看到消失在第一道霞光中的模糊背影。那一声短促的策马之声，也被清晨的风吹散，散在八方荒野中。

·第二十三章· 紫霞

在慕容七看来，三天前那个带着决绝和哀恸离开回风渡的巨泽皇子，大概……只是在梦境里出现的。

太阳完全升起来的时候，地狱一般的回风渡已经被远远抛在身后，到了下一个城镇，换下染满灰尘血迹的衣裳，找一家客栈洗澡睡觉，等黎明重新到来，他又是那个她所熟识的、讨人厌的凤渊。

依旧挑食，依旧装模作样，依旧笑得像只欠揍的狐狸……他没有再提起回风渡的那个夜晚，没有提起那个曝尸荒野的儿时伙伴。只是有的时候，他会望着北方的群山陷入沉思，有的时候，他也会看着她露出淡淡的笑，那种笑并不刻意，反倒有种虚渺的沉重感，一点也不能凸显他的美貌，反倒让慕容七觉得，有那么一点心疼。

当然，只有一点点，一点点而已。

这一次两人轻装简行，除了吃饭睡觉，基本都在马上，因此不到一个月，便来到了大西的北境雄关——紫霞关。

紫霞关历来是中原地区和北方游牧部落之间的重要关隘，除了天际山口连绵的城墙和烽燧之外，关下的盆地里还有一座相当繁华的城镇，来自四面八方的商人和货物汇集于此，各种语言和文化也在此交会杂糅。久而久之，各方势力暗中盘根错节，让这里成为某些人的避难所，也是另一些人的失魂地。

二十年前，紫霞关边矗立着江湖中四大势力之一的持剑山庄，有着足以控制雄关内外的力量。只是骤逢变故，偌大山庄一夜之间被焚成白地，侥幸逃脱的家仆及其家人留了下来，久而久之，关下的小村庄便成了如今的边陲第一镇。

二十年，有人一夕陨落无家可归，有人却因祸得福得享安乐。

慕容七勒住马缰，看了一眼身边的凤渊，他和这里的大多数镇民一样，将自己裹在一件灰扑扑的大斗篷里，一双明澈多情的杏眼微微垂着，看着尘土飞扬的黄沙地上的几枚铁钉。这些铁钉看似杂乱无序，仔细分辨，却巧妙地组成了一朵花的模样，正是风间花留下的暗号。

两人顺着暗号一路走进一家有胡姬献舞的酒馆，谁知刚进门，迎面便飞来一物，竟是一只油腻腻的盘子。

两人不欲惹事，侧身闪开，可没走两步，又有几只碗筷从天而降，最后，楼上居然掉了一个人下来，恰好摔在他们脚边，不断呻吟。

楼上随之传来一个虽故意压低却仍不掩娇俏的声音：“这样的货色也敢来挑衅本公子，大西的男子都是如此脓包吗？”

慕容七不由得摇头，这妹子以为别人都是聋子吗？身为女扮男装的资深人士，慕容七不禁有些恨铁不成钢，她朝凤渊使了个眼色，偷偷穿过四下逃散的客人，慢慢蹭到了楼上。

只见东首的雅间门口，一个身材娇小、面容白皙的少年公子正右手持扇敲着左手掌心，满脸不屑地看着面前一溜三四个锦衣男子，在她身侧，一左一右站着两个侍卫，均是北漠胡人打扮，身材高大，面目俊朗，手中的铁鞭上还沾着几缕血迹，看起来正是先前扔人下楼的罪魁祸首。

此刻，那几个锦衣男子的脸色发白，左顾右盼，打算伺机溜走。少年公子却伸出手中扇子一一点过，道：“你，还有你，有胆子说我白朔子民是未开化的野人，就没胆子上来和我这两个侍卫一较高下吗？自称打遍紫霞关无敌手，大西的男子真是丢死人了。”

她的言语无礼，可是此地鱼龙混杂，守关的军营离得又远，闹事的不过是几个当地土豪之子，四周看热闹的人多，劝架的人少。

慕容七也是来看热闹的，这女扮男装的少女，衣衫华贵气质雍容，两个侍卫身手不凡，想必有些来头，以她眼下的处境，虽不宜管闲事，看看总还是可以的。

那少年公子见对方几人不接话，冷笑一声，随即打了个手势，身边一个侍卫立即扬起铁鞭，朝离得最近的一人脸上抽去。

那人显然不是对手，狼狈躲闪了几下，眼看又要被一鞭抽下楼去，少年公子嘴角一弯，神情颇为得意。

慕容七手中捏了一枚铜板，正犹豫要不要趁机偷偷挫一挫这白朔少女的嚣张气焰，身边却倏地人影一闪，有人以极快的身法跃到执鞭少年的身前，将他意欲落下的手腕牢牢地擒住。

竟是凤渊！

慕容七怔了怔，这种时候，这种地方，出手揽事，他疯了吗？

凤渊看似轻巧地一握，执鞭少年却不能动弹，一张脸因为用力过猛而涨得通红，随口骂了一句，慕容七没有听懂，料想是白朔方言。

可凤渊却像是听懂了，语气淡淡地回应道：“欺负不如你的人，也算不上什么英雄。”

他的半张脸被汗巾挡住，只露出一双精致的杏眼，目光冷峻，全没有平常同慕容七玩笑时的无赖样子。

见手下无法反抗，少年公子觉得颜面无光，咬牙嘟哝一句，另一个侍卫也冲了上来，手中长鞭朝凤渊拦腰卷去。

凤渊头也没回，随手一拉，原本被他制住的侍从竟身不由己地举起手中铁鞭架住了同伴，强大的内力激荡，两人的武器同时脱手飞出，双双跌坐在地上。

“你！”

少年公子气得双眼圆睁，手中折扇一展，扇骨中顿时飞出三枚暗器，朝凤渊背后射去。

一直在冷眼旁观的慕容七撇了撇嘴，一把将凤渊推开，道："打不过就偷袭，好不要脸。"

话音刚落，一道人影从少年公子身后的雅间蹿出，伸手接住了三枚暗器，同时寒光闪动，直指凤渊胸口。

慕容七见状，顺手从身边少年公子手中一把夺过那柄铁骨折扇迎了上去，兵刃相触的刺眼火花一闪即逝，众人只见一支奇形兵刃生生停在凤渊喉头一寸之处，仔细看，竟然是一支密银色的钩爪，五支尖刺闪着慑人光芒。

钩爪的主人是一个不过十六七岁的少年男子，五官深邃，面无表情，一双眼睛是奇异的深碧色，如同凝着一潭寒冰。

扇子被夺走的少年公子顿时恼羞成怒，抬手便朝慕容七脸上打去，怒道："大胆小贼，你可知道我是谁？"

话音未落，便被一个低沉清冷的声音喝止："小栀住手！"

与此同时，一双修长的手穿过钩爪和扇骨的缝隙，迅速而精准地握住了少年公子正落下的手腕。

那一声，是碧眼少年所发，可是握住少年公子手腕的，却是凤渊。

少年公子被人一招制住，抽又抽不动，甩又甩不开，脸色由青变黑，跺脚道："有胆子就报上名来，本公子定要你们……"

狠话还未撂下，却突然愣住了，慕容七顺着她的目光看去，只见凤渊脸上的黑布汗巾不知何时被钩爪的劲气撕成两半，一张脸在兜帽之下半隐半现，长睫微敛，薄唇紧抿，带着说不出的鬼魅之色。

少年公子显然被他的容貌所惑，甚至忘了眨眼。

凝滞的气氛中，突然传来一个熟悉的女声："公子，这边。"

隔壁雅间门扉半开，一双素手朝他们招了招，正是好些日子未见的风间花。

慕容七扔下扇子，扯着凤渊径直走进了风间花的屋中。关上门之前，她听到那个碧眸少年冷冰冰的声音："小栀，不许胡闹，回去！"

原来那姑娘叫作'小栀'，名字倒是挺好听的，只是脾气有点坏。

风间花的屋子里除了她和梅长老之外，还有两个男子。

一个较为年长，身形瘦削神色严肃，鬓边额角有着长年风霜的痕迹，而另一个，慕容七看着眼熟，正是许久未见的凤渊的贴身护卫临西。

等两人坐定，风间花便介绍道："这位是严霖将军，这是凤公子和慕容姑娘。"

她并没有说出凤渊的身份，但自两人进门，严霖的目光便一直未曾从凤渊脸上移开，直到凤渊朝他行礼，才起身避开，沉声道："不敢。"

可凤渊不知用了什么身法，脚下一错，又绕到他跟前，将那个礼行完，曼声道："紫霞关雍和军有劳严将军看顾，将军多年辛劳，理当受我一拜。"

严霖见躲不过，也不再推辞，还了一礼，道："公子客气。"

一旁的慕容七心情颇好，凤渊与风间花会合，答应商飞蓬的事情已经做到，这会儿她只想洗个热水澡，再好好睡一觉。

她扯下面巾，给自己倒了杯茶，顺便很亲切地和临西拉家常。

原来那时在清涟镇，凤渊故意被松梅二人擒住后，临西一直暗中尾随接应，只是到了洛涔，因为雍和军叛军的出现，与凤渊失去了联络。一路循迹追来，反倒是先遇到了风间花和梅望亭，这才随着他们一起到了紫霞关。

对于慕容七护送凤渊一路北上，向来不善言辞的临西十分诚恳地表达了感激，风间花也道："公子能平安至此，多亏了慕容姑娘。"

"两位不必客气，我也是受商统领所托，举手之劳，举手之劳。"慕容七随口谦虚了几句，一旁的严霖目光中不禁多了几分探究，问道："不知姑娘何门何派，师从哪位高人？"

"小门小派，师父也是无名之辈，说出来恐怕各位也不知道。"慕容七打了个哈哈，但见严霖的脸色十分微妙，欲言又止，便知他们一定是有什么要紧事要谈，赶紧识相地站起身来道，"我有事出去转转，你们慢慢聊。"

刚一转身，手腕被凤渊抓住，他的声音不高，却很清晰："嫣然，你留下。"

可她还没来得及开口，严霖已经沉声道："机密之事，外人不便在场。"

这话说得颇不客气，凤渊也不生气，只是笑了笑："严将军说得是，只是她不是外人，而是内子。"

严霖顿时愣住了。

"你没睡醒吧，说什么胡话呢！"慕容七一把拍开他的手，头也不回地出了门。

凤渊下意识地站起身，就听风间花轻轻唤了一声："公子三思。"

他脚下一顿，片刻之后慢慢转身坐回原处，笑意温雅，无懈可击："是我糊涂了，让严将军久等。"

慕容七站在走廊上伸了一个懒腰，看了看天色，决定先去大街上转转。

屋子里那些人要聊的无非是合纵连横之事，在他们眼里是了不得的机密，在她看来，却不如这漠北风情、市井百态来得有趣。

凤渊所图，她多少也能猜到。从雍和军的立场来说，报仇也好，复国也罢，都算得上是合情合理；而对永安帝来说，想要守住父辈留下的江山，就要有足够的实力面对各方的觊觎。这盘棋，自有高手角逐，她就不去掺和了。

好不容易来了紫霞关，自然是要吃好喝好玩好，还有一件要紧事，就是去访一访离此不远的持剑山庄旧址，持剑山庄最后一任庄主是娘亲的好友，她从小就对那个曾经闻名江湖的地方十分向往。

正想着，隔壁屋子里隐约传出一个怒气冲冲的声音："这点小事都办不好，要你们何用？"正是方才那个女扮男装的白朔少女。

这些人还没有走吗？她心中一动，朝周围看了看，随即闪身进了另一边的空屋。两间屋子以薄木板隔开，屋梁却是相通的。慕容七轻轻跃上屋梁，朝隔壁房间看去。

只见屋子里，那位白朔少女正满脸怒意地指着一名鼻青脸肿的侍卫。

侍卫显然十分怕她，又不敢退后，偷偷看了一眼另一边双手抱胸沉默不语的碧眸少年，低声道："可是……可是十二公子说……不可以再惹事……"

"混账，你是我的人，还是他的人？"不等他说完，少女已恼怒地打断，手中铁骨扇朝他劈头盖脸地打去。

碧眸少年见状，一个箭步上前，一把托住了她的手腕，沉声道："惹了事，以后别想出来了。"

他的话似乎很有效，少女噘了噘嘴，却没有再挣扎，只是愤愤地瞪了他一眼，道："你快放手啦，要是再欺负我，我回去告诉……"

话还没说完，少年突然将她的手甩开，一步跨上桌子，借力往房梁上蹿去，低喝道："谁在那儿？"

在他一脚蹬上桌子的时候，慕容七便已翻身而下，撞开窗户跃了出去。

她边跑路边暗自咒骂那只在房梁上乱窜的老鼠，顺便还不忘掸了掸身上的灰。本以为应该很容易甩掉对方，可一回头，竟发现碧眸少年紧随在她身后十步开外的地方，丝毫没有落后的迹象。她的速度反倒因此慢了半拍，被对方看准机会一个纵跃逼近，手中钩爪直取她后背。

慕容七啧了一声，闪身避过，随即跃起，趁着第二招未至，直冲到他身前，道："我与你无冤无仇，为何追着不放？"

少年没料到她身法这样快，正要变招，却一眼看清慕容七的面容，碧眸中瞬间交替浮现出惊讶和疑惑，手中的钩爪硬生生收住了攻势。

"不打了。"他牢牢盯着她，语气却十分生硬，"女人，你叫什么名字？"

慕容七忍不住翻了个白眼，他的大酉官话说得倒是字正腔圆，只是用词有些不当，虽然她是女人没错，但是以这孩子的年纪，难道不应该尊称她一声"姐姐"吗？如此一副恶少嘴脸，果真是生在蛮夷之地欠教养。

"我的名字为什么要告诉你？"

"我叫'卫棘'。你的名字？"

他逼近一步，一副"我告诉你名字了，你也要告诉我"的理所当然的表情。

慕容七迅速在心里盘算了一下，卫姓不属于任何一个白朔贵胄家族，应当是大酉姓氏。但眼瞳的颜色却骗不了人，此人是白朔人无疑，这个名字多半是假的。

"我叫嫣然。"假名她多得是，信手拈来。

"为何偷听？"

"谁叫你们冒犯了我家公子，我只是来监视一下你们还有什么阴谋诡计。"

说谎谁不会，真真假假，她也很擅长。

卫棘闻言，微微皱眉道："小栀任性，并无恶意。"顿了顿又道，"你家公子武功很高。"随即上下打量了她一番，"你也不错，他给你多少工钱？"

"啊？"慕容七一时有些跟不上他的思维。

"你家公子给你多少工钱？是否有卖身契？"卫棘有些不耐烦地解释道，"我出双倍，以后跟着我，定不会委屈了你。”

这……

慕容七自认也经历过许多大风大浪，可听到这句话还是不能淡定。搞什么？他俩素昧平生，片刻之前不还刀剑相向、你死我活吗？

定了定神，她回了一句：“不必了。”转身就走。

卫棘手中钩爪一伸，挡住了她的去路，问：“为什么？”

什么为什么？慕容七挠了挠头，勉强给了一个解释：“我家公子对我挺好的，我不想换主子……”

“我会对你更好。”

“我是大西人……”

“我娘亦是大西人氏，我听得懂你说话。”

“我不认识你！”

“如今已经认识了。”

他面无表情地将她的理由一一驳回，慕容七有些无力，既然无理可讲，她也懒得废话，手掌一横，道：“既然如此，那你先……”“打过我”三字还没有说出口，风中突然传来几声尖厉的哨声，卫棘目光一紧，匆匆说道：“明日午时，今日酒楼中，我等你来。”

说罢，人便一溜烟地走了，留下慕容七独自一人在屋顶吹着冷风。

哪里来的小浑蛋啊！

卫棘说的话，慕容七自然不会放在心上，在紫霞镇上随便转了一圈，估摸着那几位高层的秘密会议开得差不多了，便打算回去辞行。

谁知酒馆早已经人去楼空，只有一个自称是严霖府上丫鬟的姑娘在等她。这位名叫“若若”的姑娘一路陪着慕容七东逛西晃，最后还将她带到了客栈，态度极好，唯一的缺点就是一问三不知。慕容七本想让她转达辞行一事，她却立刻声泪俱下地哭诉，若是慕容七走了，自己也只好卷铺盖回家，看得慕容七怜香惜玉之心大发，也就不好再为难于她。

而直到她入睡，风间花和凤渊也没有出现，第二天一早，又被告知那两人天没亮就出门了。

慕容七：“若若，还是请你转告风姐姐……”

若若：“不要啊，慕容姑娘。要是你走了，我就马上死给你看！”

“……”

若若陪着慕容七把紫霞镇上所有好吃的好玩的地方都逛了一遍，可是这一天，她依旧没有见到她想见的人。

当夕阳又一次沉入远山的时候，慕容七从客栈掌柜那里收到了一封信。

信是凤渊写的，邀她明日掌灯时分前往镇外一处名叫“落日坡”的地方见面。

当晚她问起若若落日坡的方位，若若立刻露出贼兮兮的笑容：“慕容姑娘怎么想到要去落日坡？”

“有人留信邀我明天晚上在那里见面。”慕容七扬了扬手里的信纸。

若若眼尖，一眼看到落款的名字：“是凤渊公子？”

“嗯。”

若若满脸了然之色，嘿嘿一笑：“明天是我们这里的燃灯节，虽说这是白朔人的节日，可也挺有意思的，慕容姑娘去了就知道了。”

这姑娘还知道卖关子，慕容七瞥了她一眼，心想，不管什么日子，总之明天见了面就可以辞行了，这么一想，心里莫名地一阵轻松，连带这一晚睡得也格外香甜。

燃灯节是白朔非常重要的节日，经由商人流传到了关内之后，仪式简单了很多，久而久之，变成了百姓的集体欢庆日。那一天，牛羊油脂点起的灯火整夜不灭，空地上燃起篝火，年轻人围圈而舞，彻夜狂欢。

“多数的年轻男女选在这一日定情，因为不久之后便是白月节，也就是白朔的新年，正好可以下聘行文定之礼，新的一年有新的开始嘛。”

慕容七坐在落日坡的草甸上，托腮望着远山之间逐渐下沉的夕阳，耳边又响起特意找掌柜问到的关于燃灯节的典故。

重入辽阳京的时节尚是桃花初绽的春日，而今到雄关矗立的北漠已经是秋叶零落时分，北风飒飒，吹在脸上有细微的疼痛。原来和那个不要脸的家伙已经认识那么长时间了，他算计过她，却也舍命救过她，一路北上逃避各方追杀，真要深究，居然也算得上生死与共。可不是吗，两个宗谱上都已经是死人的名字，在遥远的辽阳京中，连衣冠空冢都是分不开的。

明明那样远，偏又是这样的近。

今日的相约，这样的日子，他会说什么，他想做什么，简直昭然若揭。

这让她觉得无比烦恼，更让她烦恼的是她居然会为了这件事烦恼——大约这才是让她纠结的真正原因。

他这种类型从来都不在她的考虑范围之内，更别说那么危险的身份，说不准哪一天死在什么地方都不知道，现如今能做到相安无事已经不错了。道不同不相为谋，连做朋友都要掂量掂量，更别说嫁给他……不对，她已经嫁给他了，所以这才是烦恼的根源吧。

她伸出双手捂了捂被冷风吹得冰凉的两颊，眼前的远山如同被烈火燃烧过，红霞满布天边，极其壮观，如此美景当前，再为这些心事费神可不值得，总之，见机行事好了。

慕容七伸开双臂朝后躺下，坡上的草大都枯黄了，厚厚的如同一层绒毯，她抬头望向天空，深深吸了口气，刚想闭眼小憩片刻，头顶的视野突然被一道黑影遮住了。

她一下子跳了起来，却又被来人按了回去，借着落日的余晖，她看进了一双映着赤霞之色的碧眸，忍不住惊道：“怎么是你？”

就在慕容七独自在落日坡上想心事的时候，坡下不远处的紫霞镇上，凤渊正准备出门。

这几天，他很忙，是真的很忙。复国一事，随着时间流逝，希望也变得一点点渺茫，但这是雍和军存在的意义，也是凤家几代人用性命守护的信念。事到如今，虽只剩下凤间花一名女子，却也从未懈怠过。

万事俱备，只欠东风。而风渊，便是那阵足以凝聚起各方力量的风。

他有太多事要接手，太多局要布，太多人要见，多到几乎夜夜无眠。复国是他从小到大坚信不疑并为之努力的目标，如今这般，理所当然，只是每次深夜归来或是清晨离去，他总会忍不住看向走廊尽头那扇紧闭的门，她昨天去了哪里，见了谁，玩了什么，吃了什么……越是见不到就越想见，哪怕只是看她皱眉说一句“无耻”，也是好的。

这不是一件好事，他心里清楚——为君之道，母亲从小教导，一句一条，倒背如流。

明知如此，却还是停不下来，一边抗拒一边沉溺，无可救药。

若若每天都会向他报告慕容七的行踪，他了解她，知道她没有太多耐心等待，如果不做些什么，她随时都会不告而别。

他要她心甘情愿地留下，作为他的妻子留下。

今日之约，势在必行。

推开门，他一眼看到一个熟悉的身影，正是风间花。

他皱了皱眉，语气却很平静：“风楼主，若我没有记错，今晚的一应事务，我早已交代完了。”

“我知道。”风间花笑了笑，伸手将一封信笺递了过去，“我不是来打扰公子的，只是帮人跑腿儿送个信罢了。”

“送信？”风渊愣了愣，接过信笺，抽出信纸，随口问道，“谁的信？”

风间花的目光从那张洒金描花笺上小巧秀丽的字迹慢慢转到风渊的脸上，笑意中带着审度，默默地看着他，一言不发。

风渊的神色慢慢沉凝，看完后将信纸一合，断然道：“风楼主，烦请替我转告，今日有事，改日再约。”

风间花不紧不慢地问道：“公子要我同哪一位说？”

“自然是……”他的话说了一半，正对上风间花一双似笑非笑却又深不见底的眼睛，心中一动，便没有继续后半句话，沉吟片刻道，“信是什么时候送来的？”

“半个时辰之前。”风间花道，“我并未逼着公子做出选择，凡事虽有先来后到，却也有轻重缓急，公子是聪明人，自然知道该怎么做。”

风渊握着信纸的手倏然收紧，杏眸中神色几番变幻，最终垂下眼睫，道：“劳烦风楼主替我跑一趟落日坡了。”说罢，自袖中取出一只锦盒递了过去，“将此物交给嫣然，明日晚些时候我再去找她，让她一定要等我。”

风间花接过，正欲转身，想了想，又道：“公子，命里有时终须有，不需太过介怀。”

风渊却只是轻轻笑了笑，收起信笺，率先下了楼。

风间花看着他的背影消失在人群里，如释重负地吐了口气。她本不是多嘴的人，一切取舍，都以雍和军为先。只是看着风渊犹豫的那一瞬间，她忍不住想到多年前的自己，那种心情，她明白。

舍得，有得必须有舍，贪心是妄念，他以后必会懂得。

风间花拿着锦盒，一路穿过灯火通明的热闹街巷，眼看着出镇的道路近在眼前，人群中却突然闪出一个人来，严严实实地挡在她身前。这人从头到脚罩在一件黑色的斗篷里，只露出一双泛着琉璃异彩的眼睛，身材高大，只一近身，便能感觉到迫人的气息。

她立刻防备地后退一步，双手探向袖中剑囊。

来人却在此时开口："姑娘可是雍和军的风统领？"

手指触到双剑的剑柄，风间花心下略定，这才开口道："你是谁？"

"你不用管我是谁。"黑衣男子用不容置疑的口吻说道，"你只需回答我是不是风统领，以及认不认识回风渡一个叫'商飞蓬'的男人。"

听到这个名字，风间花的脸色一变，低声道："商飞蓬如今怎样？"

"死了。"

来人的回答简单明了，风间花闻言顿时愣住了，良久，双手才缓缓离开剑柄，抱拳道："阁下请移步说话。"

刚在附近的小茶店里落座，风间花便道："我就是你要找的人，阁下是哪位？来紫霞关找我所为何事？"

茶店内燃着火炉，有些闷热，男子拉下兜帽，露出一张略显冷峻的脸，鬓边的黑发有些凌乱，耳上一对猫眼石耳扣在火光下闪着妖异的光芒。

他从怀中取出一件东西放在桌上，随后五指按住，慢慢地推过来。他的手指上戴着两枚形状奇特的黑银镶宝石戒指，指节修长，是一双习武之人的手。

而他指下所按之物是一枚刻着"风"字的墨玉兵符。

雍和军兵符！

风间花吸了口气，急忙伸手去拿，男子却并未松手，她又暗中加了几分力道，可对方仍然无知无觉一般，只是按着不动。

她的声音冷了下来："阁下这是何意？"

男子也不废话，直接道："若姑娘真是风统领，就请告知慕容七的下落。"

风间花没料到他竟会提出这样的要求，愣了愣，问道："阁下与慕容姑娘是？"

"朋友。"男子道，"确切来说，我是为了找她才会去回风渡，在回风渡遇到商飞蓬濒死，我敬重他是个汉子，便答应替他捎带此物。至于慕容七的下落，你不说，费些时日我也能查到，但是以风统领如今的处境，想必不想欠我这个人情。"

短短几句话，他已将事情的来龙去脉以及自己的立场交代清楚，风间花沉吟片刻，道："慕容姑娘的下落我一定会告知阁下，但在此之前，还请阁下将商将军遇难的情形详细告知，这个仇，我们雍和军必须要报。"

慕容七无论如何也想不到，在落日坡率先遇见的人，竟然会是卫棘。

最初的惊讶过后，她顿时有些愠怒："你跟踪我？"

卫棘并不回答她，只问道："昨日为何没有来？"

"昨日？"慕容七这才想到前天卫棘临走前说的话，只是她当时根本没想过要去赴约，自然回头就把这茬给忘了。

“我从未答应过你。”她瞥了他一眼，“我很忙的。”

卫棘满脸“你居然敢无视我”的神情，秀气的眉高高挑起，眼看要动怒，但到底忍住了，冷声道：“你在这里做什么？”

“等人。”

“你从出镇到此已有一个时辰，什么人值得等那么久？”

慕容七看了看天边，夕阳已半沉入山峦之间，万丈霞光收敛了大半，脚下不远处的紫霞镇显得有些昏暗，有星星点点的灯火亮起，仔细听来，风中还夹杂着嬉笑的声音。

原来已经这个时辰了，凤渊却还没来。

一转头，卫棘不知何时已在她身边悄无声息地坐下，目光所及，也不知道是远山之间还是脚下红尘，暮光照进眸子，碧色也显得幽暗起来。

这般默默地坐了片刻，慕容七的防备之心不由得给磨去大半，忍不住道：“你这人好奇怪，我跟你素不相识，为何总是跟着我，既然跟来了，又不说话，你到底要做什么？”

“这里又不是你家，你可以来，我也可以。”

明明是强词夺理的话，他说来却是面无表情，理所当然，慕容七无奈，说了声“随你”，便继续躺下来发呆。

卫棘也不再说话，只是嫌弃地看了一眼身后枯黄的草坡。慕容七侧目望去，十五六岁的少年，身量并未长足，轮廓也没有成年男子那般硬朗，整个人却像是一只浑身暗蕴着力量的幼狼，仿佛随时都可能跃起伤人。她将目光移开，却鬼使神差地，并没有开口赶人。

深秋之季，天黑得很快，没过多久，夕阳的最后一点余晖也消失了，取而代之的是一片幽蓝天幕，无数星辰点缀其上，与之呼应的，是紫霞镇上的灯火，密密麻麻地汇成一条条火龙，人间天上，真假难分。

慕容七隐隐听到有许多声音正自坡底慢慢靠近，想必是结伴前来欣赏灯市的镇民。坡顶的寂静，反衬得那一阵阵热闹的嬉笑声有些刺耳。

卫棘还是不动如山，若不是轻微的呼吸声尚在，简直如不存在一般。慕容七深深吸了口气，蓦地跳起身来，拍了拍身上的草屑泥灰，淡淡道：“肚子好饿，走了。”

说罢，她也不管卫棘如何，径自朝山下走去。

身后传来轻捷的脚步声，不远不近，直到快要入镇，耳边才传来卫棘的声音：“跟我来，请你吃面。”

紫霞镇著名的羊肉盖面果然名不虚传，虽然只是一个不起眼的铺子，却料足味鲜，慕容七把最后一口汤喝完，满足地舔了舔嘴唇，眉开眼笑地拍了拍身边少年的肩膀，道：“此面甚好，卫小弟，我决定交你这个朋友了。”

卫棘却什么都没有吃，只捧了杯水一口口地喝，此时瞥了一眼她按在自己肩膀上的手，淡淡道：“不生气了？”

慕容七一愣：“你哪只眼睛看到我生气了？”

“方才，你等的人失约的时候。”

“胡说，他爱来不来，我犯不着为这些小事生气。”慕容七哼了一声，站起身来朝外走去，“天色不早，我要回去了。”

卫棘跟在她身后，静静地走了几步，突然道：“你要在紫霞关待多久，可会去白朔？”

慕容七停下脚步，转头道：“怎么？”

此时，百姓们捧着牛羊油脂制成的灯烛，纷纷赶往镇外山顶，等待吉时狂欢庆贺。人群中，只有他们是在往镇里走。她转头的时候，摇曳的灯火照在她的脸上，凤眸微挑，眼瞳却是清亮明澈，耳边长发被晚风吹起，尽管布衣素容，却有别样的明艳之色。卫棘也不知想到了什么，神色几番变幻，竟然忘记了接话。

“喂！”慕容七见他发呆，伸手在他眼前挥了挥，“你怎么了？”

“没事。”卫棘垂下眼道，“我明日就要回白朔王都赤月城，若是你来白朔，可到王都定王府后的巷子里，找一个名叫‘卫乾’的老伯，他是我的家人，会带你来见我。”

“哦？你住在赤月城？是何身份？”

“一介平民。”

“你和你娘一起住？”她记得他说过他的母亲是大西人。

“不。”他转头看了她一眼，淡淡道，“我娘已经死了。”

“对不起。”

“无妨。”

…………

两人有一搭没一搭地说着话，结伴穿过热闹的街道，眼看客栈就在不远处，慕容七才停下脚步道：“就此别过，后会有期吧。”

卫棘点了点头，欲言又止，却终究没有再做挽留。

回到客栈，若若不在，慕容七回房以后也不就寝，迅速收拾了行李，简单易了容，给若若留了一封书信，便翻窗而出，消失在灯火璀璨的人流中。

她和卫棘说，自己并没有因为要等的人爽约而生气。

其实她在说谎。

只是随着约定时间一点点过去，她的心境也从生气失望中慢慢凝定冷静下来，某一刻，冷风拂面，凉彻心扉，她突然决定不能再等了。

他来迟了，而她想明白了，或许是天意如此。凤渊也好，风间花也好，不过是彼此欠一句“后会有期”而已，可谁又知道，他们还有没有机会再见呢？

她要去做自己想做的事，去自己想去的地方，就是这样。

“等”这个字，从来都不适合她。

至于接下来去哪里，她已经想好，趁夜前往镇外十里处的边城军营。大西六皇子慕容野正带军坐镇紫霞关，她很久没有见这位堂弟了，很想去叙叙旧，顺便通融通融，要个通关文书，好光明正大地去白朔王都赤月城看汗王嫁公主这场热闹。

第二十四章 惊鸿

大西六皇子慕容野，虽与当今永安帝慕容铮是一母所生，兄弟性情却大不相同，慕容野人如其名，性子野，心思粗，从小爱习武打架，十二岁就上战场杀敌，如今是大西最负盛名的少年将军，长年守着彤云、紫霞两道雄关，是慕容铮的左膀右臂。

慕容七入宫的时间也不算短，见到这位堂弟的次数却寥寥可数。如今要去见他，贸然以"晏容公主"的名义走正门，那是万万没有可能的；可若是偷偷摸摸地潜入军营，先不说见到慕容野之后他是否会认她这个姐姐，单说这固若金汤的紫霞关大营，她就算武功天下第一，也不大可能悄无声息地打个来回。

慕容七紧了紧身上的披风，从藏身之处朝下看去。崖下不远处就是大营所在，将近凌晨，群山是黑魆魆的一片，偌大的营地却灯火俱明，一队队士兵来回巡逻，她观察多时，竟未发现有空当的时候。

"这小子治军倒是严谨。"她咕哝了一句，正打算换个入口另想办法，却见不远处的山道上扬起一片尘土，一队车马正缓缓地出现在山隘之间。

她心里一动，又伏下了身子。

这一队车马人数不少，光护卫就有近百人，随车装饰虽不华丽，但马都是百里挑一的良驹，马车的制式也非寻常商旅可用，车队以大西旗号打头，显然是来自官家。

她在心里盘算了片刻，慢慢朝着车队前进的方向挪了过去。

如果没有记错，各国前往白朔的使节，应该差不多到紫霞关了……

眼见车马将近，厚重巨大的营门缓缓打开，里头走出一名身穿官服的男子，身后跟着全副武装的士兵，早早地站在道路两边迎接。

看那人官服上的刺绣，位阶应当不低，慕容七越发肯定自己的猜测，只是想到马车中坐着的人，难免又有些犹豫。眼看车马慢慢停下，她只好把心一横，扯下披风，几个轻盈的起落，悄悄地跟在了车队最后。

趁着两方交接之时，她偷偷潜入了最末一辆堆放杂物的马车底部，攀着车轴前进，寻找那辆唯一不会被查验的车子，直到耳边听到一声熟悉的咳嗽声。

借着火把的光亮，慕容七只见身处的这辆马车似乎比方才经过的那些都要宽大一些，卯榫之处做工精致，铜钉也都是新的。她伸手攀住车辕，一个轻巧地翻身，直接撞进了车门内。

马车中有两人，年幼的侍童正在煮茶，还没来得及抬头，就被慕容七捂住了嘴，动弹不得。另一人本在看书，乍一见她，眼中顿时满布惊讶，随即那些惊讶都化作了浅笑，神情平和，犹如见到了多年故友。

“七七，你怎么会在这里？”

此人正是大酉当朝重臣，文渊阁首辅魏南歌。

这行车马是大酉使臣的，她原本想，若车里真的是魏南歌，也许可以借助他顺利进入紫霞关大营。

可是此刻真的与他照了面，方才想好的借口突然间都忘了。她看着那熟悉又陌生的清俊眉眼，有些为难道：“我……我想借魏大人的马车躲一躲……”

魏南歌闻言低眉道：“若我说不行呢？”

“……”

见她哑口无言的模样，魏南歌忍俊不禁，转身揭开身后挂在车壁上用作保温的软毡，轻道：“过来这边吧，不过在那之前，还请女侠放开我那小茶童，莫要把他吓坏了。”

正如慕容七所料，并没有人来检查魏南歌的座驾，只有人隔着车门客套地问了几句话，小茶童按照魏南歌的授意一一回答了，很快，马车便重新开始前进，慕容七听着营门缓缓合上的声音，如释重负地吐了口气。

“七七，可以出来了。”魏南歌转过身将软毡拉开，慕容七探出半个头，见小茶童已经下车，偌大的车厢只有他们两个人，火炉上的紫铜壶发出咕噜咕噜的水声。

她将目光移到他身上，嘿嘿一笑：“多谢魏大人，我欠你一份情，改日一定还。”

见她就要下车，魏南歌急忙伸手拦住：“此处重兵把守，你要去哪里？”

“这个……我去找慕容野叙叙旧。”

“既然是找六皇子叙旧，何必躲在我的马车中进来？”魏南歌一句话问得慕容七哑口无言，沉默了半晌，才认命道：“好吧，不瞒你说，我是为了找慕容野要一张通关文书。”

至于怎么要，是偷是抢还是威胁利诱，那就另当别论了。

魏南歌了然一笑：“想去白朔？”

她叹了口气：“什么都瞒不过你。”

“既然如此，何必惊动六皇子？”

慕容七心里一动，手一撑在他对面坐下，眉目放光：“你是说……”

“我为何会来紫霞关，想必七七也很清楚，与其舍近求远，何不求一求眼前的近水楼台？”

话都这么说了，慕容七赶紧从善如流：“魏大人，我求你带我出关。”

魏南歌淡淡一笑：“我已经让茶童去拿丫鬟的衣物了，等会儿你在车里换上，便随我来吧。”

魏南歌一行被安排在营地最南处的客驿，身为使臣，魏南歌一早便要和慕容野会面，作为魏南歌随行丫鬟的慕容七只能托腮看着窗外的连绵群山和广阔天空发呆。

按照行程，他们还要在这里盘桓一日才会启程，虽然这样出关可以免去很多麻烦，但跟着大队车马，行动也会受到限制，比不上一个人时的随心所欲。比如说，由于她不得不装作服侍魏南歌，所以端茶递水肯定是免不了的。

若是换成几个月前，她必定视之为美差，欣然接受且尽心尽力，可今时不同往日，如今再要与他朝夕相对，她还是略觉尴尬。

她依旧觉得他很好，只是再没有樱花树下初见时的心情，于是他的好，就变成了画中的山水、夜空的星月，都是美的，却没有占为己有的心思，只要远远地看着，也就足够了。

正想着心事，耳边突然响起一个声音："嫣然姑娘，大人让你去紫霞镇上替他买些东西。"

慕容七闻言转头，只见门口站着魏南歌那个小茶童，手里还拿着一只篮子和一块腰牌。

她心中一喜："买东西？"

小茶童边点头边将手里的东西递了过来："麻烦姑娘跑一趟了，这是紫霞关大营的出入腰牌。"

说着，他又凑过来低低说道："大人吩咐了，姑娘别去太久，记得晚饭前一定要回来。"

慕容七心里稍一琢磨，又拿起篮子翻了翻，见里面有张字条，清雅的字迹写了熏香、笔墨之类常见的小玩意，这愈发肯定了她的猜想，买这些东西何须一天时间？分明是善解人意的魏大人给她放假了。

如此说来，既可以解闷，又可以不用整天对着他，真是好极。

她当即换了轻便的衣裳，借了匹马，在守卫士兵惊讶的目光中绝尘而去。

骑马前往紫霞镇不过半个时辰的时间，在那之前，她想先去另一个地方。

紫霞关持剑山庄，在一代江湖人心目中，已经成了一个即将被遗忘的传说。

当年和鸿水帮、迦叶宫、大梵音寺齐名的名门大派，盘踞整个山腰遥对紫霞雄关的巨大府邸，如今只剩下一片荒草丛生的断壁残垣。明晃晃的日光从远处的雪山顶上落下，穿过挂着蛛网的门窗和柱石，投在被焦黑覆盖得看不出本来颜色的青砖地上。慕容七牵着马在废墟中缓缓而行，遥想彼时山庄主人叱咤武林的英姿，忍不住心生嗟叹。

据说这里是被当年还未及弱冠的白朔汗王班惟莲一把火烧掉的，当时的少庄主是娘亲的知交好友，经此一劫，决然离去，娘亲每每谈及，言语间满是怀念和遗憾。

她来到山庄最中心的庭院，这里还留着一棵几人合抱的大树，如今只剩下遒劲的枝干直指天际。慕容七拴好了马坐下休息，正眯着眼睛晒太阳，耳边突然传来喀的一声，在这片空荡荡的废墟里，显得格外清晰。

她一跃而起，顺手抄起一块石头朝着发声之处弹去，随后人也跟着扑了过来。

"什么人偷偷摸摸躲在那里？给我出来！"

石头被轻巧地接住，只见一堵尚未完全倒塌的断墙后出现了一个人，虽背光而立，但

慕容七只看到轮廓便硬生生地收住了脚，后退了两步，转头就跑。

“站住！”

声音的主人带着怒气的尾音在废墟中激起一片深沉的回音。

慕容七连马都不要了，一路连跑带窜，溜了好远，才慢慢清醒过来。

又没做什么亏心事，跑什么？

她这才停下脚步，转身对着身后的人大声道：“停！阿澈，你别追了，我不跑了！”

话说那天晚上，季澈将回风渡之事告知风间花之后，两人便一同赶到落日坡，可是坡上人虽不少，却并没有看到慕容七的身影。

风间花很配合地提供了客栈的地址，不过客栈里不光找不到人，就连行李都不见了。

季澈当下决定连夜离开，以他对慕容七的了解，既然她来了紫霞关，那此时不是去了持剑山庄旧址就是已经混进了白朔。

他想，如果这两个地方还是找不到她，那这次旅程就到此为止，不再追根问底，如同他的心意，再有不舍，也不强求。

他相信自己可以做得很好，可是真的看到她出现在阳光下的庭院里时，烦扰了他一路的纠结、担忧、思念和怒气，一下子都化作了虚无。

好像是，只要看到她好端端地站在眼前，就已经足够了。

慕容七看着那张熟悉的冷峻的脸，其实还是挺高兴的。他看起来颇有风霜之色，常年水里来浪里去的人，来到这漠北风沙之地，肯定也不太习惯。

季澈却不语，只是朝她走了一步，又一步。

她觉得他的表情有些阴沉，忍不住又悄悄退了半步，轻声道：“你怎么了……”

他朝她伸出手。

“打……打架吗……”

她下意识地伸手格挡，却在下一刻被一双强壮的手臂紧紧揽进怀中，鼻尖撞在他的肩上，有些疼，却动不了，他抱得那样紧，以至于慕容七有种错觉，好似自己下一刻就会消失了一样。

自辽阳京重逢以来，不，应该说是自成年以来，他都没有这样抱过她。这种拥抱的方式很不一样，具体哪里不一样，慕容七又说不出来，虽然不讨厌，却也并不那么舒服。

“放手啦。”又等了片刻，她忍不住伸出手捶了捶他的背，闷闷地喊道，“你想憋死我吗？”

他放开她的时候非常轻和慢，直到将她推开一臂的距离，双手握住她的两臂，皱着眉上下打量她。慕容七觉得，他的表情实在算不上友善，但是眼神却异常温柔，不知怎的，她原本想先声夺人的抢白两句，此刻却什么也说不出来了。

不管怎么说，异乡见故友，终归是件好事。

“阿澈，你怎么会在这里？”

季澈却问道："有没有受伤？"

她赶紧摇了摇头。

"一路上可曾遇到危险？"

她想了想，危险是有的，但是都一一化解了，倒也不算什么，不必和他诉苦，便又摇了摇头。

"凤渊……巨泽的世子有没有为难你？"

慕容七还是摇了摇头，却又突然愣住，愕然道："你知道凤渊是巨泽世子？"

季澈对她的疑问不置可否，手掌一松，这才回答了一开始的问题："自你离开清涟镇，我就一直在留意你的去向，尤其是知道凤渊的真实身份之后。"

她愣愣地问了一句："你一直在找我？"

他挑了挑眉。

不知怎的……好像有点莫名的愧疚感……

"其实我不是……"

"要走，我不阻止你，但至少让我知道你去哪里。"

两人几乎同时开口，但是季澈的话却让慕容七有些茫然。

为什么，为什么要告诉他？这次不告而别，不就是为了和他划清界限吗？

她这么想，也就这么问了。

他简单答道："我会担心。"

她察觉到他的语气与以往有些不同，忍不住抬头看去，他的眼底有幽光闪动，不知是头顶的日光，抑或是远处的雪光。

时间似乎凝滞了，直到季澈轻轻吐了口气，沉声道："我有话问你，你要好好听着。"

不知怎的，她有些紧张。

然而还没有等季澈开口，不远处却隐隐传来说话声，正朝这个方向而来。两人交换了一下眼神，悄无声息地躲进了方才季澈藏身的高墙后。

来人边走边聊，还时常停下休息，过了大约一盏茶工夫，断壁后才出现了两个人的身影，一男一女，各自牵了一匹马，女子身量娇小，衣裙的领子和袖口上都缀着白狐毛，身上的挂饰也十分华贵，小脸虽稚气未脱，却十分美丽。

她正同身边的白衣男子说话，神色虽有几分倨傲，却掩饰不住眼中流露出的倾慕之情。那男子却只是微笑回应，偶尔回答一两句，也保持着淡淡的疏离。

慕容七有些愣怔，她没想到，这两个人，竟然都是旧识。

那个少女是之前在酒楼女扮男装，骄纵跋扈的"小栀"，而她身边风华绝代的男子，正是凤渊。

"凤公子，你可知这座庄子是怎么变成现在这个样子的？"

"略听过一些江湖传闻。"

"我告诉你，是被我们大汗一把火烧掉的。"小栀声音娇俏，语气得意，"听说这里的主人原本是你们大西非常有名的大人物，可是最后也败在我们大汗手下，那是二十年前，我们大汗才不到二十岁呢。”

她的大酉话说得不太熟练，为了能和凤渊交流，也磕磕绊绊地说完了。凤渊听了，却没什么表情，淡淡道：“是吗？可惜我不是大酉人氏。”

小栀愣了愣：“不是？”

得到肯定的答案后，小栀显然更无顾忌，一把拉住凤渊的手臂，仰着头，语速极快地说着什么，这次她换了白朔的语言，慕容七听不懂，但看凤渊简单的几句回应，应该说的是持剑山庄当年被毁的事。

她的眼神纯粹又热烈，隔着很远都能看清。

两人一路说一路往前走，很快就看到了庭院中那棵大树和树下拴着的马。

“咦，这里还有别人来过？”小栀走过来抚着马的鬃毛，朝着周围看了看，“马是好马，可是人去哪儿了？”

“这是紫霞关大营的马。”凤渊一眼便看到了马鞍上的烙印，皱了皱眉，“最近几日，各国使节都在赶往白朔，这一带耳目众多。小栀姑娘，我们还是尽快回去为好。”

小栀噘了噘嘴：“凭什么呀？我才不怕什么紫霞关大营，我们白朔……”

她话还没说完，凤渊已经转身朝来路走去：“那小栀姑娘请自便。”

“喂，你这人怎么这么胆小，我说了有我在，谁都不用怕的……喂，你站住！”

她在后面直跺脚，凤渊停下脚步，回头道：“并非是我胆小，只是你我二人既然是一同来的，自然也要一起平安回去，我不想横生枝节。”

小栀愣了愣，两颊顿时有些泛红：“你……你是在关心我吗？”

凤渊没有回答，只是淡淡一笑，牵马而去。

他本就长得极好，这一笑虽转瞬即逝，目光却极温柔，小栀一时竟看呆了，回过神来，赶紧提起裙子追了上去，一边嚷道：“哎，你等等我，等等我呀！”

两人很快消失在废墟中，直到再无声息，慕容七才从藏身之处直起身子，走到树边去解缰绳。

绳子才解到一半，就被季澈拦住了。

“你要去哪儿？”

“镇上。”

“去做什么？”

慕容七皱了皱眉，她不喜欢他这样质问的语气，她不是他的下属，她有权力选择说或者不说。

只是她此刻并没有心情同他理论，于是伸开手臂，好让他看清自己身上的服饰，道：“我现在是大酉使臣家里的丫鬟，要去镇上办事。”

“不是为了去找凤渊吗？”

“你说什么？”正打算继续解缰绳的手停了下来，凤眸中转瞬布上了连她自己都没有觉察到的怒气，她冷笑道，“我找他做什么？他爱去哪里去哪里，爱和谁一起就和谁一起，与我何干？”

季澈深深地看着她："既然无关，你又何必生气？"

她愣了愣，反驳道："我才没有生气！"

他捕捉到她眼中的一丝躲闪——她不敢直面他的质疑，是因为她也在质疑自己，是因为方才那一幕，她并非毫不在乎。

是这样吗？

混账！

慕容七终于解开了缰绳，此时此刻，她只想离季澈越远越好，他问的那句话和问完之后的沉默让她有些不安。

可是错身而过的刹那，他却突然拉住了她，与其说是拉，不如说是钳制，她甚至能感觉到手臂上微微的疼。

"慕容七。"他的声音里甚至也隐含着咬牙切齿的意味，"你不是问我为什么会在这里吗？听着，我不远千里地找你，是为了确认一件事。"

他说完这句却突然停住了，又沉默了许久，才道："算了，我问你，你愿不愿意嫁给我？"

"什么？"她张了张嘴，脑子一时转不过弯来。

"我知道你听清楚了。"他似乎不想再重复。

"你吃错药了吧？"她一脸"有病就去治"的表情。

可他却只是牢牢地看着她，黑眸中的琉璃之光更加湛然。

"你认真的？"她瞪着眼睛问了一句，随即又摇了摇头，"别闹了，你是不是又被什么麻烦的大小姐缠上了？要我说，你早点娶了小慈，也就不会有那么多桃花了……"

"我做不到。"他打断了她的话，眉头紧锁，"如果可以坦然地娶小慈，我又何必千里迢迢地来找你。你有危险我会担心，你看着别的男人我会不高兴，慕容七，这种感觉很糟糕，你明白吗？"

他每说一句，她脸上的神情就震惊一分，直到最后，她似有些接受不了地垂下头，咕哝着重复道："你别闹了，我不喜欢开玩笑。"

说着，她就想挣脱他的手，可季澈却纹丝不动，冷冷问道："是因为凤渊？"

慕容七挣扎道："你别胡说八道了，他不过是……"

她没再说下去，季澈接话道："他是什么？是巨泽的世子，还是你的丈夫？"

他语带嘲讽，慕容七顿时被激怒了，一把推开他，道："你说得没错。所以你刚才说的那些话，我就当你是做梦，好好醒醒吧。"

可她还没走两步，就被他一把扯了回来。

"该醒醒的人是你。"

她被突如其来的力量按在身后的树干上，眼前高大的身躯逼近，她尚未回过神来，便被吻住了。与手上的力气相反，他的吻十分温柔，甚至是青涩的，小心地试探着，像是怕伤了她。

慕容七一下子蒙了，随后反应过来时抬手给了他一巴掌。

和之前对付凤渊不同，这一巴掌带着十二分的力气，毫不留情，但也因为毫无章法，落到一半，就被季澈牢牢地擒住了手腕。他的唇离开了她的唇，但整个人还是贴得很近，身高的优势，让他看起来更有一种危险的气势。

“想起来了吗，慕容嫣？”他一字一字地喊出她的名字，冷峻的声音掩盖不住气息上的不稳，“四年前在宫里，我们就已经不是普通朋友了。”

可是回应他的，却是她盛怒之下不遗余力的挣扎和微微颤抖的声音：“绝交！我们绝交！离我远一点！”

他怔了怔，这一次没有再阻止她，慢慢松开手，任凭她义无反顾地挣脱开来，然后气急败坏地跨上马，他就这样沉默地看着她，直到她绝尘而去，直到这荒芜的废墟再无一丝声响。

终卷

三尺雪湮一城笑

·第二十五章· 夜宴

白朔王都赤月城，号称草原上最坚不可摧的都城，外城墙高大坚固，四面八方共有十八座瓮城，固若金汤。

汗王的宫殿位于赤月城正中的月神山上，巨大的白石依山砌筑，占据了整座城的制高点。慕容七随着大酉的使臣队伍慢慢穿过迷宫一样的道路和高低错落的宫舍，不禁有些佩服起那位传说中有着“仙人容貌，魔鬼手段”的草原之主来。

大酉使臣是三天前到达赤月城的，一行数百人都被安置在宫外的驿馆中，直到今日才接到邀请，进宫来参加惜影公主成人礼前最后一次公开的晚宴。

一睹公主芳容之余，还有私下争取联姻的各种试探和人情礼仪的疏通。这次宴会对各国使臣来说意义重大，但对慕容七来说，有醇酒美人，好吃的好玩的，就足够了。

晚宴所在的大殿外形如同草原民族的帐篷，内部却十分华丽，早有一些周边部落和邻近小国的领主在座，大酉使臣的座位靠近主位，有屏风隔开，所用器具非金即银，更有数名宫人随侍，是为贵宾。

慕容七垂头站在魏南歌身后，暗中打量着四周。

殿厅很大，出入口都有重兵把守，桌上金壶盛的酒闻起来不错，不过杯子里颜色古怪浑浊的茶看起来不怎么好喝。负责接待的二皇子眼圈发青，似乎有些酒色过度，听说白朔汗王有十多位皇子皇女，不知他有多少位妃子？

…………

好无聊啊，宴会什么时候开始，汗王和公主到底什么时候才会露面？

就在慕容七拼命忍着打哈欠的时候，二皇子又朝门口迎去。

当一袭摇曳风骚的绯衣出现在绒毯尽头时，慕容七下意识地往后退了半步，直到意识到自己易过容，而对方也一如既往地戴了面纱，才暗中吁了口气。

公子绯衣，兰若护国神宫迦叶宫的新任宫主。

她竟忘了，这种场面，慕容久那家伙怎么会不来。早知如此，当初又何必闯大营爬马车？

等等，既然慕容久来了，那……季澈呢？

她偷偷地朝对面的兰若使者望去，公子绯衣身后只站着两个身段婀娜的素衣女子。

她暗自松了口气，离开持剑山庄已经半个月，她还是没有做好直接面对他的准备。

那天的每一句对话，她至今还记得很清楚，离开的时候她话说得狠，可只有她自己知道，心里早已经是一团乱麻。

季澈说，四年前在宫里，我们就已经不是普通朋友了。

四年前在宫里发生了许多事，可是听到他的这句话，她第一时间想到的，却只有一件事而已。

那是一个只存在于她梦境中的秘密，有关于他和她之间匪夷所思却又销魂蚀骨的亲密。她一直以为，那只是酒后一场不合时宜的春梦而已，只是那天刚好参加了雅容皇姐的簪花宴，只是那天刚好喝得不省人事，只是那天刚好是季澈来宫里送了东西。一切不过是个巧合。

可是他却告诉她，这不是梦。

仿佛深藏已久的秘密突然被人揭穿——那时不过十六岁的她，情窦初开，曾许多次在午夜梦回之际为那个梦心悸遐想，不能自已。如今那种可笑的心情早已消失，他却偏偏要再提起。就这样让她深埋于心不好吗？就这样安安静静地做朋友不好吗？

那个瞬间，她打从心底里觉得慌张，甚至难堪，她的怒火皆因无措而生，又因掩饰而炽，全无章法，愈燃愈烈。

那天的激动，到今日已经平复，取而代之的，是深深的焦虑。

假装什么都没发生，继续做朋友——这不可能，他是行动派，从来都很鄙视自欺欺人。

如果拒绝——这么多年的朋友说散就散，她真心舍不得。

如果接受——可他们是兄妹啊，就如同她对凤渊说过的那样，和手足成亲让她怎么接受？

她想来想去，都想不出万全之策，唯有祈祷不再与他见面。

她低头想着心事，魏南歌冷不防地低声问了一句：“七七，你久在江湖，可曾见过那位公子绯衣的真面目？”

慕容七回过神来急忙摇头：“此人身在西域雪山之巅，身份成谜，几乎没人见过。”

“不知为何，我总觉得他的行止十分熟悉…… ”

这句让慕容七冒冷汗的话尚未说完，就听到殿外传来一声中气十足的大喊。

“恭迎大汗！”

话音刚落，殿内便有宫人唱和，四皇子也急步出殿，关于公子绯衣的话题也就此打住了。

慕容七视线低垂，只见众鞋履簇拥着一双格外华美的皮靴，大约便是白朔大汗班惟莲。

汗王已经来了，可作为主角的惜影公主仍然不见踪影。慕容七有些纳闷，见众人入席，便借着屏风的遮挡朝主座看去。

身穿玄色暗纹长袍的男子比她想象的还要年轻，唇边一圈修剪精致的胡须也掩不住秀美得堪比女子的五官，唯有一双碧色眼珠中若有似无的戾气和唇角深刻的纹路，方才显出几分称霸草原的王者之气。

这位汗王手段之残忍，下手之狠辣，即使她远在西域都听说过，没想到外表如此没有

攻击性，果然人不可貌相。

正偷偷打量，却见帷幕后突然转出一个女官打扮的妇人来，在汗王耳边低语，神色中隐隐有些不安。汗王听后，长眉陡然一蹙，碧眸中戾气大盛，虽然很快收敛，那位女官还是噤若寒蝉，直到他低低吩咐了几句，才默默地退下。

再度面对宾客时，他已换上客套又不失亲切的浅笑，率先饮下迎宾酒，吩咐开筵。一时间席上葡萄美酒，饕餮佳肴如流水般撤换，盛装少女翩翩起舞，觥筹交错，宾主尽欢。

席间一位不识眼色的番邦小领主问起公主，汗王以“小女偶感风寒身体不适”为由打发，便不再提及，这让慕容七愈发肯定，方才那个女官来传达的一定是和惜影公主有关的消息，身体不适什么的，大约也只是个借口罢了。

既然见不到这位让各国权贵趋之若鹜的姑娘，眼前那么多美食又只能看不能吃，身为跟班的慕容七很快对宴会失去了兴趣。幸好所谓晚宴不过是走个过场，菜还未凉，汗王便邀请各位贵客移步赤月宫高台喝茶赏月，这一回，宾客的随从侍女都不必跟着了。

慕容七如蒙大赦，暗地里揉了揉僵硬的膝盖，魏南歌看在眼里，忍不住笑了笑，趁着她扶他起身的时机，将一只鼓鼓囊囊的锦囊塞进了她手里。

慕容七揣着锦囊，跟着引路的宫人离开大殿，找了机会打开，只见锦囊里分别用素色绢帕包了好几样精美的点心，大都是方才宴会所用，被他原封不动的打包了来，想堂堂一位首辅大人居然一边吃饭一边偷偷摸摸地藏吃食，慕容七不由大乐，没见到公主和饿肚子的坏心情顿时好转了不少。

她边吃边走，顺便听听别人聊天。或许是因为各自的主人不在，那些侍女随从们的声音也大了不少，各种语言糅杂，倒有一半是慕容七听不懂的。

不过其中有两个大酉口音的声音却引起了她的注意，他们讨论的正是今天没有露面的惜影公主。

一人道：“听说今晚宴会，大汗是要为惜影公主择婿？”

另一人道：“可不是嘛，连大酉的皇帝都有意迎娶……只可惜……”

那人故意卖了个关子，引得另一个人不断追问，才又低声道：“刚才宴会上那位女官你知道是谁么？她是公主宫里的执事，我姨妈表妹家的二女儿也在那边当差，听她说，公主今天之所以不露面，是因为在和大汗闹别扭，故意不来的。”

“为什么呀？”

“因为这个宴会是为她择婿，她不愿意啊。”那人说着，原本就低的声音又压低了几分，“我听说，公主已经有心上人了。”

“真的？”这个消息显然让对方非常惊讶，声音都不由自主地变大了，“姐姐可知道是什么人？”

“这就不知道了……不过公主在这么大的场合之下拂了大汗的面子，大汗心情一定不怎么好，咱们做事要千万小心……”

声音越去越远，慕容七穷尽耳力也听不清了。她琢磨了一下她们的对话，又想起宴会上一幕，心里倒有些替魏南歌着急。他是来替皇帝娶媳妇儿的，从这一路交谈中，可知他势在必得，岂料万事俱备却后院失火，各国使臣在前方拼实力拼背景，早有人暗地里把大汗的女儿拿下了。

担心归担心，她也帮不上什么忙，便把此事放置一边，蹲在偏殿等他回来。直到月过中天，魏南歌方才出现，慕容七试探着问了几句，他虽未详细回答，但听意思，应当与班惟莲相谈甚欢，议亲一事多半八九不离十。

慕容七问：“若是那位公主已有心上人，又当如何？”

魏南歌却只是淡淡一笑：“除非那人比大酉天子的身份更为尊贵，否则又有何惧？身为一国公主，婚姻大事本就不能随心所欲，大汗也应当明白其中利害。”

慕容七沉默片刻，那个道听途说的传闻，看来是不必和他说了。

此后几天，魏南歌忙着参加各种官方或非官方的聚会，慕容七去了两次就再没兴趣了，想来小久那边的情形也不容乐观，她不急着去找他，便向魏南歌请了假，独自出门逛街。

赤月城虽没有辽阳京那么气象万千，却别有一番雄浑肃穆的异域风情。慕容七一路看过去，满眼都是新鲜事物，很快手上就抱了一堆小玩意儿。

眼看这条街就要到头，她正想回头，却一眼看到街角一座高大的石砌门楼，匾额上的字她虽不认识，但下方还有三个大酉文字，她是认识的。

“定王府”。

她突然想起在紫霞镇遇到的那名叫作“卫棘”的少年，他说过，他的家人就住在定王府后面的巷子里。

天色还早，她想了想，便往王府后绕了过去。不知道卫棘和小栀从紫霞镇回来了没有，不妨顺便去看一眼。

定王府后面的巷子不大，只有不到十户人家，慕容七很快就打听到了卫乾的住所，小小的一间门面，看着很不起眼，她站在门前左右看了看，离王府的后门倒是很近，却怎么看都不像是卫棘会住的地方。

她敲了敲门，里面传出一个嘶哑的声音：“谁呀？”

木门打开了一条缝，门缝后露出一张瘦削苍老的脸，目光警惕地看着罩在一身灰色大斗篷里的慕容七。

“老人家，我找卫棘。”慕容七扯下面巾，露出自认为最和善的笑容，“他说您可以带我去见他。”

老人在看到慕容七容貌的瞬间，眼珠倏然紧缩，愣了许久才沉声道：“姑娘先等一等。”

在说完这句话之后，他竟当着她的面把门关上了。

她正暗自纳闷，门又开了，卫乾披了件外套走了出来，锁上门，示意她跟着他。没走几步，在定王府后门外停了下来。

他敲了敲门，一个家丁模样的人开门看了一眼，似乎对卫乾很熟悉，两人用白朔话交谈了几句，便放人进去了。

慕容七跟着卫乾穿过王府后院，心里渐渐起疑，虽然知道卫棘必定有些来历，却没想到会和白朔王室扯上关系。据她所知，定王班惟槿是大汗的第三子，很得大汗看重，之前听小栀的侍卫称呼卫棘为“十二公子”，在排行上显然对不上。他究竟是谁？若是定王亲戚，家人又为何常住在外；若是王府侍卫，卫乾出入又怎能如此容易？

正想着，卫乾已经带她来到一处看起来颇为偏僻的院子里，说道：“麻烦姑娘在这里等一等，老仆先去通报一声。”

白朔地处北方，风格粗犷，这座院子里除了一张石桌、几张石凳，什么也没有。慕容七找了个石凳坐下，把刚才从集市上买来的小玩意儿都堆在桌上，正想趁此机会翻检翻检，耳边突然听到一声极轻微的铁器摩擦之声，脚下的草皮连着桌椅突然间一齐陷落，地上仿佛突然张开了一张大嘴，瞬间将她连人带东西一起吞没了。

·第二十六章· 小栀

这并不算是个高明的陷阱，慕容七之所以没躲开，一是没想到一个素不相识的老人家竟会暗算她，二是因为陷阱出现的一瞬间，她看到地下有一道台阶，一直通到目所不及的黑暗中。

而此刻，头顶的机关已经重新闭合，她正站在那道台阶前，四周以石条封砌，看起来十分干净，似乎经常有人打扫的样子。

慕容七拿出火折子擦亮，逐级而下，台阶顺着地势忽高忽低，两边墙上每隔一段距离就安着一盏铜灯，灯油很满，显然是有人时时添加。

走了不多远，一扇门挡在眼前，她上前推了推，门无声地打开，露出后方一间屋子。

她点燃了屋子里的油灯，借着晕黄的光四下环顾起来。

屋子看起来很普通，墙角是一张床，床上挂着天青纱帐，床边有妆台，妆台边挂着一幅画，画下的长桌上摆着祭祀用的香烛，床对面放着一张织机，漆色陈旧，已经用了有些年月了。

只一瞬，慕容七立刻发现了不对劲的地方——这里明明是白朔王都，而屋子里的家具陈设，却是典型的大酉民居。

她走到长桌前，举起灯朝墙上那幅画看去。让人意外的是，这并不是神佛的肖像，也不是花鸟风景，而是一张仕女图。

画中女子正端坐织机边纺布，衣着虽朴素，容貌却极美，眼波盈盈，唇角含笑。

画很传神，连女子纺布的纤纤十指都画得很细致，可慕容七看了，却总觉得有种说不出的诡异。

她将灯盏略略移开，照见一旁的妆台，铜镜上模模糊糊倒映出她的影子，她心里一动，突然明白了诡异之感从何而来。

那画中女子的容貌，竟与她有七八分相似。

她顿时觉得浑身寒毛直立，忍不住退了两步，身后却突然传来一个淡漠如冰泉的声音："你看到了？这是我的母亲。"

慕容七倏然回头，发现站在门口的是卫棘，摇曳的灯光将他的影子投射在她脚边，深深浅浅。

她平复了一下内心的波澜，皱眉道：“这是什么意思？”

“我代乾伯道歉。”顿了顿，他又道，“你能来，我很高兴。”

这道歉听起来好似没什么诚意。

“这就是你的待客之道吗？”慕容七举起灯照了照四周，“给个解释，否则休想让我再把你当朋友。”

“是我怠慢了。”他说着，侧身让开门口的位置，“跟我来。”

“解释！”

“如你所见，这是我用来纪念母亲的地方，我没想过伤害你，乾伯也并非故意。只是他看到了你的容貌，误会了我的意思。”卫棘不太擅长解释，一句话边想边说，很是缓慢。

慕容七有些诧异：“哪有人把纪念母亲的地方设在地下的？”

“因为不被承认，所以不能光明正大。”

卫棘语气淡淡，慕容七却一愣。只见他随手关上门，示意她跟着他，往另一条地道走去。

“我母亲来自大西，只是一个身份低下的织女，虽生了我，却不被父亲承认，最终郁郁而亡。她生前与定王的母妃有些交情，因此我将她的遗物收在这处地下密室中，以便时时缅怀。”

他的叙述一如他平时说话，十分平淡，只是在这空荡荡的地下，听起来显得有些寂寥。

沉默片刻，慕容七才又问道：“为什么要告诉我？”

“不知道，想说就说了。”

“……”

拜托，不要这么随便啊。

“大概因为你和我母亲长得很像。”他想了想，终于给了她一个解释，“所以，我想让你留在我身边，我也绝对不会把你当成侍女看待。”

这孩子，原来是把对母亲的思念和依赖寄托在她的身上了？

虽然确实长得很像，可她和他的母亲完全是两个人，她可没有兴趣去关照一个这么大的儿子。

“我不是任何人的侍女。”她挥了挥手，也懒得解释和凤渊之间的关系，斟酌着说道：“我这个人呢，最喜欢自由自在的。小卫，我不问你的来历，你也别提让我留下的事，如何？你的母亲英年早逝，我表示很遗憾，但那和我没有关系。”

说话间，两人已经沿着另一条地道绕到了地面上，这个出口比慕容七掉下来的地方友好多了，位于一座小巧的庭院内，面前有假山为屏，既隐蔽又方便。看得出庭院内有专人打理，虽然比不上巨泽园林的精美华丽，却也是草原苦寒之地十分难得的景致。

慕容七自觉把话说得很清楚了，回头看着卫棘，卫棘眯了眯眼，目光在她脸上停留了片刻，清冷的碧眸中闪出一丝笑意，这难得的笑意，让他的脸看起来多了几分柔和。

“明白了。”

顿了顿，又道：“既然如此，我便把你当作母亲在世上留给我的姐姐吧。”

这小子也太狡猾了。

“饿了，有吃的吗？”一个称谓而已，她也不想争论了，绕过假山左右张望起来。

“有。”卫棘的心情看起来也不错，“王府里规矩多不方便，我带你去外面吃，让乾伯和你赔罪。”

“这倒不必了……”她并没有和老人家计较的意思，看得出卫乾应该是卫棘十分信任的人。

话还没说完，耳边响起几声古怪的鸟鸣，慕容七循声望去，只见满园光秃秃的树枝，半只鸟都没有。

卫棘停下了脚步，朝身后假山看去。

“十二，这里，这里。”

一个刻意压低的声音随即响起，只见几块山石背后露出一张白嫩的小脸，眉目姣好，大眼睛扑闪扑闪，是个十五六岁的姑娘。

卫棘皱了皱眉，转身大步走了过去，沉声道：“你怎么会在这里？”

“十二，过来，我有事找你帮忙。”姑娘继续招呼着，从山石后探出身来，一身不太合称的下人装束，显然是临时穿戴上的。

“你不是被父……关起来了么？”

“废话，这不是逃出来了嘛。”少女不耐烦地哼了一声，伸手来拉他，“你赶紧和我去后门，这会儿前边正忙着，趁这个机会帮我们出城……”

话说了一半突然低叫一声：“这是你的丫鬟？怎么这么不懂礼数。”

卫棘回头一看，只见慕容七正跟在他身后，一边摸着下巴一边打量问话的少女。

“小栀？”慕容七见他看过来，倒也不躲闪，直截了当地问了一句。

卫棘点了点头。

眼前的少女正是在紫霞镇女扮男装，又在持剑山庄和凤渊一同出现过的小栀姑娘。

这两个字，小栀显然也听懂了，瞪着慕容七道：“区区一个丫鬟，也敢直呼我的大名。十二，你是怎么管教下人的？”

卫棘对这局面有些头疼，想了想，用白朔话对小栀解释了几句，小栀听完，眼中一亮，松开卫棘就来拉慕容七：“原来是你呀。那就最好了，你主子现在有危险，你赶紧跟我来。”

慕容七被她扯得一个踉跄，主子，那是谁？但她很快就想明白了，小栀说的人，应该是凤渊。

凤渊有危险？这么说，他此刻也在赤月城中？

慕容七被小栀拉着，不由自主地往前走了几步，却又被卫棘拦住，小栀柳眉一竖，正要发火，四周突然拥出了许多王府的侍卫，团团将他们围在中间。

小栀惊叫一声，立刻躲到了卫棘身后，慕容七倒是不慌不忙，只低头退了一步，冷眼里早已看清，这些侍卫人数虽多，却都没有带武器，并不像有恶意。

“小栀，十二，你们打算去哪里？”

伴着语声，人群中缓缓走出一个身量高大的年轻男子来，一身玄黑皮裘，高鼻深目，那双眼睛有着和卫棘一样的暗碧色。

卫棘此刻也一改之前略带傲慢的冷淡神情，规规矩矩地行了一礼，道：“三哥。”

他身后的小栀也知道躲不过去，磨磨蹭蹭地站了出来，跟着叫了一声“三哥”，语气中满是懊恼。

他们虽然说的是白朔话，却都是极简单的句子，慕容七大致听懂了，目光闪了闪，垂在身侧的手默默地攥紧了裙角。

年轻男子在三人面前停下，目光在卫棘身上溜了一圈，最后定格在小栀身上，沉声道：“小栀，你太任性了。”

小栀显然对他有些惧怕，却又很不甘心，撇了撇嘴：“我又没有做错事，凭什么把我关起来，我已经十五了，别把我当小孩子。”

“国宴那么大的场合，你却闹脾气不出席，这还叫没有做错事？”年轻男子冷哼一声，“父王让你反省，也是为你好，身为一国公主，如此不懂事，让其他国家看了笑话，还不知悔改吗？”

这一番话说得十分严厉，小栀噘着嘴，终究没敢回声，眼圈却已经红了。

“跟我回宫。”年轻男子简短地吩咐了一句，又朝卫棘说道，“十二，你先留下，以后不要跟着她胡闹。”

这事本就和卫棘无关，他只应了一声“好”，小栀却像是突然间醒悟了过来，嚷道：“我不要回去！”

“小栀！”

“我才不回去！我知道那些人来干什么的，我才不要嫁给那些乱七八糟的皇帝老头子，我又不是商品，父王不能拿我去做交易！”嚷着嚷着，她的眼泪终于忍不住流了下来，一边哭一边道，“公主什么的我才不稀罕，我要嫁给自己喜欢的人……”

“胡闹！”

年轻男子一声厉喝，脸色也变得铁青，伸手招呼一队侍卫上前，打算强行把小栀带走。

小栀哭得梨花带雨，却也知道自己孤身一人绝对逃不掉了，绝望之下只是扯住卫棘的袖子不放，呜呜哭道：“十二，你一定要帮帮我，十二，我不要回去，十二，算我求你了！”

卫棘的眼中闪过一丝无奈，终究没有出手，只是轻声道：“先跟你三哥回宫，其他的事以后再说。”

“不要……”话还没说完，侍卫队长已经走到小栀面前，说了一声：“公主恕罪。”便伸手来抓她的胳膊。

“谁敢碰我！”小栀眼见没有退路，倒是狠下心了，一抹眼泪，袖中滑出那把铁骨扇，狠狠地朝着对方手腕敲去。

只是她的武艺不精，很快就被重新包围，两只胳膊都被抓住了。

就在此时，众人耳边传来一阵衣袂破空之声，伴随着一声清喝：“且慢。”

众人只觉得眼前一花，人影闪过，一股不知名的力量绵绵而来，围住小栀的侍卫顿时被推开了好几步。

只见人群中不知何时多了一个身穿紫色锦袍的男子，乌发如墨，容貌清俊，眉宇间有说不出的卓然风姿，袍角猎猎鼓动，却不是因为北方的寒风，而是自身尚未尽消的内劲。

被小栀和卫棘称为“三哥”的年轻男子浓眉一皱，怒道：“什么人？敢闯定王府！”

紫袍男子却神情自若，起手行了一个礼，恭敬中不失倨傲，道：“凤游宫凤渊，见过定王殿下。”

“凤游宫？”定王班惟槿怔了怔，眼底闪过一丝狠戾，“原来是你！你要阻止我带走小栀？”

而片刻前还狼狈万分的小栀，此刻却宛如见到了救星一般，一把抱住凤渊的胳膊，泪落如雨，可怜兮兮地叫道：“凤渊哥哥。”

凤渊也不多话，轻轻拍了拍挽住自己的那双白皙小手，目光却没有离开眼前的班惟槿，唇角的笑意清浅又从容。

只有卫棘往人群外退了两步，抱臂靠在假山石上，一副事不关己的模样。

“定王殿下要带小栀回宫，我又怎么会阻止？她与大汗毕竟父女连心，血浓于水，因区区一个凤渊而反目成仇，并非我的本意。”开口的是凤渊，语气平静，班惟槿却听得一怔，重新打量了他一眼，冷冷道：“你是什么意思？”

“我想，或许是大汗对我有些误会，若能让我面见大汗，亲自解释清楚便好……”

话未说完，就被小栀匆匆打断了：“凤渊哥哥，父王要置你于死地啊，你怎么可以亲自去见他！”

凤渊却只是朝她摆了摆手，目光中多了几分柔和：“总还有些要紧事是要当面和大汗谈的，逃避反倒显得没有诚心了，无须害怕。”说着又转过头来看向班惟槿，道：“希望定王殿下可以替我引荐。”

小栀似乎从他隐晦的话语中想到了什么，小脸一瞬间涨得通红，原本又急又怕的目光变得坚定起来，娇羞地瞥了他一眼，挺了挺胸，声音也高了几分。

“凤渊哥哥说得对，父王连他的样子都没见过，话也没有和他说过，怎么能说杀就杀。三哥，我答应跟你回宫，可是，你要带我们一起去见父王，我要和他好好谈谈。”

·第二十七章· 绯衣

班惟槿看着眼前这个父王最宠爱的妹妹和他身边气度不凡的男子，沉吟片刻，道："即便我愿意带你去，父王也不一定愿意见你。"

凤渊却微微一笑，自怀中取出一封信递过去，示意他打开。

班惟槿只扫了两眼，脸色就变了，信纸一收，道："我会将此信交由父王过目，请吧。"

一个"请"字，得见班惟槿的态度已有所转变。

小栀面露喜色，挽着凤渊的手又紧了紧，兴高采烈地朝前走去，经过捉拿她的侍卫队长身边时，还不忘狠狠瞪他一眼。

班惟槿的神色却有些阴晴不定，回头对着卫棘吩咐了一句："十二，留下善后。"这才跟着离开。

他一走，那群侍卫自然也跟着撤了，偌大的一个花园里，就剩下卫棘一个人孤零零地靠在假山石上。

"都走了，出来吧。"

他淡淡地说了一句，直起身往旁边挪了挪，身后竟有一道石缝，此刻从中慢慢走出一个人来——慕容七。

早在凤渊突然出现替小栀解围的时候，慕容七就看准了地方，悄无声息地藏了起来。

她原本就是不起眼的下人装扮，周围侍卫又多，众人的焦点都在场中的争执上，因此这个小小的举动无人在意，除了卫棘。只是卫棘没有拆穿她，反倒将她的藏身之处挡得更严实了一些。

慕容七挪出了石缝，却一言不发，看得出心情不大好。

"生气了？"卫棘问道。

慕容七还是不语。

"因为方才那位凤宫主？"卫棘倒也直接，说话一点不留情面，"因为他和小栀在一起，你不高兴吗？"

"因为你。"这一回，慕容七终于开口了。

卫棘愣了愣："我？"

"你还想瞒我到什么时候，白朔的十，二，殿，下！"

这最后四个字，她几乎是一字一字说的。

方才那一幕，只要听懂几个简单词汇，再加上察言观色，很容易猜到玄袍男子的身份——正是此处主人，定王班惟槿。而有资格喊他"三哥"的人，除了他的兄弟姐妹，还能有谁？

更何况，卫棘瞳孔中那种奇特的碧色，和汗王班惟莲、定王班惟槿根本如出一辙。所以他根本不叫"卫棘"，应该叫"班惟棘"才对。

白朔皇子并非个个封王，卫棘年纪还小，母亲出身低微且早亡，建府封号肯定轮不到他，居住在定王府中也是顺理成章。

至于小栀……年龄虽小却在定王面前如此骄横，除了那位让各国趋之若鹜的惜影帝姬，不作第二人想。

身份被拆穿，卫棘却还是很平静，淡淡道："我不是什么殿下，我已经说过了，不过是一介平民而已。"

"皇子也是一介平民？"

"谁让我不能选择出身？"他似乎对皇子这个称呼很不以为然，"母亲姓卫，只是大酉的一名织女，父亲连名分都没有给过她，若非父亲是汗王，母亲又怎会郁郁而终。比起所谓的十二皇子，我更喜欢做卫棘。"

慕容七没有接话，他说的这些看似大逆不道，于她却分外有认同感。他与她曾经的处境何其相似，千万人羡慕的身份，不过是种累赘而已。

"你不许再叫我'十二殿下'，我更希望你记住的是白朔军中的战将'贪狼'。"他说着，不由自主地挺起胸，"这才是我凭自己的能力得到的荣誉。"

慕容七看着他的侧脸，碧眸中仿佛有星光闪烁，这个外表冷漠凌厉，却掩不住一腔热血满身傲气的少年，她竟有几分羡慕。

见她不说话，卫棘转过头，神色隐隐有些不满："喂，难道就因为我的身份，之前说的话都不算数了吗？"

"不。"慕容七笑了笑，眼神分外真诚，"小卫，加油！"

他将信将疑地看着她，却听她又道："能不能帮我一个忙，我想见兰若迦叶宫的公子绯衣。"

给各国使臣准备的驿馆虽然都在宫外，但这几日使臣们留在宫中的时间却占了多数，除了寻求联姻机会，许多国家大事也需要借机商议。

这一日白天正是惜影帝姬的成年礼大典，场面之大，足可见汗王对她的宠爱之盛，因此晚宴时，各国使臣们更是使尽浑身解数，想要得到汗王和帝姬的青睐。

好不容易宴会过半，时时处在众人焦点中的惜影帝姬班惟栀终于找了个借口溜了出来，在贴身宫女的帮助下，一路溜到了西边山谷一处小树林中。

北地的寒风跨过草原阵阵袭来，赤月城一天比一天冷，城内外早已经是一片肃杀，不见半点绿色，可是眼前这片树林却十分葱郁，枝叶繁茂，置身其中，宛如春天，连空气都比别处温暖。

这一切皆因山谷中央有一处天然温泉，哪怕冰天雪地也不会干涸。

走到温泉附近，班惟栀将宫女支开，独自朝前走去。因为有温泉地热，草木得以常绿，汗王命人在林间建造了许多亭台栈道，移种了一些北漠不常见的鲜花，若是白天，自有一番胜景，此时虽已入夜，但隔着几步便点了牛油长明灯，火光摇曳之下，也别有风情。

班惟栀原本有些烦闷的心情，来到这里后便慢慢消散了，想到一会儿要见到的人，更是心情大好，步履也轻快起来。

离约定的石亭尚有十来步远，她便看到亭中已坐了一人，微风轻拂他的绯色衣袂和漆黑长发，只一个背影，便已是笔墨难描的风姿。

她提起裙子一边往前跑去，一边轻喊道："凤渊哥哥……"

那人闻声回头，一双凤眸映着月光幽深难辨，眼睛以下的半张脸却覆着绯色轻纱，轻纱边缘缀着细小的月光石，随着他的动作发出细碎的银色光芒。

然而，此人并不是凤渊。

班惟栀的脚步骤停，声音也戛然而止，这个陌生人真是好看，可是，他不该出现在这里。

"你是谁？"

那人慢慢站起身，手中执着一管玉笛，绯衣外的白色狐裘半搭在臂弯，更显得华贵雍容。

"迦叶宫，公子绯衣。"那人一边回答一边朝她走来，凤眸专注地落在她脸上，远远地，似乎就有一股冰雪般清亮却又好闻的气息笼罩过来。

"汗王的美酒太烈，我好像迷路了。"公子绯衣朝她俯下身来，"这是哪里，姑娘能帮我带个路吗？"

班惟栀只见那双漂亮的凤眸中带着几分迷离醉意，靠得近了，可以闻到淡淡的酒气，却并不让人讨厌。

迦叶宫公子绯衣？这个名字她记得，他是父王的贵客之一，来自遥远的西方佛国。方才的宴会应当也有参加，只是他未曾上前来与她攀谈，而她始终被许多人围着，并没有留意过他。

如今隔了不到三步，眼前的人宛如月下仙子，清雅出尘，她心里忍不住将他与凤渊相较，发现除了看不清眼前这人的容貌，其他的竟是不相上下。

尽管心中已经认定凤渊，但就和男人永远都会欣赏美女一般，面对这位仙人似的公子，小栀也格外宽容，语气放软了几分："这里是温泉谷，公子要回汗王宴会厅的话，得从那里绕过去……"

说着抬手指着一处岔路，正要继续说话，却觉得肩头一重，转头只见公子绯衣一手按在她肩上，执笛的手轻轻抚了抚额头，轻叹道："对不住，突然……有些头晕……"

"那……那不如公子先在此处休息片刻……"班惟栀的脸忍不住有些发烫，虽然知道不妥，却也不愿就此甩开。

“好啊。”公子绯衣低笑了一声，“姑娘陪陪我可好？”

“哎？”班惟栀还没有回过神来，公子绯衣已经转身而去。她看着他的背影愣了一会儿，举步跟了上去。

一缕悠悠的笛音响起，于这空旷的夜晚分外婉转清幽，而吹笛之人绯衣轻拂，更如谪仙下凡一般，班惟栀一时竟看得呆了。

一曲吹毕，传来几声掌声，伴随着一声低笑：“好曲子。”温柔多情的声音，听在耳中十分勾人。

公子绯衣似乎并不觉得惊讶，放下玉笛转过头来，月下来人长身玉立，一袭紫色锦衣，华贵与出尘两种迥然的气质，却融合得相得益彰。

一边的班惟栀却好像如梦初醒，飞快地跳了起来，轻喊道：“凤渊哥哥，我等了你好久。”

语声中带着几分忐忑，凤渊却并不在意，伸手将她扶住，一同朝公子绯衣走去，道：“若我没有猜错，这位可是迦叶宫的公子绯衣？”

公子绯衣嗯了一声，却没有反问的意思，只是用那双凤眸上下打量着他。

“在下凤渊。”

传闻公子绯衣为人古怪倨傲，若想与之结交，些许无礼便不能在意。

公子绯衣朝他点了点头，目光不停在眼前两人之间徘徊，片刻后轻笑道：“难怪大汗始终没有点头，看来惜影帝姬已名花有主了。”

他语带笑谑，眼中却没什么表情，仿佛为了印证他的话似的，班惟栀抱着凤渊胳膊的手收得更紧了。

公子绯衣将玉笛在手中敲了敲，悠悠道：“我本是无心竞争，可如今看到两位，突然也想试一试呢，你们说，若我向大汗提亲，大汗会不会答应我？”

班惟栀一愣，想到方才月下谪仙的美妙身影，不由心头一悸，忍不住转头看了一眼凤渊，凤渊也正在看她，目光潋滟而温柔。

他伸手握住她的手，少女的目光顿时清朗了几分，转向公子绯衣道：“若是我不答应，父王也不会答应的。你们……你们别白费力气了。”

“是吗？”他们的小动作没有逃过公子绯衣的眼睛，他凤眸微眯，听不出情绪地轻笑一声，“我明白了，真是可惜。那就提前祝贺二位了。”

说罢，收起玉笛，正要离去，却又被小栀喊住：“这位……公子绯衣，你不是迷路了吗？我和凤渊哥哥一起送你回去吧。”

“不必……”

话未说完，却被凤渊打断：“小栀，你在这里等着，我一个人送公子绯衣就可以了。”

小栀疑惑地望了他一眼，又立刻想到他此举莫非是不想自己和别的男子接触？顿时双颊飞红，乖巧地嗯了一声。

少了小栀的两人结伴同行，却一路沉默，直到离石亭远了，公子绯衣才停下脚步，淡

淡道："凤宫主请回吧，惜影帝姬该等急了。"

"无妨。"凤渊的回答不急不缓。

"若是担心我会再与惜影帝姬见面则大可不必，我明日就要启程回兰若了，这一次不过出来瞧瞧热闹的。"公子绯衣发出一声意味不明的低笑，"该瞧的都瞧见了，如此甚好。"

凤渊对他的这番话却不置可否，淡淡一笑："我一直听说公子绯衣的盛名，却无缘结交，心里十分遗憾，没想到竟能在此处相遇，不知是否天意……"轻轻吸了口气，突然话锋一转，"不过初次见面，我只来得及说了我的名字，公子绯衣又为何会直接唤我凤宫主？莫非早已知道我的来历？"

公子绯衣一怔，目光接触到凤渊双眼，又立刻转开，道："凤宫主未免太低估自己了。"

"其实我还有一个疑问，温泉谷十分隐秘，除了这唯一入口，林中其余皆设有机关，为何公子能安然进来，却不知如何出去？"

公子绯衣长眉一轩："凤宫主是什么意思？"

"没什么，只是觉得公子行事别具一格，与我一位故友十分相似……"他的话音刚落，突然起手一掌，就朝着公子绯衣当面拍来。

这一招没有任何预兆，两人站得又近，公子绯衣猝不及防，眼看掌风凌厉，不敢硬接，身形急转避开，手中玉笛朝凤渊胸口点去。

可凤渊偷袭是假，待公子绯衣一转身，另一手从意想不到的角度探出，目标却是那块华丽的蒙面轻纱。

等公子绯衣察觉，微凉的手指已然触到脸颊，他急忙收回玉笛，身子骤然间飘后三尺，可是已经晚了。

凤渊的目光从手中的轻纱慢慢转到不远处那个人的脸上，神情复杂难辨，叹息很轻，声音却沉重之极。

"嫣然，果然是你。"

月光下，公子绯衣一双凤眸带着几分愠怒，双唇紧抿，清极艳极，那五官和神态，分明就是慕容七。

既然已被识破，她也不再隐瞒，抚了抚袖子，道："好久不见，凤宫主。"

"嫣然……"他牢牢地锁住她的容颜，仿佛凭着目光就能将心里所有的话一一传递给她，他们明明分别不久，却恍如隔世般，如今再见，竟有人世幻变物是人非的错觉。

抑或，这并不是错觉？

"听我解释，好吗？"他有太多话想说，最后说出口的，却只有这一句。

"我不过是和你开个玩笑而已，不要那么当真嘛。"慕容七已经完全镇定下来，语气中带着三分笑意七分无谓，显然并不想多说。

可凤渊还是不言不语，往常多情的目光此时竟有些逼人，见他不肯就此揭过，她便又想了片刻，才道："其实要做什么，怎么做，都是你自己的选择，你我虽算得上是朋友，到底并无深交，因此解释的话，倒是不必了，若是因为我而惊扰了你们，我道歉。"

这句话口气虽淡，却字字诛心，就算凤渊心智坚定，也无法坦然接受，向来温软的声音带着些许枯涩黯淡。

“若是不在意，你又为何要代替公子绯衣前来？为何要见班惟栀？为何要来见我？”

慕容七吸了口气，这次终于直直地看向他：“你说的没错，我确实是特意来找你的，有些事还是要眼见为实，方能心安理得地成人之美。”

说着，从怀里拿出一张叠得四四方方的纸笺，手指一弹，准确地落在凤渊手上。

“我最近才知道呢，原来和离书我也可以写的。”她笑了笑，说得特别诚恳，“你拿着这个，从此就自由啦，祝你早日迎娶惜影帝姬，早成大业。”

“嫣然我……”

他该说什么？

这一切都是为了让巨泽复国？

这是他身为最后一位皇子不可推脱的责任？

他对班惟栀没有感情，不过是利用而已？

他喜欢的人始终只有她？

留下来等他？原谅他？

可是，他以什么立场说这些？他说的这些，她又何尝不知？

她不在乎，或者说她从未表现过在乎，这才是他的致命之处。从洛涔到紫霞镇的一路追逃，生死相依，明明他们曾经近在咫尺，伸手可及。

可是，她还是没有走出最后一步。

而现在，她是打算放弃了，她再也不会往前走了。

他的目光渐渐由晦暗转为凌厉，一扬手，那张书笺已化为扬尘。

“嫣然，你听着，我与班惟栀不过是逢场作戏，我不会放你离开，永远都不会！”

·第二十八章· 骤变

马车一辆接一辆地驶过赤月宫宫道上的白石板，庆典宴会过后，客人陆续离去，白天的热闹渐归沉寂。

公子绯衣的马车也在其中，慕容七没骨头似的靠在软垫上想心事，就连马车的阵阵颠簸也没能让她挪动。

离去前，凤渊的话音犹在耳，他说他不会放她自由。

可是，他凭什么？

当她无意中知道了小栀的身份时，除了惊讶，更多的是生气。在定王府，在持剑山庄，甚至在更久之前，紫霞镇中他的忙碌，燃灯节上他的失约……如今她都已知道原因，她甚至能猜出他或者他们的目的——想要复国，最快的方式就是有一个强大的靠山，一支军队又怎么比得上一个国家？而班惟栀代表的，就是那个国家。

他与替永安帝提亲的魏南歌，不过是殊途同归，只是一个诱以利益，一个诱以情意。

她不能说他卑鄙，不过是各使手段各凭本事罢了，让她生气的，是他既然已经决定选择班惟栀，选择成为巨泽世子，又为何要来招惹她。

嫣然，我真是越来越喜欢你了。

这位姑娘不是外人，她是内子。

…………

这些话信手拈来，说得那么好听，害她差点信以为真。

幸好幸好，只是“差点”。

她拜托卫棘带她去见小久，伪装成公子绯衣进宫，是为了亲眼见证他的选择。而之前因他而生的种种烦躁不安和纠结郁闷，在眼见为实之后，反倒奇异地平静下来。

像一件悬而未决的事终于有了结果，她也可以将这桩名存实亡的姻缘真正放下了。

就这样各奔东西不是挺好的吗？他坐拥他的江山美人，她游历她的红尘紫陌，将来他成功之时，说不定她还能看在故友的分上遥祝一二。

可是他居然撕了她绞尽脑汁才写好的和离书。简直不可理喻！

正腹诽着，马车却突然毫无预兆地停了下来。

慕容七敲了敲车门木板，问道："外面怎么了？"

"出宫的路似乎被封了。"赶车的年轻人是慕容久的心腹，对他们二人互换身份的事也很清楚，此刻一边回答一边跳下马车，"我到前面去看看，公子稍等。"

不多时，他便回来了："启禀公子，赤月宫里多了很多巡逻的士兵，出宫的地方也有人盘查，现在还不知道发生了什么事，可能会耽搁一些时间。"

慕容七拉起帘子朝外看了看，被拦下的不止她一人，事到如今，急也急不来，干脆身子一歪，闭目养神起来。

不知过了多久，迷迷糊糊中，只觉得马车又行驶起来，这次倒是很顺利，没多久就出了宫。她伸了伸懒腰，决定找一个地方去吃夜宵，可是还没出声，马车再次停了，一个人推开车门窜了进来。

慕容七随手抓起几上的茶壶就要扔过去，却在看清来人时生生收住。

"慕容久，大半夜的你不在屋子里睡觉，跑这儿来干什么？"

慕容久竖起手指示意她小声："乖，别吵，有情况。"

她很嫌弃那一声"乖"，但看他此刻的神情，还是决定不去计较，问道："什么情况？"

"你方才出宫时是不是不太顺利？"

"是。"

"因为赤月宫里出事了。"慕容久也不再卖关子，直接道，"大西使臣魏南歌失踪了。"

"什么？"慕容七顿时跳了起来，却忘了头上还束着男子的发冠，一下子撞到了车顶，磕得脑袋生疼。

慕容久伸过手来，在她头上聊胜于无地揉了两下："为兄知道你关心魏大人，可是也不要那么激动。况且阿澈应该和他在一起，大可不必如此担心……"

慕容七正要把他的手打开，闻言不禁愣了："季澈？他们怎么会在一起？"

这突如其来的变故，慕容久也是刚刚得到的消息。

据说一向自律的魏南歌居然在宴会中喝多了，汗王便安排了一间清静的宫室让他暂时休息，可不久之后，去送醒酒汤的宫女就发现，本该在屋子里休息的魏大人不见了。

不光如此，室内还一片狼藉，血迹斑斑，十分吓人。

大西使臣居然在汗王的眼皮底下无声无息地失踪，汗王自然大怒，严令彻查。而事发之时正逢慕容七出宫，因此受阻。

至于季澈会去找魏南歌的具体原因，连慕容久也说不上来。

"我刚到赤月城，阿澈就来找我了。"慕容久转头看了看身边那张和他一模一样的脸，口气笃定道，"你们俩又闹别扭了吧。"

慕容七闻言转开脸，却没有反驳。

"咦，看来还不是一般的矛盾。"慕容久不打算就此放过，一手托着腮笑吟吟地盯着她，"我让他跟我一块儿去赤月宫瞧一眼汗王，你知道他说什么吗？"

慕容七心里一突，撇了撇嘴："我怎么会知道。"

"他说你一定也在那儿，觉得你不愿意看到他，他就不去了。"

"……"

"妹妹，妹妹。"慕容久突然甜腻腻地叫了几声，凑近了问，"你们到底发生了什么，说给哥哥我听一听。"

"你给我说正事。"慕容七终于回过头来，手里多了一柄小巧的匕首，恶狠狠地抵着慕容久的脸颊。

慕容久急忙退后，一脸伤心欲绝："'本是同根生，相煎何太急。'我们明明说好打人不打脸的。"

话虽如此，慕容七耳根处一抹淡淡红晕却没有瞒过他的眼睛，他的目光深深，眼底露出一抹狡黠的笑意来。

他到底还是回归了正题。

季澈虽然留在兰若的使臣驿馆中，慕容久却并不清楚他在做些什么，只知道他早出晚归，十分忙碌。

"似乎是鸿水帮的眼线发现了什么，他一直在调查。今天临行前，他突然来跟我说要进宫去救个人，然后就走了。"

"救人？"慕容七皱了皱眉，"魏南歌？"

"他没说是谁，我猜的。"慕容久沉吟道，"不光是因为今晚出事的是魏南歌，而且他前两天同我喝酒时曾经说过一些话。"

"我说我妹子挑男人十分没有眼光，这辈子恐怕嫁不出去了。他却说，如今殷紫兰贵为皇后，魏南歌心结已解，这人虽然困于往事略显迂腐，其实人还是不错的。"他说着看向她，似笑非笑道，"他倒是替你考虑周全，只是你如今还喜欢魏大人么？"

慕容七愣了愣，还未分辨出心中究竟是什么感触，慕容久又开口了："听说你和凤游宫的凤渊交情不错？"

她皱眉盯着他。

"这人不适合你。"慕容久伸出修长的手指点住她的眉心，"虽然他长得很好看，但他的野心太大，你玩不过他。"

他的话让她倏然想到几个时辰前月下那抹紫衣，贵为公主的少女握着他的手，那个人的温柔和深情，从来都是有目的的。

"这一点我和阿澈的看法一致，虽然我觉得魏大人也不怎么适合你，不过从这两人中间选的话，还是魏大人好了。"说着他又凑近来，"还是说，你有别的人选？说出来让哥哥帮你参谋参谋？"

慕容七只觉得心下愈加烦躁，手里匕首又抬了起来："正事还没说完，你又开始胡说八道。"

"说完了呀。"慕容久委屈地摊了摊手，"我目前知道的就是这些，现在只能一边暗中调查一边等阿澈传回消息。至于你嘛，要不是为了你，阿澈也不会去找魏南歌，你自己看着办咯。"

慕容七缓缓放下匕首，半晌才道："我陪你一起等。"

"乖。"慕容久眯起眼睛笑了起来，活像一只狐狸。

大酉使臣失踪的消息并未传开，第二天一早，陆续有人辞行离去。汗王自始至终都未定下惜影公主的婚事，许多使臣急着回去另商对策。

辞行的人中，也包括兰若迦叶宫的公子绯衣。只是公子绯衣走了，慕容兄妹却留了下来。

这一天，季澈并没有消息传来，慕容七却去找了一个人。

卫棘——或者说是，班惟棘。

这次她没有进王府，而是请卫乾送了口信，约卫棘在府外一处隐蔽的茶肆见面，卫棘并未准时而来，等他到的时候，慕容七已经换了第三壶茶。

"抱歉，宫里有事耽搁了。"

慕容七也不含糊，直问道："大酉使臣失踪的事？"

"你知道？"卫棘十分惊讶，随即又摇头，"此事尚未有定论，切莫听信传言。"

"我就是来找你打听消息的。"慕容七替他倒了杯茶，"小卫，你可知那晚发生了什么？"

"那晚我不在现场，并不知详情。"

"那总有听说过什么吧？"她紧追不舍。

他犹豫了片刻，还是道："事关宫中机密，我不能说。"

他虽年少，做事却十分稳重，极有原则，慕容七早就料到要问出消息没那么容易，转了转眼珠，用略带委屈的语气叹气道："你不是说把我当作姐姐么？连姐姐也不能说么？"

卫棘疑惑地望着她："你要知道这件事做什么？"

"那个……我毕竟是大酉人，这件事关系到两国邦交，我关心国家大事，怕此事会连累边关数万百姓。"她顺口胡诌了一个理由，只因卫棘这种万事讲原则的人，若被他知道自己与魏南歌交情不浅，届时再想从他口中套话那是万万不可能的。

这次卫棘果然没有再一口拒绝，沉吟片刻道："暂时还不至于会有影响，但若一直查不出真相，倒也难说。"

慕容七闻言一愣，两国邦交什么的不过是信口胡诌，竟然真有这么严重？

"使臣失踪的具体细节我不清楚，有些事确实不便告诉你。我身在白朔军中，宫中之事本与我无关，但此次却接到父王彻查此事的命令，是因为那晚之后，有人发现南部天河城营地的布防图随大酉使臣一同不见了。"

白朔南部的天河城，是距离大酉最近的一个边城，距紫霞关不过百里，有重兵驻扎把守，是白朔的边防重地。

这件事慕容七也是第一次听说，心里一合计，吃惊道："你是说……"

"我什么都没说。"卫棘打断她，"此事不要再提，不过另外有件事，我应当告诉你。"

"你说。"

"那天三哥带着小栀和叫'凤渊'的男人进宫，凤渊和汗王谈了大半夜，最后汗王非但撤销了追杀令，还以上宾之礼相待。如今他住在赤月宫中，时时与小栀相伴出游，汗王也并不阻拦。”他一边说一边看着慕容七，目光度量，似乎在判断她的反应。

慕容七知道他在想什么，轻轻一笑：“如此看来，他也算得偿所愿，挺好。”

她能猜得到凤渊和班惟莲谈了些什么。她虽不能断言凤渊对小栀一丝真心都没有，但对他这样目标坚定、深谋远虑的人来说，和大汗谈交易显然比谈感情更有效。他的凭恃，除了他的身份，还有他背后的雍和军，或许再加上传闻中财富无数的洛涔地宫，至于小栀的心意，不过是加重了他的筹码，是他达成最终目的的跳板罢了。

而身为一国之君的班惟莲，会做出那样的转变，考量的也绝不会只是女儿。

卫棘似乎轻轻吐了口气：“你能这样想就好。”

他所理解的“得偿所愿”一定和慕容七所说的不同，但她也不会再解释，只是低下头，笑而不语。

一笑泯恩仇。

她与凤渊的纠葛，到此为止。

·第二十九章· 汗王

慕容七回去把从卫棘那里听到的消息和慕容久一合计，分析了几种可能。

一是布防图确实为大西暗中所取，事成之后却被人发现，魏南歌遭到袭击，半途又被人救走，因为事关两国邦交，所以白朔方面选择秘而不宣。

但慕容七觉得，这个假设不可能。

永安帝慕容铮的脾气她很清楚，他向来谨慎，尤其如今登基不久，万事只求稳定，否则也不会派遣魏南歌这样的心腹去求娶惜影帝姬。这样的心态，怎会让人去盗取布防图？就算退一万步说，皇帝的脑子一时犯浑，作为执行者的魏南歌又怎会如此不小心，刚窃取东西就被人发现，这不是他的行事风格。

还有一种可能，就是毫不知情的魏南歌撞了霉运。至于是别人故意陷害他，还是他正好撞上了盗取者，就不得而知了。

季澈有句话，让慕容七很是介意，他临走前和慕容久说去救人，如果那个人真的是魏南歌，那说明季澈早就知道他会出事，他一定事先知道了一些很重要的信息。

如今已经过去了两天，鸿水帮的眼线遍布天下，可季澈还没有只言片语传来，实在有些不寻常。

慕容七越想越坐立不安，到了第三天，从慕容久口中听到汗王准备增兵天河城的消息之后，她再也坐不住了，直接翻墙入定王府去找卫棘。

卫棘的住处是一座独立院落，下人很少，十分安静，慕容七神不知鬼不觉地摸进来时，他刚好在换衣服。

看着床榻上的行囊，她不由皱起眉头："汗王派你去天河城？"

卫棘缓缓收起手上的钩爪，点头道："我正要让乾伯替我去向你道别。"

"真要增兵？因为布防图？"慕容七脱口问道。

"嫣然，你究竟是从哪里知道这些事的？"卫棘的声音倏然一沉，朝她步步行来，"你究竟是什么人，来自哪里？为何总能知道宫中机密，又有什么目的？嫣然，我将你当作家人，你可否同样坦诚相告？"

少年的身量还未长足，可是那股冷冽的气息却极有压迫感。慕容七被他逼到了墙角，

才急中生智道："若是你肯带我进宫看一眼大酉使臣失踪的地方，我就告诉你我是谁。"

卫棘停下脚步："你去那儿做什么？"

"查案子。"她朝他眨了眨眼睛。

卫棘虽未封王，终究也是皇子，他自小知道自己与别的兄弟姐妹不同，因此从不以出身自傲。十岁那年，他便向汗王提出习武从军，远离朝政，从底层的兵卒开始，一步步靠自己的努力成为如今白朔军中一员不可或缺的猛将。不到十七岁便立下赫赫战功，草原上的部落以北斗七星中的战星为他命名，唤作"贪狼"。

这次是汗王亲自点名，将增兵天河城的任务交托给他，卫棘本不想节外生枝，可是禁不住慕容七的软磨硬泡，最后还是答应临行前带她去看一眼魏南歌失踪的那间宫室。

宫室位于那晚宴会大殿边不远处，有高墙相隔，不大的院子里有个小池塘，因为引了温泉谷的活水，池边花木扶疏，未曾凋零。慕容七提灯细看，此处只有一间屋子，屋子也只有一扇门，那一晚魏南歌歇在这里，门口一定会有人等着服侍，因此失踪时肯定不是从正门走的。

屋子里三面有窗，一面临水，一面如今已经被毁了一半，冷风嗖嗖地灌进来，另一面外是一小片花圃，慕容七特意绕过去看了看，窗下的草木并没有被损坏的痕迹，更何况花圃外对着高墙，就算季澈本事再高，带着没有半点武功的魏南歌，要无声无息地翻墙溜走也是不可能的。

至于临水的那一面，水面与窗台相距甚高，若是落水一定动静不小，多半会被人发现。

看来唯一的出路就是被破坏的那扇窗了，窗外的小路上脚印杂乱，两边的花木也被翻检过，看来已经被检查了无数遍。

她又仔细看了看窗棂，从破坏的痕迹推断，来人用的应当是重量不大的轻剑或薄刃刀，而季澈的兵器却是短枪……

她的脚下突然一顿，随即转身，重新来到那扇临水的窗边。

窗下便是水面，并没有落脚之处，她用手在窗沿一撑，随即半空中拧身，落在离窗最近的岸石上。

换作别人，无声无息地从水里逃走自然没那么容易，可如果那个人是季澈，就不一样了，他和水打交道的时间，比认识慕容七的时间还要长。

慕容七仔细看了一圈，果然在离窗台不远处的岸上发现了一个形状奇怪的孔洞，嵌在石头凹凸的纹理和泥地中很不明显，她用手指探进去摸了摸，三棱三花的痕迹十分清晰，那是"雷锥"的枪尖留下的。

看来，季澈真的来过这里，而且曾经从这扇窗户入水躲避过追兵。可确认了这件事，她的心里并没有因此轻松，反倒更加不安起来。

她想唤卫棘再递一盏灯来，半晌却没人应答，转头看去，原本应该站在窗边的卫棘，竟不知何时不见了。

她心里一惊，急忙站起身，一阵阴寒掌风无声无息地扫向她的后颈，她随手拿起手里的宫灯往后扔去，谁知偷袭之人的武功竟比她预料的高得多，宫灯非但没有阻止他的行动，反倒被一掌打了回来，强大的寒气兜头罩来，慕容七不敢硬接，一跃而起，随手折了根树枝，使出剑招直刺而去。

树枝刺中一团灰影，轻飘飘的，她的耳边却传来淡淡的一声赞叹：“好剑法！”

慕容七心里暗叫一声“糟糕”，果然见树枝前端挑起的不过是一件华贵的灰狐皮袍子，而她颈后的穴道已被两根冰冷的手指按住。

对方并未用劲，她也不敢动弹，只听到卫棘急急地喊了一声：“父王！”

父王？

难道说制住她的这个人是……

“急什么，我不会杀她的。”先前那个声音从身后转到了眼前，一袭黑缎锦袍裹着修长挺拔的身材，唇边一圈修剪的短须，正是白朔汗王班惟莲。

“你是十二的朋友？”白朔的大汗说起大西话来非常流利。

还没等慕容七回答，随之出现的卫棘便抢先说了一声“是”。

班惟莲肆意地打量着慕容七，这位草原霸主有一双无比美丽的碧玉般眼瞳，可他的目光却好像一条蛇，粘腻而冰冷，叫人透不过气来。

她忍不住侧了侧脸，却被他一把捉住下巴，迫使她不得不面对他。

“你是不是复姓慕容？”他说道，“你娘是大西奚家的女儿？”

慕容七有些吃惊。

从小到大，很少有人知道她的出身，可是这个素未谋面的大西汗王，除了一语道破她的姓氏，竟然连她母亲的来历都说得准确无误。

班惟莲看着她脸上的神情，显然已经不需要她的回答，短促地笑了一声：“甚好。”

慕容七只觉得按在后颈穴道上的手指上传来一股巨大的力量，失去知觉前，她最后听到的声音是卫棘的惊呼：“嫣然！”

仿佛过了很长时间，又似乎并没有很久，慕容七自混沌中慢慢醒来。

她很快就想起了昏迷之前的事，她长这么大，还从没有吃过这样的亏，在白朔汗王的手下，居然没有任何还手之力，此人的武功是真正的深不可测。

可他究竟想干什么？既然知道她的身份来历，莫非是想要拿她来控制迦叶宫，甚至是大西？

她不由想到这些天来的变故，白朔要是真的打算和大西为敌，抓她在手上，确实也算是个不大不小的筹码。

做好了沦为阶下囚的准备，可睁开眼睛，却发现自己并非身处冰冷铁牢，与之相反，四周的一切看起来都很舒适，床边燃着高大的炭炉，温度适宜，甚至还有垂手而立的侍女，见她醒来，急忙来扶。

她试着运了一下真气，穴道并未被封，也没有下药的迹象，汗王看来很自信，不怕她会逃跑。

她看了一眼身边的侍女，突然伸手推去，侍女惊呼着朝后跌倒，显然半点武功也不会。

“发这么大脾气，可是她们伺候得不好？”伴着清冷低沉的声音，班惟莲推门而入。

慕容七防备地看着他：“汗王留我在此，究竟是何用意？”

“做客。”

“多谢，可我还有急事。”

“慕容小姐既然是本王的贵客，再急的事也要放在一边了。”他轻轻一笑，笑容优雅，却让慕容七感觉到一阵说不出的寒意，让她一刻也不想留下。

“我身份低微，和汗王素未谋面……”

“你不需要认识我，我认识你就行。”碧色的眸子里有种难以形容的奇特神色，牢牢盯着她。

他吩咐侍女替慕容七梳妆，慕容七猜不透他的用意，可既然打不过他，她也不会太过为难自己，干脆顺从而好奇地看着侍女们把自己的长发编成无数辫子，穿上织锦窄袖的锦袍，挂上色彩斑斓的珠玉，变身成一个白朔贵女。

当她走出来的时候，惊讶地发现，班惟莲竟没有离开，他玩味地看着她，似乎很满意，然后站起身道：“赤月宫共有三百八十八间宫室，我带你四处看一看。”

是她的错觉么？竟然觉得这个声音挺和蔼可亲的……

等等，三百八十八间？

救命……

此后三天，慕容七除了吃和睡，就是在吃和睡的间隙里，跟着这位草原帝国最尊贵的人，一起巡视他的宫殿、猎场、花园……时隔多年，她居然再一次领略到了做公主的感觉。

卫棘来看过她，却无法带她离开，她也曾经在班惟莲最引以为傲的马场里远远见过一次凤渊和小栀，他正在教她马上运弓射箭，少女的笑声响彻空旷的冬日草场。明净的日光下，两人看起来十分般配。

她不知道他看见她没有，不过这也不重要了，眼下最重要的，是要如何脱身。

她当然不会天真地以为，班惟莲留下她真的只是为了请她做客而已。他说她是故人之后，可慕容七活了这么大，却不曾听爹娘提起过他，而且她知道，卫棘的生母卫夫人和她——或者确切地说和她娘长得如此相似，这绝对不是巧合。

眼下看似让人羡慕的尊荣，实则却是变相的软禁。

她还有要紧事要做，万不能被困在这里。

第四天，她的日程终于不再是游山玩水，班惟莲一早就派人送来全套猎装，邀请她参加冬猎。

这场冬猎规模不大，只是汗王家族内部的常规娱乐，但慕容七却隐隐不安，她这是从参观汗王的宫殿变成了参观汗王的家人了么？

等她穿戴完毕赶到围猎场的时候，班惟莲和他一大家子的皇子、皇女、皇媳、皇婿也已经到了，远远望去，不下四十人的队伍让慕容七不禁咋舌。

“嫣儿来这里。”班惟莲亲自策马上前，将慕容七带至众人面前。

这番言语举动不啻为一种殊荣，让那些皇族的年轻人们十分惊讶，待他们看清她的模样，这种惊讶就变成了惊叹。

慕容七本就身材高挑，在迦叶宫里关了几年，肤色养得极白，一袭绯红骑装衬托出窈窕身段，发色、眸色却是漆黑，偏偏今日出门，侍女还给她唇上点了与骑装同色的胭脂，让她原本就艳丽的容貌更盛了几分，红衣白马，美得嚣张。

皇子中也有人觉察出她与卫棘的母亲卫夫人长得相似，可卫夫人长年病体缠绵，面色苍白愁苦，与眼前这位如阳光般明丽张扬的美人有着天渊之别。

成年的皇子们都有些移不开目光，皇女们的神情却有些微妙，有好奇，有艳羡，还有隐晦的不屑，其中尤以惜影帝姬最甚。

一身雪白皮裘的班惟栀悄悄戳了戳与她并驾而立的紫衣男子，小声道：“凤渊哥哥，你觉得她好看么？”

半晌没有得到回答，她转过头，只见身边男子目光凝重冷冽，面无表情，显然完全没有听到她在说什么。

少女咬牙哼了一声，举起手里的马鞭狠狠地抽打在凤渊所骑黑马的臀部，鞭尾余力扫过凤渊腰侧，尚未打中，便被他一把握住，只是马已经吃痛，嘶鸣一声就要往前奔去。

凤渊急急松开鞭尾，操纵缰绳，终于将受惊的马儿控制住，但之前那一声嘶鸣已经引起了班惟莲的注意，碧眸一扫，淡淡道：“小栀，怎么回事？”

班惟栀一击出手便后悔了，此刻讷讷地绞着手里的马鞭，不知该怎么回答。一旁的凤渊接口道：“回禀大汗，是马儿受惊，已经无妨了。”

班惟莲不置可否，也没有再追究，便带着人马进入了猎场。

凤渊转头看了身边的少女一眼，轻声道：“小栀，不要胡闹。”

班惟栀噘着小嘴，颇为委屈地小声道:“谁叫你不理我，只顾着看那个来路不明的女人。”

凤渊怔了怔，随即道：“方才我只是在想事情而已。”

“真的？”

这次他没有再说话，只是伸出手揉了揉她的头，少女的脸庞顿时染上几分红晕，嘀咕了一声：“反正你不准看她。”便策马快走几步，和另一位皇女聊起今日围猎要打的猎物来。

凤渊放开缰绳缓缓跟在后面，目光穿过重重人群，最终还是落在最前面的绯红色背影上，眼如深潭，辨不出喜怒，却似有风雷蕴藉。

·第三十章· 脱身

白朔王室的围猎与大西宫廷里由几十个内侍赶着一头小鹿给皇帝射杀的游戏完全不同，围栏一开，各种猎物四散开来，天空猎鹰盘旋，众人各凭本领，各自猎取。

反正暂时脱不了身，慕容七也就干脆玩得尽兴。

她骑术精湛，箭法也好，很快便有所得。草原民族最推崇英雄，这样一个美丽女子，身手好，又深得汗王青睐，很快便有几位皇子上前攀谈，慕容七对白朔话只是略知皮毛，皇子们鸡同鸭讲，居然也能交谈甚欢。

不知不觉间，大队人马渐渐接近一片小树林，耳边突然传来几声长嗥，林中竟蹿出一群狼来。

这些狼虽然是豢养的，但野性未泯，白牙森森，行动敏捷，有些胆小的皇女和年幼的皇子已经退后，好几匹马也受了惊不肯再往前，场面顿时有些混乱。

慕容七不断轻拍自己所骑的那匹白马的脖子，待它安静下来，一夹马腹，朝着狼群中一头体型健硕高大的白狼追去。

狼群与其他猎物不同，行动自由后大部分选择的是主动攻击，这头白狼的目标，正是当时离它最近的班惟栀。

班惟栀今天骑的是一匹毛色漂亮的小红马，衬着她一身雪白皮裘更是夺目可爱。可是此刻见白狼追来，少女不由吓得花容失色，拼命催动小红马，只可惜小红马见到狼群早已经腿软，跪在地上嘶鸣不已，班惟栀忍不住失声尖叫起来。

突然间，一支羽箭从白狼身后风驰电掣般射来，牢牢钉在狼爪前不到一尺的地方。白狼吃了一惊，身子一顿，还没回过神来，第二支箭旋即射到，落在第一支箭之前，接着又是第三箭，片刻之间已将白狼的前路完全封死。

白狼灵活地转身，放弃班惟栀，朝发箭之处扑去。

惊魂未定的少女忍不住朝着来路看去，却见一袭红衣疾驰而来，正是那个来路不明的女人，手中铁胎大弓张满，又是一箭，几乎射中白狼的眼睛。

她有些不甘心，却也知道眼下的情形凭自己那点微末武技是万万应付不来的，只得用力扯动缰绳，勉强将小红马掉头，正打算离开这块是非之地，眼前却紫影一闪，一人从她身边疾驰而过，竟是凤渊。

她愣了愣，但见凤渊所去的方向是那女子和白狼所在之处，不由心中一动，高喊道："凤渊哥哥，我想要那只白狼，不要让别人抢走啦！"

也不知道凤渊听见没有，只见他从另一头追来，一连七箭，终于逼着白狼改换方向。慕容七自然不会善罢甘休，拍马赶上，两人并肩而驰的片刻间，凤渊目不斜视，口中却道："班惟莲不是友善之辈，嫣然，不要去蹚这个浑水。"

慕容七却道："既然你可以与虎谋皮，为何我不能狐假虎威？"

凤渊终于转过头来看她，语气中不知是无奈还是欣然："嫣然，你在和我赌气？"

"没那个闲工夫。"慕容七轻叱一声，一抖缰绳，已领先他半个马身，"凤宫主，想要博美人一笑，可要认真些了。"

说罢，手中羽箭射出，与白狼后腿仅差分毫，瞬间没入土中。

凤渊皱了皱眉，拉开弓，接连三箭射出，看似步步追逼，反倒无形中封住白狼去路，等慕容七下一箭射出时，他的第四箭也恰好直追狼爪，白狼侧身闪避，却再躲不开慕容七那箭，顿时被锋利的箭镞洞穿了颈脖。

慕容七蹙眉道："各凭本事，用不着你让我。"

凤渊唇边笑意轻闪，自重逢以来第一次语带戏谑，一如从前："是你说的，为博你一笑，我自然会认真。"

她说的美人指的是那边正呐喊助威的白朔小公主啊。

围猎结束后，汗王在猎场边的帐篷中设宴，论功行赏，慕容七也拿到了赏赐，是一把黄金吞口、镶嵌宝石的短剑，锋刃以寒铁打造，价值不菲。

她上前道谢，班惟莲淡淡一笑道："嫣儿的武艺，可是与月影学的？"

我娘的闺名岂是你能随便叫的！慕容七一边腹诽一边恭恭敬敬地回答："是。"

"学得很好。"草原之王坐在虎皮大椅上端详她，悠悠道："无论神韵还是容貌，你都和她很像。"

其实要论容貌，慕容兄妹和父亲更像一些，但在班惟莲眼中，显然她无论做什么都有母亲的影子，慕容七心中既不安又不快，本想随便扯两句糊弄过去，谁知班惟莲又突然问道："嫣儿可曾婚配？"

她顿时一愣，婚配倒是有的，只是……还未等她有什么表示，班惟莲便又道："本王与嫣儿一见如故，按照你们大酉的说法，这是难得的缘分。本王本想认嫣儿为义女，可义女毕竟也是外人，不如一家人亲近。"说着他伸手示意了一下在座的儿子们，"嫣儿你看，本王膝下这么多位皇子，你可有看上哪一位？尽管说出来，本王替你做主。"

他语气轻松，慕容七却吓得不轻。

这位汗王实在有些任性，擅自留下她不说，居然还异想天开地想把她嫁给他的儿子。等一下，让她自己选？

她心念一动，凤眸流转，目光落在帐中的一群皇子身上。

在各位皇子看来，汗王的提议固然出人意料，却也不算强人所难。几位适龄皇子虽都已成婚，但皇族之中三妻四妾本就常见，况且眼前这个女子容貌美艳武技超群，又深得父王之心，若能成事，何乐而不为？

慕容七一一扫过那些试探中带着期待目光的皇子们，最后落在一个人身上，微微一笑。

“实不相瞒，我与十二皇子早已经两情相悦，私订终身，既然汗王有心，还请成全。”

卫棘在慕容七冲他诡异一笑时，心里不由咯噔一下，直叫糟糕。尽管如此，在她脸不红气不喘地说出那句话之后，他还是又惊又窘，霎时满脸通红。

还有两个月才满十七岁的卫棘，如今面对一众兄弟姐妹们或惊讶或玩味或嫉妒或讥诮的目光，平生第一次体会到什么叫作手足无措。

“十二？”班惟莲看着这个素来行事低调脾气古怪的儿子，显然也有些惊讶，“嫣儿说的可是真的？”

“我……”

“自然是真的。”慕容七已经走到卫棘身边，一把搂住他的胳膊，暗中猛戳他，拼命使着眼色。

幸好卫棘还算合作，红着脸轻声随了一句：“请父王成全。”

一道灼热的视线随即落在慕容七身上，仿佛要将她烧出一个洞来，人群中也传出咯咯的娇笑：“恭喜你，十二。你要有王妃啦。”

说话的是班惟栀，这声祝福倒是诚心诚意的，诸位皇子中，她和卫棘本就关系最好，如今知道慕容七不会给她带来威胁，少女顿时心情甚佳，看慕容七也顺眼了很多。

可处在各色目光交织下的慕容七，此刻心里却有些忐忑。当初在魏南歌出事的宫室内被班惟莲当场抓住，她的理由是对赤月宫仰慕已久，这才请求十二皇子带来参观，也不知班惟莲起了疑心没有。

幸好班惟莲只是略略思忖，便轻笑道：“十二自小母亲早逝，性情有些孤僻，也不太会讨姑娘欢心，嫣儿以后可要多多担待了。”

“你到底想做什么？”定王府的偏院里，卫棘一脸严肃地看着坐在窗边悠闲烤火喝茶的慕容七。

慕容七瞥了他一眼，笑眯眯地说：“你说呢？”

卫棘自然不会真的以为她要嫁给他，她的目的，他也多少能猜到几分：“是为了离开赤月宫？”

“不全是。”她放下茶杯，指了指他床头的行囊，“我还想跟你一起去天河城。”

卫棘的眉头渐渐皱了起来：“你去那儿做什么？”

“还记得让你带手信进宫给我的那个人吗？”慕容七压低声音道，“他告诉我，我要找的人，也正往天河城而去。”

两天前，卫棘进宫来看她的时候，带来了一封手信，让她惊讶的是，那封信居然是慕容久写给她的。

她不知道神通广大的慕容久是如何找上卫棘的，更猜不透他是怎么说服卫棘这个软硬不吃的孩子来替他私下传信，但就是这封信，让她下定了非走不可的决心。

慕容久告诉她的，是季澈的下落。

在失去联络近五天之后，季澈终于通过青鹞传书送来了消息，内容很短，主要说了三件事。第一，他那天入宫确实是去救魏南歌，但还是晚到一步，魏南歌已被人暗算致伤；第二，目前还有人在追杀他们；第三，他们决定直接去天河城，引出幕后黑手，以证清白。

慕容久随信将季澈的传书一并送了来，潦草的笔迹和沾染泥污的绢布，可见写下这些消息时的紧急。

看到熟悉字迹的那一刻，慕容七的心里立刻被满溢的不安占据。而他说过的那些让人为难的话，甚至叫人生气的举动，全都因此变得异常模糊，她甚至一时想不起来他们为什么会吵架——为了那个很快就会成为白朔汗王乘龙快婿的人么？那也真是太可笑了……

如今她满脑子想到的，是他带着不会武功又受了伤的魏南歌，独自对付来路不明的追杀者，北方的风雪刺骨肆虐，眼前的道路漫长危险。她不敢说这是他迄今为止面对过的最艰难的困境，她只知道，她必须做些什么。一刻也不能等，她要离开这里，无论用什么办法。

不能让他一个人独自面对一切风险，她要去找他。

两天以后，十二皇子班惟棘带着汗王手谕，出发前往天河城。随行的除了五千精锐兵马和十名汗王亲自训练的“铁鹰卫”，还有在两天内与他飞快缔结了婚约的准王妃，大部分朝臣甚至连她的名字都不知道。

许多人私下猜测，这位有着一半异族血统，出身低微的皇子，很快就要翻身了。可身为“准王妃”的慕容七却很清楚，之所以有“铁鹰卫”随行，并非是因为汗王对卫棘的看重，而是为了监视她。

离开赤月城之前，她又和慕容久联络过一次，这次除了从他那里获得季澈的最新行踪之外，也证实了自己此前的猜想——班惟莲将她强行留在身边，果然另有目的。

这几日，汗王暗中派人送信前往万里之外的迦叶宫，想利用她将她爹娘引来白朔。幸好这封言辞婉转中暗藏威胁的书信最后被慕容久手下的迦叶宫密探截获，否则依照母亲的脾气，收到此信一定会单枪匹马地杀来赤月城。

除此之外，一切似乎都很顺利，连凤渊也没有再来找她。直到临行前那天晚上，她才再次见到他。

那时，她正准备就寝，一抬眼便看到他凝立于窗外，紫衣微拂，仿佛与四周的树影融为一体。她不知道他在那里站了多久，也并不想去招呼，她觉得他们两人如此这般别过便最好了。回忆虽然还在，然而回风渡那一夜，他眼中那些明灭的灯火，那个晦涩血腥的黎明，她肩背上濡湿的触感，仿佛世间只剩彼此的拥抱，都像是梦一样，在这个遥远的异族王都，一点点地被凌厉的朔风吹散了。

为谁风露立中宵，又是何必？

她朝他淡淡一笑，起身合上窗扉，不徐不缓，将他和料峭的北国寒月一同关在了窗外。

第三十一章 兄妹

卫棘带队一路轻装简行，第一天就走了一百多里路，夜里在一处草甸扎营。

吃过晚饭，他又出门骑了一圈马练了一套拳方才回帐篷，可掀开门帘一看，里面早有人剔亮了灯，捧着热腾腾的茶，好整以暇地等着他。

“嫣然？”他急忙将敞开的衣襟掩上，道：“你在我这里做什么？”

“我们是有婚约的，怕什么？”慕容七嘿嘿一笑。

她扮作男子和姑娘们调笑惯了，卫棘却是个端正的人，听她这么说，清秀的脸上微微泛红，皱眉道：“别闹。”

慕容七也不再逗他，站起身道：“我是来和你道别的，我要走啦。”

卫棘怔了怔：“走？去哪儿？”她不是要去天河城吗？

“别担心，虽然我走了，可你的准王妃还在，不会让铁鹰卫发觉，更不会给你惹麻烦。”慕容七说着，走到敞开的窗边，抬手轻拍两下，顿时一道黑影跃入屋中。

卫棘一惊，下意识地探向怀中的钩爪，却又在看清来者面容时，生生怔住。

那个突然出现的人，居然和慕容七长得一模一样！只是这人一身黑衣，身材修长，胸部平坦，显然是个男子。

此刻这个和慕容七相像的男子正很不客气地走到桌边，自顾自倒了杯热茶喝，动作十分优雅，神情却有些不满。

“这个鬼地方冷死了，你们也不早点叫我进来。”

“……”

他很快就明白了：“你们想李代桃僵？”

“非也，非也。”男子凤眸一瞥，朝他摆了摆手指，“谁是真，谁是假，这事可不好说。十二皇子放心，我比七七更加体贴温柔，定会让你满意。”

他的语气确实也很温柔，卫棘的脸色则有些发青，转向慕容七道：“他是谁？”

“十二皇子怎么如此健忘？”回答他的却是那个黑衣男子，“你我前不久才在赤月宫中见过面，你还说久仰大名，赞我是人中龙凤，如今不过转眼便忘了？”

他抬起袖子遮住下半张脸，朝他微微一笑，眉眼中顿时换了一副傲然又冷漠的神情，卫棘终于依稀认出，这个欠揍的模样正是前几日让他带手信给慕容七的迦叶宫主人公子绯衣，少年心里霎时有些凌乱，瞪着眼睛说了一句：“是你。”半晌都没再开口。

趁着卫棘沉默的工夫，兄妹二人窃窃私语地往屏风后面走去。

“根据最新的消息，阿澈应该在延若河靠近日月山附近，那里山势迂回起伏犹如迷宫，妹妹你可要小心呀。”

“这个不用你说……浑蛋，叫姐姐。对了，有件东西给你，拿着。”

“这是什么？泥土？”

“不是普通的泥土，里面混合了马粪和料草。这是我被班惟莲发现那天，在魏南歌待过的宫室池塘边发现的，就在距离雷锥枪口留下的痕迹附近，我猜是追杀魏南歌的人身上所携。赶紧让你的人去牧场或者马厩查一查，或许会有发现。”

“赤月宫那种可怕的地方，我哪里敢安插人？”

“别装了，没有眼线你怎么能那么快通过卫棘找到我。”

“你真笨，那明明是因为我们兄妹心有灵犀。”

“……”

两人边聊边斗嘴，好不容易才换好衣服从屏风后走出来。

若非事先知道，卫棘自认无法区分出眼前的两个人，互换了衣饰的兄妹二人，连神情动作都跟着改变，显然对互换身份一事驾轻就熟，信手拈来。

幸好声音还没有变。

一身黑衣的慕容七上前搂住卫棘的肩膀，道：“小卫，我要走了，这里的事情慕容久会处理好的，你只管专心办你的事，什么都不用管。”顿了顿，又郑重道，“这一路上，你帮我的，我都记着，将来重逢，一定好好谢你。”

卫棘目光一动，看着眼前女子既熟悉又陌生的美丽容颜，她和母亲长得多么相似，性情却截然不同。他因这份相似而心生向往，却终因那些不同而真正亲近，他时常会想，如果母亲有她这样的洒脱和坚强，她的一生是否会不一样？

可惜世上没有如果，他的母亲早已经寂寂死去，而这个女子依旧热烈地活着。他一次次答应帮助她，不由自主地妥协，皆因她身上那种叫人羡慕的光芒，她于他而言，远如亲人，近如挚友，在母亲离开之后的这些年里，他在自己坚持选择的路上已经独自走了太久，而今有这样一个人可以让他不时地想念牵挂，似乎也还不错。

少年难得露出一丝笑意，伸手轻轻拥抱着她，说道：“后会有期，保重。”

趁着夜色，慕容七带着慕容久替她准备好的行李和马匹，一路离开营地，依靠满天星子辨明了方向，朝着日月山疾驰而去。

同样是去往天河城，一样会路过日月山，但是卫棘一行数千人，又是奉旨出行，再怎么低调都声势浩大，行路自然慢了很多，慕容七独自一人，直接选了荒无人烟的捷径。

她不想耽搁，多耽搁一分，阿澈和魏南歌就会危险一分。

寒风自辽阔的草原上肆虐而过，远远的天边已经露出微白，一个漫长的夜即将过去。

虽然她毫无睡意，但是坐骑需要休息。她放慢速度，直到找到一条隐藏在草丛中的狭小河道，水面虽已结冰，冰面下却是水声汩汩，她用那把汗王赐下的匕首凿开一个冰窟窿，任马喝水。

刚在岸边草坡坐下，眼角的余光却看到远处一缕袅袅烟雾，正在微露的晨曦下升腾。

是谁家这么早就生火做饭？

她微微一怔，随即立刻收起水囊，跨上马，朝着烟雾升起的方向疾驰而去。

不，不对，那不是炊烟，那里有什么东西在燃烧。

当慕容七赶到黑烟升起的地方时，晨曦已经照亮了半边天空，可以清楚地看到方才那条狭窄的冰河在这里汇聚成宽大的河面，河谷中散落着几个帐篷。因为地势较低，河面并没有完全结冰，平坦的草甸上还有青绿的牧草，几只牛羊漫步其中，本是一幅极美的画面，却被草甸中央尚未熄灭的熊熊大火破坏了。

马儿也被这样的情形惊住，不肯再往前，慕容七干脆下了马，朝着火光处走去。那里原本应该也是一个帐篷，但如今已经看不出原貌，一些破损的家具器物散落在地，不见人影。

她捡起一根树枝翻看余烬中的残骸，这场火是有人故意为之，周围草地上还残留着刀剑的痕迹。而此处离日月山很近，不能不让人联想到她要寻找的人和他们所处的困境，慕容七抬头看着眼前的火光，深深地皱起了眉。

突然，一个极其轻微的奇特声响，夹杂在燃烧的哔剥声和远山的风声中，模模糊糊地传来。

那是人的呻吟声。

慕容七身形一动，飞快地朝发声之处掠去。

火光渐渐被抛在身后，明亮的晨曦使草地上厮杀过后的痕迹变得更加容易辨认，甚至有星星点点的血迹沾染在黄绿的草叶上，一直通往河谷深处的石山。

绕过一丛杂乱的刺藤，慕容七终于看到了一个半躺在地上的人。

那人背靠着一块石头，致命伤是胸口的两道十字形剑痕，流淌出的血已经结成冰，已是出气多进气少。

看清了他的脸，她不由大吃一惊。这个人居然是曾经在洛涔与她交过手的雍和军四长老之一，欧阳蓝。

他仿佛感觉到有人来到身边，拼尽全力睁开眼睛，喉咙里似有声音，慕容七弯下身凑上前去，隐约听到几个字：“墨竹……救……”

她顺着他的眼神看过去，是石山深处的缝隙。

心愿已了，耳边的喘息声戛然而止，她回过头，那个高壮的汉子已经垂下脖子，再无声息。

慕容七虽然与他交过手，却并无恩怨。此刻亲眼看到他断气，实在不忍，叹了口气，将他的铜锤放在胸前，伸手将那双不甘的双眼轻轻合上。

就在她站起身的一刹那，朝阳的第一缕光芒终于刺透云层，将整个河谷照亮。

河谷尽头的石山由许多如刀劈斧凿一般的巨石形成，巨石间有无数缝隙，有的极浅，有的却深不见底，阴风阵阵。其中最宽的一道，大约可以容纳两人并肩而过，方才欧阳蓝的视线，正是落在这里。

慕容七小心翼翼地站在缝隙边，屏息凝神，果然听到有不寻常的动静自深处传来，急忙施展十成轻功，足尖轻点崖壁，如一只轻巧的鸟儿，朝发声之处奔去。

不过十来步的距离，她便看到不远处一片嶙峋石滩间有两道人影正以极快的速度交手，其中一人一身红衫，手持胡刃，竟是那位奉命追捕雍和军的女统领梁珊。

而另一个也是女子，一袭青衣劲装，手中双剑灵动似烟，却又招招狠辣。

风间花！果然是她！

欧阳蓝胸口的致命十字剑伤正是双剑所致，可慕容七却始终不敢相信——身为雍和军统领，让她曾经称呼为“风姐姐”的那个女子，竟能狠心至斯。

只因志向不同，昔日的兄弟战友便要生死相见，原来，她和墨竹并无不同。

墨竹……对了，还有墨竹。

慕容七急忙移开视线，朝着石滩左右看去。

她很快找到了墨竹，他的轮椅翻倒在一边，人却半躺在两块石头之间，手中一柄匕首泛着寒光，正抵在一个人心口，与此同时，对方手里的刀也正架在他的颈上，两人无声无息地僵持着，无论是谁，只要前进一分就能让对方丧命，可同时对方也能要了自己的命。

而这个与墨竹对峙的人，慕容七也认得，是凤渊的贴身护卫临西。

这样的四个人，再加上欧阳蓝，慕容七也大致猜出是怎么回事，在这里看到他们让她颇为意外，可没有见到她想找的人，只觉得无比失望。

就在此时，梁珊抓住了风间花一转身的破绽，手中刀如蛇缠上，从左足削过，在风间花小腿上划了一道血痕，风间花闷哼一声，声音虽然轻，却足以让背对着她们两人的临西分心，看准他犹豫的瞬间，墨竹眼中冷光闪动，嘴唇微张，口中一枚透骨钉射出，直取对方眉心。

临西的反应也不慢，但毕竟失了先机，勉强躲过暗器，墨竹已经借机滚开几步，藏身于石后，袖中暗器接连射出，临西一时自顾不暇。

之前一路北上，风间花对慕容七照顾有加，此刻眼看风间花一方处于劣势，她来不及多想，便要出手相助。

可身形才动，就突然被人从身后捂住了嘴，一只手臂打横搂住了她的腰，将她朝后拖去。

她心里一惊，急忙运功抵挡，耳边传来一个熟悉的低沉声音：

“别动，是我。”

短短的四个字，却让她心中发紧，难以形容的热猝不及防地自心尖弥漫，她不再挣扎，两手更加用力地抓住环在腰间的手臂，仿佛这样就能确定，身后的人是真实的。

那人身手矫健，动作迅速却又无声无息，将她拉进一道极其隐蔽的石缝中，石缝初时极窄，只够一人侧身，越往后越宽敞，直到可供两人并肩之处，他才将她松开，一转身，将她牢牢地按在石壁上。

“七七，别轻举妄动……”

话音未落，却突然被她伸手搂住，她的手指紧紧地攥住他肩背上的衣衫，心跳一声一声，若在耳畔。

“阿澈，阿澈，我终于找到你了！”

·第三十二章· 疑云

这个突然出现阻止慕容七出手的人，正是季澈。

而此刻，他的手还按在她的肩上，却一时沉默，不知该如何回应。

几个月前，离别的一幕并不愉快，甚至可以说是糟糕。是他改变了他们之间长久以来尚且和睦的关系，虽然他从未后悔，但自她头也不回地负气而去，他以为这辈子，他们连仅存的友情都不存在了。自此往后，怕是要天各一方，前尘种种，都将只是他一个人的回忆。

他以为自己早已经想得通透明白。可是她突然出现在这里，毫无芥蒂地拥抱，满眼的担忧焦急，如此轻易就击败了他的“通透明白”。

安不下心，放不开手，她到底想让他怎么样？

各怀心事的静默中，突然响起一声轻轻的咳嗽，顿时将他惊醒。

他推开她的时候，她也正循声望去，在看清半隐于黑暗中的男子时，她有一瞬间的愣怔，随即道：“魏大人，好久不见。”

说着走上前去，弯下腰看着他，皱眉道：“你的伤……到底发生了什么？你现在怎么样了？”

她的语气虽不算亲密，却满含关切，季澈一双清眸微微一黯，道：“魏大人内腑有伤，右臂骨也断了，虽然简单地包扎救治过，但这一路缺医少药，也没有好好休息，情况不容乐观。”

“季少帮主客气了。”没等慕容七答话，魏南歌便开口道，“若非有你，我早就命丧黄泉，这一路你极力护我，也伤得不轻，我只求不拖累你，这些伤实在算不了什么。”

石缝中的日光并不明亮，两人的面目都有些模糊，脸上沾染了污垢，下巴上生出了胡茬，衣衫破损，血迹斑斑。可即使这样狼狈，魏南歌的神情姿态依旧平和儒雅，季澈眼中的琉璃异彩也未减弱半分。

他们看起来都还不错，她也就放心了。

慕容七顺势往魏南歌身边一坐，看向季澈道：“到底是怎么回事，现在可以告诉我了吗？”

季澈却皱眉反问道：“你方才想要出手，是要帮哪一方？”

慕容七老实回答："使双剑的女子，我们有一些交情，算是朋友。"

"果然是她。"季澈转头和魏南歌交换了一下眼神，声音有些冷，"那你一定知道她的身份是不是？"

"嗯，但是……"

"这一路上追杀我们的人，就是她。"

"什么？"慕容七惊呼一声，又急忙掩住自己的嘴，片刻后才定了定神，问道："风……风统领和魏大人素未谋面，无冤无仇，为何要杀他？你确定没有认错？"

话虽这样问，但慕容七心里明白，季澈向来行事周全，若非事实确凿，是不会轻易下结论的。

果然，只听季澈道："风间花，巨泽雍和军总统领，我在紫霞镇找你的时候曾经见过她，不会认错。"顿了顿又道，"这世上，并非只有私怨才会杀人。"

"那又为何……"慕容七喃喃了半句，眼神却几度变幻。

如果不是为了私仇，那是为了什么？魏南歌死了，谁又能得益？她越想越心惊，后半句话无论如何都说不下去了。

季澈知道她心里已有答案，眼神愈发锐利冰冷，一旁的魏南歌轻轻一叹："七七，你可信我并没有偷取天河城的布防图？"

慕容七急忙道："自然相信。"

"既然不是我，那究竟是谁，七七又可曾想过？"

"我……"

"我原本一直不明白，为何远在白朔，也会有人想杀了我，直到季少帮主告诉我，凤游宫的凤宫主原来竟是巨泽世子，而那位想要杀我的女子，是雍和军的风统领。"魏南歌意味深长地看了慕容七一眼，话锋一转，"我在赤月宫中见到凤宫主时颇意外，不知七七可曾见到他了？"

他虽是问话，却并不是真要她回答，慕容七不会不懂。

魏南歌死了，谁能得益？

作为大酉使臣的他来到赤月城，目的是替永安帝求娶惜影帝姬，从而缔结两国睦邻之谊。他若是死了，天河城布防图被窃一事就死无对证，只需有心人从中挑拨，失去重臣的大酉和边防泄密的白朔便会自此交恶，莫说联姻无门，就连永安帝想要的安定，也会不复存在。

能从中得益的，自然是不想让两国结盟，不想让大酉皇帝过太平日子的人。

这个人，只有凤渊。

一个亡国的皇子，虽获取了惜影帝姬的芳心，但与大酉国君相比，却无更多凭恃。经由此事可除去最大的竞争对手，凤渊与班惟栀之间便水到渠成；若两国因此起了战事，他更能趁乱起事，借助白朔兵力夺回大酉手中的巨泽属地，复国一事，事半功倍。

正因如此，身为雍和军首领的风间花才会亲自出手吧。

"阿澈，此事你早就知道？"慕容七皱眉问道。

季澈摇了摇头："不，当初只收到消息说有人会对魏大人不利。此事目前也只是我们的猜测，并无确实证据。"

慕容七沉吟道："如此说来，你们一路前往天河城，是为了寻找证据？"

"正是。"答话的是魏南歌，他的语气倒并不怎么沉重，"总不能这样不明不白被人冤枉利用，皇上派我来此，可不是挑起两国纷争的。"

她的目光又转向季澈，仿佛知道她要问什么，季澈已经答道："我既已救下魏大人，自会保他一路平安。"

她并未多想，点头道："好，算我一个。"

说着，也不顾另外两人探究的目光，伸出手掌抵在魏南歌胸口，一边运气替他检查内腑伤情一边道："我找到这里的路上，看到雍和军四长老之一的欧阳蓝，他已经死了。"

季澈沉默片刻，道："他为保护墨竹，被风间花双剑刺中了要害。"

"墨竹和梁珊为何会在此处出现？"

"是我传的消息。"

慕容七有些意外地看向他，随即明白了他此举的含义。若非有人时不时给风间花和临西找麻烦，仅凭季澈一人，带着身受重伤不会武功的魏南歌，想要躲开追杀都很困难，更别说平安到达天河城了。

她默默地看着他，他比分别时瘦了一些，眼下虽有阴影，但眉峰依旧冷峻，瞳仁清如寒潭，望不见底，却让人莫名心安。

天下间似乎没有什么事能让他惊慌失措，哪怕危机重重，他也总能找到办法化解。他还是那个可靠的阿澈，这样真好。

也许是注视得有点久，季澈目光一闪，迎上她的，挑了挑眉，问道："怎么了？"

不知为何，她自觉尴尬，急忙低下头继续替魏南歌验伤，又从随身包袱中取出几个药瓶，都是临走时从卫棘那里顺来的上好伤药。

"我去外面看看情况。"将药瓶放下后，她便站起身，朝来路走了出去。

先前交战的地方已空无一人，沾着血迹的凌乱脚印一路往西南方向而去，消失在岩石山缝中。

慕容七顺着脚印往前追了几步，抬头只见峡谷入口处，一个红衣女子正站在岩石上，居高临下地看着她——竟是梁珊。

慕容七见她眸色沉沉，不禁握紧了手中短剑，刚往前走了一步，梁珊便一跃而下，起手一刀，朝她的脖子斩去。

这一刀又快又狠，好在慕容七早有戒备，抽出短剑反手便迎了上去。

两人虽然早在辽阳京时就交过手，但这次梁珊的刀势更见凌厉，步步紧逼。慕容七思来想去也不知哪里得罪了她，照理说梁珊是奉命办事，而她只是路过，两人自凤渊一事之后便再无交集，即使她心里很不喜欢这个姑娘的狠辣无情，却也没有什么非得你死我活的仇恨。

她并不想和梁珊过多纠缠，大半招式只守不攻，只想看准机会脱身，可梁珊却并不领情，趁着慕容七换招之时，一刀斜劈，在她手臂上划了一道血痕。

疼痛让慕容七倒吸了一口凉气，她一招逼退梁珊，怒道：“你疯了，跟我拼什么命？”

梁珊却不言语，只是看着她冷哼了一声，继续攻了上来。

那一瞬间，慕容七接触到她的目光，不禁愣了愣，那双眼中流露出的神色如此复杂，似审度、似嘲讽，又似怨恨，仿佛一片暗沉深海，将她的身影吞没。

为何会这样看她，她不懂，眼下只有结束这场突如其来的交战，或许能知道原因。

对峙正酣，一道寒风急掠而至，二人顺势分开，只见一支黑色短枪斜插在地上，正是雷锥。

慕容七惊道：“阿澈！”

梁珊一眯眼：“是你。”

季澈若无其事地走到两人中间，手腕一提，将雷锥拔出，沉声道：“既然已打算舍弃过去，又何必在此纠缠不休？”

这话说得没头没脑，慕容七听不明白，可梁珊却霍然抬起头来，狠狠瞪了他一眼，竟一言不发地收起双刀，几下纵跃，消失在狭窄的峡谷中。

慕容七也不再追，疑惑道：“你这话是什么意思？”

“她明白就好。”季澈显然不打算告诉她，抬头看了看天色道：“我们要尽快带上魏大人离开这里。”

第三十三章 释怀

此处河谷离日月山本已不远，如今风间花自顾不暇，三个人正好加紧赶路，很快就进入了山脚的一大片沼泽。

通过这片沼泽就可以进入天河城地界，那里有白朔士兵看守，要联络上卫棘也容易得多。

赶了一天的路，大家都有些累了，尤其是身子最弱的魏南歌，慕容七见他脸色太差，便提议稍作休息。

三人在一处四周被泥潭环绕的树丛停下，升起火堆，魏南歌内腑之伤未愈，喝了两口水便剧烈地咳嗽起来，慕容七拍了拍他的背，又抓起他的手腕想要探查脉息，却一时忘了他右臂有伤，手里一用力，魏南歌忍不住嗞地抽了一声。

眼见他手臂上缠着的布条又有血迹渗出，她忙不迭翻出金疮药，决定先给他重新包扎。

周围又湿又冷，她却并不在意，有条不紊地烧水，清洗，上药，坐在火堆边的魏南歌静静地看着她，站在不远处的季澈也这般看着她，一时无声。

不过片刻，季澈蓦然转开视线，道："我去探一探路。"也不等另两人回应，便独自转身，消失在暮色中升腾而起的薄雾中。

最后一个结打好，慕容七上下左右地瞧了瞧魏南歌的手臂，满意道："先这样，等到了天河城，找个专门治疗跌打骨折的大夫，保证让你一点后遗症都没有。"

魏南歌轻声道："多谢。"

"不用客气。"慕容七说着又去探他的脉息，"我再帮你看看内腑。"

"季少帮主每日以内力替我疗伤，如今已经好多了……"

"他自己也受了伤，还要替你疗伤，对他对你都不好，以后还是我帮你吧。"慕容七一旦决定，便立刻调整了姿势，伸出手掌抵在他胸前穴道上。

正打算运功，魏南歌却突然拉开了她的手，顺势握在掌中。

"不用了，七七。"首辅大人的声音虽夹杂着深深的疲倦，却比以往任何时候都要温柔，"我的伤已经不碍事，不用再为我耗费内力，这一路还不知有什么危险，你先护好自己。"

慕容七愣愣地看着被他握在手中的自己的手，耳根慢慢发烫，这样的亲近让她觉得十分别扭，只是这份别扭，并不是因为羞涩，而是因为尴尬。

明灭不定的火光照在那个她曾经为之心动的男子身上，尽管如今他衣衫残破，容颜憔悴，却仍不掩君子如玉的气度，她有些恍惚，突然想，若是时光倒流，此刻身在花翎的小楼中，抑或是在那个满是书声粥香的小院里，会不会，一切都变得不一样……

她无法回答自己，就如同时光不会倒流，不一样的时间，不一样的境地，不一样的心情，如同溪中水，手中沙，错过了，就再也回不去了。

她只愣了那么片刻，便将手抽了回去，道："多谢魏大人关心，这点内力不碍事，若你的伤影响到行动，反倒不好了。"

魏南歌看着自己的手，掌心似乎还留着淡淡的余温，但很快，便被这荒原沼泽带着腥味的冷风吹散了。

果然……如此……

没有人会在原地等待，他之于殷紫兰是如此，慕容七于他，亦然。

他自嘲地笑了笑，慢慢蜷起五指，轻轻握住，再抬起头时，已是云淡风轻。

"说的是。"他若无其事地笑道，"七七与季少帮主不愧是多年好友，说的话都一样。"

慕容七心中不由地一跳，问道："他也这么说？"

"嗯，所以被逼着天天疗伤。"

慕容七想象着季澈威胁魏南歌的样子，不禁笑了："他很凶的，我也经常被他教训这不好那不对，不过他没有恶意的，你习惯了就好。"

"他觉得你这不好那不对？"他瞥了她一眼，"我看未必。"

"嗯？"

"这一路我们偶尔会聊起你……"

首辅大人故意卖了个关子，慕容七忍不住追问道："聊什么了？他都说我什么坏话？"

顽劣？冲动？还是不懂事……各种毛病，她都能替他说出一堆来。

魏南歌却摇了摇头，道："他说你虽武艺高强，却心思单纯，最喜欢坦诚以待，最痛恨隐藏欺瞒，还说你善恶分明，有人对你一分好，你会以十分报答，是难得的赤子之心。"说着朝她眨了眨眼："我觉得这些不像是坏话，你说呢？"

慕容七哑然，季澈居然会在魏南歌面前这样形容她，连她都不知道自己竟然有这么多的好。

莫非真如小久暗示的那样，他故意在魏南歌面前夸自己，是另有深意？

可是，当初又是谁说魏南歌不可以的？好的坏的，都是他说的，他还说他喜欢她呢，他的喜欢，就是将她推给别人吗？她自己的事情，为什么不让她自己做主？

慕容七拾起地上的木棍狠狠地捅了捅火堆，语气也有些咬牙切齿："我本来就挺好的，谁稀罕他来夸我？"

望着她火光下秀美的侧脸，魏南歌意味深长地笑了笑。

"七七，我问你一件事。"

"你说。"

“若是我和季少帮主同时遇险，你会先救谁？”

慕容七顿时愣住了，让她愣住的不是问题的答案，而是一向以睿智著称的魏大人，居然会问出这么无聊的问题。

“自然是你，阿澈会武功，可以自保的。”

“可要是……你不救他，他就会死呢？”

这番假设慕容七从未想过，她心目中的季澈，永远都不会退却，不会失败，更不会死。可季澈终究不是神，他也是会死的。

她沉默了。

就在此时，一线风声自虚空中传来，慕容七来不及多想，将魏南歌一把推开，只听到咻的一声，一支黑翎羽箭插在了魏南歌方才坐的位置上。

随即箭羽之声不断，慕容七拉着魏南歌伏下身子，从火堆中抽出一根还燃着火苗的树枝，一边将近身的箭矢一一打落，一边朝着箭矢射出的方向慢慢挪去。

树丛的边缘处渐渐出现模模糊糊的人影，慕容七看准了方位， 空手接下一箭 ，反手就朝暗处掷去，一声惨叫之后，暗处的偷袭者并没有倒下，反倒像麻袋一样被扔了出来，结结实实地摔在慕容七脚下，抽搐了两下，不再动弹。

还没来得及查看，又一个人被扔了出来，紧随其后的，是一道矫健的身影。

“阿澈！”看清来人，慕容七终于放下心来，皱眉看着地上那两个不知死活的偷袭者，问道，“怎么回事？”

“我们被包围了。”季澈弯腰从两人的黑色披风上扯下一物扔给慕容七，道：“弓是松木所制，这是江南一带的弓兵配置，对方人数不少，单打独斗的功夫不高，并不是专业的刺客。”

慕容七看向手中物什，那是一枚黑色的披风扣针，装饰着一圈水纹，显然不是白朔纹饰，想到季澈所说的松木弓身，她心中已知答案。

“是雍和军！”

季澈点了点头：“我方才去探路，正遇到有人偷袭，来不及清理干净，漏了两人进来。”

慕容七这才发现他的脸颊和身上都有新的血迹，不由惊道：“你受伤了？”

说着便伸出手去，手指刚碰触到他的脸，他却倏然转开，胡乱用手背拭了拭，沉声道：“我没事，不是我的血。”说罢，转身朝火堆边大步走去。

慕容七看看自己停在半空中的手，皱眉盯着他的背影看了好一会儿，才跟了过去。季澈将眼下的情况同魏南歌简单说了一番，为免目标暴露，火堆已经熄灭了，点点星光从北方高远的夜空落下，空气中弥漫着潮湿冰凉的水雾，似乎下一刻，潜伏在黑暗中的杀手就会撕破这份短暂的平静。

慕容七想，所谓命运，大概就是如此。几天前她还是锦衣玉食的准王妃，如今却与强敌环伺的逃犯为伍。可是看着眼前这两个身处险境依旧从容不迫的男子，她却丝毫不觉得遗憾，幸好……她想，幸好她来了。

三人经过简单商议，确定了几件事。

紫霞镇的雍和军已经入关，此事没有班惟莲的默许绝无可能做到，说明班惟莲和凤渊之间至少已经达成了一部分协议；

然后，如此劳师动众，显然风间花和凤渊对魏南歌的性命势在必得，去往天河城的最后这段路必定凶险万分。但也正因如此，可见凤渊对与白朔结盟一事并非十拿九稳。

“班惟莲疑心甚重，即使凤渊有雍和军和巨泽地宫为凭，料想他也不会轻易答应与之结盟，毕竟我大酉仍是正统，国力雄厚不容小觑。班惟莲野心勃勃，但时机未到也不敢轻易与我朝兵戎相见。”魏南歌对各国局势及在位者的性情了如指掌，他分析道，“我猜测，他目前仍旧在观望中，一边稳住凤渊，一边也并未拿大酉使臣一事大做文章，是想给自己留一条后路。他还在衡量，与哪一方合作会更加有利。”

季澈点头：“凤渊一定也看出了班惟莲的心思，才会急着要杀了你，好做实大酉和白朔之间的矛盾。”

慕容七向来不喜欢这些弯弯绕绕的阴谋诡计，她只问道：“现在我们该怎么办？”

“第一，不能死；第二，找到证明魏大人清白的证据；第三，找一个能直接和班惟莲传话的人。”季澈简明扼要地总结道。

魏南歌拊掌而笑：“季少帮主的话甚得我心。”

慕容七有些不明白：“为什么要找可以直接和班惟莲传话的人？”

“这样，大酉使臣才能不受阻碍地与白朔大汗重新谈和亲条件。”魏南歌朝她眨了眨眼睛，“那一定是能让班惟莲心动，会因此放弃与凤渊结盟的条件。”

如果班惟莲选择大酉，凤渊会怎么样？一瞬间，慕容七脑中有一念闪过，却又很快被眼下的紧张替代，她一桩一桩地数道：“证据的事，我已经交给小久去查了，能和班惟莲直接传话的人，只要到了天河城就能找到，所以……”

所以，最重要的事，就是不能死。

夜愈黑沉，当第一道剑光划破夜色的时候，身处在包围圈中的三人便按照计划开始艰难的突围之战。

计划是在极短的时间内制定的，短得以至于慕容七根本来不及提出异议。

“我们分头行动，你保护魏大人，我去引开雍和军，最后到这里会合。”季澈修长的手指点了点地上用树枝画成的简易地图。地图是魏南歌凭借记忆画下的，季澈所指之处是一座古城的遗迹，四面环水，离天河城不远，荒废已久，没有人迹。

他想独自引开数以百计的雍和军？他以为自己是谁？

慕容七立刻反对：“不……”

可“行”字还没有出口，雷锥便如两道黑色的蛇信，闪电般噬向沼泽深处，水声哗啦啦地划破宁静，隐藏在水底的剑光随之跃起，兵器的冷光纷至沓来。

慕容七不得不转身护住魏南歌，等她料理掉那些近身的刺客，四周已不见季澈的身影。

远处传来水声，衣袂破空的声音，夹杂着兵刃之声，她清楚知道此刻此地的平静只是

短暂的假象，那是他为她、为他们创造的机会。

她咬了咬牙，一把扶起魏南歌，朝反方向而去。

天光破晓，又一个黎明姗姗来迟。慕容七看着最后一个对手在眼前倒下，长时间握刀的手微微发颤，终于忍不住一个趔趄。

“七七！”一边的魏南歌急忙扶住她，担忧道，“你没事吧？”

“没事。”慕容七深吸一口气，抬手擦了擦脸上的血迹和灰尘，道：“魏大人，你还能走吗？”

魏南歌皱眉道：“我可以，倒是你……”

“既然魏大人尚有体力，那我们便继续赶路吧。”

慕容七打断他，看向远处的朝阳，他们约定的地点，就在那个方向。

这一夜虽然疲倦，但除一开始追出沼泽的十来个刺客，后继跟来的寥寥无几，想必是大部分人都被季澈设计引走。

他所面对的境况，要比她凶险百倍，可她却不能与他并肩作战，这让她无比焦虑。

她担心他，非常非常担心，恨不得下一刻就飞奔到他身边，结局是什么都好，哪怕是死呢……可是，不行。她必须往前走，不能回头，这是约定！

这个漫漫长夜，她于这般矛盾的心情中与对手厮杀，直到最后一个追击者倒在剑下，直到旭日映红身后的黑暗沼泽。

她已别无选择，至少，还可以遵守约定。

慕容七和魏南歌一路往目的地而去，魏南歌虽不能助慕容七杀敌，但于星象方位的辨识上却是行家，白朔一行，他早在出发之前就将地图烂熟于心，因此两人没走什么弯路，两天后的傍晚，一座已风蚀得看不出本来面目的古城便远远地出现在二人视线中。

这是一座建造在河边高地上的小城，城墙早已坍塌，经过百年的风化侵蚀，只能依稀分辨出城中纵横的街道和几道黄土垒砌起的矮墙，城中心的塔楼也只剩下一个矮矮的土墩。

两人走进城中时，天色已渐渐暗了下来， 天边有大片的乌云，眼看着又要下雪了。

穿城而过的河水已经结冰，两人走过河面上只剩石板的小桥，进入了塔楼底部，这里是整座遗迹中唯一可以躲避风雨的地方。

燃起火堆，取冰化水，身体终于渐渐暖和起来，奔波多日的疲惫也一齐涌了上来，慕容七靠在冰凉的石壁上，一动都不想动，连魏南歌递来的干粮都懒得接。

“多少吃一点。”魏南歌轻轻拍了拍她的手背，“季少帮主还不知何时能到，你要保存体力。”

慕容七沉默了片刻，接过干粮啃了几口，突然没头没脑地说了一句：“他一定会来的。”

魏南歌深深地看着她，倏尔点头微笑道：“对，他一定会来。”

后半夜，天果然下起了雪，凛冽的寒风卷起大片雪花，在遗迹中无数残破的洞口间穿梭，慕容七突然毫无预兆地醒来，可侧耳细听，耳边只有肆虐的风声。

她看了一眼角落里睡得极沉的魏南歌，紧了紧身上的斗篷，走出塔楼。多年习武的敏锐让她察觉到一丝不平常的气息，这些气息渗透在冰凉彻骨的夜色中，正慢慢包围过来。

她迅速绕着塔楼走了一圈，并未发现什么异样，正要回去，却突然在一堵残墙前停了下来。

墙壁与墙壁之间刚好形成了一个死角，挡住了风的声音，因此在那个角落中，另外一种声音在静夜里听起来分外清晰——水的声音。

这个地方怎么会有水声？环绕着遗迹的小河很浅，已经全部结冰了，她和魏南歌也曾仔细检查过，这片山坡并没有其他水源。

她急忙点亮火折子，循着微弱的水声，终于在一处像是房屋地基的残迹边发现了一道窄小的沟壑，浅浅的水沟绕着地基延伸，原本早就干涸的沟底此刻正静静流淌着一股股水流。

她蹲下身去查看，一股淡却呛鼻的味道扑面而来，心中一惊，急忙抬眼望去，只见片刻前还一片黑寂的遗迹中，不知何时竟蹿起一道火光，那道火以不可思议的速度蔓延，几乎在眨眼间，她脚下的水沟里便升腾起一道火墙，灼人的火焰让她不由得倒退一步，耳边响起魏南歌的声音："这是什雅的火油，浸以毒液，火焰有剧毒。"

她转过头去，发现魏南歌不知什么时候已经醒来，他走出塔楼站在她身后，火光照亮了他的脸，眉宇间神色凝重。

"他们利用了古城中的排水沟渠，虽然城已经毁了，沟渠却大都未坏，且纵横环绕，几乎遍布整个遗迹。"魏南歌望着几乎有半人高的火焰道，"这些火只要碰到一星半点，便会腐蚀皮肤，毒入心髓。"

慕容七皱眉盯着层层环绕的火焰，半晌没有说话。

"听说风宫主的母族是什雅皇室，这么大量的火油真是用得一点都不吝啬。"魏南歌沿着水道走了几步，由衷地叹道，"看来他是一定要将我置于死地才肯罢休了。"

慕容七却沉声道："我不会让你死的。"顿了顿，又道，"阿澈也不会。"

"我自然是相信你们的。"魏南歌轻轻一笑，径自往地上一坐，干脆闭目养神起来。"反正出不去，不如等对方自动现身。七七也休息休息吧。"

他的泰然自若让慕容七略显焦躁的心情慢慢平复，她轻轻吐了口气，在他身边坐下。

果然，等了不到一盏茶的时间，一个熟悉的声音透过层层火墙，传入耳中。

"两位真是好耐性。"

风间花！

慕容七握着短剑的手不由一紧，终于，还是到了与她正面为敌的一刻。

魏南歌闻言，睁开了眼睛，道："风统领这么快就追上了我，雍和军果然不容小觑。"

"魏大人既然已经知道我是谁，那便准备好遗言吧。"风间花的声音又近了一些，显然正在步步靠近。

魏南歌也不恼，只是淡淡道："遗言恐怕还用不上。"

"事到如今，魏大人的定力还是这么好，是否还等着鸿水帮的季澈会再来救你一命？"风间花的声音也很淡定，却更加迫人，"我想，你恐怕是白等了。"

话音刚落，一件东西破空而来，落在魏南歌身前不到两尺之处，铮然声响，激起一片灼热的尘土。

慕容七急忙上前一步拿起，玄铁黑缨，是季澈的雷锥。

她的脸色顿时变了。

雷锥是天下名器，季澈从不离身，如今怎会落入风间花手里？独自引开追兵的季澈，此刻又在何方？

她咬了咬牙，便要冲过去，衣角却被魏南歌死死拉住，只好扬声道：“季澈呢？他在哪儿？”

风间花听到她的声音，不由得吃了一惊，很快，火墙的另一边出现了一道窈窕身影。

等风间花看清那个满身灰尘、血污的问话人是慕容七的时候，眸中神色几番变幻：“慕容姑娘，真的是你！”她的目光渐渐变冷，“这么说，前几日与季澈一同帮助魏南歌逃跑的人也是你了……那如今在天河城的十二王妃又是谁？”

慕容七没有回答她，但她显然也不需要答案，亲眼所见，便是最好的答案。

风间花突然笑了笑：“公子为了去天河城寻你，不惜得罪惜影帝姬和汗王，却不知你早已不在，好一招金蝉脱壳，果然早该断了他这份妄念才是。”

她的笑容冷而轻，与之前慕容七认识的那个外表美艳行止清淡的摘花楼主，已不是同一个人。她的眼神里有刀剑的锋刃，慕容七明白，这位雍和军的女统领，已经将她当作阻挡前路的敌人。

从巨泽到紫霞关这一路的脉脉温情终于消耗殆尽，但她并不后悔，若眼前的女子以及她背后的那个人胆敢伤害季澈分毫，她一定会叫他们付出代价。

她将手中短剑一横，扬眉道：“风姐姐，这是我最后一次这样叫你，还请告知季澈的下落。”

·第三十四章· 两清

“如你所见。”风间花伸手遥遥指着慕容七手中的雷锥，语带轻蔑，“听说季澈号称枪在人在，如今雷锥在此，你说他会在哪里？”

慕容七只觉得脑袋里嗡嗡作响，风间花继续道：“他武功虽高，但那日合围沼泽不下百人，凭一己之力，万难抵挡。慕容姑娘既然与他是朋友，此中细节，我也不便多说。”

握剑的手微微发抖，慕容七忍不住低声道：“住嘴……”

“对了，不妨告诉慕容姑娘，季澈的义妹季慈，其实是回风渡商飞蓬统领的亲妹妹商飞絮，他们兄妹二人皆效忠于公子。如今季少帮主不幸遇害的消息恐怕已经传回鸿水帮，季慈姑娘将会以少帮主未亡人的身份接手帮务，届时鸿水帮为我巨泽所用，只需截断大酉水路，等公子迎娶惜影帝姬之后，便与白朔汗王一同挥兵南下，收复我故土山河指日可待。”风间花带着嘲弄的浅笑，“慕容姑娘也知道，公子对你一往情深，你若是现在回头，公子必定会不计前嫌。将来虽不能母仪天下，也一定能宠冠后宫。”

她说的每一个字，慕容七都听到了，脑中却一片混乱。魏南歌察觉到她的异样，用力握了握她的手，低声道：“七七冷静点，她是在故意激你。”

可是慕容七听不见，她所有的怒火都因最后那句话而点燃。她用力挣脱开魏南歌，连人带剑朝火墙那头的女子扑了过去，有毒的火焰燎着了她的衣角，火星溅上皮肤，立刻溃烂出小小的血洞，可是她完全不在意，耳边回响的，只有方才风间花话语中那些刺心的碎片。

“不幸遇害”“未亡人”“一往情深”“宠冠后宫”……

闭嘴！闭嘴！闭嘴！

剑如流星，如闪电，一剑快似一剑，将风间花全身笼罩。可她的剑术虽高，却囿于地形不熟，加上多日奔波身心疲惫，此刻更是心绪激荡，因此在“流云飞雪”严密的守势下，并未占据上风。

而另一边，早已有数人趁着她离开之际，无声地接近魏南歌。魏南歌虽有匕首防身，哪里是这些人的对手，勉力抵挡了几下，很快左支右绌，只得大喊道：“七七，回来！”

慕容七听到他的声音，心头猛然清醒，一剑逼退风间花，不再恋战，回头去救魏南歌。谁知就在她转身的刹那，风间花突然变守为攻，双剑一绞，疾如闪电，直取她的后心。

若此时回身自保，自然可以躲过这一剑，但是火墙那端砍向魏南歌的一刀却无论如何挡不下来。慕容七身形急变，躲开后背要害，拼着命即便被风间花刺中一剑，也一定要将魏南歌救下。

风间花目光淡漠，下手没有任何犹豫。可她的剑并没有刺中目标，一把刀破空而来，刀剑相撞，硬生生将“流云飞雪”荡开，慕容七趁机一扭身，已越过火墙。

胡刃闪闪，红衣飘飘，竟是梁珊。

这一回，不只是风间花惊讶，连慕容七都愕然。不久之前，刀刀紧逼想将她置于死地的人，为何会相救她于千钧一发之际？

可她已经来不及多想，手中剑顺着剑势，刺中了离魏南歌最近的一人，自己却也因此陷入包围，无暇分身。

另一边，风间花看着梁珊没有表情的脸，心中却愈加不安。梁珊既然来了，那墨竹呢？

她了解墨竹，年纪不大便能位列四长老之首，靠的并非武功，而是各种奇巧的陷阱机括，比如眼前的毒火阵，当初正是由他所创。

毒火能困住慕容七和魏南歌，却困不住他。果然，没过多久，四周的火势便开始减弱，空气中弥漫着一股奇特的焦味，水沟中的火油竟然慢慢凝结起来。

轮椅上的青衣人就这样穿过层层火墙，缓缓而来，一直推着他往前走的那个人已经不在了，他孑然一身，却依旧不慌不忙。

趁着风间花分心的一刻，梁珊虚晃一招，身形急退，如轻烟般掠起，恰好落在慕容七身边，顺手一刀，将一个偷袭之人砍翻。

风间花转头望去，只见四周人影寥寥，自己布置在火墙外接应的人竟然已经所剩无几，仿佛都被火光未及之处的黑暗吞噬了。

她知道这必定是墨竹所为，心中虽惊，脸上却没有表情，淡淡道：“墨长老果然好本事，魔鬼城的流沙阵都困不住你。”

墨竹不置可否：“你将我引至魔鬼城，想让我死在流沙阵，这样就不用你亲自动手了，是吗？风儿，你亲手杀了欧阳蓝，心里也不好受吧？”

风间花皱了皱眉，墨竹说中了她的心事，她无法反驳。

“风儿，若是我死了，你会就此收手吗？”

“不可能。”这次她终于说话了，双剑斜斜地指向他，“公子已与白朔汗王结成同盟，复国指日可待，墨竹，该收手的人是你。”

墨竹唇边浅淡的笑意渐渐隐去：“既然你执迷不悟，我又怎么能死？”

他推着轮椅慢慢朝她靠近，一边道：“班惟莲是怎样的人，你我都清楚，与他结盟不啻与虎谋皮。就算他答应出兵，无非也是看中地宫的财物和江南富庶的土地，一旦成事，白朔对于巨泽，和如今大酉对于巨泽又有什么区别？不过是成为另一个傀儡而已，甚至更糟。你想过没有，与大酉开战，对巨泽百姓来说是多大的灾难。”

“更何况，所谓联盟并不牢固，只要大酉承诺给白朔更大的好处，你们立刻会被毫不留情地舍弃。公子之所以一定要杀了魏南歌，挑起两国矛盾，不也正是在担心此事？拿整个雍和军去赌这样一个不确定的未来，风儿，你真的是为雍和军着想吗？”

他一番话说来，沉着而从容，不远处的魏南歌听了，不由轻叹一声：“这是个明白人，只可惜……”

他并没有说出可惜什么，此时的风间花已然举剑刺向墨竹，她的神情隐在剑光之后，看不清楚，只听到坚而冷的声音：“雍和军是巨泽的雍和军，没有国，又何来家，战至最后一人，我也绝不后悔！”

——只可惜，你有你的道，我有我的法，狭路相逢，终以死相诀。

“流云飞雪”这两把剑，是风间花十岁那年，墨竹送给她的礼物。

风间花的祖父和父亲除了教授她武功和兵法，其余时间不是在操练兵马就是在征战沙场。后来，大酉大举进攻，祖父风子越战死，父亲风啸宇带领雍和军残部与大酉对抗，几年后也终因旧伤复发不治身亡。她的整个童年和少年时期，陪伴她最多的人，就是祖父收养的义子墨竹。

他是她的师父，兄长，朋友，家人，也是她少女时期唯一爱慕过的男子。可是现在他们却是彼此要置对方于死地的敌人。

风间花的剑擦过墨竹颈畔，墨竹的飞镖也削断了她的一缕长发，他们对彼此的武功都十分了解，即使分开已久，从前的那种默契也并没有因此消失。每次似乎都差那么一点点，你杀不了我，我也伤不了你。

眼见不远处围住慕容七和魏南歌的人越来越少，风间花心里愈发着急，手中一剑快似一剑，不求自身无恙，只求速战速决。

墨竹知她心思，趁她一剑落空，突然道：“听说公子不知何故离开赤月宫，前往天河城，惜影帝姬不顾汗王反对一路跟随，汗王因此大怒，此事可是真的？”

风间花剑疾如风，充耳不闻。

“我还听说，赤月宫的御马司查出了内奸，似乎和大酉使臣失踪一案有关。汗王已下令彻查。这么要紧的时候，公子离开宫中真的没关系吗？”

听到这里，风间花的剑终于微微一顿。

墨竹趁机手腕一翻，腕底飞出三枚金针直取风间花胸口大穴。

谁知风间花这一剑失误却是诱敌之计，墨竹射出金针之际，右手来不及收回，风间花一剑回撤横挡，刚好挡住金针去路，另一剑自一闪即逝的空隙中穿过，朝墨竹的心口刺去。

若这一剑刺中，墨竹必死无疑。

这一瞬，风间花突然有些恍惚。二十年的爱恨纠缠，就要在此终结了么？她唯一爱过的，也深深痛恨过的人，就要这样死在她的面前？

她突然犹豫了。

正是这瞬间的犹豫，剑尖终是偏开了半分，虽穿胸而过，却避开了心脉要害。她尚未辨明心中究竟是庆幸还是后悔，脑后某处突然一阵冰凉，一股彻骨的寒气顺着血脉迅速扩散，只一眨眼间，便将四肢百骸冻住，身体僵硬，连血液仿佛都已停止流动。

手中“流云”再也握不住，当啷一声落地，她想将“飞雪”从墨竹胸前拔出，却使不出半分力气，身体控制不住地瘫软下去，墨竹将她拦腰抱住，她不得不靠在他的肩上，远远看去，倒像是两人正互相依偎。

“你……你……”口舌麻木，连呼吸都变得困难起来，风间花的心里被绝望一分分填满，眼中却只有不甘和愤恨。

极北之地的冰蟾之毒，配上七种毒花毒草提炼，只需一滴，便无力回天。墨竹的唇角沁出一缕鲜血，眼神却很清明，甚至带着淡淡的笑意，他的另一只手自她颈后慢慢抬起，指尖赫然藏着一小截金针，针尖犹自闪着幽蓝光芒。

风间花死死地盯着他，全身的感官正在逐渐丧失，可眼前的男子却越加清晰深刻，深褐的瞳孔，浅淡的唇色，眼角细纹镌镂，鬓角几许霜白，流年茫茫而过，原来他也已经这样老了。

她突然想起父亲去世那一年，自己第一次带领雍和军主力偷袭大酉营地，却因为一个小小的判断失误导致行动失败，随行的雍和军死伤惨重，自己也身受重伤，若不是紧要关头墨竹替她挡了一刀，恐怕那个时候，世上就已没有风间花了。

因为那一刀，墨竹双腿筋脉尽断，再也无法站立，他的余生将与轮椅为伴，她在他床前发誓，一生一世，绝不相离。

他背弃了雍和军，而她背弃了他。

她欠他一条命，如今能这样还给他，也好。

死亡的感觉如潮水将她逐渐淹没，她却奇异地平静下来，定定地望着眼前的男子，是他给予她生，也是他给予她死，她曾因他而快乐，也曾因他而痛苦，能遇到这样一个人，也算是不枉此生。

她想，自此之后，家国、仇恨、责任……层层的重担，终于可以卸下了，她太累了，终于可以歇歇了。

这一刻她的眼神应该是温柔的，希望他能看到。

墨竹默默地看着怀中女子的眼睛渐渐被浅蓝色冰蟾之毒覆盖，终至神采尽失，他抬起手轻轻合上她的双眼，随即弹指，一缕银芒准确地落入早已凝结的沟渠，火焰转瞬间再次窜出，将两人团团围住。他轻轻低下头，吻了吻她的前额，握起她垂下的手，按在胸口的“飞雪”剑柄上，用力往心口处压下。

“风儿别怕，我来陪你了。”

“还不快走？”梁珊斜睨了一眼兀自望着火焰发呆的慕容七，冷冷道。

偷袭魏南歌的人在两人的合力之下已经被肃清，满地鲜血尸骸，却都因这半夜的雪，浅浅地覆上了一层白，或许再过半夜，所有厮杀的痕迹都会被掩盖，天地茫茫，仿若初生。

对那两个纠缠了半生，爱恨都已深入骨髓的人来说，或许，这就是最好的结局吧。

慕容七自然明白此时离开是最好的时机，大雪会掩盖脚印，阻断追兵。只是万万没想到，提醒她的人竟然是梁珊。

她是敌是友？意欲何为？

尽管满腹疑问，此时却不是追究的时候。慕容七说了一声“多谢”，拿起雷锥，扶着魏南歌，迎着风雪，头也不回地走出了废墟。

梁珊的目光自两人背影上移开，转到不远处那一片火海中，熊熊烈火已将相拥的两人吞噬，她轻轻哼了一声，低声道：“愚蠢。”随即几个起落，消失在黎明的晨曦中。

第三十五章　不负

风雪初霁的时候，慕容七和魏南歌已经远远离开了古城废墟。

魏南歌的左脚在偷袭中受了伤，走不快，慕容七不由分说便将他背起来，脚步没有慢上分毫。

一个大男人被女子背着，魏南歌略觉尴尬，然而他更在意的却是慕容七此刻的神情。自她离开废墟之后，就没有开口说过一句话。

“七七，我们现在去哪儿？”

“天河城。”

魏南歌有些意外，他以为她此刻最想做的，应该是尽快寻找季澈的下落。

仿佛是猜到了他心中所想，慕容七解释道：“驻守天河城的汗王十二皇子是我朋友，我会尽快将你带到那里，你有什么话可以托他转达给汗王。”

“可是季少帮主……”

“阿澈费尽心思才将你救出来，我不会半途而废。”她眉头紧锁，语气沉沉，却并不沮丧，魏南歌愣了愣，便又听到她低低道，“魏大人，还记得你问过我，如果你和阿澈同时遇险，我会先救谁。事到如今，我的回答依旧是一样的，我一定会先救你，若是阿澈因此而死了，我……”她顿了顿，淡淡地接道，“陪他一起死。”

他诧然低头，看到一抹浅淡笑意自她唇边一闪而逝，那是终于找到方向的坚定和安心。

短短数天，她好像变了一个人，不久之前那个临窗握笔，朝着年轻的首辅大人露出狡黠而羞涩微笑的少女，已经湮没在这北地的风雪中。

“好。”魏南歌轻轻按了按她的肩膀，“那就拜托你了，七七。”

这一路上，他们并没有再遇到追兵，走了大半日，慕容七终于在魏南歌的劝说下，找了一个避风处稍作休息。

抬眼望去，满目雪白。绕过日月山脚的沼泽，又取道古城废墟，让原本并不遥远的天河城，多了两日路程。

慕容七靠在火堆边，一边轻轻地摩挲着雷锥冰冷的枪身，一边望着火苗出神，直到指尖感知到几道小小的纹路，这几个时辰里一直处于浑浑噩噩中的脑袋突然闪过一道亮光。

雷锥枪身由海底寒铁制成，普通刀剑根本无法对它造成伤害，屈指可数的几道伤痕都由天下闻名的兵器所致，每道伤痕背后都有一个惊心动魄的故事。她向来好听江湖传闻，雷锥枪的故事从季澈那里听了不下十遍，因此枪身上每道伤痕的位置她很清楚。

而这几道纹路，却是从前没有的。她急忙将短枪凑近火堆，借着火光，看到那几道伤痕位于握手上方一寸处，靠近长短枪转换的机括，痕迹乍看有些凌乱，可对于慕容七来说，却再熟悉不过。

那是他们年幼玩闹时创下的特殊暗号，天底下能看懂的只有他和慕容兄妹。

而此刻慕容久在天河城，所以，这是他留给她的信息吗？

她定了定神，低头仔细分辨，那几个符号，表达的是“打开”之意。于是按下枪身机括，玄黑枪杆弹出，她的手指在机括的缝隙中仔细探索，终于抽出一张薄如蝉翼的绢纸来，展开一看，上面的字迹十分潦草——“古城西五十里龙眠湖”。

她忍不住将绢纸按在心口上，轻轻喘了口气，这才朝正在小寐的魏南歌走去。

根据活地图魏大人的介绍，龙眠湖是一个很小的湖，因湖水长年不结冰，被游牧部落认定其中有龙居住，是为“龙眠湖”。

“根据《经纬志》记载，这一带古时盛产磺石和温泉，如今保留下来的温泉泉眼还有三十多处。我估计，龙眠湖湖底应该也有古温泉的泉眼，因此寒冬也不会结冰……”

魏大人引经据典地说着，只是此刻的慕容七无心去听，雷锥上的暗号应该是季澈用另一杆枪尖刻下，所以，他是故意让风间花得到他的武器，并且料到风间花一定会用这杆雷锥来扰乱他们的方向吗？他留下只有她才能看得懂的信息，是不是表示他没事？

龙眠湖……到了龙眠湖，她是否能见到他？

两人原本一直往西南而去，如今折而往西，所幸离得不算太远，日落之前便已望见一小片粼粼湖水。湖岸四周生着杂乱茂盛的树木，树枝上覆盖着白雪，湖水却没有结冰，甚至因为树木挡住了风，水面只是泛起细微波澜，静静拍打着岸边的草坡。

湖很小，慕容七很快就绕了一圈，并且在岸边某棵树的树干上发现了和枪身上同样的暗号。顺着暗号所指的方向，没多久她又找到了下一处，就这样，她扶着魏南歌，顺着湖边一条隐藏在树丛之间的小支流，慢慢深入到一小片树林中。

或许是此地有温泉的缘故，树木也长得比别处茂盛，大部分树叶甚至都还保持着盈绿，颇有几分似赤月宫温泉谷的景致。第三个暗号所在的位置，是林中的一小片空地，紧邻支流，在这片空地上，他们发现了篝火燃过后的灰烬，还有一些沾染了血迹的布带，却没有人。

暗号到这里便断了，再也找不到下一个。此时天色已经完全变黑，他们只好暂作休息。此处避风，又比别处暖和一些，等她用残余的枯枝燃起火堆，回头一看，筋疲力尽的魏大人已经靠在树干上沉沉地睡了过去。

从古城废墟一直到龙眠湖，魏南歌一直默默地跟着她，没有半句抱怨，可她也知道，这样匆忙地赶路，对于一个受伤不轻的普通人来说，已经到了极限。

慕容七解下披风轻轻盖在魏南歌身上，然后独自走到水边，掬起一捧湖水拍了拍脸颊。

她也很累，却完全无法入睡。

他在哪里？

究竟伤得怎样？

既然指引她来此，又为何不出现？

控制不住的烦躁不安开始弥漫心头，就如那天在古城废墟中听到风间花那番破绽百出的话时，她在仓皇之间失去理智，乱了方寸。因为他，全是因为他。

她记得季澈曾经和她说过，无论何时都要保持冷静，这样才能在危急关头做出最正确的判断。说得可真容易，她想，她大概永远也做不到了。

她木然地望着湖水中自己模糊的倒影，他一定猜不到，此时此刻，她有多么想念他。

因为，连她自己也没有料到。

认识了那么久，分别过无数次，可是纠结如斯，还是第一次。这都要怪他，明明说了要娶她，却又要把她推给魏南歌，就不会再努力一下吗？他的沉着，他的耐性呢，怎么都不见了？不过就是打了他一巴掌而已，大不了让他打回来就是。

她越想越郁闷，恨不得立刻揪住他问个清楚，偏偏又不知人在哪里，愤愤拾起一块石子用力扔进水里，狠狠咒骂："再不出现，就不要你了！"

石子入水的声音在黑夜里听来分外清晰，水花溅起，火光摇曳，似乎隐约有什么东西自水下一闪而过。

慕容七的手立刻搭上了腰畔短剑，警觉地朝水中看去。就在这一刻，水花突然一分，一人破水而出。

他只探出了上半身，身上的黑衣尽湿，一双眼睛却如暗夜中异彩流转的琉璃，猝不及防地望进她的眼里。

慕容七怔怔地看着他，一颗颗水珠自他发梢滚落，她的目光不自觉地追随，掠过他深刻的眉眼、挺直的鼻梁、紧抿的唇角，碎发沾在他的脖子上，领口微敞着，露出了一小片胸膛……她仔仔细细地看，甚至没有放过他耳畔的猫眼石和发绳上凌乱的流苏。每一眼都是这样熟悉，却又是这样不同——是的，这是他，是她日夜挂念的那个人，他回来了。

她的喉咙里发出一声轻微的叹息，蹲下身，用力搂住了他。

"七七？"

乍然相见，季澈虽然也很意外，可他显然没有慕容七那么激烈的反应，他想去扳开她的手，却遭到反抗，她非但没有松开他，反倒搂得更紧了。

"你这浑蛋。"她将脑袋埋在他的肩窝里，嘟囔道。

他伸出湿淋淋的手想要去触碰她，可犹豫片刻，终究还是没有。

"行了，你先放开我。"

"不放。"慕容七哼了一声，抬起头来瞪了他一眼，这一眼似怒似嗔，季澈还没有明白她眼神中的怨气从何而来，突然觉得唇上一热，她竟然咬住了他的嘴唇。

他整个人都僵直了。

他甚至忘了要从水里起身，那个瞬间，身体所有感官都只能感受到眼前的这个女子。

四年前的记忆还在，于细节处的亲密却已经模糊，她是怎样的青涩，又是如何的甜美，此时此地，那些细节竟一下子被唤醒，如入旧梦。

他怔怔地看着她近不过寸许的眼，长而翘曲的睫，一时不知该如何是好。

她辗转地咬着他的唇，带着微微的狠，初时尚觉得有些痛，渐渐的，那些痛全都化作了勾人心魄的麻痒，冰冷的嘴唇在厮磨中慢慢灼热，那一点热自舌尖蔓延至四肢百骸，他终于忍不住伸手，扣住她的腰身，按住她的后脑，将她压得更近，然后捉住她不安分的舌尖，换他反守为攻，肆意地攻城掠地。

岁月自唇齿缱绻间呼啸而过，褪去青涩，不再逃避，成全了那一年深埋于心的秘密。

“阿嚏，阿嚏，阿嚏。”——旖旎情动终结于一连三个响亮的喷嚏，季澈微微喘息，看着猛然扭头捂着嘴吸溜鼻子的慕容七，这才惊觉自己尚在水中，浑身湿透，方才那一番纠缠，连她的身上都湿了。

他一把揽着她的腰，飞身上岸，将她在火堆边放下，随手扯过一件衣物披在她肩头，替她轻轻擦拭发梢的水珠，沉默片刻才低声问道：“你知道自己在做什么吗？”

他们靠得很近，额头几乎抵在一起，明灭的火光下她的脸颊通红，眼神却并不躲闪，直直地看着他，答道：“知道。”

他的声音愈发低哑：“不会后悔吗？”

她摇了摇头：“你要是回不来，我才后悔，一定会后悔死的。”

他笑了笑，眸中神采异常动人：“对不起，让你担心了。”

“我不管。”她伸手拽住他的衣角，带着鼻音的语调如撒娇一般温柔，“你要让我不担心，以后就不许再丢下我一个人去做那样危险的事。”

他轻轻嗯了一声。

“如果你就这么死了，我一定不会原谅你。”

“嗯。”

“除了‘嗯’，你就没有别的话要对我说吗？”

“……”

“这么冷的天，你们先把衣服换了再叙旧可好？”一个温和中带着笑谑的声音打断了他们的对话。

魏南歌不知道什么时候醒了，手里正拿着慕容七的披风，他丝毫不在意两人看见他时那一瞬间的尴尬，笑吟吟地说道。

“放心，我什么都没有看到。”

…………

午夜时分，万籁俱静，天地间似乎只剩下柴火偶尔发出的声响。

季澈静静地看着躺在身边的慕容七，她的呼吸均匀而平缓，显然已经熟睡了，但一只手仍牢牢抓住他的衣襟，好像生怕他会突然消失似的。

看了许久，他才将她的手轻轻抽开，独自站起身来，朝岸边走去。魏南歌正靠坐在一棵树干上，抬头望着天空中繁密的星辰。

季澈在他身边站定，问道：“魏大人不休息吗？”

“你回来之前睡了许久，这下倒睡不着了。”魏南歌抬头看了看他，“七七睡了？”

见季澈点头，他才又笑道：“这一路又要杀敌又要保护我，她是累坏了，如今你在，她总算可以安心睡一觉了。”

这番话，季澈不知该怎么接，于是问道：“你的伤怎么样？”

“不太好，不过不会致命，无妨。”魏南歌看着眼前高大的男子，“少帮主只身替我们引开雍和军，必定经历了殊死苦战，若非生死攸关，风间花也不敢声称你已经身亡。和你比起来，我这点伤实在不算什么。少帮主救命之恩，无以为报，只好先欠着了。”

“魏大人不必客气，我只是……”说到这里，他不由顿了顿，才又接道，“只是看不惯凤渊此人的行事。”

“仅仅如此么？”魏南歌了然一笑，“我明白，你救我是为了七七。”

被道破心事，季澈也不再隐瞒，点头道：“原是如此。”

“原是？”魏南歌意味深长地看了他一眼，“我一直想问你，既然对她有意，为何又要拱手相让？少帮主可不像是遇到挫折便会却步之人。”

“相让？”季澈皱了皱眉，“我从无此意，只不过你若死了，她心中难免会一直记挂。与一个死人相争，无论胜负都没有意义。”说着他斜睨了魏南歌一眼，“何况你活着，这天下尚能太平几日，免得被无耻之徒占了便宜。”

魏南歌一怔，笑道：“原来如此。若论天下太平，我确实还能起一些作用，只是前者……”他抬眼往慕容七的方向看了看，“就算我今日有心与你争上一争，她也不会给我机会了。”

“可在辽阳京时，七七曾亲口说过……”季澈的话说了半句，终于还是没有继续，“算了，过去的事不必再提。”

魏南歌轻叹道：“说的是，世事如流水，过去便再难追回，万事皆有缘法，是我没有这个福气。”

季澈沉默片刻，道：“你即知这个道理，与皇后的事也该早日了结。”

他说得直白，魏南歌听了也不生气，只是笑容微微敛起，点头道：“那是自然。”

·第三十六章·

脱困

慕容七美美地睡了一觉，这大概是她离开紫霞关后睡得最舒服的一觉了。

当阳光照进眼底的一瞬，她几乎是立刻想起了昨晚的事，伸手摸了摸身边，空无一人，顿时大喊起来：“阿澈，你在哪里？”

“看来你的精神不错。”淡淡的声音自她身后传来。

高大修长的黑衣男子站在浓烈的阳光下，眉眼严峻，神情中却又似含着浅浅温柔，她以前怎么就没发觉呢，他原来这么好看，会让人移不开眼睛。

她心满意足地眯了眯眼睛，朝他露出一个灿烂笑容，道：“阿澈，我饿了。”

季澈的目光在她一身灰扑扑的男装上打了一个转，从身后拿出一个包裹：“先去换身衣服再来吃饭。”

“好啊。”慕容七应了一声，飞快跳起，拿起包裹蹿入了树林。

等她再出来时，已经是一个俊俏清爽的白朔游牧部落少女，牛皮腰带和长靴勾勒出美好的身段，散着一头长发，脸上的污渍也洗干净了。

她在火堆边坐下，看着小铁锅里沸腾的牛肉汤，忍不住吐了吐舌头。

逃亡中尚且自顾不暇，他居然还能弄到替换的衣服和食物，连锅都有，太神奇了。

“这些都是和散居天河城外的牧民换来的。”看出了她的疑问，季澈一边替她盛汤，一边解释道，“龙眠湖这条支流一直可以通到天河城的外城河，比陆路缩短将近一半距离。”

难怪他昨晚会从水里出现，原来是走水路来的，水性好就是任性。

“你用什么去换的？”她实在很好奇，这一路上打打杀杀昏天暗地，她的行李早就遗失了。

“我自然有我的办法。”

“说说嘛，说说嘛。”

看着眼前女子亮晶晶的凤眸，季少帮主不得不承认，原来慕容七撒起娇来，也是会叫人招架不住的。回想那日在沼泽中，他在多人围追堵截下试着突围，可最后还是在离日月山不远的一处山谷中，被风间花带领的一队人马逼至悬崖，退无可退，苦战之下，寡不敌众，坠入崖底，左手的“雷锥”因为受伤而脱手，这才会落入风间花手中。

“你是故意的吧？”听着他平静地述说，慕容七更加肯定那杆雷锥是他故意留下的，以她对他的了解，即使真被逼到走投无路，也不会让自己输得这么狼狈。

“此处崖底有河，可通往龙眠湖，早先和魏大人研究附近地形时便已知晓。”季澈并不否认，“我一个人只能稍稍拖延时间，却无法阻止他们的行动。以凤渊之能，很快就能找到那处古城废墟。倒不如让他们以为我死了，放心来追你们，我才能暗中行动。”

他说得轻松，慕容七却明白其中的凶险，稍有不慎，不光计划无法进行下去，恐怕连命都会搭上，他身上那些伤都是真的，他面对的悬崖和湍流也都是真的。

她不禁后怕起来，忍不住握住他的手，好像这样，就能确定他此刻正好好地在她身边。嘴上却哼哼道：“你就这么确定，我拿到雷锥之后会带着魏大人安全逃离，还能根据你的提示找到这里？”

“不确定。”

慕容七本想让他夸夸自己聪明机智武功高强什么的，不料得了这么一个答复，忍不住狠狠地用指甲掐他的掌心，咬牙切齿道：“你不相信我！从小到大你就不信我！”

“并非不信，只是凡事都有意外。”季澈一把将她不安分的手牢牢按住，“若是你来不了，我自然会去找你。”

怎么就忘了呢，他向来都是这样实事求是，甜言蜜语哄她开心这种技能，以前没有，以后恐怕也学不会，慕容七无奈地撇了撇嘴，抽了两下手，没有抽回来，也就随他去了。

“季少帮主已经将意外控制到最小了。”一直被当作背景的魏南歌终于开口，“我猜想，梁统领与墨竹能那么快找到古城废墟，应当是你传的消息，有他们拦住风间花，七七便有机会脱困，是吗？”

季澈挑了挑眉，并没有否认。

反正就是对她没信心，慕容七继续狠狠地挠他的手心。

魏南歌悠悠一笑，目光很正直地越过两人之间的小动作，道：“既然如今大家都平安无事，不如想想接下去该怎么办？”

“尽快到天河城找卫棘和小久，然后送你去见汗王。”慕容七不假思索地说道。

季澈点了点头：“从水路到天河城只需大半天，今日午后我便前往，你们先留在这里。”

慕容七立刻接道：“我和你一起去！”

“不行。”她的提议被季澈一口回绝，“不能让魏大人落单，若再有追兵出现，如何应付？”

其实慕容七也知道，虽然风间花已死，但并不代表凤渊会就此收手。况且若风间花所说是真，那么凤渊此刻正在天河城中，不管是她还是魏南歌，贸然入城都会有风险。

可是，她才刚刚见到他，这么快又要分别，眼睁睁地看着他再去涉险，她实在不甘心。

她心不在焉地听着魏南歌和季澈商量该沿着哪一条河道进入内城，又该在哪里找到卫棘和慕容久，见到卫棘之后又该如何说辞……这些明明都是她之前想了很久的事，此刻却有些忐忑，最后干脆站起身来，独自走到水边，坐在岸上发呆。

反正有他在，会把什么事都安排妥当。他从小到大都理智又周全，不像她那么感情用事……反正，他也不会明白她的心情。

不知过了多久，耳边响起轻轻的脚步声，有人在身边坐下，熟悉的气息，让她不用抬头也知道是谁。

“七七，魏大人就拜托你了。”

她不作声。

“一切顺利的话，三天后会有人来接你们。若是情况有变，你带着魏大人想办法先去紫霞关，切记不可入城。”

她还是不说话。

“七七？”

他伸手握住她的肩膀，将她用力扳过来，这下她不得不迎上他的目光，只好赌气道：“如果我说不行呢？”

季澈轻轻叹了口气：“魏大人的伤很重，你又不识水性，这是最好的安排。而且……”他顿了顿，才又道，“凤渊也在天河城，我不想让他见到你。”

慕容七愣了愣，她好像从那双一贯冷峻平静的眼里，看到了不安，还有些微愠怒和一丝尴尬。

心情突然好了起来。

这个解释嘛，她勉强可以接受。

于是她伸出手，虚拢住他的脸，他下巴上数日未刮的短须毛茸茸地刺着她的掌心。

“阿澈。”她咬着嘴唇，脸上泛起一丝晕红，“还记得你在持剑山庄问我的话吗？我想来想去，想了很久，决定要答应你。所以，你一定要好好的，好好地在那里等我。”

他定定地看着她，仿佛在一个字一个字地咀嚼着方才的话，好半晌，才低头微微弯起唇角，伸出右手按住她的右手，慢慢移到自己唇上，在她的掌心落下郑重而温柔的一吻。

“嗯，我等着你。”

其实，自昨晚重逢之后，他还有很多话想要问她，如今他却知道，他已经不需要答案了。

此刻，此地，有眼前的人，有掌心的温度，这样已经足够。

已经值得。

神通广大的季澈从牧民那里换来的食物和生活用品，足够慕容七和魏南歌衣食无虞地过完三天。三天里，慕容七聊一聊江湖见闻，魏南歌说一说经史故事，时间过得飞快。

到了第三日中午，慕容七便远远地听到了马蹄声，上树观察一番之后，招呼魏南歌一起来到他们最初发现季澈暗号的湖边。

一辆轻便马车正停在那里，车身装饰着奇特的莲花纹样，花心点缀着各色宝石，看起来颇为招摇。

慕容七一看就知道来人是谁，啧了一声，还没开口，车帘子便掀了开来，露出一张笑容邪魅的英俊脸庞。

“小妹，有没有思念为兄？”

“……”

“不想我么？我可是想你想得紧，恨不得你赶紧来天河城看好戏。”一身绯色衣衫的慕容久翩翩然从车上走下来，不忘和魏南歌打招呼，“哟，魏兄好久不见，你这个样子可有些狼狈啊，我都快认不出你了。”

魏南歌含笑回礼，慕容七却皱了皱眉：“好戏？什么好戏？”

“路上慢慢说给你听。”慕容久从怀里掏出一只白玉瓶扔进她怀里，“喏，最新研制的洗颜露，强力清除肌肤上的任何污渍，赶紧洗洗脸上车了。”

正打算爬上车的慕容七还以为自己听错了：“这个时候还洗什么脸？”

“虽然不关我的事，可是看到和我一模一样的脸如此不修边幅，我也很难忍受的。”昔日的信郡王如今的公子绯衣朝他的孪生妹妹翻了一个白眼，“乖，先洗脸去。”

若不是另有要事，慕容七真想打他一顿。

正在犹豫间，手中的瓶子已经被魏南歌一手拿去，首辅大人温雅地笑道：“也借我一用吧，正衣冠，明容止，乃我朝君子之根本。”

“……”

马车载着三人，慢慢驶离龙眠湖畔。

“阿澈呢？”一上车，慕容七就问了她最关心的人。

“他很好，刚进王府就和卫棘打了一架，打完之后，两人看对方似乎都很顺眼，虽然我也不懂这两个人在一起，半天都不说一句话到底有什么意思，换成我俩，早就闷死了。”

说起卫棘，她才想到重点：“你就这么走了？卫棘那边怎么交代？”

“我走了才是交代。”慕容久没头没脑地答道，端出藏在暗格里的蜜饯吃了几口，才又道，“身在天河城中的准十二王妃已被惜影帝姬失手杀死，十二皇子悲痛欲绝，虽未正式过门，也亲自为王妃戴孝，在天河城传为佳话。”

他贼兮兮地靠过来道：“所以这世上已经没有十二王妃慕容嫣这个人了，你一会儿随我入城，可别露了馅。”

剧情突然峰回路转，正在喝水的魏南歌顿时呛了一口，不住咳嗽，身为主角之一的慕容七则听得目瞪口呆。

“你到底在搞什么鬼？”

这话慕容久可不爱听了：“我还不是为了你。你瞧瞧你，只知道到处惹情债，却不知道怎么收拾残局，哪里像我的妹妹了？为兄甚是痛心，简直作孽。”

为什么这家伙和她会是一个爹妈生的？她也觉得很作孽啊。

据慕容久所说，自从他代替慕容七成为准十二王妃，和卫棘一起前往天河城之后，他每天都过得很无聊，除了差遣迦叶宫秘社的探子潜入赤月宫调查天河城布防图的下落，以及跟踪慕容七交代给他的线索之外，只剩下吃喝玩乐、梳妆打扮和找卫棘聊天，可是白朔饮食不合胃口，卫棘又是个惜字如金的少年，所以他唯有发奋梳妆，每天把自己打扮得艳冠群芳，很快成为天河城众女子争相效仿的对象。

不过这种状况，很快在凤渊到来后改变了。

据秘社的人传来的消息，赤月城中的局势并不乐观，老狐狸班惟莲虽然口头上承认凤渊巨泽皇子的身份，并答应他和班惟栀的婚事，实际上却一直在观望，两人的订婚仪式也一拖再拖，对外更是秘而不宣。在这种时期，凤渊非但没有留在王城，也没有急着安抚班惟栀，反倒以替汗王运送军资之名千里迢迢赶往天河城，实在不算明智之举。

此事慕容七已经从风间花口中得知，但以她对凤渊不深不浅的了解，若非有特殊情况，他是绝对不会贸然行事的，要想留住她，何必要去天河城，早先在赤月宫里，多得是机会。

“你是不是做了什么？”望着洋洋得意的慕容久，她心里有种不好的预感。

“也没什么，只是随便散布了一些谣言……”他看了她一眼，身子稍稍往后退了退，“像是十二王妃未婚先孕，皇子年少气盛，欲纳侧妃之类的。”

慕容七气坏了，再度扑了上去：“慕容久，你真是作死。”

早有准备的慕容久侧身灵活闪过，伸手握住了她气势汹汹的拳头，道：“这些流言，不过是试试他而已，若是他不予理会，一心只要白朔帝姬，终归也算是个人物，我也不会为难他，反正这些阴谋家谁赢了都和我们无关，可他要是因此来找你……”他轻轻哼了一声，“又要江山又要美人，世上哪有这么好的事，他即放不下你，却又要娶别人，齐人之福哪有这么容易，我偏让他竹篮打水一场空！”

慕容七愣了愣，咕哝道：“我又不喜欢他，他要娶谁，与我何干！”

“不管你是不是看上他，总之我们慕容家的姑娘，堪配天下英雄，怎么能让人这样欺负？”他松开她的拳头，轻轻抚了抚她的头发：“放心啦，哥哥会替你出气的。”

慕容七看着他含笑的眼睛，那一拳，无论如何也打不下去了。

第三十七章 · 心牢

无所不能的慕容久再次用了不为人知的办法，说服了正直的卫棘来配合他演戏。因此，凤渊来到天河城之后看到的一幕幕，都与传闻并无二致，受了委屈的“慕容七”每每见到他，都是一副欲言又止的模样，让他更加心神不宁。

他想和她见面，却偏偏找不到机会，焦灼之中，却等来了班惟栀。

没过两天，因为思念心上人而偷偷溜出王都的惜影帝姬，却在某个月黑风高的夜里，“偶然”撞见了凤渊和那位来历不明的十二王妃在一起，他对别人说着从未对她说过的话，让从小被捧在掌心的班惟栀如何能忍，当下便大打出手，十二王妃却一改之前在汗王马场的彪悍风格，一味躲闪示弱，偏偏嘴又不肯闲着，极尽含沙射影冷嘲热讽之能事，气得她两眼发黑，可身边的凤渊不但不帮她出气，还处处维护那个女人。班惟栀怒火攻心，不由分说便按下了铁扇中的暗格，剧毒浸染了扇骨上的尖刃，争斗中，这淬毒的锋刃划破了十二王妃的手腕。

来自西域的虫毒极为霸道，尽管有十二皇子极力救治，王妃仍然未及天明便香消玉殒。十二皇子惊怒交加，伤心欲绝，认定凤渊才是罪魁祸首，率领铁鹰卫将之强行扣留，当天便八百里急信传回王都，请求汗王做主。

与此同时，王都方面传回消息，大西使臣失踪案终于有了新的进展，有人匿名举证，追杀魏南歌的黑衣人来自皇家牧场，而在不久前，凤渊麾下的一支雍和军刚刚进关，临时驻扎在那里。

更加不妙的是，汗王宫使前往雍和军营调查的时候，发现作为领兵的风间花已经离开多日，副手梅望亭对她的去向闪烁其词，让人起疑。

慕容七是亲眼看到风间花葬身火海的，这个消息不知道此时有没有传到凤渊耳中，即使他还不知道，但如今的情势对他来说也已经非常不利。

现在，他甚至连班惟栀的信任都失去了。

“这样连番的打击，就算是凤渊，只怕也要沉不住气了。”慕容久说完拿出一把纸扇，有一下没一下地敲着掌心。

“他……凤渊真的以为我死了？”

“他自然不是那么好骗的，不过他信不信不重要，反正他无法和班惟栀解释，除非他不想要结这门亲了。”慕容久嘿嘿一笑，“我呢，也正好趁机脱身，顺便还十二小皇子自由之身，那小子人还不错，以后还有机会遇到好姑娘呢。”

慕容七默默不语，这些情节环环相扣，小久说来十分轻松，但其中时机的把握，分寸的拿捏，甚至每个人的反应，都需精准算计，她自问做不到。

“怎么，你心疼了？”慕容久用扇柄敲了敲她的额头。

她摇了摇头，“这是他自己选的路，是好是坏都必须由他一己承担。即便一步不错，也还需天意成全，旁人的情绪并无用处。”

一路同行也好，曾共生死也罢，可他终究不是让她能为之交付一生的人，这便是天意。

“就是，你现在应该去心疼你该心疼的人才对。”慕容久满意地笑了笑，伸出脚踢了踢她，“行啦，故事讲完了，你该下去了。”

“什么意思？”慕容七这才注意到，马车不知道什么时候已经停了。

“你不是要去天河城吗？我俩就不奉陪了。”慕容久不知从哪里变出一幅缀着珠玉的绯红色面巾戴上，抬眼一笑道，“本公子亲自护送魏大人回赤月城，汗王总该给个面子吧。”

一直坐在马车一角安静当听众的魏南歌，此时见到他的模样，才惊声道：“公子绯衣！久公子你竟然是……”

后面的对话，慕容七已经听不到了，因为就在此时，慕容久打开了车门，用了十分力将她往外一推，伴着欠揍的笑意：“快走吧，有人来接你。”

竟然被这家伙偷袭成功，这让慕容七十分不爽，她在半空中翻了一个身，正想追上他好好修理一番，却突然看到几步之外的驿亭里，有个人正抱臂抬头，一言不发地看着她。

她顿时改了主意，气息一沉，轻轻落在他面前，笑靥如花。

“阿澈，原来是你来接我。”

季澈望着远去的马车，道：“你们两个搞什么鬼？”

慕容七不高兴了：“要论搞鬼，我怎么比得上慕容久。”

仿佛为了印证她的话似的，那辆孤零零跑在路上的马车周围，突然多出了八骑雪白的骏马，八位少女骑士白衣飘飘，十分的风骚，十二分的招摇。

季澈终究忍不住一笑，从驿亭里牵出两匹马：“我们走吧。”

初冬午后的朔北草原，荒凉却辽阔，远处群山起伏，皑皑雪峰与天相接，难得露面的阳光穿过灰色积云，洒下束束金辉。慕容七不断回头看着落后她半个马身的男子，唇角忍不住微微扬起。

季澈被她看得很不自在，皱眉道：“你看什么？”

慕容七举起手中马鞭指了指远处的一棵大树，朗声道：“阿澈，我们来比比谁先到，你要是赢了，我就告诉你。”

说罢，一抖手中缰绳，率先飞驰而去。季澈愣了一瞬，随即轻叱一声，策马紧追。

眼看快要追上的时候，慕容七突然松开缰绳，足尖脱开马镫，整个人自马背上腾空而起，

朝着季澈扑了过去。

季澈急忙一手控住缰绳，一手将她凌空揽住，稳稳地放在身前，沉声道：“别得意忘形了。”

慕容七自他怀中仰起头来，笑容明艳：“有你在，我还偏就得意了。”

季澈低头迎上她的目光，那目光清澈见底，让他不由得心中暖软，手掌紧了紧她的腰身，轻道：“坐稳。”两人一马，如同离弦的箭一般逆风疾驰。

寒凉的风猛烈地扑在脸上，身后紧贴的躯体温暖强韧，此时此刻竟是这样的满足快意，原来今生所愿，也不过如此而已。

直到方才所指的大树，季澈才停下，松开缰绳，任凭马儿随意漫步。慕容七慵懒地靠在他怀里，望着连绵群山，广阔草原，叹道：“其实这里也挺不错的……”

“七七。”季澈突然打断她，“到了天河城，你有什么打算？”

“打算？”慕容七愣了愣，这一路忙着逃命，这个问题还没有好好想过，于是反问道，“你呢？”

“我需要回一趟鸿水帮总舵。”季澈的声音变得冷肃，“帮内有急事要处理。”

慕容七心中一动，突然想起风间花曾经在古城废墟说的那些话来，小慈的身世，他可知道？

她急问道：“怎么了？”

“那日我假意坠崖之后，凤渊便授意风间花将我的死讯传回鸿水帮。那时我受了伤，龙眠湖又太过偏僻，无法及时和帮中联系，直到去天河城才有机会传书给小郭，据小郭所言，如今帮中大小事务已经为人取代，我若不回去，恐怕有变。”

慕容七不由皱眉道：“口说无凭，你的手下就这么轻易相信你已经死了？”

“如果，说这话的是小慈呢？”

慕容七愣了愣，他果然知道了。

季慈是老帮主名义上的女儿，季澈的妹妹，她本就帮忙打理帮务多年，对整个鸿水帮的熟悉程度不亚于季澈，甚至，大家都默认她是未来的帮主夫人……如果她说季澈已经死了，接管鸿水帮根本是水到渠成的事，非但不会有人怀疑，甚至还会得到长老们的拥护。

她回过头来，担心地望着他，他的神情却一如既往，看不出是否痛心，是否失落。但她想，这么多年，他将小慈当作亲妹妹一般全心全意地宠爱，从未藏私，结果却抵不过凤渊的一声令下，甚至还赔上了鸿水帮多年的基业，心中怎能不难过？换成是她，早就纠结得吃不下睡不着了。

她伸出手，覆在他握缰绳的手背上，道：“我陪你一起回去。”

“好。”他翻转手腕，反握住她的手，沉沉地答道。

两人一路不曾停歇，很快便看到了天河城高大的城墙。

作为白朔最大的边城，天河城的地势十分特别，整座城依山而建，面向大西紫霞关的一面是极为陡峭的悬崖峭壁，马匹几乎不能行走。而面向白朔的一面，却是低缓的山丘谷地，城外有大河环绕，名为天市，取星辰三垣中下垣之名。

眼看天市河的粼粼水光近在眼前，慕容七正要催马上前，季澈却突然勒紧缰绳，将原本就跑得不快的马硬生生地停了下来。

“阿澈？”

“不对。”他皱眉沉吟，“天色尚早，吊桥却并未放下，城中恐怕有变。”

慕容七顺着他的目光看去，果然看到河岸的另一边城门紧闭，门口巨大的吊桥也被铁锁牢牢拴住，除此之外竟无道路可以通行。

“卫棘这小子在搞什么鬼？”她嘟哝了一句，朝城墙之上看去。这一看，顿时一惊，只见城垛上密密麻麻的，竟然布满了蓄势待发的弓箭手，而弓箭手身后，原本应是鹰逐苍狼的白朔城旗，已然换成了一面面玄黑大旗，冷风拂卷，她看得真切，旗上之兽赤目、赤喙、黄身——雍和！

她的心沉了下去。

季澈也看到了城墙上的雍和军旗帜，他不动声色地控马退后，才退了两步，一支羽箭突然自城墙上射出，深深地扎在马腿边，黑马受惊，嘶鸣着立起，季澈急忙收缰稳住马儿，目光落在城墙之上，在那里，一张铁胎大弓正慢慢收起，露出一张熟悉的、俊美无双的脸。

而今，他已褪下华丽的衣袍，一身黑色盔甲之下，他的脸带着一种陌生的肃杀，目光不再多情，居高临下地望着马背上的两人。

季澈也望着他，声音虽不大，却能让他每个字都听得清清楚楚。

“看来，凤宫主是决定与汗王决裂了？”季澈一边说着，一边伸手拔下那支箭，手指轻轻转动，话音刚落，手中箭已出手，如一道闪电，直取城墙之上的凤渊。

这么远的距离，凤渊自然能躲开，他一手接住那支箭，运力折断，语声轻柔如昔，却带了几分冷意：“季少帮主本就是要回城的，既然来了，又何必急着走？”

季澈冷冷道：“此城非彼城，多留无益。凤宫主此时只怕自顾不暇，我们就不打扰了。”

“我们？”凤渊看了一眼他怀中的慕容七，杏眸微眯道：“不知季少帮主挟持了我的夫人，意欲何为？”

一直努力保持沉默的慕容七终于忍不住了，怒道：“沈千持，你别胡说八道！”

“哦？我说的哪里不对？”

慕容七恼怒地咬了咬牙，决定不和他纠缠，高声问道：“卫棘呢？他在哪儿？”

凤渊幽微一笑：“败军之将的去向，与我何干？”

“你……”她看着他，神色复杂，终究还是道，“你疯了。”

他自城上深深地看了她一眼，却未再接话，只是对着季澈道：“想必季少帮主早已得知，贵帮如今已经易主，季慈——或者应该叫她‘商飞絮’，接管了鸿水帮总舵。”顿了顿，他又道，“以少帮主遗孀的身份。”

环在腰上的手一紧，慕容七知道季澈怕她因此多想，于是伸手在他的手背上轻轻划了划示意无妨，却立刻被他牢牢地反握住。

她听到他用沉凝的声音说道：“那又如何？”

细微的动作，并没有逃过凤渊的眼睛，杏眸中闪过一丝怒气，他冷道：“不如何，只是好心提醒你，在这里多管闲事，不如早点赶回去。”

季澈道：“我也想提醒你，此刻魏南歌正往赤月城而去，该早点赶回去的人是你。”

对于此事，凤渊显然不想多说，他重新拉开铁弓，弦上连搭三支羽箭，扬声道：“只要季少帮主将我夫人放下，我可以让你全身而退，否则……”

季澈闻言却脸色淡然，甚至没有抬头看一眼，反倒低头问道：“七七，你怕不怕？”

“不怕。”慕容七摇了摇头，轻轻一笑：“就算不小心死了，反正也是和你在一起。”

旁若无人的对话，或许旁人听不清，以凤渊的耳力，却听得十分清楚。她的笑靥，看在他眼中，不啻为利剑，剑剑入目刺心。他不由得闭了闭眼，再睁开时，目光冷冽狠绝，手指一松，三支箭呼啸而去。

这三支箭如一道无声的指令，城墙上顿时千箭齐发，漫天箭雨，霎时朝二人笼罩而去。

就在凤渊松手之际，季澈已调转马头疾驰而去，不过转眼，身后羽箭已呼啸而至，他一手搂住慕容七飞身而起，另一手握住雷锥，内力灌注枪尖，震开凤渊先发而至的三支箭，落地之时，慕容七手中短剑划开一圈寒光，近身之箭纷纷被利刃斩断。两人互相配合，又退开数丈，待第二波箭雨落下时，身后不远处的山谷中突然冲出了一队全副武装的骑兵，骑士连同高大的战马都包裹在厚重的铁甲中，速度快慢有序，形成合围之势，骑兵手中铁盾一合，犹如铜墙铁壁一般，将两人圈进马阵。

羽箭至此本就力竭，如此一来，更是连他们的衣角都没有沾到。

慕容七心中微诧，环顾四周，只见马蹄踏踏，季澈也不知被冲散到了哪里。

正当此时，一匹身披银甲的黑马径直朝她驰来，马上的骑士俯身展臂，将她一把捞起，放在身前，动作干净利落，骑术精湛。

慕容七心中一动，急忙回头，果然看见面银甲后一双碧色的眸子，大喜道：“卫棘！”

在一众灰色铁甲中，卫棘的银甲分外醒目。慕容七自他马上望去，只见这么一会儿工夫，四面八方的山谷中又拥出了多队骑兵，人数虽多却丝毫不乱，很快在天市河边集结成阵，显然是有备而来。

这阵势，哪里像是败军之师？慕容七顿时明白了，低声道：“你是故意让凤渊占了天河城的？”

季澈不过离开一日，天河城就轻易易主，这实在不像是有“贪狼”之称的卫棘的实力。

卫棘沉声道：“我不过拿着父王让他速回王都的命令试探一下罢了，谁知他竟会联合入关的雍和军趁夜偷袭，这么沉不住气，那就别怪我不客气。”

卫棘是如何试探，凤渊又是如何夜袭的，慕容七不得而知，但四面楚歌的凤渊，面对凶吉难辨的王都，忍还是破，他赌了后者。

以雍和军的兵力，绝对无法和白朔雄师对抗，她了解他，即便不得不兵行险招，也万万不会做以卵击石的蠢事，最有可能的，是凤渊想借此一役，以天河城为筹码，或许再加上巨泽地宫的珍宝和班惟莲最疼爱的惜影帝姬，来和汗王谈条件。

只是，卫棘的佯败和如今的兵临城下，逼得两军不得不形成对垒之势。以后的事态发展，就很难说了。

卫棘看着慕容七若有所思的神情，不满道："他是咎由自取，不值得担心。"

"只是觉得，他操之过急了。"慕容七摇头道。

卫棘冷哼一声："他要复国，与我无关，只要父王支持，我也懒得理会。但是他不该欺骗小栀，我最讨厌的，就是利用女人的家伙。"

是了，他年纪虽小，却也身为兄长，有他想守护的人，见不得她受委屈，就像慕容久一样。

在她出神的片刻，只听卫棘又道："这里很危险，你们先避一避，有什么事等我回来再说。"

说完一手托起她的腰，一递一送间，她的身子已腾空而起，转眼间便被另一人接了过去。

两匹马擦身而过，慕容七急忙道："喂，你……"

话未说完，银甲小将早催马一阵风似的奔到队伍前头去了。

"战场之上刀枪无眼，有什么话容后再说。"

身后传来熟悉的声音，她摸了摸鼻子，道："我不过是让他小心而已。"

"你的第二任夫君年纪虽小，却已久经沙场，不必你提醒，自然会小心。"

她噗的一声笑了起来："阿澈，你吃醋了吗？"

揽在她腰间的手掌微微一紧，他冷哼道："这一次婚事又是你自作主张，我在瞿峡时说的话，恐怕你早已忘记了。"

"这是权宜之计嘛，要不然……"她斜睨了他一眼，丝毫没有悔意地道，"我保证没有下一次好不好？可是……我都已经答应你了，没有下一次的话可如何是好？"

"慕容七你敢！"

"不敢，不敢！"她不怀好意地笑道，"阿澈，你脸红了，被我说中了吗？"

"……"

说话间，季澈已经带着她离开天河城一箭之地，进入之前骑兵出现的山谷。慕容七惊讶地发现，在这些并不高大的石山中，竟布满山洞甬道，洞口原本被树丛和大石遮挡，如今遮挡物都被推开，露出一个个又黑又深的洞口。想必卫棘佯败离开天河城之后，正是率兵进入了这些甬道中，这才能神不知鬼不觉地重新杀回来。

这里应该是白朔为守护天河城而开挖的秘密工事，凤渊显然不知情，可季澈似乎并不惊讶，回想起他方才的种种表现，慕容七恍然道："阿澈，你是不是早就知道卫棘在附近？"

所以才会故意激怒凤渊，引开他的注意，好让卫棘趁机出手。

"离开天河城之前，我和小久曾和卫小将军商议过，若是天河城有变，便以他军中豢养的黑鹰为暗号。"

季澈抬起头，湛蓝的天空中，几只黑色的大鹰正低徊盘旋，这一幅漠北草原中常见的景色，此刻却成了深藏玄机的暗号。

原来，凤渊的所有可能都已被算定。原来，这便是天意。

她想回头看一眼那座矗立的孤城，最终还是忍住了。惟余叹息袅袅，散于冷寂荒野，无声无息。

城下之战并没有打起来，凤渊当然不会真的失去理智，他见到卫棘那些去而复返的骑兵，便已经明白自己中了圈套，因此选择了退守和谈判。

“他想要三日时间，带城中两千雍和军退到紫霞关。”主营中，卫棘看着桌上的地图，若有所思道，“他会留下小栀，条件是我退兵三十里。”

片刻沉默之后，慕容七道：“你答应他了吗？”

“暂时没有。”卫棘摇头道，“我也需要一些时间来做决定。雍和军袭击天河城那天，已经快马加鞭给父王送去密函，王都回信到达这里，最快也要有两天。”

他说着站起身来，背着手朝外看去：“小栀还在他手中，我不能轻举妄动。如何取舍，还是交由父王来决定。”

然而，无论凤渊和卫棘之间，或者说凤渊和班惟莲之间最终是敌是友，和慕容七还有季澈都没有太大的关系了，他们和他之间，有的不过是一些私人恩怨，从未涉及过国仇家恨。

只是天河城是出关的必经之地，边境线上连绵的崇山峻岭很难翻越，若要再换一处通关边城，最少也要再走十日。因此两人决定暂时留下，视两天后的情形再做决定。

第二天午夜，慕容七睡得正酣，突然被一阵喧闹声惊醒，披衣走出营房，只见眼前灯火通明，人影往来不断，远处传来军鼓沉闷的声响，一声急过一声。她心中一紧，转头便往季澈的住处而去。

才走了几步，就看到季澈高大的身影穿过来来往往的士兵，朝她走来，还没等她开口，他便道：“一个时辰前，汗王的密函来了。”

“如何？”

他的声音在一片杂乱的脚步声中听来分外低沉：“灭雍和军，杀无赦。”

慕容七明白了，卫棘一定是刚拿到密令，就立即执行了。

“他准备奇袭，惜影帝姬还在凤渊手里，时间越久越不利。”季澈皱眉道，“我还没有接到小久的青鹞传书，但是算一下时间，魏南歌应该刚刚抵达赤月城。”

“所以，班惟莲不是因为和魏南歌谈妥了条件才做此决定，而是他早有除去凤渊之心。”慕容七轻叹一声，“他还是做出了选择，甚至不顾自己亲生女儿的安危。”

“班惟莲此人狠戾乖张，凤渊却偏偏要利用他最喜爱的女儿，他又怎会甘愿受制于此？亲生骨肉，也不会比江山更重要。”

他停了片刻，又道：“是走是留，由你决定。”

慕容七愣了愣，还没有开口，便听到一阵急促的脚步声，身着银甲的卫棘大步走来，碧眸生寒，脸色铁青。

“他用小栀要挟我。”他的声音冰冷，目光却落在慕容七身上，“嫣然，他要见你。”

天河城高大的城墙在星月之光下显出肃杀的灰白色，城下灯火通明，城楼上却只有檐下几盏旧灯笼亮着，远远望去，灯下两人如镶嵌在深蓝夜幕中的剪影，男子长身玉立，衣袂翩飞，女子娇小玲珑，弱不禁风，若非兵临城下，真宛若画中人一般。

慕容七骑着马缓缓往前，一旁的卫棘犹豫再三，终于伸手拉住缰绳，道："嫣然，不必勉强。"

慕容七回头看着他："小卫你实话告诉我，你可还有别的法子？"

卫棘垂下眼，道："总还会有的。"

当然会有——只要不顾小栀的安危强行攻城，十个凤渊也能拿下——他明白父王那道指令背后的取舍。可是父王能狠得下心，他却不能。小栀虽然娇纵，却是整个赤月宫里对他最好的人，她从不在乎他低微的出身，他也包容她的任性。他是她的兄长，怎能弃她而去？

慕容七让他说实话，而眼下的情形，他并没有两全的办法。

"你没有别的法子。"慕容七心里很明白，扬眉笑道，"所以我还是要去，至少我有能力自保。只要顺利换回惜影帝姬，你就没有了顾忌。小卫，你曾说我是上天留给你的家人，如今，就当是姐姐帮你一把，不用太感谢我。"

说着她的目光越过他，落在他身后不远处那个人身上，他正静静地注视着她，向来冷峻的目光隐隐透出几许温柔。从头至尾，他都没有阻止她，就像他自己说过的那样，是走是留，由她自己决定。

她朝他笑了笑，转过头，轻叱一声，策马而去。

季澈默默地看着她一身明丽飒爽的胡服，独自一人穿过重重军阵，巨大的吊桥缓缓放下，一人一骑，渐渐消失在黑漆漆的城门那头。

耳边响起卫棘的声音："我以为你会阻止她。"

季澈却淡淡一笑："她想做的事，尽管去做就好。"

从小到大，莫不如是。她负责肆意随心，而他负责她的安危，她的残局，她的欢悦，她的苦恼，这样子有什么不好？她尽可以自由率性，不计后果。这是他承诺给予她的，最大的宠溺。

嗒嗒的马蹄声在深夜里听起来分外清晰，带着空旷的回声，一步步踩过吊桥厚实的木板，踩过城门下巨大的青石。不远处的长街上亮起一盏昏黄摇曳的灯笼，方才还站在城墙之上的两人，如今已在灯下静候，宛如两尊塑像。

她停下马，朗声道："我已经来了，你可以让惜影帝姬离开了。"

凤渊并未说话，只是将手中提灯挂上身边小楼的窗棂，模糊的灯光中，她看到他伸手在班惟栀的身上拍打了几下，解开了穴道。

班惟栀却并没有立刻走过来，她转过身，朝着身后的男子说了一句什么，声音低如耳语，慕容七听不清，但凤渊的回答她却听到了，他说："从未。"

话音刚落，班惟栀便抬起手狠狠地打了他一巴掌，头也不回地转身离去，径直走到慕容七面前，冷声道："下来，把马给我。"

少女的脸上满是泪痕，眸色却仿佛染上了北国的霜雪，决绝凶狠，冷得瘆人。

慕容七突然想起初见她时的样子，虽娇纵任性却也明媚动人。可从今往后，自她转身开始，那样无忧无虑的班惟栀，不会再回来了。

也许很久以后她才会明白，凤渊的绝情，才是对她最大的温柔。

马蹄声渐渐消失在长街尽头，他却只是看着她，仿佛又回到了那日在北宫昙华府上，多情温软的目光，似笑非笑的唇角，从容而魅惑。

他慢条斯理地取下窗棂上的灯笼，轻道：“嫣然，陪我喝杯酒吧。”

他带着她拐过街角，敲了敲一家酒肆紧闭的门扉。只是城中骤乱，店家早已不知去向。他也不客气，手掌一拂，门板四散裂开，遂提灯而入，熟门熟路地在柜台后取出一只古朴的陶瓶，甚至还不忘放上一锭金子。

“这是城中最好的酒，名唤‘朱颜’。”凤渊取下封盖，一阵馥郁的酒香顿时飘散开来。他径自取了两只酒盏，在靠近内院的窗边坐下，将酒满上，这才朝她笑了笑：“过来坐，尝一尝。”

黑陶酒盏中的酒浆在昏黄的烛光下呈现出淡淡的瑰红，慕容七用手指轻轻摩挲着杯沿，却久久未曾举杯。凤渊轻笑一声，拿起自己面前的酒一饮而尽，道：“事到如今，你还是怕我会害你？”

慕容七摇了摇头，轻轻啜了一口杯中酒，只觉得香气袭人，入口甘冽，不由得一口饮尽，叹道：“果然是好酒。”

“这里的老板是江南人士，早年来漠北之后便不曾回去。因为太过思念家乡，所以用来自江南的青梅和蔷薇膏酿了这种酒，这是他记忆中家乡的味道。”他一边说一边打开手边的木窗，将灯笼提到窗前，“嫣然，你看。”

她顺着灯光看去，隐隐约约地只见窗外有亭台假山、小桥流水，竟布置成了一个小巧精致的江南园林。能在漠北之地建成这样一处景致，这位老板的思乡之情也算是大手笔了。

“我从小长在巨泽内宫，后来便去了大酉，江南乡间是否有青梅和蔷薇，从未知晓，本想着以后一定要去看看的。”他望着黑夜中的园景，静静道，“如今，恐怕是再没有机会了。”

慕容七到底有些不忍，正色道：“你将班惟栀放回去，卫棘没有了顾忌，怕是很快就会攻城。这种时候还在喝酒，你是打算不战而败了吗？”

听到这话，他转头一笑：“怎么可能？”不等她说话，又道：“有所为，有所不为，我认为这样做值得，那便是道理。反正，再见不到你，大概就没机会了，我死了也不瞑目。”

这话前半句透着凝重，后半句就变成了耍赖。他一手托腮，一手轻轻摩挲着杯沿，眼波流转望定了她，目光温柔甜蜜，真真假假，难以捉摸。她怔了片刻，伸手扶额：“人总是要死的，可如今两军对垒的时刻，你这话说得也真够任性的。”

他顿时笑了，笑得杏眸弯弯：“那我便再多任性一会儿吧。”

说着他又将酒杯斟满，径自望着窗外朦胧的园景，曼声吟唱起来。

她听不懂他唱的是什么，只觉得声调柔靡婉转，甚是好听，想来是江南的小曲儿。可她不明白，他好不容易用班惟栀换了她来，却只是与她喝酒聊天，既不谈战事，也不谈情事。

究竟意欲何为？城外虎视眈眈的白朔骑兵，他又要如何应对？他是打算拿她做人质，还是会让她离开？

或许是酒太醇厚，或许是曲太动听，尽管她有很多想问的，却鬼使神差地什么都没说，只是静静听着，朱颜之酒杯杯入喉，窗外仿若有雪花喑哑落地，转瞬化为流光。

渐渐地，竟觉得有些昏沉，似乎是酒意上涌，等慕容七察觉不对时，已经来不及了。

她揉了揉眼睛，眼前却是一片颠倒混沌的景致。这样的时刻，他居然还给她下药，此人果然厚颜无耻至极，而她，竟会为他的处境不忍，以为事到如今终归能信他一回，也真是愚蠢至极。

可是这些话，她已经来不及说出口，铺天盖地的睡意袭来，入梦之前，唯有听到他一声吟唱："最是人间留不住……"

慕容七做了一个梦。

梦里回到了两年前的那场婚礼，她凤冠霞帔嫁入世子府，繁文缛节一闪而过，最后定格在红烛高照的新房中。

她还记得那天，新房中冷冷清清，无人来贺，新郎更是不知所踪，她把桌上的糕点和美酒一扫而空之后，裹着被子美美睡了一觉。

梦里还是那对龙凤喜烛，烛火却恍恍惚惚的，自那恍惚中，她隐约见到面前站着一个修长人影，那人用一杆喜称缓缓挑起红色盖头，而她仿佛被绳索捆住，动不得，也喊不出。

凤渊的脸自摇晃的流苏下一点点出现，优美的下颌，浅淡的唇色，杏眸微眯，笑意多情，他伸出手来抚摸她的脸，说道："嫣然，如果我什么都不求了，什么都不要了，你会不会跟我一起走？"

她既无法摇头也无法点头，说不出话，只能眼睁睁地看着他朝她俯下身，身后满室红烛，刹那间化作烈烈火焰，火苗缭绕席卷，如洪荒巨兽，吞噬而来。

喜服腾起烈焰，可他却不闪不避，蛊惑着她："跟我走吧，嫣然，跟我走吧。"

火焰轰然将他笼罩，完美无瑕的容貌转眼化作满脸可怖的伤痕，如同她初次见到他时的模样。可是他还是没有离开，只管伸出手来拥抱她，他身上的火烧着了她的身体发肤，滚烫得刺痛，她却只能徒劳地看着他在她面前一寸寸化作灰烬，灰烬中是他声声不断的呼唤："嫣然……跟我走吧……"

她战栗着尖叫起来，陡然而醒。可是，那种让人窒息的灼热并没有因为梦境的消失而消失。

她猛然坐起，发现自己身处的房间竟然已经被大火包围，虽然室内暂时没有起火，但滚烫的空气里满是焦煳的味道，窗外蹿起的火苗如同一条条吐着鲜红舌信的巨蛇，随时都会破窗而入。

这就是凤渊的目的吗？千方百计地见她一面，只为了在无声无息中置她于死地。

回想起梦中情形，她只觉得不寒而栗，他本是无情又残忍的人，那些温柔的耳语，动情的告白，到这一刻都变成毁天灭地的烈焰，尽化虚无。

梁柱的坍塌声让她很快回过神来，一跃而起，眼下最要紧的事是想办法脱身逃命。可下了地，她才发现身上竟换了一身极为华丽的衣裙，上好的白色丝缎，触手冰凉水滑，却又厚重温润，裙摆上用各色丝线绣着花团锦簇，花丛中的飞鸟羽毛艳丽，栩栩如生。幽蓝的披帛如湖水般深邃，上面缀着孔雀翎和宝石，绣成凤羽之形，环绕在肩上。

百鸟朝凤，这是母仪天下的女子才有资格穿上的衣裙！

他这么做，难道是觉得她死了就会心甘情愿地跟着他君临天下，还是觉得自己这一战必死无疑，所以想和她同归于尽？他诡谲的心思她无暇多猜，而这身价值不菲的衣裙，此时只让她觉得累赘，不单行动不便，那些孔雀翎和曳地的裙裾还很容易引火上身。

三两下扯掉披帛，撕开华丽的绣花，她挽起袖子，从角落里找了一只绣凳，照着窗户便砸了过去。

窗子一破，火苗立刻扑了进来，以铺天盖地之势迅速烧着了桌椅，却也因此打开了一条通道。慕容七一把抢起床上的薄被，用力扑灭离自己最近的几团火，捂着口鼻便冲了出去。

可是她根本不知道这是哪里，没头没脑地走几步便迷失了方向，环顾四周，皆是乱蹿的火舌，火海浓烈，完全没有出路。她的眼睛被熏得模糊，喉咙刺痛，每一次呼吸都带着灼热的烟灰，她能闻到发梢被烈焰炙烤的焦煳味，心跳剧烈如鼓，前所未有的恐惧渐渐涌上心头。她有些绝望地想，二十年的小命今天恐怕真要交代在这里了。

不甘心。她还这么如花似玉，她还没和心爱的人成亲生子，她不想死啊！

阿澈，她才刚刚答应要嫁给他，却要食言了，他是生气多些，还是伤心多些？再过十年二十年，他会不会忘记她？不行不行，他要是敢忘记她，她就变成厉鬼，每天每夜地纠缠他……

她一边胡思乱想，一边徒劳地挥舞手臂挡开火星，直到连绝望都变得恍惚，脑袋里就像塞满了灰，连身子都化成了灰，她虚脱地半跪在地上，火光中仿佛又出现了梦境里那个寸寸成灰的凤渊，他的笑意温柔而阴森，他说："都化成了灰，我们就再也分不开了。"

"阿澈……"想喊救命！可是她的声音透过灼伤的喉咙，只能发出嘶哑的呜咽。

"七七！"

完了，真的快死了，她居然幻听了。

"七七！七七快回答我！"

不，不对！这不是幻听！

她用尽所剩无几的力气抬起沉重的眼皮，看到一个熟悉的高大身影穿过不断坍塌的屋梁和摇摇欲坠的门廊，如天神般出现在她面前。

好刺眼！她眨了眨眼，想对他风情万种地一笑，眼泪却止不住掉落，一滴一滴，还没落到地上就被热气灼去形迹。

他弯下腰将她拦腰抱起，浸湿的袍子将她连头带脸盖住，一个字都来不及说，便又冲进了火海。

她被他紧紧地抱在胸口，一臂之外的火焰肆虐，可她的整个世界却在这一方熟悉的温暖中沉淀安静。她能听到他粗重的喘息和剧烈的心跳，还有微微的颤抖——他在害怕，她知道，这个连死都不怕总是装冷酷的家伙，他在害怕，因为她。

她有些得意，很想嘲笑他几句，然而攥紧了他胸口的衣衫，眼泪却更加汹涌。真的，这并不是幻觉，他是真的来了！他在漫天烈焰中找到了迷失的她，这一切都是真的！

不知何时，耳边火焰的喧嚣被杂乱的脚步声代替，灼热窒闷的气息也变得冰凉舒畅，她听到他低喊着她的名字，嘴唇落在她的额角和脸颊上，她很想说快别亲了，都被烤得半熟了一定不怎么好看，可是连呛了几口新鲜空气之后，她终于很不争气地晕了过去。

晕过去之前，她还不忘牢牢地抓住他的手。

醒来以后，她一定要告诉他，在看到他的那一刻，她突然一点也不怕死了。她任意妄为了那么久，他纵容守护了那么久，她早已经离不开他，不管是生是死，不管是过去，还是将来。

世事那么难料，路途那么曲折，幸好，她回了头，幸好，他依旧在。

·尾章· 并辔

慕容七在一阵让人食指大动的香气中醒来，睁开眼，只见窗边的桌上摆着三盘点心，水晶饺、白糖糕、金丝莲蓉酥，都是她爱吃的。

她立刻觉得自己饿了，跳下床扑过去，拈起一块金丝莲蓉酥就放进嘴里，热腾腾、香喷喷，甜度适宜，恰到好处，一尝就知道是某人做的。

她又丢了只水晶饺在嘴里，眼角的余光透过开着的窗户，看到廊下的黑衣男子，他的肩上蹲着一只青色的鹞鹰，正低头看手中的一封密函。

离开天河城已经七日，虽然仍在北方边疆之地，景致却与白朔荒凉苍茫的雪原已经大不相同。紫霞关往南之后一路都有城镇村庄，在群山环绕的温暖山谷，春意已悄然而至，枝头小小绿芽，池边星点春花，如同此刻窗外园景——自她重回辽阳京至今，不知不觉间已经过了一年。

慕容七托着腮，一边嚼着美味一边打量不远处的季澈。他知不知道眉头老是蹙着看起来好凶，唇角抿得那么紧很容易有皱纹啦，那根银色的发绳好像是小慈编的，下次得给他换条新的了，他的头发又长又黑到底是怎么保养的……每一个细节都是他，却又好像不是他，她看得入神，似乎认识这么多年，都不及这几日好看。

季澈很快察觉到她的目光，匆匆收起手中密信，挑了挑眉："醒了？"

她却问道："有什么新消息？"

他朝她一边走过来，一边道："汗王已决定让惜影帝姬远嫁大西，不日即将启程，由魏南歌陪同回辽阳京。"

慕容七怔了一瞬，很快朝他诡秘一笑："还有呢？"

"别以为收得快我就没看见。"她哼了一声，努了努嘴，"那张信纸的落款明明是个'珊'字，你什么时候和那位梁统领这么有交情了？有什么见不得人的事，还要瞒着我？"

她不太高兴的样子，却让季澈笑了，些微笑意自他向来冷峻的薄唇边绽开，仿若雪霁初晴。

"你在吃醋？"

"是又怎样？"她并不否认，凤眸微微眯着，初春微暖的阳光照进眼底，一片星星点点的亮色，更衬得肌肤莹润，容色艳丽。

季澈从怀中重新取出那封密信，递到她面前，示意她自己看。

慕容七也不客气，展开信纸，纸上的字迹不怎么好看，却有股英挺之气。

“天河城破，雍和军败走，梅望亭伏诛，巨泽世子下落不明。又及：母亲已大好，今定居颍州，承君之情，来日当报。”

她的目光在“巨泽世子”四个字上停留片刻，很快移到了后面那句话上，眼中的光芒愈发危险起来。

“通报天河城一役也就算了，还将母亲的近况告诉你，承的什么情，报的什么恩啊？”

季澈却并未立刻回答，只是低头看着她。

“哦，对了。”她突然想起什么，拎起薄薄的信纸晃了晃，“我记得她在石山的时候明明是想置我于死地的，可你来了，她就走了。后来在古城废墟，她居然还出手救我，莫非也是因为你？”

季澈没否认，反倒添了一条：“其实在天河城城守府的大火中，若不是有她的指点，我也不会那么快找到你。”

“喂！”她啪的一下把密信拍在窗台上，几乎把整个身子都探出了窗外，恶狠狠地瞪着他。

他终于不再卖关子，认真道：“传闻大西信王殿下在尚未迎娶王妃之前，曾有一名侍妾名唤‘梁婷儿’，后来信王失势，王府被封，梁婷儿就此下落不明，但她离去之前，已怀有身孕。”

慕容七顿时愣住了。

季澈口中的信王殿下，正是她的父亲，当年名满辽阳京的第一王爷——信王慕容苏。

“梁……”她看着他，目光有些复杂，“难道梁统领的母亲，就是梁婷儿？”

季澈点了点头：“所以，不管她是想杀你，还是要救你，都是因为你，并不是因为我。”

一切匪夷所思的举动突然有了合理的解释，她不由地讷讷 ：“她是我的……我的……”

那两个字无论如何说不出口，她想起神色冷峻堪称女版季澈的红衣女子，心头五味陈杂，怔了好一会儿，才记起重点：“这么秘密的事，你又怎么知道的？”

“当初在辽阳京，她欲对你不利，我便派人调查过她。没有告诉你，是因为她并不想和你父亲相认，多一事不如少一事。至于梁夫人，她得了一种罕见的头疾，需要大量产自西域的珍贵药材，普通药房买不到，梁珊苦寻无果，又不愿向你父亲求助，刚好鸿水帮的船队贩运了一批，我便匀了一些给她，信上说的便是此事。”

他一句一条地解释完，问道：“还想知道什么？”

她咬着唇，嘴硬道：“总之，我的直觉不会错的，她必定还是喜欢你……”

却见他一手扶住窗框朝她俯下身来，气息骤然相近，她顿时就忘了后半句话要说什么，以为他要亲她，红着脸正要闭上眼睛，谁知他只是舌尖一勾，将她唇角黏着的一小块莲蓉舔去，低声道：“略甜了些，下次还要少放些糖。”

别以为她没看到他抬起头时，眼底那一抹讨厌的戏谑之色。

浑蛋，居然学会调戏她了。她凤眸眯起，一把揪住他的衣领将他重新扯了回来，恶狠狠地咬住了他的嘴唇。

谁怕谁，才不会输给他。

一路南下，春意渐浓，等慕容七和季澈来到甸江沿岸最大的城市麟州时，已是春暖花开，草长莺飞的时节。

远方有消息不断传来——

永安帝大兴土木，为即将到来的惜影帝姬建造望月台，台高十丈，可让帝姬北望白朔，以慰思乡之情。

大西朝中连续办了几桩贪腐大案，牵涉其中的大小官员多与凤游宫过从甚密，据说这些人下狱之后，因为没有凤游宫的香料近身，一个个在牢狱中犯了瘾症，状似疯魔，十分可怖。

而在白朔，大军一路围剿，将负隅顽抗的雍和军逼入日月山以北无人荒漠，缴获的雍和军军令，将作为惜影帝姬的嫁妆，一并送呈大西。

白朔十二皇子班惟棘因保卫天河城有功，汗王特许其开府建制，封地为古燕州三城，封号为“燕王”。汗王怜其王妃新丧，有意向永安帝求娶宗亲公主，以修两国之好。

迦叶宫宫主公子绯衣与汗王班惟莲共缔盟约，白朔铁骑五十年内不过圣音雪山，极西之地的佛国兰若得保长久平安。

…………

纷纷扰扰的世事，来来去去的人群，却与季澈和慕容七再无关联，他们唯一担心的，只剩下被季慈接管的鸿水帮，而这份担心，也在季澈和郭子宸取得联络之后，一日一日地减弱了。

其实无须郭子宸的情报，这一路两人结伴而行，隐姓埋名，早已沿路暗访过鸿水帮的各个分舵和码头。

季慈除了利用鸿水帮的船队帮助雍和军运送过几次粮草武器之外，并没有别的举动。没有自立为帮主，没有铲除季澈的心腹，更没有与大西官府作对，甚至没有对帮众提过雍和军，沉寂得过分。

季澈展开从青鹞腿上取下的纸卷，轻声道：“小慈至今仍在海胜浦。”

他还是叫她“小慈”，他向来是个长情的人，即便知道了她的身世和目的，也从未有过一句恶言。

慕容七犹豫片刻，道：“明日就要回去了？”

“嗯。”

“你打算如何处置小慈？”

“不知道。”他答得很快，表情略有迷惑，“按照帮规，犯上作乱者当诛……”

他一向赏罚分明，可是这一次，却无法轻易决断。他还记得第一次见到季慈时的情景，不到五岁的女孩，又瘦又小，发黄的头发扎了两只稀疏的羊角辫，小手紧紧地抓着帮主的衣襟，睁着大眼睛，小心翼翼地看着他。

帮主说，阿澈，以后小慈就是你的妹妹，你要好好保护她，绝对不能让她被别人欺负。

时光荏苒，当初那个怕生的小女孩已经长成了亭亭少女，他一直谨守承诺，没有让她受过任何委屈。但凡他能做到的，他都给予了她，可是帮主却没有告诉过他，若是小慈犯了错，他应该怎么办？

慕容七忍不住握住他的手，想了想，还是什么都没说。

于她，小慈也是少年记忆中不可或缺的一部分，要一朝背弃，谈何容易，更何况是他。所以，不管他最后做出什么决定，她都支持，这样就好了。

季澈回到海胜浦的消息，除了一直与他暗中联络的郭子宸，谁也不知道。

当他和慕容七在麟州的码头坐上渡船，穿过甸江，抵达江心洲的时候，正是晌午时分，海胜浦四周桅杆林立，码头上的帮众和船工往来有序，与季澈离开前的任何一天并没有不同。

主水寨门前的年轻守卫依旧尽忠职守，站得笔挺，目不斜视地看着远处江上缓缓驶过的船只。

季澈慢慢踏上台阶，守卫正要阻拦，却一眼看到他的脸，顿时一愣，连话都说不利索了：“少……少帮主？你…你还活……活着？”

季澈伸手拍了拍他的肩：“小赵，好久不见，媳妇儿生了吧？”

年轻人终于回过神来，激动道：“回少帮主，生了，是个儿子！”

季澈淡淡一笑：“恭喜。”

“不……不客气，改天满月酒，少帮主一定要来……”年轻人结结巴巴地说着，终于认定了眼前的事实，按捺不住心中的狂喜，转头扯着嗓子大喊道：“少帮主回来了！”

一传十，十传百，季澈还没走到十步，便被闻讯而来的人围得寸步难行，各种喜极而泣的，欣喜若狂的，问长问短的，甚至是送吃送穿的，送跌打损伤药的，让慕容七叹为观止。

至于她，早就被推搡到了最外边，只能眼睁睁地看着季澈淹没在攒动的人群之中。

“要不要这么受欢迎……”她找了一处屋檐蹲下歇着，一边用手扇风一边嘀咕。为了方便赶路，这一路她换的都是男装，此时多半是被那些围观少帮主归来的狂热帮众当成了某个跟班。

正乘着凉，却见人群缓缓朝她移动过来，季澈长臂一伸，分开人群，不由分说地拉起她的手，头也不回地朝主事厅走去。

众目睽睽之下，双手紧紧交握，她还没有回过神来，耳边就听到身后传来无数的吸气声。想了想，觉得还是有必要解释一下，方不负季澈的半世英名。

“其实我是女的……”

可惜季澈走得太快，她的话还没说完，人群已经被他远远地抛在身后。等到周围没了人了，她才若有所思地看着他：“回趟家这么招摇，可不像你的风格。”

他不动声色地答道：“既然是回家，何必躲躲藏藏。”

他向来不爱与人寒暄，可如今却有意与守卫攀谈，引来那么多人，一时不能脱身，有这番动静和时间，足够让季慈离开。

他终究还是无法对她狠心。

慕容七心里明白，却不说穿，只是伸开手臂让他看了看自己的装束：“既然要招摇，好歹等我换了女装。”

他脸色未变，顺势道：“可以。你记得今晚换上女装，来拜见帮中各位长老，顺便订了婚期。”

“你……趁火打劫啊！”

说话间，季澈的院落已然在望，两人相偕走近，只见大门虚掩，没有一丝声音。

季澈犹豫片刻，伸手推开门，门内一径青石道自苍翠的竹林间穿过，直通内院。

内院没有人，主屋并未上锁，屋内陈设与他离开前并无二致，简单整洁。屋内唯一的亮色是窗前青瓷瓶内插着的一支梨花，桌上落了几片花瓣，显然花枝并非新摘的。

从前小慈替他收拾房间时，嫌他这里太过古板，非要放上这只瓶，时常莳花应景，都是她在操心。

再往里走，只见靠近床边新设了一个小小的灵案，案上香烛宛然，炉灰已冷，原本应该供奉着牌位的地方如今已经空无一物。

案上还有一封信，信封上只有三个娟秀的字迹：兄澈启。

慕容七偷偷看了季澈一眼，却见他脸色如常，轻轻拿起那封信，从里面抽出一张薄薄的信笺。

她等了一会儿，还是按捺不住好奇心地凑了过去。

信很短，只有两句话：

“当初一念起，而今步步错。不敢轻求宽宥，惟盼君千岁长安。妹慈拜辞。”

她虽自称为“妹”，却称呼季澈为“君”，并非信封上所写的“兄”，这细微的差别，也不知季澈注意到了没有，慕容七抬眼看了看他依旧没什么变化的脸色，正思量着怎么开口，门外突然传来一个熟悉、激动的声音：“少主！”

她一回头，只见郭子宸站在门口，一双虎目此刻亮晶晶的，好像下一刻就会掉下泪来，看起来有些好笑。

她伸手打了一个招呼：“锅子，好久不见。”

“慕容姑娘？你怎么也在？”郭子宸这才注意到一身男装的慕容七。

可没等慕容七再开口，季澈已将手中信笺递到郭子宸面前，沉声道：“小郭，关于此信，可否给我一个解释？”

郭子宸愣了愣，眼中泪花尚未褪去，头却慢慢垂下，声音也低了几分：“大小姐虽然……虽然谎称少主已死，又擅自接管了帮务，可没有做什么对鸿水帮不利的事，她也是身不由己，少主你……你能不能原谅她……”

“所以你早就将我要回来的日子通知了她，却不告诉我她已经走了？”

郭子宸闻言，立刻跪下，义无反顾地大声道：“还请少主责罚！”

看他这个样子，显然并不后悔故意把季慈放走这件事。

季澈却并未动怒，只问道：“她什么时候走的？”

“三天前。”

“去哪儿了？”

“……”

“若想不受罚，便老老实实地回答我。”

“大小姐说，鸿水帮对她有养育之恩，她此生都不愿负你，却因此背弃了对母亲的承诺，所以她要替母亲偿还恩情，于是……于是她独自去白朔找雍和军和巨泽世子了……”

郭子宸尚未说完，慕容七便一把揪住了他的衣领，急道：“笨蛋，你为什么不阻止她！”不说她一个从未出过远门的柔弱少女要如何跋涉千里，也不说如今雍和军身陷重围行踪难觅，就算她真的平安无恙地见到了凤渊，又能为他做些什么？她要如何报恩？她能给他的，只有一条命而已。

郭子宸脸色一阵发白，欲哭无泪道：“她……她不肯听我的，我……我拦不住她……”

慕容七转头，皱眉看着季澈：“阿澈，这样不行，要把小慈找回来。”

她本不想影响他的决定，可还是忍不住——曾经是朋友，是家人，那些记忆和情感，都是真实存在的，如今只为一句“一念起”，就要远隔天涯生死不知，她对自己的责罚未免太重。

在郭子宸惊愕的目光里，季澈面不改色地将她的手指一根根松开，然后包裹进自己的掌心，另一只手替郭子宸整了整皱巴巴的衣领，淡淡道：

“小郭，你有多久没有放假了？”

郭子宸的眼神好不容易从两人交握的双手上移开，听到季澈问话，有些不明所以，却也老实回答：“自三年前回家乡祭祖之后便没有了，不过承蒙少主照顾，我爹娘都已接来奔云浦……”

话还没说完，便被季澈打断：“我既然已经回来，你便出去散散心吧。”

多年的默契让郭子宸突然间福至心灵，脸上闪过一丝犹疑不定的喜色：“少主，你的意思是……”

季澈不置可否：“听闻关外如今青草离离，牛羊成群，值得一看，路上小心。”

说着，从怀中掏出一枚玉佩交到郭子宸手中，道：“若是遇到故人，便将此物交给她，巨泽故地尚有亡人等着她回家祭扫，莫要轻贱自己的性命。”

慕容七匆匆一瞥，那是半块旧璎珞绕着的鱼戏莲叶白玉佩，她记得小慈也有枚一模一样的，只是上面的璎珞被她重新编结过，这一枚显然不是她的。

郭子宸心领神会，一扫之前的忧悒，喜上眉梢地答了一声“是”，立刻头也不回地奔回房收拾行李去了。

季澈听到身边传来轻微的笑声，偏过头道：“放心了？”

她点了点头，目光又转向一边的案桌，盯着那块空着的地方发了一会儿呆，突然问道：

“阿澈，你说那块被小慈带走的灵位，上面写的是什么？”

刚问完，额角便被他轻轻弹了一下：“有时间胡思乱想，不如陪我去一个地方。”

她顿时将方才心底升起的一丝唏嘘抛之脑后，满怀期待地问道:“什么地方？好玩吗？”

他带她去的，是江心洲的最高处，陡峭的石山如一把利剑插入江水，与山道盘桓的坡地仅有一条狭窄石梁相连。

慕容七小心翼翼地走过那道仅能容下一人的石梁，站在石山之顶，见脚下江涛拍岸，舟船如蚁，远处云卷云舒，青山隐隐，长风涤荡而来，晴空一望无际，只觉得胸口浊气一扫而空，烦闷尽散。

季澈伸出手，一一指点：“对岸便是麟州，远处的山是穹庐山，昔日天下第一神兵啸血剑的最后一任主人红叶公子便是隐居于此，西南方向的大湖是青萝湖，每年六月的青萝白虾最为肥美，少许盐水煮食即可列天下美味，青萝湖再往南百里是昔日巨泽最大的南茶产地淄渚……”

她的目光顺着他所指的方向望去，由近及远，直到千里之外的景致，即使看不见，也还是听得兴致勃勃，忍不住指着远处：“那个方向是兰若对不对？听国师老爷爷说，圣音雪山另一边是神祇居住的国度，有流着美酒的河流和会唱歌的神女。对了，甸江会通向零落海吗？阿澈，你去过零落海没有？海真的有那么大吗？比雪山下的圣湖还大吗？

她有那么多的问题，季澈望着她神采飞扬的眼睛，唇角弯起一抹淡淡笑意:“与其问我，不如自己去看一看。”

“嗯？”

“神祇的国度，零落海，什雅。”

“好啊！”她点头，笑声愉快，“还有你说的穹庐山、青萝湖……那么多好地方，我都想去……”

话音未落，站在身后的季澈突然伸出手将她揽在胸前，慢慢收紧，温热的气息拂在她耳边，声音低沉得让她心颤。

“想去哪里都可以，我们有整个天下，还有一辈子的时间。”

她的脸色微红，用力抱住他横在腰间的手臂，笑着答道：“说得是。”

她是这样的满足——他不光送她无边江山，如画风景，还许了她踏月纵马、自由不羁的生活，他不愧是这天地间最了解她的人。

江湖还有那么多没去过的地方，岁月还有那么长，慢慢走，慢慢看，一起醉一起笑，一起变老。

此心安处即吾乡。

有你在的地方，便是天涯。

有你在，便心安。

（完）

·番外一· 指尖沙

一　腊月十二，夜，晴。

北国之境难得的月光透过窗棂照射下来，如同薄纱，笼住了床榻上的慕容七。凤渊静静地看着她，如同看着世上最珍贵的宝物，这样寂寞而珍重的眼神，他自己看不到，她也看不到，唯有尽付月光。

她身上的衣裙是新换的，白色的丝缎触手冰凉水滑，却又厚重温润，裙摆上的百鸟朝凤图是数十名绣娘花了三年时间方才绣成，颜色艳丽，栩栩如生。幽蓝色披帛上缀着孔雀翎和宝石，正如片片凤羽，环绕在肩上。

这是母仪天下的女子才有资格穿的衣裙，是他的母亲，来自海国的公主亲自挑选定制。只可惜，她尚未等到封后那一天，铁蹄便踏碎了所有的期盼，这件衣裙也随着她辗转流离，深藏光华。

母亲临死之前，郑重地将这件衣裙交到他手上，她说，千持，你将来称王，一定要让你的王后穿上这件衣裳，你带着她君临天下，圆我梦想。

而如今，在这北国萧瑟的冬夜里，在这座被大军包围的孤城中，君临天下已经成了一个越来越遥远的梦境。

他却依旧执意用最重要的一个筹码换她前来，喝一杯杏花春雨酿成的酒，只为给她换上这件衣裙。

今生今世，唯她一人；此时此刻，唯他所见。

他的王后。

凤渊伸出手，轻轻抚上慕容七的脸，掌下肌肤微温细腻，灯光之下泛着淡淡蜜色。

他低低道：“嫣然，如果我什么都不求了，什么都不要了，你会不会跟我一起走？”

她已陷入昏睡，自然是无法回答的。

他等了片刻，如释重负地笑了，笑容中带着深重的自嘲，喃喃自语道：“这样就好。”

身边的爱人，远方的山水，无拘无束的天地，都仅仅只是“如果”，他根本做不到，因此这句话，他只敢在她听不见的时候问出口。

她没有回答，这样就好，就当她已拒绝。这样他可以继续欺骗自己，没有犹豫地走完属于自己的旅程。

兵荒马乱的孤城没有更鼓，他不知时辰，就这么坐在她身边，直到耳边传来繁密的鼓点，隐隐有呐喊声响起，城守府上脚步匆匆，急促的敲门声后伴着临西焦急的低喊。

“公子，白朔骑兵攻城了。”

凤渊收回目光，转向窗外次第亮起的火光，容色渐渐冷肃：“整装迎敌，我随后就到。”

临西得令退走，凤渊转过头，床上的女子依旧安详，无知无觉。他有生以来唯一的一次任性，也该到此为止了。

他低下头，轻柔地吻在她微凉的唇上，庄重得近乎虔诚。

“保重，嫣然，后会无期。”

二　腊月十三，黎明，晴。

凤渊给慕容七下的药并不重，药力两个时辰左右就会自行消散，等她醒来的时候，城守府上应该早已没有兵力驻守，或许连整座城都已经易主，凭着她的身手完全可以自由来去。

因此，当他遥遥看到城守府邸的方向燃起熊熊大火时，心中猛地一沉。

两个时辰还没有到，她还不会醒来，而雍和军除了少数殿后的精锐，也已尽数撤离。这把火从何而来？而她，是否已经安然离开？

明知此刻城中已有白朔军进入，明知形势危急，明知放手了就要彻底，他却无法控制自己频频回头，直到勒紧缰绳，掉转马头，返城而去。

“公子！”临西正欲跟上，却被他一手拦住。

“按照计划速速撤退，我很快回来。”

天河城中的雍和军不满三千人，征战数日，早已身心俱疲，因此凤渊一开始就不想做殊死抵抗，早已定下了撤离的计划。围城的卫棘似乎也不想赶尽杀绝，东门外留守的兵力只有别处的三分之一，有意无意间，给他留下了一条退路。

急促的马蹄声在空无一人的街道上响起，靠近城守府之际，凤渊的耳边传来隐隐的说话声，知道那是已经入城的白朔士兵，于是他翻身下马，轻巧地跃上屋檐，几个起落，城守府的大门已然在望。

偌大府邸已有一半陷入火海，火海中心正是慕容七所在的西厢。他一皱眉，正要落下，却见门内跑出一小队白朔的士兵。为首之人个子矮小，被众人围在中间，手中高高举着一支火把，火光烈烈，正映着他的脸。

那张脸娇小秀美，一头浓黑秀发垂在脸侧，神色被火光渲染得狰狞扭曲，竟然是班惟栀！

他顿时怔住了，随即心头便是一沉——这场火是班惟栀放的！

他想起还在赤月宫的时候，班惟栀曾无意中见到了那身百鸟朝凤的衣裙，十分喜爱，执意问他讨要，他却无论如何都不应允，只说是母亲遗物。可那百鸟朝凤图不是普通女子能穿的，身为皇族的班惟栀又怎么会不知道？

虽然他不知她为何要在此刻乔装入城，但她一定在城守府内见到了慕容七，也见到了她身上的衣裙。

她想要烧死她！

火借风势，越烧越旺，班惟栀目光阴郁地看了片刻，在随从的声声催促中将手中火把朝门内一扔，头也不回地走了。

凤渊却根本没有想到要去追问责罚，此时此刻他眼中全是那场铺天盖地的火，再顾不得其他，身形一动，就要去救人。

可刚跨出一步，身后便袭来一阵劲风，直取后心。

凤渊体内的红月天魔功自觉生出屏障，衣袖一挥，转瞬移开三尺，只见一支玄黑枪尖划过，连追带刺，他脚下急踏几步，双手一合，强大的内力自掌缘涌出，竟硬生生地将枪尖挡在半尺之外。

短暂对抗之后两人随即分开，各据屋面一角，眼神交汇，凤渊突地一笑：“季少帮主的雷锥果然厉害。”

季澈慢慢将手中两杆短枪合二为一，冷冷道：“凤宫主去而复返，意欲何为？”

意欲何为？

凤渊的目光幽幽地转向城守府，火光肆虐，照亮了身后深沉的夜色。

眼前却突然浮现出天河城下，两人一骑，由远而近地走来，她唇边的笑，他眼中的宠，即使隔着厚厚的城墙，他也看得清晰。他们这样自在，而他却依旧困于牢笼，那景象如此刺眼，他一辈子也忘不掉。

意欲何为？

若她从火场脱困，一定会跟着眼前这个男人离开，从此往后，他们相伴逍遥，携手而老。那么他呢？他的念想，他的执着，他的爱和恨，又该安放何处？

凭什么要成全？天地悠悠，凭什么只留下他一个人？

心中戾气顿起，凤渊眯起杏眸，幽微一笑：“打赢了我就告诉你。”

说罢双掌平分而开，红月天魔功十成功力霎时布满周身，五指并拢划出，带出一阵凌厉剑气，朝季澈当胸袭去。

季澈手中的雷锥已然合为长枪，枪尖一震，化出千百点寒芒，挡住剑气，随即一挽枪花，刺向他的双腿。

凤渊看得出季澈并不想与他过多纠缠，只想速战速决，可他偏偏不让他如愿，心头邪火疯狂升腾，如同身后的烈焰，毁天灭地。

既然冥冥中他与他终有一战，这样的情境，真是再好不过。谁输谁赢有什么重要？重要的是，他得不到的，季澈也别想得到。

时间转瞬流逝，空气渐渐发热，两人带起的烈烈劲风中，突然撞进一缕尖细柔韧的内力，虽不强大，却足以打乱对峙。凤渊袍袖一挥，扫落一件兵器，那兵器却未就此落地，借力回转，落进不远处一人手中，只是红月天魔功太过霸道，接住的人一时难以化解，连连退了好几步方才站稳。

夜空下一袭红衣舞动，竟然是那位替大酉皇帝办事的女统领梁珊。

此刻她双手胡刃均握在手中，横刀挡在季澈身前，一丝细细血线自她唇边蜿蜒流下，她的脸色却冷峻如初，不动声色地盯着凤渊。

季澈显然也很惊讶，刚叫了一声“梁姑娘”，梁珊便头也不回地冷道：“再打下去，慕容嫣就要被烧死了。”

她这话显然是对季澈说的，她看着凤渊的眼神，却满含着嘲弄。

季澈神色一震，目光难以置信地扫向身后那片火场，下一瞬，身形毫不停顿地飞掠而去，消失在凤渊背后。

他甚至没有谢一声梁珊，更无暇去为难凤渊。

梁珊的目光随着季澈的背影落入虚空，那一点转瞬即逝的叹息落进凤渊眼里，他脚下一动，红衣女统领已经回过神来，足尖一点，再次拦在他面前。

“你的对手，现在是我。”她抬了抬下巴，目光冷傲。

凤渊玩味地看着她：“你打不过我的。”

“可你一时半会儿也杀不了我。”梁珊不以为然，“除非你为了让慕容嫣死，不惜赔上自己的性命。不过依我看，你舍得她的命，却未必舍得自己的。”

凤渊抚了抚袖上折痕，轻笑道：“为他人作嫁衣，没想到梁统领还是个多情人。”

梁珊显然不想与他做口舌之争，抬起手背轻轻抹去唇角血痕，冷笑了一声：“强弩之末，何足挂齿。”

凤渊的眼睛又微眯起来，梁珊这样一笑，目光虽冰冷，他却发现她有一双与慕容七极为相似的凤眸，眼尾微微上翘，让他不由想到那个人笑吟吟地喊着“凤渊”时的样子。她笑起来那么好看，而他竟然在那个刹那，想让她死。

心中的火渐渐熄灭，耳边隐隐传来季澈的呼喊，隔着那么远还能感受到声音里的慌乱，这个自恃冷静不动如山的男人，原来也有这样一刻。

他弯了弯唇角，突然翩然转身，如一只轻盈的鸟，很快消失在鳞次栉比的屋脊之间。

从今往后，他的王后，他的妻子，他的晏容公主，已经穿着百鸟朝凤的衣裳，安静地死在一场漠北大火中。他会怀念她一辈子，直至死亡降临。

三　腊月三十，除夕，雪。

一骑快马飞驰而过，溅起点点碎雪，将来路与去路一并遮掩。马上骑士一身铁甲已经看不出本来颜色，背上还插着两支折断的长箭，头盔下的眉眼挂着冰霜血珠，看不清脸面。

他一路飞驰入山坳，背风处是一片营地，守卫的士兵看见他，急忙让开道路。骑士在主营前不到十步的地方，终于支撑不住，双手一松，自飞驰的马背上滚落。

然而他还未落地便被冲出营帐的临西接住，临西小心地避开骑士背上的断箭，将他慢慢放下，想要灌注真气，然而终究无力回天。骑士的眼神渐渐涣散，拼着最后一口气，断断续续地说着话，直到脖子垂下，再无动静。

临西眸中布满哀痛，泪痕隐隐，却只是默默伸手替他合上双眼。身后传来些微动静，回头看去，只见凤渊不知何时站在了主帐口，俊美无琢的脸上没有一丝表情。

“公子。”临西语声微颤，“榆林镇已经失守，阿峰拼死传回消息，白朔骑兵连夜前进，不出两日就会到这里。”

凤渊微微点了点头，目光掠过那个早已死去的年轻将士，淡淡道：“传我命令，全军拔营，向北行军。”

说罢转身入帐，厚重的门帘自他身后落下，将冰天雪地和绝望的眼神一同隔绝。

帐中挂着一张很大的羊皮地图，可是凤渊不用看图就知道，往北，再往北，那是连白朔牧民都不会去的荒漠，寸草不生，没有水源。

可是即便前路是地狱，他也不能退却；就算没有一丝胜算，他也不能认输；就算身边只剩下一个人，也不可以放弃。

这是他自出生起便背负的命运，是他身体里的血赋予他的高傲。

撤离天河城还不到一个月，坏消息却从未停止。

风间花和墨竹一同死在古城废墟；留在赤月宫中的梅望亭想要以死相谏，却被一拥而上的卫兵乱刀砍死；而在梅望亭死后，驻扎在皇家马场的雍和军一夕被屠，死伤无数。

紫霞关内严阵以待的严霖突然遭到大西军队的追捕，领头的正是梁珊和七皇子慕容野。

甚至，连远在鸿水帮的季慈也失去了联系。

…………

垂下眼，简陋的案桌上摆放着一只青瓷酒壶和一叠粗糙的糕点，今天是除夕，这些是他让临西拿着剩余不多的银钱和牧民们换来的，本想让追随他的将士们多少能感受到几分过年的气氛，可如今，恐怕连这微小的愿望都不可实现了。

他拿起青瓷酒壶，将壶中烈酒一口饮尽，劣质的酒浆呛得喉中胸中一片酽冽，微微刺痛。

那些鲜花着锦的绚烂日子已然远去，这一年的最后一天，伴着他的，唯有寒冷、逃亡，死寂和没有希望的未来。

四　霜月初十，夜，雪。

春去秋来，又一年于无声中悄然而逝，江南还是秋色缠绵，北方却已是寒风料峭，朔风带来漫天大雪，一下就是很多天，到处白茫茫一片。

时光飞逝间，大大小小的事每天都在发生，有人飞黄腾达，有人纵情长歌，有人哭，有人笑，和过往的许多年一样，并没有太大的分别。

白朔的惜影帝姬婚后即被永安帝册封为贵妃，婚礼穷极奢华。传闻殷皇后怀恨在心，处处与班惟贵妃为敌，甚至害得贵妃小产，永安帝为此大怒，重重责罚皇后之余又将贵妃移至太后所居星月殿，班惟贵妃荣宠一时。

年轻的文渊阁首辅魏南歌因白朔一行更得永安帝器重，而立之年便官拜宰相，更是成为大西贵族女子心目中最佳的夫婿人选。

白朔汗王班惟莲嫁完女儿之后，又替十二皇子班惟棘求娶了大西安国公主，如今公主一行已达紫霞关下，不日即将入关。大西和白朔之间的关系，前所未有的和谐。

而在北方，巨泽雍和军自统领风间花和四大长老死后，群龙无首，更遭遇大西和白朔两方夹击，愈发分崩离析，一部分被白朔铁骑一路追杀驱赶至日月山以北的荒漠，另一部分留在紫霞关的精锐在巨泽名将严霖的带领下拼死抵抗，不料严霖之子暗中投靠大西，一代名将连同手下上千士兵，最后被大西七皇子慕容野全歼于紫霞关西一百里处的折马山口。

随着严霖身死，雍和军名存实亡，巨泽最后一任皇子沈千持的行踪，已无人关心。

夹裹着沙砾和雪片的风重重袭来，铺天盖地，叫人无法呼吸。

一小队士兵迎着风雪艰难前进，好不容易躲入一小片被风沙侵蚀得千疮百孔的石林，众人在背风处下马，迅速挖了一个浅浅沙坑，又驱赶马匹围在四周，一阵忙乱之后，才精疲力竭地躲入坑中。

此时天边云尘翻滚，伸手不见五指，耳边风声咆哮，一场沙暴即将来临。

这荒漠中最可怕的天灾让这些本就疲惫不堪的士兵更加恐惧，唯有人群中间的凤渊毫不动容，他牢牢地搂着怀里一名浑身浴血的黑衣人，眉目低垂，面无表情，唯有手臂微微颤抖。

风沙发出恐怖的啸声，怀中的黑衣人突然动了动，凤渊急忙伸出手掌，掌中内息源源不断，强撑起对方已然若有若无的心脉。

“临西，别睡，快醒来。”

“公子……”临西急促地喘息，用尽所有力气抓住了凤渊胸口的衣襟，艰难道，“不要管……我……不要……”

凤渊却低声道：“先不要说话，我会治好你的。”

临西缓缓地摇头，他自己的状况自己最清楚不过，在那场惨烈的战役里身中数箭，背后一刀又深入脏腑，就是大罗金仙也救不回来，何况是凤渊。

他知道留给他的时间不多了，有些话，却一定要说。

“不要……管……什么也别管。走，走得远远的……活着……”

他从小就在公子身边，他们曾经一起看着巨泽覆灭，也曾一同被大酉贵族子弟们欺负侮辱；他跟着他从瞿峡脱困，看着他为了修炼内功容貌尽毁，帮助他找到雍和军，见证他千般筹谋，步步为营……他是陪着他走得最远，走得最久的那个人。

而今，他已经不能再陪他走下去了。

连他，也要离开他了。

最后的时光，他不过是想告诉眼前的这个人，若是现在放下，还来得及。什么皇家的尊严，血统的骄傲，统统都是虚无的。只要能好好活下去，哪怕做一个普通人。

公子会明白吗？会明白……吗？

临西满是希冀地望着凤渊，瞳孔却开始涣散。凤渊感受着怀中人渐渐停止的呼吸和心跳，原本已经冰冷的心里更添凉意。他伸手合上临西的眼睛，环顾四周，肆虐的风沙中，士兵们粗重的喘息带着绝望的意味。临西的意思他明白，可是这漫漫天地一片混沌，即使他放弃，又该往何处去？

不，他不会放弃，他还没有死。

他已经什么都没有了，又怎么能失去最后的尊严。

五　霜月廿七，雪。

这是第几天了？

自从进入这片连北方寒族最勇敢的牧民也不曾涉足的荒漠，白天黑夜便完全失去了意义，身后追逐不休的白朔骑兵也已经止步，听说他们将这片荒漠称为“神灵的坟墓”，那些被处以流放极刑的罪犯被驱赶到这里，从来没有人能活着出来。

他身边的人一个个死去了，伤重、野兽袭击、饥渴……每一样都能置人于死地。如今，只剩下他一个人。

天又开始下雪了，纷纷扬扬，遮天蔽日，他本就失去了方向，此刻更是漫无目的，只是机械地前进着，直到新雪渐渐堆积到膝盖，举步维艰，才停在一块被雪覆盖住的岩石前，慢慢地靠坐下来。

即便身着铠甲，也能感受到侵入骨髓的彻骨寒意。然而凤渊并不觉得如何难受，今时今日，还有什么比他的心更加冰冷的地方？

很疼，浑身都疼，已经分不清是哪一处的伤口在溃烂，一年的辗转征战，即便他身怀绝技，也无法每次都从千军万马中安然突围，右臂上有刀伤，胸口有箭伤，左腿骨折，双眼被硝烟熏坏不能远视……这一年里，他遭遇过各种各样艰难的战役，还有恶劣的天气、险峻的地形、背叛的部下——这一年，仿佛比一生还要长，还要难。

他知道不能停下来，一旦停下，落雪很快会将他掩埋，这么冷的天气、他动不了，就只能被冻死。可是那又如何呢，尊严和骄傲支撑他走到这里，够远了。

他好累，他想歇一歇了。

凤渊用手拂开眼前的乱发，不知多久没有照过镜子了，他不知道自己满是沙尘的脸上是否染了风霜，那些远在千里之外的故人还会记得他吗？若是再见……不，不会再见了，不如不见。

他轻轻地吐了口气，望着天地间密密麻麻的雪花，突然想起一些人来。

他的母妃是来自海国什雅的公主，曾经是整个巨泽最尊贵的女人，他至今还记得她繁复华丽的十八层纱衣，发髻上的金钗镶嵌着无数宝石，他的整个童年都浸染着她袖间的香气，是她告诉他身为皇族该有的骄傲和担当，是她教会了他隐忍，教会了他不择手段。可是这个一心想要母仪天下的女子却没有教他，要如何去爱，要如何去放弃。

他的父亲白王，曾拥有天下最富庶的国家，却残忍暴戾，疑心重重，总是把自己关在深宫之中。他已经不太记得他的容貌，只记得他有一张苍白的脸，还有大酉军队破城之际，空旷的大殿中那一抹飘摇的身影。作为王，他放弃了国家和臣民，作为父亲，他放弃了儿女和妻子，他曾经恨他入骨，如今，却似乎隐约能理解，那种刻骨的绝望。

还有那个优雅冷酷的风氏后人，以女子之身继承了整个家族的信念。她同他一样背负了太多责任，不死不休。临西传来她的死讯时，他甚至很羡慕她，死的时候能和所爱的人一起化为灰烬，她解脱了，他却还要前进。

对了，还有那位娇纵任性，却对他赋予全部真心的惜影帝姬。尽管他并不在乎去伤害和利用一个他根本不爱的女人，但他还是希望她在成为大酉皇帝宠妃之后，能够彻底将他忘记。

还有陪了他一辈子最后却埋骨黄沙的临西；不苟言笑坚守信念却被亲生儿子背叛的严霖；发誓会效忠自己最后还是听从了本心的季慈……以及……她。

那个人，其实这一年里，他想起她的时间寥寥无几，却并不是因为忘却，而是害怕。

尽管他有无数机会，可以逃离这些杀戮和征战，可以重返关内，可以南下，可以游遍天下去找她，但他没有，他知道自己不能，所以干脆不想。

而今，那些让他坚持下去的信仰已经支离破碎，他终于可以肆无忌惮地任凭心中最深处那一簇火苗重新燃起，重新燎原。

慕容嫣，他今生唯一迎娶过的女子，唯一想为了她放弃天下的女子——若他不是沈千持，若她不是慕容嫣，如今的他们会怎样？会不会如她所愿并辔纵马遍游天下？会不会有一个可爱的孩子喊他们爹娘？会不会回到江南故乡，靠在温润的青石桌边喝一壶青梅和蔷薇酿的酒？会不会携手看游鱼翩翩，一任桂花落满头？会不会举案齐眉白头偕老？会不会……

会不会？也许会的，他轻轻闭上眼睛，微笑起来。

肯定……会的。

雪下得愈发大了，纯白冰冷的雪花渐渐淹没了他沉重的铠甲，淹没了伤痕累累的手脚，淹没了曾经惊为天人的容颜。天地一片混沌，茫茫雪色中，远远的，风雪席卷的缝隙之间，仿佛有红衣女子骑白马而来，笑容灿烂如烈阳。她朝他俯下身，伸出手，笑道：“沈千持，我们回家吧。”

·番外二·
夜来忽梦少年事

夏日清晨，日光尚未浓烈，丝丝缕缕的白雾环绕在穹庐山山腰，清澈的凤尾溪蜿蜒自竹林间汩汩流过，两岸修篁层叠，清风拂过，哗哗作响，愈发显得山林寂静，更添清凉。

突然间，溪林深处传来一声尖叫，惊起一片打盹的雀鸟，仓皇自林间飞出。

“我……我要淹死了………咳咳……快拉我起来……咳咳……浑蛋，我咬死你！”

在一面高大的石壁前，溪水汇成一个水潭，潭中有个姑娘正大力扑腾着，四溅的水花中，被她抓住胳膊的季澈脸都黑了。

忍无可忍，他长臂一伸，将她从水里捞了起来，又将自己的胳膊抽回来，手臂上赫然一圈深深的牙印，隐隐泛着血丝。

该死的慕容七，她居然真咬。

他不禁恶向胆边生，揪着她的领子就往岸边拽，只是表情虽然凶狠，手里却稳当得很，水波漾漾，她却一口水都没有再呛到。

水潭底部的石滩渐渐升高，一直到石壁前，季澈才转身将她牢牢地固定在两臂之间，自上而下看着她，沉声道：“是谁一大早就吵着要学凫水的，嗯？”

慕容七心虚地看了一眼他结实的手臂上那个血淋淋的牙印，看起来真的很疼……

她嗫嚅道：“可我就是学不会嘛……”

“你总是不敢放手，又怎么能学会？既然不是真心想学，我也不强求，为何又说非学不可？慕容七，你要我玩么？”他皱了皱眉，不知心中究竟是不满多些，还是无奈多些，甚至有些委屈。夏日早晨，难得暑意未起，清凉静谧，他更想做一些别的，而不是湿答答地泡在水里。

她的头更低了，颊边飞起一抹若有若无的红晕，低低道：“还不是因为你……”

“什么？”他没听清。

她倏然抬起头来，直视他的眼睛，一边推着他的胸膛一边恨恨道：“因为你这浑蛋一大早就折腾我。我也想多睡一会儿，这么热，谁愿意出门……”

原来……如此……

他的唇角勾起浅浅笑意，凝视着被困在他双臂之中的人，淋湿的发丝黏糊地贴在她颊上，几缕晨光勾勒出柔美的轮廓，让原本就美艳的五官更添几分剔透空灵。这里的潭水只及她胸口，因为方才的挣扎，紧身的黑色鲛纱有些松散，不断有晶莹的水珠从发梢滴落，滑过修长颈项，精致锁骨，沿着雪白肌肤，隐没在敞开的领口之间。

他眸中的琉璃之色渐渐深浓，笑意却隐没了，她的手掌一下一下地推着他的胸口，心跳仿佛也随之一下一下地急促而热切起来。

她见推不动他，又改成用脚踢，轻嚷道："你快点让开，我要回去睡回笼觉，困死了，走开啦……"

他蓦然低头，吻住她的嘴唇，成功让她乖乖闭嘴。

起初她还挣扎了几下，可是他的气息这样强势霸道，无处不在，她很快便缴械投降，双手沿着他的肩背悄悄攀上脖子，辗转相就。

阳光渐渐热烈起来，夏虫鸣声骤起，他突然弯腰将她横抱起来，几步迈过石滩，沿着青石小道，朝不远处竹林中的精舍大步走去。

她挂在他身上，气喘吁吁地笑："季少帮主，白日宣淫……非君子所为喔……"

季澈却只是沉默不语，手臂收紧，也不知碰到了什么地方，她惊喘一声，呜呜咽咽的，却是再也不敢开口了。

一个月前，季澈和慕容七在鸿水帮诸位长老和上千帮众的见证下，举办了简单又隆重的婚礼，慕容姑娘从此成了季夫人。

新婚第二天，少帮主和少帮主夫人便启程前往迦叶宫。成亲一事早已飞鸽传书通知了慕容七的爹娘，因为两家是世交，慕容夫妇对季澈十分满意十分放心，于是全权指派了慕容久作为代表参加了婚礼。尽管如此，成婚终究是慕容七的终身大事，娘家一定是要回的，更何况舍不得女儿出嫁的信王此前已写了不下三封亲笔书函，从如何与丈夫相处到婚礼当天穿的嫁衣上要绣什么图案，洋洋洒洒，事无巨细，可谓是字字泣血，句句感慨，两人若不回去见上一见，恐怕慕容爹爹要亲自追到中原来。

只是两人并不急着赶路，一路游山玩水，但凡慕容七想去的地方，季澈无不应允，遇上风景好的，美食多的，往往还要盘桓几日，因此西去路线可谓曲折至极，一个月过去，连三分之一的路程还没走完。

季澈多年心事，终于得偿所愿，再加上两人新婚宴尔，自然如胶似漆，长此以往，慕容七也有些吃不消了。这次两人来穹庐山小住，她有心找各种借口躲开他，可惜收效甚微，到最后还是殊途同归。

其实，并不是她不愿意，她既然认定了他，怎么会不想和他亲近？只是那种被他掌控为他沉迷的感觉让她略微不爽而已。慕容七昏昏沉沉地攀着他的肩膀，恨恨地想，想着想着，便张嘴一口咬住他的肩，他浑身肌肉微微一紧，随即更加用力地扣住她的腰，她轻喘一声，终于再也没空去胡思乱想了。

正午的阳光被层层密密的竹叶筛得稀薄，投入林中时已并不十分灼热。慕容七被饿醒了，转过头，只见季澈还在沉睡，竹影斑驳，让他的五官看起来更加深刻，微抿的薄唇凌厉依旧，唇角却多了几分温柔况味。

她伸出手指，自他鼻尖缓缓而下，划过嘴唇、下巴、喉结、锁骨，最后落在胸前，还待往下，却被他一把握住。

季澈不知什么时候醒了，琉璃般的眸中带着三分慵懒三分深邃，目光复杂地将她望着。

她也不害怕，嘻嘻地笑，顺势与他五指交握，趴在他胸口，温柔地说道："想什么呢？"

他伸手撩了撩她散落的发丝，沉声道："方才做了一个梦。"

"什么梦？"她似乎很有兴趣。

他的手掌移到她光滑的后背肌肤上摩挲，却没有回答，只是若有所思道："七七，你怎样也学不会游水，如此怕水，究竟是为什么？"

"我怎么会知道？大约是天生的，上辈子就和水有仇呢。"她很享受地微眯起眼睛，像一只懒洋洋的猫咪。

她果然不记得了。

七岁那年，季澈第一次见到慕容七。

那天，他正按照帮主季芒布置的功课，在鸿水帮本部后面的浅潭中练习屏息之术。鸿水帮的内力十分独特，屏息之术即为内力修习的法门，一旦修成，可在水下游动自如，一炷香内都不用换气。

内力正自体中充盈之时，他隐隐听到季芒的千里传音："阿澈快上来，来客人了。"

他收敛内息，身子灵活如鱼，几下游动便从水下钻了出来，或许是出水的时候太突然，耳边听到几声稚嫩的惊叫，他一把抹去脸上的水珠，看到面前站着两个粉妆玉琢的孩子。

这两个孩子比他还小一些，从身上的衣裳看，一个是女孩，一个是男孩，只是两张粉嘟嘟的小脸却长得一模一样。

此时那个女孩两手紧紧扯住身后一个锦袍男子的衣角，大眼睛一眨不眨地盯着他，只是眼中并没有多少惊怕之色，更多的是好奇和审度；而男孩子则调皮得多，只退了一小步便重新走上前来，不顾鞋袜衣角浸没在潭水里，兀自上下打量他，继而双手扶在膝盖上，弯下腰奶声奶气地说道："你则（这）一招好像很腻（厉）害，你会武功吗？跟我比一比好不好？"

季澈打量着眼前这个连话都说不清楚的小子，那个年龄的孩子，差一岁就差一道鸿沟，尽管他自己也才七岁，却很是看不上对方，因此淡淡答了一句："不比。"便径自上岸，去取岸边的外衫。

"喂喂喂，你赞足（站住）？"小公子口齿不清，脾气却不小，快走几步上前拉扯，季澈手臂一转躲了开去，小公子一看是个会武的，争胜之心顿时大起，使了一个小擒拿的手法，再次去抓他的手腕。

季澈有些惊讶，这孩子年纪虽小，功夫倒是有模有样，想必有高手指点。他看了一眼不远处笑吟吟显然不想插手的季芒，微哼了一声，不再一味闪避，反手去抓小公子的

衣襟。

季澈毕竟年长，几招之后便揪住了小公子衣领，手臂一甩，小小身躯划过一道弧线，径直落进了潭水里。

不等旁人呼喊，他随即一个猛子扎进水中，几下游到不断挣扎却止不住下沉的小公子身边，一把将他提了起来，拖上了岸。

小公子倒也硬气，呛了水不断咳嗽，眼角也缀着泪花，却始终没有掉下来。

锦袍男子已经抱着小女孩走了过来，可还没等他开口，一个紫衣女子骤然破空而至，季澈甚至没看清她是怎么落地的，身边那个浑身湿淋淋的小公子就被捉住后领提了起来，几乎同时，她的另一只手轻轻一扯，上一刻还在锦袍男子怀里的小女孩也被提了起来，两个孩子一瞬间都落在了她手里，脸对着脸，目光中透着气馁，神色十分微妙。

严厉的女声冷冷道："慕容嫣，慕容久，你们又在捣鬼，我说过的话，你们都忘了吗？"

锦袍男子赶紧柔声道："月影，有话好好说，孩子还小……"

紫衣女子却不买账，把两个孩子往前一伸，冷然道："你自己问他们。"

锦袍男子愣了愣，看了看这个，又看了看那个，这才看出些端倪来，忍不住扶额长叹："你们怎么又互换了……嫣儿，你是女孩子，不要整天打打杀杀，小久，男子汉大丈夫穿女装戴红花，你是要把为父气死吗？"

紫衣女子也不理会丈夫痛心疾首的絮絮叨叨，转身将右手里的小公子提到季澈面前，严厉道："慕容嫣，叫你来做客，不是让你到处寻衅滋事的，还不快向哥哥道歉！"

小公子一脸委屈，正要替自己分辩几句，冷不防身后传来一个稚嫩的声音，口齿十分清晰："笨蛋。"

小公子顿时大怒，转头对着另一张与自己一模一样的脸，吼道："你才是笨蛋！"

紫衣女子转头看了看左手里的"女孩"，脚尖一勾，一颗石子重重地打在"女孩"屁股上。"慕容久，故意撺掇妹妹跟着你一起胡闹，你一样要罚。"

"女孩"大约是疼得狠了，小嘴顿时一瘪，哇的一声大哭起来，而那个原本一脸倔强的小公子见他哭了，也忍不住跟着哭了，岸上顿时一片鬼哭狼嚎，魔音穿脑。向来接受男子汉流血不流泪的英雄主义教育的季澈顿时目瞪口呆，只觉得头痛发晕，恨不得找团棉花把耳朵堵住。

直到此时，看热闹的季芒才施施然走了过来，从容地一手一个接过两个哭闹的熊孩子，哈哈笑道："月影，慕容王爷，许久不见，二位可好？"

后来季澈才知道，丰神俊朗的锦袍男子是曾经闻名大酉辽阳京的信王慕容苏，紫衣女子则是西域兰若迦叶宫的新任宫主月影。那一对孪生兄妹是他们的孩子，扮成女孩子躲在父亲身边的是长子慕容久，而一心想找他比武却被他无情扔进水里的小公子，则是小女儿慕容嫣。

此后数年，每隔一段时间，慕容兄妹就会来鸿水帮小住，季芒也曾带着季澈翻越圣音雪山前往迦叶宫，不过在一众精力无限的小鬼头看来，迦叶宫清冷肃静，实在比不上气候宜人热闹新奇的鸿水帮，因此大多数时候都是慕容兄妹南下，有时候父辈们有事出门，两人在鸿水帮里一住就是一两个月，和季澈也就渐渐熟稔起来。

慕容久乍看之下文雅安静，却最爱背后使诈，惯会见风使舵，见凶悍的妹妹在季澈面前没有还手之力，自己又几次设陷阱偷袭季澈未果，反倒被他活捉，衡量再三，决定倒戈，与季澈结成同盟，并主动承担军师一职，两人联手，文武双全，倒是干成了几件大事，再加上两个少年日渐长开的英俊容貌，鸿水帮及其附近不知多少少女为之倾倒，一时风光无限。

可慕容嫣却相反，她胆子大又冲动，做事不知迂回，自从第一次见面被季澈扔进水里之后，便一直记恨在心，发誓有朝一日一定要赢过他，为此勤练武功，从五岁到十岁这五年里，“打赢季澈”一度成了她唯一的人生目标。

然而现实终究是残酷的，虽然两人习武都极有天分，但季澈毕竟是男孩子，力气大一些，年纪也长一些，更何况他还会游水。在鸿水帮这种四面环水，遍地浅潭的地方，这简直是无往不利的必杀技。那几年，慕容嫣也不知喝了多少甸江水，虽然每次季澈都会及时将她捞上来，但该呛的水已经呛了，长此以往，她不免心生恐惧，有时明明水浅得只及胸口，她也会觉得喘不过气来。

慕容嫣十一二岁的时候，个子慢慢拔高，身形也日渐窈窕，初具美少女雏形，比他大两岁的季澈终于察觉到了男女有别，打斗时会有意让她几招，更不会再将她丢进水里泡着，然而落水留下的心理阴影，却不是那么容易消除的。

时隔多年，当初打架胡闹的日子早已在岁月中模糊，即便是他，也是偶然梦回，才窥见七岁时的自己，那张骤然在眼前放大的粉嫩小脸，在梦中看来，竟然清晰如昔。

原来，自第一眼起，他便记住了她。

蓦然回神，趴在他胸口的她已然因他轻重适宜的摩挲舒服地闭上了眼睛，昏昏欲睡。

他不由轻轻一笑，也罢，学不会就学不会吧，反正有他在，此生定然不会再让她陷入那种无助的恐惧之中。学习游水一事，不如将来交给他们的孩子，这样即使有一天他不在了，也有人可以代替他保护她。

如此甚好，他对自己的安排十分满意，所以……他瞄了一眼被褥下玲珑有致的曲线……孩子的事要更加努力才行……

“阿澈……”半梦半醒之间的慕容七发出一声长长的叹息，“我饿……”

“嗯。”他收回手，轻轻抱起她放到一边，“想吃什么？”

“随便，你做的都好吃。”她眯着眼睛，眼角弯起，带着一丝旖旎笑意，看得他呼吸一窒，心头又不受控制地狂跳起来。

这辈子遇上她，真是一点办法也没有。看似强势的人是他，却只有他自己知道，所有的理智、原则、规矩，在她面前都是浮云。而他，甘之如饴。

此时此刻，窗外日色明媚，竹涛阵阵，唯愿岁月能长如此间一瞬，一生一世，再不分开。

图书在版编目（CIP）数据

美人无间 / 苏非影 著. —济南：山东文艺出版社，2017.9

ISBN 978-7-5329-5495-7

Ⅰ. ①美… Ⅱ. ①苏… Ⅲ. ①长篇小说－中国－当代 Ⅳ. ①I247.5

中国版本图书馆CIP数据核字（2017）第101452号

美人无间

苏非影 著

主管部门 山东出版传媒股份有限公司
出版发行 山东文艺出版社
社　　址 山东省济南市英雄山路189号
邮　　编 250002
网　　址 www.sdwypress.com

读者服务 0531-82098776（总编室）
0531-82098775（市场营销部）
电子邮箱 sdwy@sdpress.com.cn

印　　刷 长沙鸿发印务实业有限公司
开　　本 700mm × 1000mm　1/16
印　　张 18
字　　数 360千
版　　次 2017年9月第1版
印　　次 2017年9月第1次印刷
书　　号 ISBN　978-7-5329-5495-7
定　　价 32.80元